Verlagslabor

Die Talentierten I

Evra Holms

Cube Woman

Verlagslabor

Bibliografische Information der Deutschen Nationalbibliothek: Die Deutsche Nationalbibliothek verzeichnet diese Publikation in der Deutschen Nationalbibliografie; detaillierte bibliografische Daten sind im Internet unter dnb.dnb.de abrufbar.

Orthographie und Zeichensetzung folgen dem
Originaltyposkript der Verfasserin.
Herausgegeben von Rolf Lohse.
Umschlagillustration:
Pascal Decang

Erstausgabe

Verlagslabor, Bonn 2023
Maxstraße 38, D-53111 Bonn
Herstellung: BoD – Books on Demand, Norderstedt

ISBN: 978-3-98893-301-0
www.verlagslabor.de

Geehrte Zeit- und Unzeitgenossen!

Personen und Handlung dieser Erzählung sind frei erfunden, oder scheinen es zumindest zu sein. Aus der Sicht des frühen 21. Jahrhunderts dürfte es sich um reine Fiktion handeln. Denn wer weiß schon... All denen, die die Gelegenheit haben, von später aus – wir werden zahlreich sein – auf die Geschichte zu blicken, werden ohne Zweifel Ähnlichkeiten zu tatsächlichen historischen und kommenden Begebenheiten, zu lebenden, verstorbenen und Personen auffallen, die noch auf die Welt kommen werden. Ähnlichkeiten dieser Art liegen in der Natur einer solchen Erzählung. Sie sind weder zufällig noch unbeabsichtigt, sie sind unvermeidbar. Die meisten derjenigen, die an den geschilderten Ereignisse teilnehmen und teilgenommen haben werden, leben bereits, ahnen vielleicht, was sie erwartet. Denn historische Geschehnisse werfen ihre Schatten voraus. Die Erzählerin – besonders ZweiflerInnen mag das märchenhaft vorkommen – hat ihre Aufzeichnungen zu einem Zeitpunkt verfaßt, als sie rückblickend auf ihr Leben schauen konnte. Sie versichert jedoch, daß das Typoskript, das 2004 in der Ablage eines internationalen Großverlags – allerdings ohne Eingangsstempel – aufgefunden wurde, die Folge der Ereignisse nicht verändere, der Chronologie folge und einschneidenden Wendungen des Geschehens nicht vorgreifen werde. Da es dem Großverlag, dessen Name hier nichts zur Sache tut, nicht gelungen war, Kontakt zur Verfasserin aufzunehmen – auch uns ist dies bislang nur einmal möglich gewesen – und das Risiko einer Publikation ohne Eingangsstempel scheute, hat sich das Verlagslabor der umfangreichen Aufzeichnungen angenommen und wird sie voraussichtlich in drei Bänden publizieren. Da die Verfasserin erneut auf Reisen ist und nicht kontaktiert werden kann – der Compro wird ja erst von 2031 an verfügbar sein – geht der Verlag von ihrer Zustimmung zur Publikation aus. Ein Teil des Buchpreises wird aus Gründen, die sich aus dem Verlauf der Handlung ergeben, der Stiftung für Haldentechnologie zugeführt.

Der Herausgeber

Eins

Lisa Berger blinzelte ins Morgenlicht, als die Jalousie mit leisem Surren nach oben fuhr. Durch das Panoramafenster der Küche strahlte die frühsommerliche Sonne herein, die an diesem Maimorgen im Jahre 2039 schon seit einigen Stunden am makellos blauen Himmel über New Venice stand.

Die Stadt lag im Norden Deutschlands, im äußersten Norden der festen Landmasse und seit wenigen Jahren direkt am Meer. Das Wasser war rasch gestiegen, rascher als man es erwartet hätte, und es hatte sich schnell genähert. Man hatte sich in kurzer Zeit daran gewöhnt, diese vormalige Binnenstadt New Venice zu nennen. So viel hatte sich verändert! Da war der Name der Stadt nur eine Kleinigkeit. Aufgrund der häufigen Schwankungen des Meeresspiegels wurden inzwischen auch Stadtteile überschwemmt, die bislang trocken gelegen hatten. Lisa kannte sehr gut diesen Zustand angstvoller Erwartung und fieberhaft-resignativer Aktivität, der alle erfaßte, wenn der Wasserpegel anstieg. Dann verwandelten sich die Straßen der Viertel Gallenberg, Neustadt oder Bischofshohl zu Kanälen, während andere Viertel, wie Linden-Mitte, bisher von den Fluten verschont geblieben waren. Noch.

Während sie das Frühstück vorbereitete, dachte sie an all die Veränderungen der letzten Jahre. In weiten Teilen der Stadt bewegte man sich am bequemsten mit flachen Booten, wo früher die Straßen waren. An windstillen Tagen spiegelten sich die nüchternen Fassaden der Bauten des 20. Jahrhunderts in diesen Kanälen, soweit sie noch aus dem Wasser ragten. Doch die Stadt hatte sich längst nicht in die düstere Schönheit verwandelt, für den das alte, längst versunkene Venedig berühmt gewesen war.

Findige Bürger hatten schwimmende Trottoirs angelegt. Diese wurden auch bei ständig schwankendem Wasserspiegels nicht mehr überflutet und erleichterten das Be- und Entladen der flachen Barken, die den Waren- und Personenverkehr aufrechterhielten. Nur in der Oberstadt kam man überhaupt noch mit dem Auto voran. Das lag nicht nur an den überfluteten Straßen, sondern war auch eine Folge der Klimaschutz-Maßnahmen der letzten beiden Jahrzehnte. Karl, ihr Mann, war einer der wenigen Privilegierten, der über einen Privatwagen verfügte.

Die Maßnahmen waren zu spät ergriffen worden, ja, das hatte jetzt jeder gemerkt. Und doch hing nun wieder fast alles am Dieselmotor, der noch vor wenigen Jahren als Auslaufmodell gegolten hatte. Dieselbarkassen waren einfach das beste Transportmittel. Viele der abschüssigen Straßen führten so sanft ins Wasser, daß sie zum Anlanden von Waren und Passagieren einluden. Leichte Dinge wurden mit Kleinbooten oder Lastenrädern transportiert. Lastwagen wurden nur noch für Kühltransporte genutzt. Flüge waren extrem teuer. Alle Ressourcen wurden für alltäglich notwendige Dinge benötigt. Die Eisenbahn fuhr nur noch im Hinterland.

Bisweilen schien sich der Anstieg der Flut zu verlangsamen. Für einige hoffnungsfrohe Jahre ging die Flut sogar zurück. Doch das war nur eine vorübergehende Episode in einem Prozeß, der mehr und mehr Gelände dauerhaft zum Verschwinden brachte. Das Governat von New Venice suchte das Beste aus der Situation zu machen und verkündete unter Choublanc und jetzt unter Jefferson zumeist Optimismus: Stieg die Flut „wurden die Bemühungen verstärkt“, sank sie „war das ein Sieg unserer Bemühungen“. Obwohl die ökologische Krise die gesellschaftlichen Probleme verstärkte, hatte die Stadt seit einigen Jahren in relativer politischer Ruhe gelebt. Eine Folge der Gewöhnung. Die Bewohner hatten ein fast entspanntes Jahr 2038 erlebt. Der Meeresspiegel stieg im vergangenen Jahr nur um wenige Millimeter.

Das Licht brach sich in den Blättern der Magnolie im Garten. Weit dahinter erhoben sich die dunklen Silhouetten der Hochhäuser, die einst das Zentrum der Stadt bildeten. Lisa war immer noch über den Anblick der Großbauwerke erstaunt, die erst vom zehnten Stockwerk an aus der dunklen Brühe des Meerwassers ragten, das bis hierher vorgedrungen war. Der neue Stadtkern lag bergauf zur anderen Seite des Hauses.

Lisa genoß das frühe Aufstehen. Sie mochte die morgendliche Stille und diesen Moment, an dem sie in Ruhe das Frühstück vorbereitete. Den Sonnentoaster hatte sie auf der Fensterbank zurechtgerückt und erhitzte vier Toastscheiben, eine nach der anderen. Den Compro hatte sie auf stumm gestellt. Normalerweise rief so früh morgens niemand an, doch heute war es anders. Immer wieder blinkte das Gerät mit allen Oleds. Zweifellos wichtige Anrufe. Sie ging nicht ran. Die Nachricht, die über den Teleboard flimmerte, lenkte sie für einen Moment ab. Auf den Service Islands war es zu einer Geiselnahme gekommen. Noch war unklar, was genau geschehen war, aber der Reporter mutmaßte, daß einer der Mitarbeiter seine ehemaligen Kollegen als Geiseln genommen hatte. Nun drohte er offenbar damit, jede Stunde einen seiner ehemaligen Kollegen zu erschießen: angefangen von seinem Chef bis runter zur Putzkraft. Ob es wieder um das Scoring ging?

„Wir bleiben dran", versprach der enthusiastische Reporter. Die folgende Nachricht betraf die Unterzeichnung eines Handelsvertrags zwischen New Venice und Mahamamid-Arabia, mit dem man hoffte, die Beziehungen zum Golf zu verbessern. Lisa schaltete das Teleboard stumm.

Heute könnte alles so perfekt sein, dachte sich Lisa. Heute sollte ihr Mann Karl zum Chef der neuen Unternehmenseinheit *Hirn-Konzept* in der Firma Brainm@ss ernannt werden. Ein Sektor der Wirtschaft, der seit Jahren boomte wie sonst keiner! Daß es Karl war, der in eine solche Position aufrückte, die innerhalb der Firma unmodisch „Head" genannt wurde, war ein Wunder. Karl, der doch nie Ambitionen gehegt hatte...

Heute abend sollte seine Ernennung bei einem Festakt verkündet werden. Schon die Vorbereitungen für diesen Abend hatten Lisa einiges an Kraft gekostet. Sollte dies der Grund für die Ermattung sein, die sie seit Tagen spürte? Oder war es die Aussicht auf den Termin im Scoring-Center am Nachmittag?

Warum nur immer alles Wichtige auf einen Tag fallen mußte! Der Termin am Nachmittag war nicht zu verschieben, die Regel war unerbittlich. Vielleicht war es die ungewöhnliche Hitze Mitte Mai, die alle ermattete. Auch Lisa. Gut, daß Hanns sie schon vor zwei Wochen von allem benachrichtigt hatte.

Die Anzahl der Anrufe, die auf ihrem Compro eingingen, war außergewöhnlich hoch. Sicher wegen heute abend. Lisa wollte das Gerät schon abstellen, doch nun leuchtete Constanzes Signum auf. Sie stellte den Compro auf Mithören, nahm aber nicht ab.

„Hallihallo", sagte Constanze nach der kurzen Ansage des Anrufbeantworters und erzählte von ihrer Garderobe. Eurogelb. Constanze war die einzige, die das Vorrecht genoß, so früh am Morgen anrufen zu dürfen. Doch heute nahm Lisa nicht ab. „Und ich lindgrün", dachte sie bei sich. Constanzes Tonfall verriet, daß sie gemerkt hatte, daß sie heute früh nicht willkommen war. Lisa wollte sich das Bedauern nicht eingestehen, das sie verspürte, als Constanze den Anruf beendete: „Bis heute abend. Ich freue mich für dich. Wenn du noch etwas brauchst...“ Ihre Freundin hatte etwas Wichtiges auf dem Herzen gehabt, dies jedoch nicht ausgesprochen. Heute abend würde sie das bereinigen. Sie stellte das Gerät wieder auf stumm.

Das Wetter draußen war wie aus dem Bilderbuch. Passend zu dem, was ihr der Geschäftsführer Hanns Gruber gesagt hatte: „Ein wahrer Freudentag! Karl wird nun im Unternehmen eine richtig wichtige Rolle spielen. Mit ihm als fähigem Head of Unit können wir alle nur gewinnen.“

Hanns hatte sicherlich recht, es war eine gute Entscheidung. Doch für sie war es komplizierter. Denn etwas nagte in ihr. Nicht daß sie Karl diesen Aufstieg nicht von Herzen gegönnt hätte und sein Fortkommen wünschte. Nein, es war nur so, daß er seine Stellung im Unternehmen in den letzten Jahren gut etablieren konnte, sie jedoch nichts für ihre Karriere hatte tun können. Und die Karriere spielte eine größere Rolle, als sie es sich vor einigen Jahren hätte eingestehen wollen. Sie hatte sich seit Jahren um die häuslichen Angelegenheiten gekümmert. Diese waren zwar wichtig, aber für das Ansehen und eine Stellung in der Gesellschaft zählte nur die Arbeit außer Haus.

Lisa wußte plötzlich nicht mehr, warum sie vor den Spiegel getreten war und ihr Kleid nun zum wiederholten Mal prüfend vor sich hielt. Sie fragte sich, warum sie das tat, denn sie hatte es schon mehrfach anprobiert. Es saß gut. Sie würde eine gute Figur darin machen. Weiteres Anprobieren würde daran nichts ändern. Sie spürte, daß sie nicht bei der Sache war und daß sie den Anruf ihrer langjährigen Freundin doch gerne angenommen hätte. Und doch schreckte sie instinktiv vor dem zurück, was sie mit ihrer Freundin hätte besprechen wollen. Sie wollte nicht, daß Constanze ihre innere Unruhe bemerkte. Da war etwas, über das nicht erst seit gestern nachdachte.

Ihr Scoring-Bescheid, den sie vorgestern erhalten hatte, war unmißverständlich. Die Gesamtpunktzahl war nicht mehr so gut, wie sie es gerne hätte. An der Botschaft war nicht zu rütteln. Auf sich allein gestellt hätte sie nicht einmal mehr Zugang zu diesem Stadtteil. Als *Not-all-achiever* stand sie nur noch wenige Schritte vor der Umsiedlung auf die Halde. Nur die Tatsache, daß ihre Kinder noch nicht volljährig waren und daß sie das Haus, in dem die Familie wohnte, zur Hälfte besaß, bewahrte sie vor diesem Schicksal. Ohne diesen Besitz würde sie umgehend in eine kleine Wohnung in der Nähe der Uferlinie oder in der Nähe der Halde umziehen müssen, in einen jener schlecht beleumdeten Häuserblocks, die all die beherbergten, die unterhalb des Mindestscorings lebten. Ihr wurde schlagartig klar, daß ihr ganzes Leben vom beruflichen Erfolg Karls abhing. Früher war das der Normalfall, heute die perfekte Falle!

Und da stecke ich nun, sagte sich Lisa, siebzehn Jahre später: Während mein Mann erfolgreich Stufe um Stufe seiner Berufskarriere erklimmt, bekomme ich mein zweites vernichtendes Scoring. Meine Rente sieht nicht toll aus. Das drohende Ende der prioritären Versorgung! Klar, ich brauche mir keine Sorgen zu machen, weil Karl gut verdient. Aber was ist, wenn das mal nicht mehr sein sollte? Sollte ich allein bleiben, läge der Abstieg unausweichlich vor mir.

Früher hätte sie solche Gedanken mit einem Lachen abgetan. Aber lag da nicht noch soviel wertvolle Zeit vor ihr? Warum fühlte sie sich nun von solchen Grübeleien bedrängt? Äußerlich hatte sich doch kaum etwas verändert. Und was sich verändert hatte, hatte sich das nicht zum Besseren verändert?

Täuschte sie sich? Der erste bedrohliche Scoring-Bescheid vom letzten Jahr hatte ihr die Augen geöffnet. Er bezifferte nicht nur den aktuellen Stand ihres Scorings, sondern auch die Höhe der Rente, die sie im Alter beziehen würde. Der Betrag war beängstigend gering und hatte sie alarmiert. Es war höchste Zeit, beruflich wieder Fuß zu fassen.

Und genau das wünschte sie sich. Natürlich wollte sie sich engagieren, nicht nur aus finanziellen Gründen. Sie wollte aus ihrem Leben etwas machen. Noch einen drauflegen. Diesen und auch den zweiten Scoring-Bescheid hatte sie beiseite gelegt, ihrem Mann nichts davon gesagt. Das würde sie später machen. Zunächst hieß es handeln.

Handeln bedeutete, die Probleme angehen und diese nicht hinter einer Fassade von Zufriedenheit verbergen. Genau daran hatte sie der Anruf Constanzes schmerzlich erinnert. Noch heute abend wollte sie mit ihr darüber sprechen, was sie wirklich bewegte. Keine falsche Scham mehr, keine falsche Rücksichtnahme! Das beruhigte sie für den Augenblick.

Aber dann mußte sie wieder daran denken: Die Naturkatastrophe, die über das Land und die Welt hereingebrochen war, hatte den Arbeitsmarkt völlig aus dem Gleichgewicht gebracht: Gleichzeitig dieser Mangel an gut bezahlten Arbeitsplätzen und das Übermaß an anfallender Arbeit! Die Vorstellung, sie könnte in dem Bereich neu einsteigen, den sie damals verlassen hatte, erwies sich als illusorisch. Die Doktorarbeit hatte sie abgebrochen, als Franz unterwegs war. Karl brachte schon damals deutlich mehr Geld nach Hause als sie, die auf dieser halben Doktorandenstelle mehr vegetierte als lebte. Der Ausstieg hatte viele gute Seiten gehabt.

Heute war der Einstieg in die Chemiebranche ohne Doktortitel faktisch unmöglich. Selbst mit Titel war es schwierig. Als sie sich vorstellen konnte, wieder zu arbeiten, fand sie dort nicht mehr hinein. Und dabei war sie bereit, in jedem Bereich, zu allen Konditionen zu arbeiten. Forschung, Anwendung, Marketing, sie hätte jede Chance ergriffen. Nur: Die Firmen suchten vor allem junge Leute, die gerade aus der Ausbildung oder von den Hochschulen kamen, die die neuesten Methoden kannten, keine Fragen stellten und noch weniger Lohn forderten.

Die Chemieunternehmen, wenn sie überhaupt noch einstellten, griffen lieber auf Interimskräfte zurück oder auf Leute, die ihr Studium noch nicht einmal abgeschlossen hatten und vom Fleck weg engagiert wurden. Karl machte das in seiner Abteilung nicht anders. Er war umgeben von jungen Leuten, die froh waren, einen Posten gefunden zu haben. Sie zeigten volles Engagement und waren mit einem schmalen Gehalt zufrieden. Doch selbst das würde Lisa nicht stören. Das hatte sie Karl schon mehrmals gesagt. Ihr lag schlicht daran, gefragt zu sein und Wertschätzung zu erfahren.

Karl: „Ich schätze dich. Über alles."

Lisa: „Das weiß ich. Aber du weißt, was ich meine."

Karl: „Ich spreche mit Hanns, vielleicht kann er helfen."

Karls Nachfrage stieß bei seinem Chef auf taube Ohren. Cermon Icks, der Vorsitzende des Vorstandes, hatte ebenfalls keine Antwort gegeben. Karl mußte einsehen, daß über die Chefs nichts zu machen war. Im Vertrauen hatte Hanns ihm eröffnet, daß es einmal viel Ärger mit einer Einstellung gegeben hatte. Damals habe man das übliche Auswahlverfahren umgangen, was von der Arbeitnehmervertretung sofort zu einem Riesenärger aufgebauscht worden war. Seither habe man es vermieden, jemanden aus dem Verwandtenkreis eines Mitarbeiters einzustellen, selbst wenn ausgezeichnete Referenzen vorgelegt wurden. Das sei sicher in mancher Hinsicht ungerecht, doch man könne nichts machen.

Auf welchem Weg Lisa es auch immer versucht hatte, es war ihr nicht gelungen, eine Arbeitsstelle zu finden. Noch vor zwanzig Jahren war jede Frau umstandslos eingestellt worden, heute, in Zeiten der Flut, war es für Frauen erheblich schwieriger geworden. Nicht einmal eine unbezahlte Stelle als Hospitantin oder Praktikantin war ihr angeboten worden. Einzig Constanze hatte ihr gegenüber angedeutet, daß Aussicht auf einen Job bestehen könnte. Doch die Aussicht blieb vage, bislang war daraus nichts geworden. Auch im Scoring-Center hatte man sie wiederholt vertröstet. Die Ratschläge, die man ihr dort gab, erwiesen sich als gut gemeint, aber ungeeignet, um eine Arbeitsstelle zu finden, der ihrer Qualifikation entsprach. Nichts als mitleidige Blicke hatte sie geerntet, als sie auf die Frage, wie lange sie schon nicht mehr in ihrem Berufsfeld aktiv gewesen sei, „siebzehn Jahre" geantwortet hatte. Siebzehn Jahre, in denen habe sie doch gewiß den Anschluß verloren. Eine Antwort, die keinen Widerspruch zuließ. Aber sie solle die Hoffnung nicht aufgeben. Man wolle schauen, was sich tun lasse. Der richtige Job für sie werde sich finden lassen. Sicher sehr bald. Da sei man optimistisch. Wir werden sehen, sagte sich Lisa. Heute um 14 Uhr hatte sie das Gespräch mit ihrer Job-Moderatorin. Um 18 Uhr würde sie der Wagen zum Hotel abholen. Die festliche Kleidung lag auf der Tagesdecke im Schlafzimmer, alles war vorbereitet.

Früher hatten Constanze und sie sich die Wahrheiten an den Kopf geworfen und dann aus vollem Halse über die Hürden gelacht, die sie vor sich aufgerichtet sahen, und die sie, bisweilen mit etwas Anlauf, meist aber mit Leichtigkeit nahmen. Im Studium, Constanze dann später beruflich, Lisa mit der Gründung ihrer Familie. Nun lagen die Dinge anders. Aber sie wollte nicht, daß sich ihr Verhältnis in einem Dunst von Rücksichtnahmen verlor.

Nicht erst 2039 hatte Lisa das Gefühl, etwas verpaßt zu haben. Seit bald achtzehn Jahren war sie mit Karl verheiratet. Die Hochzeit 2021, bald darauf, 2023 und 2026, die Geburten ihrer Kinder. Franz, jetzt sechzehn Jahre alt, und Helene dreizehn. Das war eine gute Zeit, aber nun kam eine andere.

Karl kam die Treppe herunter, leerte seine Tasse in einem Zuge, drückte ihr einen Kuß auf die Wange und ging. Seinen Toast hatte nicht angerührt.

Die Kinder waren bald schon flügge. Flügge? Bald? Ja und nein, beide waren schon recht eigenständig und brauchten sie meist nur noch, um sich gelegentlich bei ihr anzulehnen. Das taten sie nie bei Karl. Der hatte dafür keine Ader. Wenn Karl abends oder nach den Dienstreisen am Wochenende nach Hause kam, fiel er vor dem Teleboard in einen Komaschlaf. Daran änderte auch das neueste Modell „Weitblick" nichts, sei es noch so stromsparend und lichtstark. Manchmal war er für zwei Stunden nicht ansprechbar.

Lisa konnte verstehen, daß Karl müde war, wenn er sich den Tag über in der Firma Brainm@ss herumgeplagt hatte. Sie konnte dieses Bedürfnis gut verstehen, nach getaner Arbeit abzuschalten. Eine Stunde Musikgenuß über Kopfhörer, dann war er meist wieder hergestellt. Fast konnte man meinen, daß er nach seiner frühabendlichen Auszeit ein anderer war.

Wie gerne würde auch sie sich auf diese Weise produktiv plagen, vor allem, wenn es um Fragen ging, wie Psychemie, Angstprävention oder Morphotransfer! Auch sie brannte darauf, an Lösungen mitzuarbeiten, chemische Formeln zu erforschen, die Welt zu verändern. Aber hatte sie sich nicht vor siebzehn Jahren gegen die Karriere entschieden? Die Kinder waren ihr wichtig. Immerhin hatte sie eine Rolle mit unzweifelhaft schönen Seiten gespielt, von der sie sich nur mit Bedauern trennen würde. Nun aber hatten sich die Prioritäten verschoben. Die Kinder waren aus dem Gröbsten heraus, nun mußte es wieder mehr um sie gehen. Sie wußte aber auch, daß das nicht einfach werden würde.

Für Franz und Helene würde es heute mit Sicherheit wieder knapp werden. Es blieb den beiden noch eine halbe Stunde für den Weg aus dem Bett an die Schulbank. Lisa stieg nach oben und pochte gegen die beiden Türen. „Letzter Aufruf! Der Kaffee ist schon fast kalt. Abmarsch in sechs Minuten!"

Zwei Türen wurden aufgerissen. Franz und Helene stürzten aus ihren Zimmern. Der Versuch, in Rekordzeit das Bad zu erreichen, ging heute für Helene nicht gut aus. Sie verhedderte sich in ihrem Schlafanzug und schlug längs hin. „Verdammt“, stieß sie aus, „das ist ungerecht.“ Franz erreichte das Badezimmer als erster und ließ ihr, ganz der Gentleman, den Vortritt.

„Schönheit vor Alter.“

„Bäh.“

Helene war nach einer Kurzzeitdusche von zwei Minuten mit triefenden Haaren unten, Franz hatte auf seine Dusche verzichtet und seine Tasse schon zur Hälfte geleert.

„Vater schon los?“ Helenes Frage ging fast im Schmatzen und Gurgeln unter, mit dem Franz die Reste seines Morgenmüslis hinunterschlang.

„Bitte denkt daran: Wir brechen heute um Punkt 18 Uhr auf. Wir müssen zum Hotel Schimgrillo. Da gibt es Zugangskontrollen. Die werden Zeit kosten. Seid bitte pünktlich.“

Doch die zwei Wirbelwinde waren schon aus der Tür. Lisa ahnte, daß es heute abend zu Verspätungen kommen würde. Franz würde in letzter Minute einen Lieferauftrag bekommen, Helene würde noch etwas „für einen Dreh“ vorbereiten müssen. Lisa stellte sich darauf ein, das Heft in die Hand nehmen zu müssen. Die Kinder waren noch nicht in jeder Hinsicht reif für diese Welt. Sie brauchten noch Halt, selbst wenn sie sich zeitweise ganz gut selbst durchschlugen. Franz machte in der Schule nicht die schlechteste Figur und verdiente sich bei einem Pizza-Auslieferservice etwas dazu. Er las wenig, mochte es aber, wenn er beim Blättern in Büchern auf Unerwartetes stieß. Und Helene? Ihre Tochter hatte das Mediennetzwerk PureNet® entdeckt. Gut, auch wenn dies den Familienfrieden nachhaltig in Mitleidenschaft gezogen hatte.

Ganze Nachmittage verbrachte Helene mit einer Schulfreundin damit, Filme im PureNet® zu schauen und selbst kleine Filme zu drehen und auf dem Kanal der Freundin zu flowen. Sicher, das machte Spaß, nur stellten gewisse Allüren, die sich ihre Tochter zulegte, das Familienleben regelmäßig auf den Kopf. Zu diesen Allüren, die ohne Zweifel aus der Medienwelt stammten und dort wohl auch gut ankamen, gehörte, daß Helene für mehrere Stunden den Wohnbereich okkupierte und sich und ihre gleichaltrige Freundin Sabine dabei filmte, wie sie sich mit glamourös verpacktem Make-up in leibhaftige Stars verwandelten, die dann entsprechend behandelt werden wollten. Mit Nachwuchsstars in voller Schminke diskutierte es sich nicht leicht. Und schon gar nicht vor laufendem Compro.

Die Medienpräsenz ihrer Tochter kam nach Lisas Meinung etwas zu früh und war für die Schule nicht die beste Begleitmusik. Darüber und über so viel anderes hätte sie sich gerne mit Constanze ausgetauscht. Aber die war in letzter Zeit sehr beschäftigt. Heute abend aber würde sie die Zeit nicht damit vertun, bedauernd festzustellen, daß es wie immer an Zeit und Raum mangelte.

Woher kam nur dieses Gefühl von Eile und Enge, das ihr zutiefst fremd war, und das sich dennoch immer wieder einstellte?

Sie schob es auf den Stress der Vorbereitungen für das heutige Fest. Sie wußte, daß sie heute abend dazu genötigt sein würde, mit einigen Leuten zu sprechen, von denen sie nicht überzeugt war. Das übliche Maskenspiel in der Gesellschaft und bei der professionellen Unterhaltung. Anstrengend, das mondäne Leben.

Nun hatte sie einen Moment Ruhe, auch wenn ihr Compro alle paar Minuten wie wild blinkte. Das Teleboard meldete sich automatisch. In lakonischem Tonfall wurde berichtet, daß die Geiselnahme auf den Service Islands schnell und unblutig beendet worden war. Die Täter waren flüchtig.

Es gab Neues zum Handelsvertrag zwischen New Venice und Mahamamid-Arabia. Governor Jefferson habe mit diesem Vertrag nach einem Jahrzehnt ausschweifendster Frauenherrschaft in Arabia nun auch etwas für die Menschenrechte und die Remanzipierung der männlichen Bevölkerung am Golf unternommen.

Sollte sie vielleicht doch Constanze zurückrufen?

Mit ihr mußte sie sich glücklicherweise nicht mit Oberflächlichkeiten aufhalten. Lisa wußte, daß sie ihren gewohnten offenen Umgangston rasch wiederfinden würden. Heute Abend würde sie alles geraderücken. Sie würde sich erkundigen, ob sie, wie Karl, der Meinung sei, daß es ein gutes Zeichen war, daß Helene mit ihrer Freundin die komplexe Welt des Web-Publizierens kennenlernte. Karls Meinung mochte sie nicht leichtfertig zustimmen, denn das, was im PureNet zirkulierte, war doch von einer anderen Qualität als jene harmlosen Filme, in denen sie in ihrer Studienzeit als

Komparsin mitgewirkt und bei denen sie Constanze von Dannhausen kennengelernt hatte! Karls Meinung nach war das Filmen für das PureNet eine gute Ergänzung zur Schule, in der sich Helene bisweilen langweilte. Doch wie kam es nur, daß sich Schülerinnen und Schüler in der Schule langweilten? In ihrer Erinnerung hatte sie sich dort nie gelangweilt. Oder kam es ihr heute nur so vor?

Nicht daß nicht auch Franz Unruhe in die Familie gebracht hätte, aber seine Aktivität war nach außen gerichtet und stellte nicht den Rückzugsort der Familie in Frage. Lisa erinnerte sich gut an die alptraumhafte Zeit, als Franz im letzten Frühjahr beim Dealen auf dem Schulgelände erwischt worden war. An den Polizisten in Uniform, der ihn vor die Schulversammlung geführt und eine Jugendstrafakte angelegt hatte. Als Kleindealer warteten harte Sanktionen auf Franz. Die Aussicht, von der Schule zu fliegen, war noch eine der milden Konsequenzen, ein angedrohtes Studienverbot war schon folgenreicher. Die Verhaftung von Franz versetzte dem Familienfrieden einen Schlag. War es ein Trost, als Constanze berichtete, daß so etwas in den besten Häusern passierte?

Lisa hatte damals wie eine Löwin um Franz gekämpft. Karl hatte alles Menschenmögliche unternommen, um seinen Sohn aus diesen Schwierigkeiten rauszuboxen und strafrechtliche Folgen zu verhindern. Welche der verschiedenen Bemühungen letztlich zur Einstellung des Verfahrens geführt hatte, blieb im Unklaren. All das war seltsam und würde sich wohl niemals klären lassen. Lisa hatte damals darauf bestanden, daß sich Franz von einigen seiner verkorksten Freunde löste und sein Taschengeld von nun an mit einem unverdächtigen Job verdiente: Als Fahrradkurier, der Pizza ausfährt, dürfte die Gefahr gebannt sein. Sie erinnerte sich gut an seine Zerknirschung:

„Das Dellen an der Schule war überflüssig. Hätte ich mir echt sparen können! Hätte mir ausrechnen können, daß die Jungstoilette überwacht wird. Kaum hatte ich zwei Päckchen verkauft, schon ging das Theater los. Nervig. Is' aber gut ausgegangen.

War ja erst ganz kross, so dazuzugehören. Die Schule lief mit viel „Copy and paste" eher langweilig. Mit Rob und Chary war mehr los. Wir hörten colle Musik, die beiden haben mir gezeigt, wie das mit dem Dellen läuft. Klar, immer nur kleine Mengen. Gerade genug, um die beste Musk zu haben. Colle Sneakker, immer gut drauf. Und immer ein paar Penqui in der Tasche, um 'ne Butze einzuladen. Das fand ich coll und habe mitgemacht. Nie große Verkäufe. War mir eigentlich die ganze Zeit über klar, daß ich das besser lassen sollte." Franz wurde in der Schule zwar immer noch als Held der Kategorie „kriminelle-Energie-aber-Glück-gehabt" gehandelt, aber er schien jetzt sein Gleichgewicht gefunden zu haben. Nicht nur Lisa wunderte sich über die Ausdrucksweise der jungen Menschen: „Kross" und „coll" waren wohl die aktuellen Sprachticks.

Die Harmonie, die seit diesen Vorkommnissen in der Familie herrschte, wurde erst seit Anfang April wieder gestört, als Helene ihren eigenen Web-Kanal eröffnen wollte. Lisa hatte alle Hände voll zu tun, Helene an die Schule zu erinnern, sie war auch nicht erpicht darauf, daß Helene mit gerade einmal vierzehn Jahren begann, auf eigene Faust im Netz zu publizieren. Karl hatte zwar etwas von Erfahrungen gemurmelt, die man nicht früh genug machen könne, aber erfreut war auch er keineswegs, als Helene ihnen eines Abends eröffnete, daß sie daran dachte, den Kanal „Lenes Schminkwelt" einzurichten.

Die Schminkfilme im Netz waren alles andere als harmlos, denn die Mädchen dort zeigten nicht nur Bein. Einige der Mädchen beugten sich überaus weit vor und gewährten der Kamera gewagte Einblicke... Es störte Lisa, daß auf diesen Kanälen seltsame Dinge liefen. Vielleicht hatte sie auch überreagiert, als sie den Zugang ihrer Tochter zum Netz einschränkte. Klar, daß es zu Streit kam.

Helene protestierte: „Mama, alle machen das. Wie sollen wir denn sonst Compros und Klamotten kaufen?"

„Hast du die Folgen im Blick?"

„Wieso, da passiert doch nichts: Niemand betatscht mich. Ich bin ja nur auf den Bildschirmen."

Doch genau das war es ja. Niemand konnte oder wollte sich vorstellen, was passierte, wenn jemand dann doch mal in Wirklichkeit tatschte. Lisa war kurz davor, ihr die Beschäftigung mit diesen Kanälen zu verbieten. Mit Karl verdarb es sich Helene nicht, der hatte ihren Impulsen nie Widerstand entgegengesetzt. Nach einigen Diskussionen über Verantwortung und Privatsphäre hatte Helene die Bedingungen akzeptiert, und Lisa hatte eingelenkt.

Mit ihrem heutigen Besuch im Scoring-Center würde Lisa den Nachweis führen, daß sie sich regelmäßig um „ihre Zukunft" kümmerte. Dadurch würde sich für einige Wochen die weitere Abwertung ihres Punktekontos vermeiden lassen, auch wenn dies auf Dauer keine Lösung war. Aber sie konnte es sich nicht leisten, Punkte für Coachings zu investieren, die ins Nichts führten.

Doch heute schien die Sonne. Sonnenschein versetzte sie immer in gute Stimmung. Das hatte sicherlich etwas mit dem inneren Gefühl zu tun, auf das sie sich meist verlassen konnte. Heute könnte es etwas werden.

Als sie das Fenster öffnete, um die milde Luft hereinzulassen, merkte sie, daß etwas anders war als sonst. Eine ungewohnte Stille hatte sich über das Land und das nahe Meer gelegt. Das Kreischen der Möwen, die in der versteppten Gegend um die Abfallhalde eine große Kolonie gebildet hatten, war völlig verstummt. Die Welt hielt für einen Moment den Atem an.

Warum sie gerade jetzt an Barbara denken mußte und an deren Gewohnheit, in ihrem Haus am Meer dem Geräusch der Wogen, des Windes und des Regens zu lauschen, konnte sie sich nicht erklären. Lisa lauschte mit geschärften Sinnen, hörte aber nichts als diese ungewöhnliche Stille. An das gleichmäßige Rauschen der nahen Meereswellen hatte sie sich schnell gewöhnt. Vom Meer war heute nichts zu hören. Selbst das unaufhaltsam steigende Wasser war Teil der Normalität geworden. Da riß ein dumpfes Grollen Lisa aus ihren Gedanken. Am Horizont in Richtung der Halde stiegen dunkle Wolken auf. Nach einigen Sekunden zwei weitere Donnerschläge. Möglicherweise Sprengungen in der Nähe der Halde, fuhr es Lisa durch den Kopf.

Immer mal wieder wurde von solchen Sprengungen berichtet, mit denen in der Stadt und an der Halde baufällige Anlagen und einsturzgefährdete Bauten niedergelegt wurden. Normalerweise wurden sie Tage zuvor angekündigt. Sollte dies eine Operation der „Terrorabwehr" sein, über die allenthalben gemunkelt wurde? Da, noch ein weiterer distinkter Donnerschlag.

Während sie die Kleider für Franz und Helene bereitlegte, die sie für heute abend ausgesucht hatte, dachte sie, daß wohl niemand sagen konnte, was genau hinter den Explosionen steckte. Im Grunde wollte es auch niemand so genau wissen. Angesichts der Probleme, die der steigende Meeresspiegel verursachte, schauten die Menschen lieber weg, wenn irgendwo etwas gesprengt wurde. Jeder wußte, daß in einer solchen Situation ungewöhnliche Maßnahmen an der Tagesordnung waren. Sprengungen auf dem Gelände der Müllhalde gehörten offenbar dazu. Was war das schon im Vergleich mit einer weltweiten Flut? Unwillkürlich schoß Lisa das Wort *Sintflut* durch den Kopf. Die Sintflut hatte ja nichts mit Sünden zu tun, wie viele vermuteten, sondern bedeutet, daß eine große Flut die ganze Welt erfaßt.

Das hatte sie wirklich. Wie die biblische Sintflut. Die Menschheit sollte seither mit so etwas vertraut sein. Aber nein, man hielt eher die lange Zeit zwischen den Sintfluten für die Normalität, die wünschenswerte Normalität.

Und wenn die Wolken über der Halde doch nicht auf kontrollierte Sprengungen hindeuteten? Dann waren es hoffentlich nur Warnschüsse. Hieß es nicht, man müsse „denen" zeigen, wer das Sagen hatte? Tödlich waren die Schüsse selten. Warnschüsse, mehr durften sich die Sicherheitskräfte nicht erlauben. Schließlich war die Stadt auf die Halde angewiesen. Einige vermuteten, daß die Stadt ohne die Bewohner der Halde nicht überleben würde. Wer sonst würde den Berg an Müll verarbeiten? Wer sonst die Drecksarbeit des Sortierens und des Recyclings auf sich nehmen? Waren wir nicht abhängig von den Rohstofflieferungen, die von der Halde kamen? Waren wir nicht abhängig davon, dort die Materialien abzuwerfen, für die wir keine Verwendung mehr hatten? Schließlich wurde jeder Quadratmeter des noch trocken liegenden Landes für Bauvorhaben, Anlagen zur Gewinnung von Energie und für die Nahrungsmittelproduktion benötigt.

Zwei

Vom Turm aus ließ Zar den Blick über die Halde schweifen. Seine Schicht heute morgen. Die Bewohner der Halde verfügten zwar auch über Kameras, die bei der Überwachung des Luftraums halfen, aber zumindest während des Tages war dieser Turm rund um die Uhr mit einer Wache besetzt, die alle paar Stunden wechselte. Das Gelände wirkte apokalyptisch, nicht zuletzt aufgrund des massiven Zauns, der das Terrain seit 2039 fast vollständig abriegelte. Dieser Zaun wurde lückenlos durch Kameras der Stadt überwacht. An der stadtabgewandten Seite des Areals lag die ebenerdige Zufahrt, über die der Handel mit Rohstoffen abgewickelt wurde. Dort zwangen große Betonblöcke beiderseits der bewachten Torzufahrt die Fahrer zu engen Schlangenlinien. Auf der Rampe, die stadtseitig aufgeschüttet worden war, entlud gerade ein riesiger Müllwagen den Abfall, der aus zehn Metern Höhe nach unten prasselte.

Nur ausgewählte Fahrer durften die bewachten Tore zur Rampe passieren. Es war nicht daran zu denken, die Lkw dort oben von der Halde aus zu erreichen. Von ihnen drohte allerdings auch keine Gefahr, wenn man von dem Abfallregen einmal absah.

Gefahr drohte aus der Luft. Ein Kopter der Stadt konnte innerhalb kürzester Zeit das Gelände erreichen und mit wenigen Sprengkörpern einiges an Zerstörung anrichten. Wenn es zu Explosionen kam, war das keineswegs ungefährlich. Die Vorwarnzeit betrug nur knapp zwei Sekunden. Jeder wußte, wie wertvoll diese Sekunden waren. Und jeder wußte, daß der Gegner hartnäckig daran arbeitete, diesen Zeitraum zu verkürzen. Es bedurfte großer Anstrengungen, um ihn möglichst lang zu erhalten und den Bewohnern der Halde die Chance zu geben, sich vor den Angriffen in den Schutzräumen in Sicherheit zu bringen.

Zar wußte, worum es ging. Er stand seine Wache mit Überzeugung, auch wenn er andere, weitaus dringendere Dinge zu tun hatte. Doch das Überleben im Hier und Jetzt war ebenso wichtig wie die Sicherung des Überlebens auf lange Frist. Wenige Bruchteile von Sekunden konnten über Leben und Tod entscheiden. Als der Kopter plötzlich am Himmel erschien, blieb Zar gerade noch die Zeit, Alarm zu geben und an der Rettungsstange im Notfallschacht in den Schutzraum zu rutschen, der unter dem Turm lag.

Beim Aufheulen des Alarms hechtete alles zu den Noteingängen und purzelte über die Notrutschen in die Räume im Untergrund der Halde. Die Bewohner Infras schafften es um Haaresbreite, sich in den Gebäuden und dem Labyrinth unter der Halde in Sicherheit zu bringen. Für sie gab es unter den Ruinen gut ausgebaute Schutzräume, deren Eingänge für Außenstehende kaum erkennbar hinter Schrott und Schutt verborgen lagen. Hier waren sie sicher, soweit man in einer solchen Lage überhaupt von Sicherheit sprechen konnte. Oben blieben nur die *Auserwählten*, die auf dem Gelände ihren Tanz aufführten.

So hießen die fast lebensgroßen Figurinen, die in der Nähe des Bunkers mit einem ausgeklügelten System von Drähten und Hebeln für die Kopterbesatzungen gut sichtbar hin- und herbewegt wurden. Die Bewegungen dieses Puppentheaters konnten aus der Ferne als Vorbereitungen zu einer vermeintlich geharnischten Verteidigung gedeutet werden und wirkten noch aus der Nähe echt.

Der Grund dafür, daß die Puppen nicht ganz die Größe lebender Menschen hatten, war, daß sie weniger gut als Puppen erkennbar waren. Und sie gaben dem Piloten das Gefühl von Überlegenheit, weil er sich größer als sie fühlen konnte. Von diesem Gefühl der Überlegenheit erfüllt, agierte er nicht mehr kritisch. War er sich seiner Sache sicher, kam es zu präziseren Abwürfen. Darauf kam es an. Kriegsführung war immer vor allem Psychologie.

Heute hatten sie einen Bilderbuchstart hingelegt. Das war nicht immer so, denn die Kopter waren fehleranfällig: In weniger als zwei Sekunden war das Fluggerät aus dem Wäldchen aufgestiegen. Der Pilot zog den Kopter in einem weiten Bogen über das Gelände. In der Nähe des Ziels kippte er ihn leicht nach vorn und ging in Angriffsposition. Kein Mensch war mehr auf der Halde zu sehen, nur in der Verteidigungsstellung der Halde gab es noch Bewegung. Unverzüglich zuschlagen und rasch zurück. Der Copilot hob die Augen vom Zielpad und deutete auf den Bunker: „Die versuchen noch, ein Tarnnetz vor die Stellung zu ziehen! Pathetisch!"

„Tja, wohl etwas zu spät. Nichts wie los."

Bald lag die Stellung im Zentrum des Zielbildschirms.

„Warte, da bewegt sich noch etwas."

„Verdammt! Wo kommt das Kind her."

Ein Knirps von vielleicht sieben Jahren kam aus dem Gebüsch am Rande der Halde gerannt und lief begeistert auf die Auserwählten zu. Er rannte mitten ins Schußfeld.

„Was soll das? Was soll das Kind auf der Kegelbahn? Wollen die sich hinter Kindern verstecken?"

„Nein, auf Kinder feuern wir nicht."

Aus dem Funkgerät ertönte Praljak-Oberkampfs ungeduldige Stimme: „Angriff! Das ist ein Befehl."

„Los raus!“ Durch eine der Notfall-Türen stürmte unten auf der Halde der Stoßtrupp nach draußen. Drei Mann. Zwei schnappten sich das Kind, während der dritte seine Armbrust auf den Multikopter richtete und ein Projektil abschoß.

„Vorsicht, Armbrust“, rief der Zielschütze zum Piloten, „Mist, ein Bolzen von 4:30 Uhr!“

„Weichen Sie aus, bringen sie die Ladung ins Ziel und das Material heil zurück“, röhrte Praljak-Oberkampf per Funk.

Der Kopter wich dem heranflitzenden Bolzen mit einem knappen Manöver aus, pendelte und ging zum Angriff über.

„Grad noch mal gut gegangen.“

„Das sind schon sehr zielgenaue Waffen“, dachte der Pilot laut. „Können ziemlichen Schaden anrichten, diese Bolzen. Vorsintflutlich, aber gefährlich.“

Bräche die Frontscheibe, ginge es im Blindflug zurück zur Basis. Alles schon gehabt. Wenn die Rotorblätter leiden, kann es schnell aus sein. Erst einmal den Schützen ausschalten.

Der feuerte noch einen zweiten Bolzen ab. Freche Type. Nun stand er genau im Visier. Der Copilot feuerte eine Garbe. Kugeln peitschten über nacktes Mauerwerk. Querschläger jaulten. Augenblicklich ging der Mann hinter einem Stapel von Holzpaletten zu Boden. Der Pilot flog einen Halbkreis. Wo war der Schütze? Hinter dem Stapel lag niemand. Vom Erdboden verschluckt, der Mann. Sollte er einen der Fluchtschächte erreicht haben? Das sah ihnen ähnlich. „Erst den dicken Max mimen und dann abtauchen.“

Der Pilot riß den Kopter herum und schwenkte auf die beiden Männer ein, die um ihr Leben und das des Kindes liefen. Garben von Projektilen ließen den Boden knapp hinter ihnen aufkochen, dann sprangen die beiden mit dem Kind mitten hinein in eine Wand aus Müll und verschwanden von der Oberfläche. Der Pilot rieb sich die Augen. Die Wand hatte diese Kerle verschluckt. Verdammt! Noch eine Ehrenrunde. Doch da war niemand mehr zu sehen, nur noch die Irren, die immer noch mit dem Tarnnetz beschäftigt waren. Verdammt langsame Truppe! Unser Glück. Der Pilot riß den Kopter hoch, zog ihn in eine neue, diesmal deutlich engere Kurve über das Gelände und setzte zu einem neuen Angriff an. Die Gefechtsstellung durfte er sich nicht entgehen lassen. Es war auch höchste Zeit. Der Trupp war dabei, ein Flugabwehrgeschütz zu bemannen. Man mußte ihnen zuvorkommen.

Der automatische Zielfinder hatte die Auserwählten geortet und plazierte genau dort eine der beiden panzerbrechenden Bomben. Beim Ausklinken der Sprengladung machte der Kopter einen Satz nach oben. Der Pilot mußte handeln, bevor die Gegenwehr einsetzte. Den Kopter nach links aus der Bahn reißen. Die Luft anhalten. Zwei, drei. Kolossale Wirkung. Zwei aufeinanderfolgende Detonationen wühlten den Boden auf und schleuderten eine Menge Material in die Luft. Staubwolken stiegen in den blauen Himmel. Unter dem aufgetürmten Material löste sich eine mächtige Betonplatte, kam ins Kippen und rutschte aufreizend langsam und unaufhaltsam in die Tiefe. Schief blieb sie in dem Trichter voll wild ungeordneten Materials hängen. Was von oben aus weniger gut zu beobachten war: Sie war genau in ihre neue Verankerung gerutscht.

Zwei seltsam unförmige Pakete stiegen vom Boden auf. Eines klatschte mit einem Plop gegen den Kopter.

Verdammt, was war das? Ein zweites Plop! Der vordere rechte Rotor drehte sich aufreizend langsam. Seine eirige Bewegung erzeugte Vibrationen, die nichts Gutes verhießen.

„Verdammt, Treffer vorne rechts."

Die zwei Explosionen hatten die Rotoren des Multikopters aus dem Takt gebracht. Das Fluggerät geriet in ein leichtes Trudeln. Drei der acht Rotoren fielen aus. Sie verloren schnell an Höhe. Zum Glück gab es den Ersatzrotor. Ohne den hätten sie wahrscheinlich nicht mehr genügend Schub. Der Ersatzrotor klappte automatisch aus. Nun ließ sich der Multikopter in der Luft halten. Nichts wie runter mit der zweiten Ladung!

„Ungezielt?"

„Ungezielt!"

Immer druff. Die letzte Sprengladung wurde auf gut Glück plaziert. Hauptsache irgendwo auf der Halde. Der Kopter gewann wieder an Höhe, als die Last zu Boden ging. Zehn Kilo machten etwas aus. Jetzt die Luft anhalten! Zwei, drei. Die Explosionen raubten einem den letzten Nerv, besonders bei ungezielten Abwürfen. Schräg in der Luft hängend drehte der Kopter ab. Flug in Schieflage, egal. Nur nichts wie weg. Der Kopter erreichte nach wenigen Minuten die Basis.

Der Kopter war kaum gelandet, schon hatte sich das Reparaturteam seiner bemächtigt. Mit vereinten Kräften schoben die Mechaniker das Fluggerät in den Hangar. Die Piloten hängten die Monturen in den Spind und waren gerade dabei, den Verlauf des Einsatzes für die Berichtsaufnahme zusammenzufassen, als eine Ordonnanz vor ihnen salutierte.

„Die Piloten zur Stabsbesprechung."

Kam nicht oft vor. Mit Gesten, die wohl bedeuten sollten, daß sie diese Besprechung für überflüssig hielten, folgten die beiden Piloten der Ordonnanz zum Stabsgebäude. Auf dem Weg dahin mußten sie mehrmals kleineren Abteilungen ausweichen, die auf dem Schotterplatz vor dem Generalstab den schikanösen Drillmarsch übten.

Als sie das Generalstabsgebäude betraten, wurde ihnen zu dem Angriff gratuliert.

„Einfach toll, wie Sie die Stellung unter Feuer genommen haben, die wir schon lange auf dem Kieker hatten. Glückwunsch an den zielsicheren Schützen, der das große Loch in den verdammten Müllberg gesprengt hat!"

„Wir haben alle Details über die Bordkameras verfolgt."

„Wenn wir draufhalten, können wir ihnen einheizen."

Was die Generäle nicht wußten: Sie und ihr Stab wirkten entscheidend am Bau der sicheren Schutzräume auf der Halde mit. Zwar kam es beim Einsatz schwerer Kaliber zu spektakulären Bildern der Zerstörung. Der Druck der Explosionen aber faltete mächtige Stahlplatten und versetzte Betonplatten, die unter der Erde sichere Schutzdecken formten.

Neben der Begeisterung über den Angriff herrschte unter den Anwesenden im Generalstab immenser Ärger darüber, daß der Multikopter beschädigt worden war. Routiniert mißmutig gab die Ordonnanz den Befehl weiter, die Aufklärungsdrohne auszusenden. Zur Lagebesprechung im Stab waren auf Wunsch von Governor Jefferson neben den Militärs Angehörige der Stadtplanung, des Geheimdienstes sowie der lokalen Orga versammelt. Sie bildeten eine Traube um den Kartentisch, auf dem der diensthabende Offizier auf einer Geländekarte mit einem Schieber verschiedenfarbige Holzchips herumschob. Vom Eingang des Saals aus gesehen konnte man meinen, ein Croupier bewege die Spielchips einer Roulettegesellschaft hin und her. Immer wieder wanderten die Augen weg von der Karte und auch von den draußen veranstalteten Drillmarsch-Übungen zu den bewegten Bildern auf den Bildschirmwänden. Vertreter der verschiedenen Abteilungen gaben kurze Berichte und kommentierten die gerade noch vermiedene Havarie. Der diensthabende Offizier bat um den Schadensbericht.

„Vier Liquidationen, diverse Verletzte!"

„Immerhin haben wir es denen gegeben."

Der übliche Streit entbrannte: „Das bringt nichts. Uns sind die Hände gebunden. Wir sollten minimalinvasiv vorgehen."

Der kommandierende General Praljak-Oberkampf mit dem legendären Schmiß im Gesicht ergriff das Wort: „Unsinn, wir brauchen große Chirurgie! Amputationen und kein Larifari! Wir müssen das Übel tief herausschneiden und die Halde endlich unter Kontrolle bringen."

Eine Gegenstimme: „Wir sollten auf Multikopter verzichten. Wir gefährden unsere Piloten. Nehmen wir doch Drohnen."

Praljak-Oberkampf: „Nur mit Multikoptern lassen sich die panzerbrechenden Ladungen plazieren. Drohnen verfügen weder über genügend Nutzlast noch sind sie genügend präzise."

Die Gegenstimme: „Drohnen könnten mit mehreren kleinen Sprengsätzen operieren und ebenso viel erreichen wie die Kopter mit wenigen großen. Außerdem wäre es billiger."

Eine Pro-Stimme: „Doch was ist, wenn es ihnen gelingt, die Drohnen zu kapern. Dann können wir nur hoffen, daß die Sprengkörper schon abgeworfen wurden. Multikopter sind das Mittel der Wahl. Und es gilt: Besser mehr als weniger."

Eine warnende Stimme: „Aber wir müssen etwas gegen ihre Sprengbolte tun. Die werden immer genauer."

Die Gegenstimme: „Wenn wir massiver vorgingen, würde der Tumult NV in Angst und Schrecken versetzen."

Mancher im Generalstab sprach von „NV" statt von New Venice. Viele bevorzugten Englisch und hatten sich sogar englisch klingende Namen zugelegt. Erbschaft einer Zeit, in der England noch etwas bedeutete. Als es noch nicht auf die Midlands, einige Inseln um Dover, den Lake District Archipel und die Gegend um

Wolverhampton und Newport zusammengeschmolzen war. Die paar Hügelketten, die dazwischen noch aus dem Wasser ragten, konnte man glatt vergessen! Nur Schottlands Highlands hatten fast ohne Gebietsverluste überdauert.

Eine zweite Gegenstimme: „Ausgeschlossen, kann sich im Moment niemand leisten."

Die Pro-Stimme: „Vergessen wir nicht, wie wichtig die Bilder des Elends von der Halde sind. PR-technisch sind sie das Beste, was wir haben, um den Städtern den drohenden Abstieg vor Augen zu führen und sie im Zaum zu halten. Wenigstens die, die noch etwas zu verlieren haben."

Eine weitere Pro-Stimme: „Wir sind auf Kooperation angewiesen. Auf die Halde zu geraten ist das Schlimmste, was sich die Bewohner von New Venice vorstellen können. Für viele wäre das die Hölle. Schlimmer als Ertrinken. Die Drohkulisse versteht jeder, die müssen wir aufrechterhalten."

Außenstehende haben oft die Frage gestellt, ob die Militärs, Stadtplaner und Mitglieder der Orga wirklich so offen miteinander redeten. Soweit ich von diesen Sitzungen erfuhr, kann ich nur bestätigen: Ja, die redeten so offen. Sollten daran Zweifel bestehen, so lese man die stenographierten Protokolle jener Sitzungen, die im im Governats-Archiv unter den Signaturen MiB 2035-MiB 2049 *aufbewahrt werden.*

Eine weitere Gegenstimme: „Bedenken wir die tektonischen Probleme: Der Untergrund ist durch den veränderten Grundwasserspiegel nicht mehr sicher. Sprengungen können gefährliche Folgen für die Halde und auch für die Stadt haben."

„Jedes Detail", so die zweite Gegenstimme, „das übersehen wird, kann für uns gefährlich werden. Wir wissen doch: Unweit der Halde wird das Wasser des Strippenbachs als Trinkwasservorrat gestaut: Wir wissen nicht, wie stabil der Damm ist, der das Wasser zurückhält. Jede Erschütterung des Untergrunds kann zu einem Dammbruch führen und zur Überschwemmung von Stadtteilen, die bislang noch über dem Meeresspiegel liegen. Vor allem würde ein solcher Dammbruch zum Verlust unserer Trinkwasservorräte führen."

Praljak-Oberkampf: „Können wir das verdammte Wasser nicht woanders stauen? Lassen Sie das prüfen."

Die vierte Gegenstimme: „Vergessen wir nicht das Wichtigste: Wir benötigen die Bewohner der Halde. Sie sind es, die die Rohstoffe bergen. Unsere Rohstoff-Versorgung hängt fast vollständig von ihnen ab. Wollen *wir* etwa selbst in *dem* Giftberg schürfen? Verfügen wir über das nötige Know-how?"

Praljak-Oberkampf: „Dann besorgt das Know-how!"

Er war zutiefst verärgert darüber, wenn ein Gespräch in die Richtung ging wie damals, als sie in dem renommierten Coachingzentrum *Agentur* „Verständnisvolle Auseinandersetzung" geübt hatten. Nur äußerst ungern erinnerte er sich an den Kursus des Generalstabs mit diesen PR-Typen. Damals hatte ihn eine rote Wut gepackt, derart war ihm diese Verständnisheuchelei zuwider. Mehrfach hatte der Generalstab das Coachingzentrum besuchen müssen. Auf Weisung Jeffersons. Dem Befehl von ganz oben konnte man sich nicht gut widersetzen, doch für einen Profi wie ihn war es eine Qual, in Rollenspielen mit Vertretern ziviler Institutionen die richtige Strategie im Umgang mit der Halde zu erkunden. Erkunden! Und das in Zivil! Schulungen! Pfft! Nur unvollkommen gelang es ihm und den anderen Militärs, in den Rollenspielen „locker" zu erscheinen, in denen „empathische Auseinandersetzung" geübt wurde. „Nun seid ihr die Generäle. Wir diskutieren jetzt so lange, bis es keine Bedenken mehr hinsichtlich unserer Position gibt."

Bedenken beseitigte man mit anderen Mitteln! Diese Pressetypen, Psychologen und Therapeuten, die daran teilgenommen hatten! Ein Presse-Vertreter, wie hieß der noch, Hartmut, Helmut, richtig Harry Irgendwas, der sich mehrmals mit Hinweisen auf das „große Bild" eingemischt hatte, das man im Blick behalten müsse. War es nicht Harms, Harry Harms? Unmännliches Geduze! Was sich dieser Harry Harms, richtig, so hieß der, nicht herausnahm! Die Sätze schrillten ihm noch im Innenohr: „Du mußt die Grenzen zwischen Exekutive und Journalismus wegdenken." Praljak-Oberkampf mußte mehrmals klarstellen: „Sie haben Ihre Aufgaben, ich habe die meinen."

Immerhin hatte man sich bei der letzten Sitzung beim *brainstorming* auf gemeinsame Punkte verständigt: Diese waren zwar nur „skizziert“, aber sie erleichterten Entscheidungen, die nach Meinung der Macher getroffen werden mußten: Die Halde war Müllkippe und Entsorgungshabitat für Menschen, die keine Versorgung wünschten, auch weil sie die unterste Bewertungsschwelle des Scorings nicht erreichten. Doch als Outcasts waren die Bewohner der Halde dem System von Nutzen: als abschreckende Beispiele, als Rekrutierungsressource für verlustreiche Aufträge bei der Abwehr von Sabotage sowie für den Personenschutz und bei riskante Unterwassereinsätzen. Verschleißmaterial, schnell rekrutiert, schnell entlassen, schnell beseitigt. Eine Experimentalpopulation für neue biologische und psychemische Wirkstoffe aus der Firma von Icks.

Schon damals hatte Praljak-Oberkampf mit der Faust auf den Tisch geschlagen und sich geweigert, den Standpunkt der „anderen“ als „positives Korrektiv“ in sein Denken aufzunehmen. Mit Grauen dachte er an diese Sitzungen in der *Agentur*. Mit den Leuten von der Orga war das einfacher. Mit denen konnte man immer handelseinig werden.

Endgültig war ihm der Kragen geplatzt, als einer der Psychotypen ihm in einer „feedback“-Phase eine „Bewertungsdiagnose“ stellte, die für ihn die niedrigste erreichbare Note auswies. Von nun an zögerte Praljak-Oberkampf, der schon als Kommandant der Alphadog®-Truppe im Gespräch war, nie, die Schließung der Agentur zu fordern. Und wenn er Schließung sagte, meinte er Schließung. Knall auf Fall. „Wir brauchen Taten und keine Diskussion“, war sein Motto.

„Wenigstens haben wir ihnen eine Abreibung verpaßt. Doch keine falsche Hoffnung! Von außen sind sie nicht zu kontrollieren und werden in Zukunft nicht zu kontrollieren sein. Wir müssen die Halde infiltrieren. Finden Sie jemanden auf der Halde! Oder schleusen Sie dort jemanden ein!“

„Aber dort ist doch fast jeder Zehnte eingeschleust.“

„Dann sorgen Sie dafür, daß das auch was bringt.“

„Und das Kind, da war doch ein Kind. Können wir das nochmal sehen?“, versuchte eine neutrale Stimme abzulenken.

„Wird ein Kind vermißt?“

Eine der weiblichen Ordonnanzen begann in einem Ordner zu blättern. „Nicht.... daß.... ich...“

„Egal, was mit dem Kind passiert ist, wir schieben das denen in die Schuhe.“

„Ich sehe schon die Überschrift «Bewohner der Halde entführen Kind. Tod durch Kopterangriff». Nicht gut!“

„Und wenn es wieder auftaucht?“

„Dann schreiben wir uns das gut. Bereiten Sie schon einmal das Kommuniqué vor. Tenor: Kind durch Koptereinsatz gerettet. Dann noch das Übliche, etc. pp. Sie wissen schon.“

Eine Stimme meldete sich aus dem Hintergrund: „Apropos auftauchen: Wir müssen etwas für unsere beiden U-Boote tun. So geht das nicht weiter. Die sind kurz vor dem Absaufen.“

Damit endete der öffentliche Teil der Versammlung. Die Piloten wurden in ihr Quartier zurückbeordert. Eine einfache Order reichte jedoch der versammelten Befehlsgewalt nicht. Einer derjenigen, die bei ihrer Ankunft gar nicht mehr von dem Klatschen hatten lassen können, befahl: „Drillmarsch nach rechts! Ab und raus!“ Damit zwang er die Piloten, marschierend den Raum zu verlassen, dabei auf eine nicht unanstrengende Weise die Beine durchzudrücken und bei jedem Schritt in die Waagerechte anzuheben, wie man das von historischen Formen von Parademärschen kannte.

Die mächtige Wolke über der Halde verzog sich langsam. Als sich der Staub etwas gelegt hatte, tasteten sich zwei plumpe Silhouetten an die Oberfläche. Zwei Mitglieder vom Erkundungs- und Lotsentrupp in ABC-Schutzkleidung.

„Was sagt der Chemosensor?“

„Negativ. Strahlung?“

„Negativ.“

„Blindgänger? Streumunition?“

„Laut Stereoskop: Negativ.“

„Freigabe?“

„Freigabe!“

Die Testgeräte zeigten an, daß diesmal keine Chemikalien eingesetzt worden waren und daß keine weiteren Sprengkörper auf die Halde geraten waren. Beides war schon vorgekommen. Die hinterlistigen Angriffe waren von Aga, Jeffersons unberechenbarer rechter Hand, befohlen worden. Der ließ auch die von Konwal Filantrop entwickelte Streumunition einsetzen, dem weltweit bekanntesten Spezialisten für effiziente Waffensysteme. Die waren zwar seit Jahrzehnten geächtet, aber wirkungsvoll. Aga nannte das „Bevölkerungspolitik".

Einer nach dem anderen kamen die Bewohner der Halde aus ihren Unterständen und Schutzräumen und machten sich daran, die schmauchenden Brandherde mit Eimern voll Wasser und Decken zu löschen. Die Schäden wurden begutachtet: „Bravo, Dick! Die Platte liegt genau da, wo sie hinsollte."

Keine Spur von Hektik. Alle wußten, was zu tun war. Ein provisorisches Dach aus Tarnnetzen, auf denen fladenförmig Leichtabfälle eingearbeitet waren, wurde über den Bombentrichter gezogen. Eine raffinierte Schattierung auf der Oberfläche suggerierte einen Blick in eine tiefe Grube. Zar kam aus dem Keller unter dem Beobachtungsturm und enterte wieder auf, um seine Beobachtungen des Luftraums fortzusetzen und um von oben die Schäden zu begutachten. Eine Baukolonne machte sich daran, die Betonplatte zu stabilisieren und sie seitlich mit weiteren Betonplatten zu verbinden, die schon an ihrem Bestimmungsort lagen. Stahlarmierung und schnell abbindender Beton machten es möglich, daß die neuen Kellerräume darunter rasch befestigt waren. Eine mehrere Meter dicke Schicht aus trockenem und halbfeuchtem Müll wurde darüber aufgeschüttet und sorgte von nun an für einen sicheren Schutz vor den Folgen weiterer Explosionen. Zar richtete seine Aufmerksamkeit auf den Luftraum. Man konnte nie sicher sein, manchmal folgte direkt ein zweiter Angriff.

Derweil wurden die übel zugerichteten „Auserwählten" auf einem provisorischen Sammelplatz neben dem Tarnnetz photogen aufgeschichtet. Die täuschend echte Kulisse eines provisorischen Lazaretts entstand aus mehreren gerahmten Leinwänden, die gut sichtbar für eventuelle Aufklärungsdrohnen aufgestellt worden waren. Auch die „Versorgung" der „Verwundeten" wurde telegen präsentiert. Die beschädigten Gliedmaßen wurden durch solche mit Verbänden ersetzt. Bei den „minder Verletzten" wurden abgetrennte Gliedmaßen wieder angeknöpft, beschädigte Uniformteile ausgetauscht, die Sturmhelme zurechtgerückt. Alle Gelenke und die Standfestigkeit wurden überprüft, die Seilzüge wurden abgenommen, entwirrt und neu befestigt. Bei der Tarnung gaben sich die Bewohner der Halde immer die größte Mühe, denn jeder hier wußte oder ahnte doch zumindest, daß der Generalstab jede Regung auf der Halde genau registrierte. Die Bilder von der Halde würde sich der Generalstab genau anschauen. Wenn nicht..., aber man wußte ja nie, daher war es immer besser, Verluste vorzutäuschen. Damit ließ sich vermeiden, daß unmittelbar nach einem Angriff ein weiterer gestartet würde, wenn etwa die Zahl der Opfer dem diensthabenden General zu gering vorkommen sollte. Wissen konnte man das aber nie.

Die Bewohner der Halde lebten wie moderne Troglodyten. Bei der geringsten Gefahr zogen sie sich in die unterirdischen Räume zurück, die in künstlich angelegten Höhlen unter der Halde lagen. Von dort aus wurden Tunnel gegraben, die unter den Absperrungen, die die Halde begrenzten, ins freie Land und in die Stadt führten. Doch bei Tunnelbauten mußte man äußerst vorsichtig sein, denn sie wurden vom Govemat mit allen Mitteln bekämpft. Ständig kam es zu Suchbohrungen, um die Tunnel wieder zu zerstören.

Drei

Auf dem Weg zum Scoring-Center wurde Lisa auf ein unscheinbares Ladengeschäft aufmerksam, das zwischen anderen in einer heruntergekommenen Geschäftszeile lag. In dem Laden wurden Körperakzessoires und Dienstleistungen in Sachen Körperästhetik angeboten. Dicker Hausstaub lag über der gruftig schäbigen Schaufensterdekoration, deren fragwürdiges Zentrum ein Baumstamm mit tiefgefurchter Rinde bildete, an dessen Aststümpfen grob ausgesägte Schilder mit den prominenten Modebegriffen der letzten Jahre hingen. Von unten nach oben stand dort: „Beauty, the Whole Thing, Tattoo, Piercing, Splicing, Suspension, Nailing, Waxing, Sucking, Scalping, Scrape-off, Lift-off.“ Über dem seltsam dekorierten Schaufenster prangte der Name des Ladens in runenartiger Anmutung: „Tatuaz elementarny“. Lisa war sich sicher, daß sie einen derartigen Laden noch nie zuvor gesehen hatte. Und doch nahm sie den ausgesprochen schäbigen Laden nur aus dem Augenwinkel wahr, diesen grämlichen Baumstamm, die mit Reißzwecken an der Wand befestigten ausgeblichenen Photos von malträtierten Hautpartien und was sonst noch in dieser staubigen

Heimstatt kurzlebiger Zimmermotten herumliegen mochte. Auf der rechten Seite die vergilbte Geburtstagstorte aus Pappmaché mit der Aufschrift „15 years at your service". Die schmale Silhouette einer jungen Frau hatte ihren Blick angezogen. Sie kam ihr bekannt vor. War das nicht, ja doch, das war Sabine, die Freundin ihrer Tochter, mit der sie ständig zusammenhockte, um Filme zu drehen. Ihr erster Impuls war es, die junge Frau zu begrüßen, doch im nächsten Augenblick verzichtete sie darauf, weil sie sie aus dem düsteren Laden herausschleichen sah, die Hände in dicken Handschuhen, dabei war es doch wunderbar warm draußen…

Sie zwang sich dazu, so zu tun, als hätte sie sie nicht bemerkt. Sie würde sich den Laden mit dem unwahrscheinlichen Namen nach ihrem Termin genauer anschauen.

Woher sollte sie wissen, daß hier ein Hobby-Chirurg das Abnehmen von Fingernägeln und das Tätowieren praktizierte? Woher, daß der Laden zum Bezirk des Elementary Clan gehörte, einer lokalen Orga-Gruppierung, deren Anführer Casnov hieß und der am heutigen Abend ganz in ihrer Nähe dinieren würde? Noch weniger konnte sie ahnen, daß sie später einmal in diesem heruntergekommenen Laden für einige Wochen Unterschlupf finden würde.

Im Scoring-Center wurde Lisa von der Dame am Empfang gebeten, sich noch ein paar Minuten zu gedulden. Sie nahm in dem schicken Warteraum auf einem der bequemen Sessel Platz. Die Wände des Wartebereichs waren mit ausladenden Bildschirmen ausgestattet. Lisa fühlte sich von dem beständigen Fluß an Spots, Infoclips und Pausenfüllern eingeengt. Zeichentrickfilme und kurze Clips mit Eigenwerbung des Centers liefen in ununterbrochener Folge über die Bildschirme. In einer Endlosspule priesen lächelnde Damen und Herren vor einer weit ausladenden grünen Landschaft die Vorzüge des Scorings. Dann der Hinweis, daß man diese Filme sogar auf den eigenen Compro herunterladen und dort die Songs hören dürfe. Ohne Lizenzgebühr! Die Annonce auf einer Werbetafel lud dazu ein: „Greifen Sie zu! Drücken Sie DL und tauchen Sie in unseren Stream!" Die Eigenwerbung wurde durch Songs unterstützt:

„Scoring.... Tralala...
Die beste Regel für die ganze Welt...
tralalalala.
Shambali, Shambala."

Die Songs waren mit allen visuellen Tricks arrangiert. Sinnsprüche jeder Art und Provenienz flirrten in perfektem Design über die Teleboards: „Jedem das Seine." „Das Ihre jeder, das Seine jedem!" „Tu es einfach, Du bist, was Du bist." Unvergeßlich: „Wir belohnen im Guten wie im Bösen. Unsere schöne neue Welt, der sichere Weg zu Gerechtigkeit und Solidarität und all-all-all-all das."

Lisa versuchte, an gar nichts zu denken, jedoch ließen ihr die Staubwolken über der Halde und das Donnergrollen keine Ruhe. Und das, obwohl sie wie jeder andere wußte, daß die Müllhalde Sperrgebiet war, an das man besser nicht dachte. Und doch: Bei dem Gedanken, daß die Halde durch die Stadt bombardiert worden sein könnte, empörte sich Lisa: „Es leben aber Menschen auf der Halde!"

Wie war das nur möglich? Vor einigen Jahren kannte man Bilder von Menschen, die auf Müllhalden hausten, nur aus Entwicklungsländern. Heute siedelten unzählige Menschen auf der hiesigen Müllhalde. Sogar solche, die vorher ganz normal in der Stadt gelebt hatten. Man konnte nur hoffen, daß man sie vor den Sprengungen warnte. Ja, das konnte eigentlich nicht anders sein. Schließlich hatte Governor Jefferson einen Eid abgelegt, zum Besten der Stadt zu wirken und alle zu schützen. Das schloß die ein, die auf der Halde hausten. Und dennoch wußte jeder, daß jene von dem Scoring-System ausgeschlossen waren und die Stadt nur mit einem Passierschein betreten durften. Wie man unter diesen Umständen überleben sollte, war Lisa schleierhaft. Darüber dachte sie lieber nicht nach. Sie wußte nicht, wie sie jetzt gerade darauf gekommen war. Vielleicht zog der Gedanke an Unangenehmes andere unangenehme Gedanken nach sich: Wie als wenn gerade ein Teufel den Reigen ihrer Gedanken anführte, mußte sie mit Grausen an das denken, was sie in den vergangenen Jahren wohl am meisten verabscheut hatte: die Selbstmord-Olympiade.

Welch ein Wahn war das gewesen! Doch in den frühen Zwanzigern, als die weltumspannende Katastrophe begann, wollte sich das niemand eingestehen. Statt dessen wurde die Bevölkerung fast aller westlicher Staaten von einer seltsamen Begeisterung für Selbstmordattentate erfaßt. Zeiten der Demoralisierung und der moralischen Verwahrlosung! Psycho-, Amok-, Suizo-Attentäter machten das Leben weltweit zur Hölle.

Zwischen 2020 und 2025 forderten die Delta-, Omikron- und Theta-Krisen Millionen von Leben, und fast gleichzeitig brandete eine ungeheure Begeisterung für religiös motivierten Selbstmord auf. Es wurden unzählige Selbstmordattentate begangen. Die Medien berichteten längst nicht mehr über jeden Fall. Nicht einmal mehr über die vielen Fälle, in denen Attentate von unbescholtenen Mitbürgern in den zivilisierten Staaten begangen wurden.

Lisa wußte, daß es religiös-fanatischen Selbstmord immer schon gegeben hatte. Aber seit dem Ende des 20. Jahrhunderts gab es eine Welle von Selbstmordattentaten, mit denen Verzweifelte obskurer Herkunft die Weltöffentlichkeit provozierten. Aus geistigen Einöden trugen verwirrte junge Männer diese blutige Geste in die ganze Welt. Selbstmord war zwar universell verpönt, denn er bot Menschen jederzeit einen Ausweg aus unerträglichen gesellschaftlichen Zwängen. So etwas konnte weltweit kein Governat akzeptieren.

Das Gefühl, sich an den Rand gedrückt zu fühlen, entwickelten am Anfang des 21. Jahrhunderts viele, die sich angesichts der massiven Einschränkungen des Lebens durch die Klimakrise zur Wehleidigkeit und zum permanenten Beleidigtsein entschlossen. Irregeleiteten Tätern ging es jedoch nicht um ihre eigene leidensbesetzte Weltsicht. Ihr Kalkül war bestechend einfach. Ihnen ging es darum, so viele nichtsahnende Opfer wie möglich auszuradieren. Eine hohe Zahl an Opfern zierte den eigenen Tod. Die gräßliche Erfolgsbilanz des massenhaften Wunsches, sich selbst zu vernichten, konnte sich sehen lassen.

Mehr und mehr Menschen, die bislang angepaßt, unauffällig und sogar in materieller Sicherheit gelebt hatten, gingen seit 2025 dazu über, solche Anschläge zu verüben. Sie begingen ihre Anschläge aus heiterem Himmel, beendeten nicht nur das eigene Leben, sondern rissen die größtmögliche Zahl anderer Menschen mit in den Tod. Hausfrauen, Kindergärtnerinnen, Lehrer, Taxifahrer, Studierende der Volkswirtschaft. Niemand war mehr sicher, daß sich der Mitbürger neben ihm nicht plötzlich in die Luft sprengte oder ein anderer mit seinem Lieferwagen nicht in eine Gruppe von Passanten raste. Das individuelle Selbstopfer war für Entmenschte dieses Kalibers wohl mit der Hoffnung auf Erlösung verknüpft.

Man konnte sich nicht mehr darauf verlassen, daß es eine Gestalt in Kaftan und Vollbart oder in Burka war, die den Anschlag verübte oder ein mißbrauchtes, fanatisiertes Kind, wie es seit den Zehner Jahren im mittleren Osten, in Afrika und in Ostasien üblich gewesen war. Nein, es waren ganz normale, abendländisch sozialisierte, westlich gekleidete Menschen, ohne Migrationshintergrund die meisten, dafür mit Festanstellung und Rentenanspruch, die von diesem Wahn ergriffen wurden. Manche filmten ihren Anschlag und übertrugen ihre letzten Atemzüge direkt ins PureNet, diesen Sammelort übelster Bilder. Man konnte fast meinen, daß dies seine vornehmste Bestimmung war. Mit *live* übertragenen Selbstmordanschlägen in Kindergärten oder beliebten Cafés wurde ein Höhenkamm an Abscheulichkeit nach dem anderen erklommen. Große Techkonzerne, die mit dem PureNet unvorstellbar reich geworden waren, standen kurz vor der Entscheidung, das Netz abzuschalten. Doch immer obsiegten Voyeurismus und Geschäftsinteresse. Um 2030 kam es hierzulande zu durchschnittlich zehn solcher Attentate im Jahr. Einen Höhepunkt erreichte die Krise im Jahr 2032/33. 2034 erfolgte dann der kollektive Selbstmord im Rugbystadion von New Venice, bei dem 132 Fans den Tod fanden. Das war der Moment, als das Governat in Person des Sportbeauftragten Aga die Initiative ergriff, diesen Wahnsinn ein Ende zu bereiten oder ihn zumindest zu kanalisieren.

Flankierend begann eine systematische Überwachung der Gesellschaft. Waffenverkauf und Waffenbesitz, die auf dem Höhepunkt der Selbstmordwelle freigegeben worden waren, um jedem die Chance zu geben, sich gegen die eigenen Ängste zur Wehr zu setzen, wurden nun wieder reglementiert. Bei umfangreichen Razzien und Durchsuchungen wurden die Waffen mühsam wieder eingesammelt. Ob es eine gute Idee war, diese Verrücktheit zu kanalisieren, müssen spätere Generationen entscheiden. Als Governatssekretär für soziale Hygiene und als Sportbeauftragter gründete Aga 2035/36 die Selbstmord-Olympiade. Der Protest des IOC gegen die Verwendung der Bezeichnung Olympia verhallte ungehört, schließlich ging es bei der Selbstmord-Olympiade nicht um Penqui, sondern um ein soziales Anliegen.

Lassen wir einen Augenzeugen zu Wort kommen, der von dem Beginn der Selbstmord-Olympiade erzählt. Da es unser Augenzeuge vorzog, anonym zu bleiben, sind Ton und Bild verpixelt: „Rischtig! Vielleischt 2034 oder 2035 maschte eine Fernschehshow mit dem Titel *Olympiade der Selbstmörder* Furore", so die Erinnerungen des anonymen Zeugen.

„In der Schendung traten Selbstmörder in einem Wettbewerb *gegeneinander* an. Wie hiesch diescher herrlich verbitterte Kabarettischt noch, der diese Schendung das erste Mal moderierte: Blühmelmann? Hanoi weischt, er hatte gleisch vorgemascht, worum es ging. Dasch wa' da' Hamma! Zum Glück hatten die Fernschehmacher das Ende der Schendung schon aufgenommen, bevor er zur Tat schritt, scho dasch er noch wasch sagen konnte, als er schon dahingegangen war. Ich erinnere misch noch, wie er von scheinem „ultimativen Gag" sprach."

Bei der Selbstmord-Olympiade, die wenige Wochen nach dieser Sendung tatsächlich eröffnet wurde, traten die Lebensmüden gegeneinander an. Im Wettbewerb. Sie kämpften um die Titel „Bester Selbstmord", „Allerbester Selbstmord", „Unübertrefflicher Selbstmord", „Gottgleiche Selbstauslöschung". All die, die diesen Weg gehen wollten, konnten hier ihr Ansinnen auf sportliche Weise realisieren. Das hieß: ohne Kollateral-Opfer. Der Konkurrenzgedanke wurde zu einer wichtigen Motivation und ersetzte das Interesse an bedeutenden Opferzahlen. Das war ohne Zweifel eine echte Verbesserung. Wie in anderen Teilen der Gesellschaft, die von der depressiven Grundstimmung jener Jahre noch nicht erfaßt worden waren, führte die Konkurrenz zu einer unübersehbaren Leistungssteigerung in Sachen Freitod. Noch im Tod wollte ein Selbstmörder den anderen übertreffen. Die Olympiade lenkte viele Endzeitexistenzen von der Gesellschaft ab, die damit vor vielen eitlen Anschlägen geschützt war und von der Geißel der allgegenwärtigen Bedrohung befreit wurde. Vereinzelt kam es noch bis in die Vierziger Jahre zu Anschlägen. Die Welle jedoch konnte dank der Initiative Agas gebrochen werden.

Lisa schüttelte sich unwillkürlich bei diesen Gedanken. Ein Segen nur, sagte sie sich, daß die Zeit der Selbstmord-Olympiade vorbei war. Sie erinnerte sich gut: Sie war damals außer sich, als Franz mit elf Jahren darum bettelte, das sehen zu können. Was mochte in Kinderhirnen vorgehen?

Ohne auf die Inhalte zu achten folgte sie dem Fluß der Bilder, die über die Bildschirme fluteten. Die Clips liefen stumm, dennoch erkannte man unschwer die singenden Scoring-Fans, die tägliche Episode aus *Gregory und Hubertus* sowie den neuen Pausen-Cartoon mit einer Katze. Die saß fast unbeweglich im Bild, starrte in die Kamera und tat von Zeit zu Zeit so, als schnüffle sie von innen an dem Bildschirm. Das war schlicht, machte aber Eindruck! Sie tat so, als schaue sie sich in dem Wartebereich um. Eine ungewöhnliche Bewegung auf dem Bildschirm ließ Lisa aufblicken. Sie nahm wahr, daß die Katze eine Angestellte fixierte und ihr mit dem Blick folgte, als diese mit einem Aktenstapel unter dem Arm den Wartebereich durchmaß. Dann fixierte die Katze eine Fliege, die auf dem Rahmen des Bildschirms herumspazierte. Sie verlor sichtlich das Interesse an der Angestellten und haschte mit ihrer Tatze nach der Fliege. Die Tatze schien für den Bruchteil einer Sekunde aus dem Bildschirm herauszuschnellen. Fasziniert beobachtete Lisa die Animation.

Lisa ließ sich von dem Spiel der Figuren in den Bann schlagen und vergaß ihre unerfreulichen Gedanken. Die Katze hatte sich aufgemacht und lief nun durch verschiedene Spots, mal im Hintergrund, doch sie kam auch nach vorne und stubste die Figuren an. Lisa war für die Ablenkung dankbar und fragte sich, was das wohl für ein Aufwand gewesen sein mußte, die Katze maßstabsgetreu in all diese Studiowelten zu versetzen und dann noch die Interaktion mit den jeweiligen Welten zu animieren. Sie war voller Anerkennung für diese kreative Störung im Bild. Als die Katze in einem Clip der Kinderserie *Gregory und Hubertus* erschien, reagierten die Protagonisten.

Gregory: „Schau, da ist sie wieder, diese Katze. Ich frage mich, was die hier wohl sucht."

Hubertus: „Im Wildwald habe ich die nie gesehen."

Gregory: „...und schon gar nicht auf der Besetzungsliste."

Lisa kannte die Serie noch aus ihrer eigenen Kindheit, obwohl sie nicht sehr viel fernsehen durfte, an diesen Dialog in dem Clip konnte sie sich nicht erinnern.

Innerlich belustigt freute Lisa sich schon fast auf das vor ihr liegende Gespräch. Und doch schauderte ihr. Was würde ihrer Job-Moderatorin heute einfallen?

Das letzte Mal hatte sie eine Schulung in „gesellschaftlicher Kompetenz“ vorgeschlagen. Die Krönung! Als hätte sie sich durch die Erziehung der Kinder nicht genügend „gesellschaftliche Kompetenz“ angeeignet. Zudem wußte Lisa, daß sie wichtige Scoringpunkte hätte investieren müssen, um an dieser Schulung teilzunehmen.

Denn jede Schulung wurde mit Scoringpunkten bezahlt. Das war die Regel. Die Scoringpunkte gaben Auskunft über den Status, den der Einzelne in der Gesellschaft genoß. Die Berechtigung, in bestimmten Stadtvierteln zu leben, die Höhe der Miete, der Zugang zur Gesundheitsversorgung, Bankleistungen und viele weitere Dinge hingen vom Scoring ab. Mit diesen Punkten konnten auch Schulungen, Weiterbildungen oder Beratungen bezahlt werden. Bei einem ausgeglichenen Scoring-Konto konnte sich das jeder ohne Probleme leisten. Wenn das Konto weniger gut gefüllt war, konnte es eng werden. Jeder Punkt, den sie investierte, würde zur Aufrechterhaltung ihres Status’ fehlen. Sollte sie die Punkte in etwas investieren, von dem sie spürte, daß es am Arbeitsmarkt nicht gebraucht wurde? Würde ihr Scoring dann nicht in Richtung auf jenen kritischen Wert absinken, von dem an das Leben beträchtlich an Glanz verlor, ohne daß sie nur einen Schritt in Richtung Berufsleben vorangekommen wäre? Einmal hatte sie unbedacht ein Coaching in „beruflicher Neustart“ angenommen. Doch das Coaching hatte ihr nicht weitergeholfen. In ihrer Erinnerung erschien ihr alles, was sie dort erfahren konnte, wie eine wunderbare Seifenblase:

„… und nun definieren Sie mal das Feld, auf dem Sie aktiv werden möchten“, hatte der Coach geworben.

Alles blanke Theorie. Keiner der Teilnehmer „entwickelte“ sich dabei. Sie machten sich bei dem *brain-storming* klar, was sie tun sollten oder hätten tun sollen, nicht jedoch, was sie als nächstes tun *würden*. Wenig tragfähig das Ganze: „Ich sehe mich mit Menschen und Kindern“ oder „ich fühle, daß ich etwas mit Kleidern mache...“ Heraus kam dabei jedoch nichts. Am Ende fehlten ihr wichtige Scoringpunkte.

Da „gesellschaftliche Kompetenz“ nicht gerade das war, was sie in der Chemie voranbringen würde, hätte das neuerliche Investment der Scoringpunkte nur die weitere Verschlechterung ihres Scorings und damit ihren Abstieg programmiert. Wurde eine bestimmte Zahl von Punkten unterschritten, war nicht einmal mehr das Scoring-Center für die Vermittlung von Arbeit zuständig. Nicht ohne Sarkasmus dachte sie, daß dies ein guter Weg war, die Unvermittelbaren aus der Statistik zu bringen. Wer einmal aus der Gruppe derer, für die man noch etwas zu tun verpflichtet war, herausgefallen war, würde in der Statistik nicht mehr stören.

„… und gönnen Sie sich mal eine Auszeit.“

Lisa hatte am eigenen Leibe erfahren, daß durch die Teilnahme an solchen Seminaren ihre Zuversicht weiter absank. Und doch meldete sich in ihr immer wieder die Hoffnung: „Könnte alles nicht auch ganz anders sein?“

Niemand konnte die Gedanken Lisas kennen. Aber ich habe eine gute Vorstellung davon entwickeln können, wie sie dachte. Sie dürfte gedacht haben: „Wie wäre es gewesen, wenn ich die Stelle gehabt hätte? Wie hätte ich mich verhalten? Hätte ich wie Karl jeden Konflikt vermieden?“

Ob ihre Job-Moderatorin auf ihren Vorschlag vom letzten Mal zurückkommen würde? Doch sie verscheuchte diesen Gedanken und entschied sich, das vor ihr liegende Gespräch positiv zu betrachten. Ganz gelang es ihr nicht, weil sie das Gefühl hatte, die Mitarbeiter hier werkelten eher daran, sie nicht zum Zuge kommen zu lassen. Aber sei es drum! Wie gern wäre sie aktiv wie Karl! Wie gerne würde sie sogar für eine Weile seine Rolle übernehmen! Sie kannte die Forschungen, die Karl in der Firma verfolgte. Manchmal sprachen sie zuhause darüber.

Karl meinte dann: „Wir wissen beide, daß du eine glänzende Karriere hingelegt hättest. Aber wie hätte unser Leben dann ausgesehen?“ Sicher, ihre aktuellen Sorgen hätte sie wohl nicht. Vielleicht aber andere. Zugegeben, das waren Luxus-Sorgen, aber bei dem Gedanken, daß ihre Existenz vom Wohlergehen Karls abhing, wurde ihr flau. Diese Abhängigkeit ließ sie wenig gelassen in die Zukunft schauen. Doch es ist, wie es ist, dachte sie sich. Nie hätte sie aber gewollt, daß ihr Wunsch gegen die berufliche Karriere Karls aufgerechnet werden sollte. Sie sehnte sich nach *ihrer* Chance. „Ich hätte mir gewünscht, daß wir beide Erfüllendes vollbringen könnten. Karl hat die Chance, sich zu verwirklichen, und die möchte ich auch."

Und nun diese Beförderung! Karl hatte, das meinte er ganz ehrlich, nie auf herausgehobene Positionen hingearbeitet. Er war nach und nach in die Karriere und auf der Karriereleiter hinaufgerutscht. Unwillkürlich mußte sie an den Song „Bück Dich hoch" der Band „Deichkind" denken, der um 2020 wochenlang die Charts angeführt hatte und zu dem Constanze und sie häufiger ausgelassen getanzt hatten. Karl hatte sich an einem Tanzabend dazugesellt. Er war kein großer Tänzer. Daran erinnerte sie sich gut. An jenem Abend hatte er sie zu einer Radtour eingeladen. Karl war niemand, der sich hochbückte. Er interessierte sich für die Dinge, das hatte den Ausschlag gegeben.

Im Grunde war er immer zufrieden gewesen mit seiner Arbeit als Chemiker. Halbleiter, basische Lösungen, Polymere, Wirkungsanalyse. Das waren Arbeitsgebiete, mit denen sich Karl tage- und nächtelang beschäftigen konnte. Leitungsaufgaben hatte er sich vom Leib gehalten. So manches Mal hatte er geäußert, daß er an so etwas kein Interesse habe und es eher als eine Last empfinde.

„Ich muß die Dinge in die Hand nehmen können. Ich habe kein Interesse, die Forschung für andere zu organisieren. Richtungsentscheidungen und Politik waren nie mein Anliegen."

Lisa dachte in solchen Momenten: „Und genau diese Wahl habe ich nicht einmal..." Sie kannte aber auch seine Antwort. Wie oft hatte er ihr nicht gesagt, daß sie sogar die bessere Politikerin sei und immer sie die echten Entscheidungen getroffen habe. Daß sie es gewesen sei, die das Haus und die Kinder gemanagt habe, er das mehr oder weniger so mitgetragen habe und vor allem seinem beruflichen Hobby nachgegangen sei. Sein: „Das war einfach, das Geld kam rein. Ich mußte mir keine Sorgen machen", klang ihr noch im Ohr. Sie konnte sich keinen Reim darauf machen, warum sich Karl nun auf diese Herausforderung einließ. Was hatte sich geändert? Dabei war sie sich sicher, daß er es ihr und den Kindern zuliebe getan hatte. Zwar würde ihn das Mehr an Verantwortung einiges an Zeit und Kraft kosten, aber es war schon eine

Absicherung, wenn man wußte, daß man sich Reserven aufbauen konnte, zumindest materielle Reserven. Wie es hingegen mit den emotionalen und den Kraftreserven aussah, stand auf einem anderen Blatt.

Nun galt es aber erst einmal mit sorgenfreier Miene das Gespräch durchzustehen, das vor ihr lag. Es wäre doch gelacht. Es mußte sich doch etwas machen lassen! Ihr Scoring war noch nicht vernichtend. Ihre Kenntnisse der Grundlagen verläßlich. Davon konnte sie sich jedes Mal überzeugen, wenn sie mit ihrem Mann über die aktuelle Forschung sprach. Es mußte sich doch ein Job für sie finden lassen! Vielleicht war es gut, die Ansprüche nicht zu hoch zu schrauben, sondern erst einmal irgendwo anzufangen. Mal sehen, ob heute nicht ein Angebot dabei war.

Es hatte auch Lichtblicke gegeben. Ein Programmierkurs im Winter 2038/2039 war nicht ganz so unbrauchbar wie „beruflicher Neustart" gewesen. In dem Kurs hatte Lisa Barry kennengelernt, den ungeschicktesten Menschen, dem sie je begegnet war. Jahre später sollte sie ihn wiedertreffen.

Der Programmierkurs war Lisa als Maßnahme zur Weiterqualifizierung arbeitsloser Familienmütter aufgeschwatzt worden, sollte sich aber als folgenreich erweisen. Schon am ersten Tag fiel ihr Barry Henderson auf, der mit der Kaffeemaschine in Konflikt geriet und sich über und über mit doppelt gesüßtem Espresso bekleckerte, der in unvorstellbaren Mengen aus allen Ritzen der Maschine sprühte. Wollte er jetzt schon seinem späteren Spitznamen Bugnetteman alle Ehre machen? Als es ihm endlich gelungen war, einen Kaffee zu ziehen, bot er ihn Lisa an, die hinter ihm wartete. Sie nahm an. Umgehend verhedderte er sich wieder in der Tücke der Maschine, als er sie dazu bringen wollte, auch für ihn einen Kaffee zu bereiten. Verschiedene Fehlfunktionen kombiniert mit Bedienungsfehlern führten zu einem spektakulären Resultat. Zuerst spritzte aus dem Apparat Sahne heraus, dann wurde Barry mit heißem Kaffee überschüttet und schließlich mit Zucker bestreut. Er lachte aber nur darüber und meinte, nun sei er „getauft, geteert und gefedert". Dann erzählte er, daß er Platzwart im hiesigen Rugby-Verein sei und Computerkenntnisse benötige, um das Lager und die Liga zu verwalten. Sein Kind wachse bei der Mutter auf, unter Eltern fühle sich aber wohl.

Dann dachte sie wieder an *das* Thema: Die Katastrophe hatte die Menschen aller Kontinente unvorbereitet getroffen. Wer hätte vor zwanzig Jahren nur einen Cent auf das Eintreffen der Voraussagen gewettet, die vor einer Klimakatastrophe und den damit verbundenen Veränderungen der Umwelt gewarnt hatten! Allzu lange hatten wir uns damals auf technische Lösungen verlassen, die sich jedoch allesamt als Chimären entpuppt hatten. Dank menschlicher Tatkraft konnte zwar der Totalverlust abgewendet werden, doch die Veränderungen betrafen alle Lebensbereiche.

Die Umwälzungen hatten mit der Flut begonnen und bei jedem Spuren hinterlassen. Der Ausbau der Deiche an der ehemaligen Küstenlinie war angesichts des rasch ansteigenden Meeresspiegels nicht mehr sinnvoll gewesen. Vor der anrückenden Flut wurde das von den Mittelgebirgen zum Meer hin abfallende Land nach und nach aufgegeben. Damit verlagerte sich im Laufe der letzten zwanzig Jahre die Siedlungszone von Hunderttausenden von Menschen immer weiter südwärts. Es kam zu einer massiven Einwanderung aus anderen Küstenregionen, die von dem ansteigenden Wasser betroffen waren und wo es nicht einmal Mittelgebirge gab: Holland, Belgien, Nordfrankreich. Sogar aus Nordafrika kamen Flutflüchtlinge. Menschen aus allen Küstenregionen der Welt zogen in die Bergregionen ihrer Heimatländer oder nach Europa.

Es folgte ein Jahrzehnt, in dem sich die Bevölkerungen der Küstenländer weltweit an die veränderte Lage mühsam anpaßten. Manche sprachen von einem verlorenen Jahrzehnt. Es galt, die größte Not zu lindern. Täglich stellte sich die Frage, wie all die Menschen, die ins Land geflüchtet waren, versorgt werden konnten.

Die Migration stellte das Land seit den Dreißiger Jahren vor immense Versorgungsprobleme, die sich verstärkten, weil aufgrund der Flut die landwirtschaftlich nutzbare Fläche zurückging. Glücklicherweise waren genügend Arbeitskräfte vorhanden, um auf dem gesamten Kontinent mächtige Dämme zu errichten, mit denen die Flußtäler verschlossen wurden. Damit konnte verhindert werden, daß das steigende Meerwasser weit ins Binnenland eindrang und so von dem einstmals reichen Land nur noch Inseln übrigblieben. Seither hielten Kaskaden von Hubschleusen an den Flußmündungen den Schiffsverkehr aufrecht. Alles in wenigen Jahren aus dem Boden gestampft. Die Mündungen der Flüsse hatten sich weit ins ehemalige Binnenland hinein verschoben und waren ebenfalls durch hohe Deiche gesichert.

Was geschehen würde, wenn man das Binnenland nicht gegen die steigende Flut abdichtete, konnte man meeresseitig der Verteidigungslinie beobachten, hinter der sich die Bevölkerung verschanzt hatte: Vor der neuen Küstenlinie hatten sich die Areale, die noch vor kurzem als zusammenhängende Landmasse aus dem auflaufenden Wasser ragten, zu Archipelen verwandelt. Nur noch die Teile des Landes ragten aus der See, die damals mehr als sechzig Meter über Null gelegen hatten. Bei ruhiger See konnte man bei Ebbe meilenweit die entlaubten Kronen abgestorbener Bäume sehen, die aus dem Wasser ragten. Überall an der Küste standen Ruinen verlassener Gebäude.

Als ihre Job-Moderatorin um 14 Uhr zu der Öffnung ihres Cubicles trat und ihr aufmunternd zulächelte, läutete Lisas Compro. „Constanze, danke, daß du dich meldest, darf ich dich gleich zurückrufen? Ich habe gerade ein Gespräch. Ja, ungefähr eine halbe Stunde, ich rufe gleich zurück."

Als sie das Gespräch beendete und ihren Compro in den Pausenmodus schaltete, war ihr, als huschte etwas schattenhaft über ihren Bildschirm. Sie schenkte dem keine Aufmerksamkeit, schaltete das Gerät ab und ging hinüber zu ihrer Moderatorin.

„Nein, es sieht nicht gut aus", begann diese.

„Das müssen Sie mir erklären. Ich tue alles, um einen Einstieg zu finden."

„Sie wissen doch... Verzeihen Sie, wenn ich das so offen anspreche... Sie gehören zu einer Altersgruppe, die nicht mehr so gefragt ist. Bei uns hat jeder eine Chance, wenn er zu denen gehört, die gesucht werden."

„----??"

„Und Sie wissen doch: Sie sind abgesichert, und es gibt einfach nicht genügend bezahlte Jobs in dem Bereich, in dem Sie arbeiten möchten. Wir leben in herausfordernden Zeiten. Die Märkte sind durcheinander. Niemand weiß, was morgen sein wird. Gönnen Sie doch den Jüngeren die Jobs. Sie werden eh meist schlecht bezahlt. Am besten wäre es für Sie, sich damit abzufinden, daß die Jüngeren die Jobs bekommen! Die haben das Leben ja noch vor sich."

„Ich etwa nicht?“ Nur daß Lisa dies nicht laut aussprach, sondern im Stillen dachte.

Die Moderatorin fügte noch hinzu: „Wir hätten Jobs auf den Service Islands. Ich will Ihnen aber gleich sagen: Dort wird in achtzehn Stunden-Schichten gearbeitet, sechs Tage die Woche. Nach drei Wochen eine Woche Heimaturlaub, bevor es wieder losgeht. Wenn Sie sich das vorstellen könnten... Doch glauben Sie mir, das ist etwas für Jüngere, die keine Familie haben.“

Lisa war knapp davor, über dieses Jobangebot ernsthaft nachzudenken. Ein sicherer, wenn auch anstrengender Job, sie zögerte. Immerhin eine Aussicht, daß es dort keine morgendlichen Explosionen geben würde, wie hier auf der Halde.

„Darf ich daraus schließen, daß Sie die Detonationen gehört haben. Ich vermute, es ist eine Maßnahme im Rahmen des *Urban Mining Programms*. Alles harmloser, als es sich anhört.“

Während ihr Gegenüber redete, mußte sich Lisa eingestehen, nicht bei der Sache zu sein. Sie dachte an anderes. Sie dachte wieder daran, was in kurzer Zeit alles passiert war. Und doch hatten die Bergers großes Glück gehabt. Sie lebten im eigenen Haus. Es war zwar klein, aber vielleicht war das der Grund, weshalb sie keine Einquartierung erlebt hatten wie andere. Lisas Familie hatte die letzten Jahre in exklusiver Gelassenheit verbringen können. Sie waren auch dem drohenden Verlust des Grundstücks entgangen. Zusätzlich bewahrte das Gehalt ihres Mannes die Familie vor den ärgsten Auswirkungen der Veränderungen, die mit der ökologische Katastrophe des Jahres 2025 eingesetzt hatten.

Lisas Eltern hatten das Grundstück in einer weniger begehrten Wohngegend gekauft. Wegen der Hanglage wollte damals niemand dieses Terrain. Weil sie wie üblich ihre Tochter nicht gefragt hatten, wollte Lisa damals von dem Gelände nichts wissen. Nun war diese Lage extrem gefragt: Ihre Eltern hatten einen guten Riecher bewiesen. Bergers lebten in einem Wohnquartier, das noch für lange Zeit vor dem stetig steigenden Wasser sicher war. So war trotz der desaströsen wirtschaftlichen Gesamtlage für die Familie alles erträglich geblieben.

Und doch färbte die bedrohliche Situation, die die Bevölkerung von New Venice erlebte, auf den Alltag ab. Viele fühlten sich von dem steigenden Wasser bedroht. Viele litten an Gefühlen völliger

Aussichtslosigkeit. Wäre es nicht besser gewesen, wäre auch sie konkret von der Gefahr betroffen gewesen? Wäre dann nicht auch sie zum Handeln gezwungen gewesen? So hatte sie über Jahre abgewartet. In einer provisorischen Sicherheit, aber ohne etwas gegen die latente Gefährdung unternehmen zu müssen. Vielleicht war Lisas Wunsch, wieder eine Arbeit aufzunehmen, eine Reaktion auf diese Situation.

Lisa war froh, daß Helene und Franz ihre eigenen Wege gingen, auch wenn ihr diese Wege manchmal seltsam erschienen und sie das Gefühl hatte, die beiden immer mal wieder zur Ordnung rufen zu müssen. Bestand ihre Rolle wirklich darin, Beschränkungen auszusprechen und sich Kontrolle vorzubehalten? „Zwei Lieferfahrten am Nachmittag, aber nicht mehr! Denk an die Schule!" Wie brachte Franz es fertig, daß sie seinem „Ok" glaubte. Daß Franz mittlerweile heimlich für Doggy arbeitete, einen der berüchtigten Groß-Dealer der Stadt, wußte sie nicht. Franz war klar, daß das seine Mutter erzürnen würde. Wie brachte es hingegen Helene fertig, daß immer alles kompliziert wurde?

„Bevor du etwas ins Netz stellst, möchte ich das sehen."

„Mama, das ist doch Zensur."

„Ja, das ist Zensur. Ich möchte nicht, daß du dich den Blicken anonymer Nutzer preisgibst."

„Anonyme Nutzer!" Sie verdrehte die Augen nach oben.

Auch deutlich weniger entkleidet als andere Moderatorinnen verdiente Helene auf ihrer Plattform im PureNet mit Schminktips und Kochanleitungen Geld. Den jungen Leuten fiel das scheinbar nur so zu. Lisa gönnte es ihnen.

Helene fand bald neben den Schminkfilmen auf PureNet ein weiteres Betätigungsfeld. Den ersten Lift-off®-Sketch entdeckte Helene, als Sabine sie zu sich zum Schneiden einlud. Nach anfänglichem Zögern mußte sie sich entscheiden: Wollte sie sich diesem neuen Life-style anschließen oder nicht?

Gedämpfte baßlastige, rhythmische Musik, typischer Troprock, dazu eine kühle und leicht graublaue Straßenszenerie. Wasserdampf zieht durch Kanalöffnungen ins Freie. Abenteuerlich beleuchtet durch Straßenlaternen und Autoscheinwerfer. Ein Gullydeckel hebt sich in der Mitte der Straße. Der Blick fällt durch die

Öffnung nach unten. Dort in den Serviceschächten tanzen buntscheckige Spät-Hippies der Dreißiger Jahre in warmem gelbem Licht und singen:

„Lift-off, lift-off,
your life is down there...
Bring it out, bring it out...“

Die Sänger tanzen mit dicken Handschuhen. Wie auf ein Kommando legen sie gleichzeitig die Handschuhe ab, dazu gleich ein neu lanciertes Wort: „Zip deine Protectors.“

„Zip deine Protectors,
coll, you are so coll.
Zieh sie aus, zieh sie aus!“

Für jeden Finger ein separater Reißverschluß, mit dem er sich einzeln aus dem Schutzfutteral befreien läßt. Lächelnde Gesichter. Hände die aus den Protectors gleiten. Eine Hymne auf das schmerzfreie Öffnen. Nach dem „Zippen“ sieht man Hände, an denen die Nägel fehlen. Sabine hatte die Idee, noch etwas in den Spot reinzuschneiden.

Lisa war in Gedanken. Für einen Moment war ihr entgangen, was die Job-Moderatorin erklärt hatte. Sie versuchte, wieder in dem laufenden Gespräch Fuß zu fassen.

„Wie sieht es bei Ihnen mit einer Schulung in „gesellschaftlicher Kompetenz“ aus? Es gibt da eine Ermäßigung. Sie müßten nur vierzig Scoringpunkte investieren. Jede Aktivität zählt, Sie wissen doch.“

Als Lisa nicht gleich enthusiastisch reagierte, lenkte die Job-Moderatorin ein. „Sie können es sich überlegen. Rufen Sie mich die nächsten Tagen an oder schicken Sie mir eine CM.“

Sie war gut trainiert. Ihr Job war es ja nicht, die Menschen schnörkellos zu etwas zu verpflichten, sondern zu suggerieren, daß selbst die schnödeste Lösung immer noch die beste Lösung war. Sie wußte, daß es ihren „Kunden“ leichter fiel, auf eine Compro-Message zu reagieren oder eine solche zu schicken. Die meisten fügten sich dann ins Unvermeidliche. Jedes Aufbegehren war schädlich für das soziale Klima. Governatspolitik. Lieber punktuell nachgeben. Den Menschen das Gefühl geben, an Entscheidungen beteiligt zu sein, um sie dann an der langen Leine umso sicherer durch die Manege zu führen.

Als Lisa das Scoring-Center verließ, kam es ihr vor, als werfe ihr jemand dauernd Steine in den Weg. Alle Versuche, ihr Leben mit den üblichen Karrierewegen zu synchronisieren, schienen fehlzuschlagen. Den schäbigen Laden mit den seltsamen Angeboten zur künstlerischen Körperdeformation hatte sie längst vergessen.

Der Rest des Nachmittags verging wie im Fluge. Irgend etwas blieb immer vorzubereiten und ständig drohten Telefonate, die etwas mit dem Abend zu tun hatten.

Bei den Anrufen von Karls Kollegen oder von deren Ehefrauen galt es, Haltung zu bewahren. Da der Anlaß der Feier durch die Unternehmensleitung geheim gehalten worden war, schossen die Mutmaßungen ins Kraut.

„Ich habe gehört, es geht um den Verkauf von Unternehmensteilen. Ob Karl dafür der richtige ist?"

„Ich glaube, die Firma wird nun unter Wasser investieren."

„Soll ich meine Seelöwenkrawatte umbinden oder besser die Seestern-Fliege?"

Doch sie wußte: Noch war alles *top secret*. Lisa machte gute Miene zum bösen Spiel und versicherte einem jeden glaubhaft, daß sie nichts wisse und ihrerseits verschiedene Dinge vermute. „Karl ist doch nah dran an Hanns, dem Chef. Hat der nichts gesagt?"

Lisa gab sich gelassen und versicherte jeden und jede ihrer Freundschaft. Sie plauderte aus, daß nach dem Essen noch ein besonderer Programmpunkt folgen würde. „Ich habe gehört, es soll im Anschluß noch eine Vorführung im Pitip geben. Darauf freut sich Franz besonders."

Wie sie es erwartet hatte, war keines der Kinder um 18 Uhr zuhause, geschweige denn in Abendrobe. Als der Wagen draußen vorfuhr, der sie zum Hotel bringen sollte, bat Lisa den Fahrer, einige Minuten zu warten. Sie schickte die Nachricht, die sie schon vorbereitet hatte.

„Es ist fünf nach sechs. Ihr habt noch genau drei Minuten, um hier einzutreffen, sonst gibt es vier Wochen kein Netz."

Zwei Minuten erschien Helene mit hochrotem Kopf.

„Mama, mach doch nicht solche Sachen! Ich hatte den ganzen Nachmittag noch die Präsentation für Papa geschnitten. Dann war ich nur kurz bei Sabine. Wir mußten an ihrem Auftritt arbeiten. In letzter Minute haben wir noch schnell eine Szene gedreht. Hier schau mal. Es hätte noch viel besser werden können."

„Könntest du mir deinen Film während der Fahrt zeigen? Ich habe jetzt alle Hände voll zu tun. Und du sieh zu, daß du in das Kleid reinkommst."

„Mama, ich mag das Kleid nicht."

„Helene, wir haben darüber schon gesprochen. Für Vater geht es um viel. Zieh es einfach an, das haben wir abgemacht."

In diesem Moment stellte Franz sein Lieferrad hinters Haus.

„Mama, ich konnte nicht früher, wir hatten ganz viele Lieferungen. Ich darf das eigentlich nicht sagen, aber ich hatte vier Lieferungen allein für das Schimgrillo. Echt heavy! Da konnte ich nicht einfach nein sagen."

„Das gilt ebenso für zuhause."

„Aber Mama, das wird doch langweilig heute, ich verstehe wirklich nicht, warum wir mitsollen."

„Hör mal, du hast mir gerade gesagt, daß du heute schon viermal zum Schimgrillo hingefahren bist. Jetzt fährst du mit uns ein fünftes Mal dorthin, deinem Vater und mir zuliebe. So haben wir das abgemacht. Und was abgemacht ist, gilt. Außerdem: Du trägst die Post für andere aus und deine eigene Post, die schaust du nicht mal an, hier ist ein Brief für dich aus…"

Noch bevor sie den Satz beendet hatte, hatte ihr Franz den Brief aus der Hand gerissen. Er starrte auf den Umschlag. Hochschule Waldenzell: „Nein, ich glaube es nicht: Sie haben mich zur Vorauswahlrunde eingeladen."

„Wunderbar, das feiern wir heute. Seht zu, daß ihr in die Klamotten kommt!"

Die beiden Jugendlichen tauschten hilflos mißbilligende Blicke. Nicht wirklich „stramm", aber los. Mit Schulterzucken, die Augen nach oben verdreht, schauten sie ihre Mutter an.

„Das ist ziemlich non-stramm".

„Aber ist doch coll, daß ich eine Runde weiter bin."

Lisa fand die jugendliche Aussprache ehrwürdiger Wörter seltsam. An „coll" für „cool" konnte sie sich nicht gewöhnen.

„Hast du die Explosionen mitgekriegt? Voll *cool*!“ Helene äffte die alte Aussprache in affektivem Tonfall nach. „Es gab wieder einen Angriff auf die Halde. Heute vormittag. Die sind da mit einem Multikopter rüber, aber den hat es dann offenbar erwischt. Wir haben dort heute morgen in der Freistunde ganz in der Nähe ge-pro-t. Es wurde in echt geschossen. Haben wir genau gehört.“

Halblaut fügte sie hinzu: „Wir haben Aufnahmen davon.“

„Ach Quatsch, das erzählst du nur. Das waren bestimmt nur harmlose Sprengungen.“

„Nein, ich sage Dir...“

„So, macht euch fertig. Helene, ab ins Kleid! Franz, wir liegen zwanzig Minuten hinter dem Zeitplan. Macht es nicht schlimmer! Wir müssen los!“

„Immer diese Zeitpläne, käpp it coll, uki.“

Während der Fahrt und bei den Zugangskontrollen tuschelten Franz und Helene, beide nun in Schale, wie man immer noch sagte, halblaut über die Explosionen auf der Halde und darüber, was sie heute abend erwartete. Währenddessen versuchte Lisa, sich auf Helenes Film zu konzentrieren, den der Compro auf ihre Seite der Windschutzscheibe jektierte. Offenbar so eine Art Werbung für etwas, das „Lift-off“ hieß. Der Begriff sagte ihr nichts. Aber sie würde sich schlau machen. Durch einen offenen Kanaldeckel sah man Hippies aus den Dreißigern in einem Raum unter der Straße tanzen. Sie kamen heraus und trugen kurioserweise alle Handschuhe zu leichten Kleidern. Dann trat Sabine auf, die durch eine Aura aus Rauch stieg. Das alles sagte ihr nichts, aber sie lobte ihre Tochter. Plötzlich mußte Lisa an den schäbigen Laden denken, aus dem sie Sabine hatte kommen sehen.

Vier

Das Hotel Schimgrillo war noch nicht in Sicht, schon hielt der Wagen an der ersten Zugangskontrolle. Lisa unterbrach die Jektion von Helenes Film und reichte die Einladungskarte aus dem Seitenfenster an die Frau von der Security. Die Absperrungen begannen weit draußen vor dem Gelände. Früher hatte sie gedacht, daß es so etwas nur in Beirut, Bagdad oder in dem russischsprachigen Teil

Moskaus nach der Eroberung durch die Ukraine gab. Heute verwunderte es niemanden mehr in New Venice, mehrmals an Kontrollposten Einladungen und Ausweise vorzuzeigen, um zu einem Hotel zu gelangen.

Ein Wachmann schwadronierte: „Hier ist alles sicher. Kontrollen sind unumgänglich, man weiß ja nie. Was sicher ist: Wir kontrollieren besser als die da.“ Mit einer Kopfbewegung wies er auf den Kontrollrob hinter ihm, dessen Greifarm in der Vertikale geparkt war. „Zu ungenau. Rostet hier seit Choublanc vor sich hin.“

Der damalige Governor Choublanc hatte die Kontrollrobs einführen wollen, um die steigenden Ausgaben für die Personalkosten bei der Polizei zu begrenzen. Doch wie so häufig führte die Investition in Maschinen nicht zu einer Ersparnis.

Die Dame von der Security reichte die Dokumente zurück.

Lisa wußte, das Hotel lag im hinteren Teil des Parks. Es war bekannt für seinen Luxus.

„Und für Zwischenfälle aller Art,“ ergänzte die Frau von der Security und warf einen langen Blick ins Innere des Autos.

„Zwischenfälle?“

„Zwischenfälle halt! Unerklärliche Todesfälle, Tumulte, Schereien und lautstarke Auseinandersetzungen.“

Diese waren schon fast zu so etwas wie dem Markenzeichen des Hauses geworden, ja, der ganzen Hotelkette Hollibollo! Die Hotels hatten den Ruf, zu den besten Hotels der Welt zu zählen. Die Sicht von der Dachterrasse war atemberaubend. Die Security war beeindruckend.

Eine Videowand im Eingangsbereich, die sie kurz darauf passierten, unterstrich das Selbstbewußtsein der Hotelkette: „Wir sind die besten. Ausgesprochen erste Klasse. So coll!“, säuselten zwei verführerische Zimmermädchen.

Die Klientel, die über die Mittel verfügte, in solchen Hotels abzusteigen, mochte Zwischenfälle aller Art geradezu anziehen. Umfangreiche Zugangskontrollen stellten sicher, daß keine unerwünschten Gegenstände auf das Gelände kamen. Und doch hörte man immer wieder von gewalttätigen Auseinandersetzungen. Munkelte man nicht von Särgen, die aus dem Hotel getragen wurden? War das wirklich der Ort für eine erfreuliche Feier? Doch, das konnte gar nicht anders sein.

Tieranimationen schienen beliebt zu sein, dachte Lisa, als sie den Empfangsbereich betraten, zwar keine Katze, aber eine stark verpixelte Maus rannte über den den Bildschirm, die sich als Pikselmaus vorstellte „Gestatten, Pikselmaus“ und die dann wieder ins Off weiterrannte. „Pikselmaus, ¡mucho gusto! My name is Pikselmaus, how are you?“

Sie wurden zum Prunksaal geführt. Als Helene ihren Vater fand, steckte sie ihm den Stick zu, an dem sie den Nachmittag über gearbeitet hatte. Karl: „Lene, du rettest mich.“

Der mondän geschmückte Prunksaal im Hotel Schimgrillo ließ auf ein glänzendes Fest schließen. Als bekannt wurde, daß ein besonders prominenter Gast anwesend sein würde, gab es kein Halten mehr. Die Vorfreude der Gäste, den Präsidenten der Internationalen Rugby-Vereinigung und Governatssekretär für soziale Hygiene unter sich zu wissen, war nicht zu übersehen: Blicke voller Erwartung schossen kreuz und quer durch das Vestibül und den Saal. Er würde kommen, er, den alle nur Aga nannten und der schon zu Lebzeiten ein leuchtendes Beispiel für „combativity“ war, sprich Sportsgeist und Einfallskraft.

Schon als Präsident der Internationalen Rugby-Vereinigung hatte Aga einen einschlägigen Ruf genossen. Wenige Jahre später, 2036, war er es, der die Selbstmord-Olympiade aus der Taufe gehoben hatte. Unter Jefferson wurde Aga Governatssekretär für soziale Hygiene und Präsident des nationalen Sportkomitees. Seit Jahren galt Aga als Jeffersons rechte Hand. Nach dem offiziellen Ende der Selbstmord-Olympiade hatte er deren Austragungsort, die Hanna Nagel-Arena, in eine Arena für Wettkämpfe verschiedenster Art umgewandelt, die nun unter dem unverfänglicheren Kürzel Pitip firmierte.

Bei den Veranstaltungen im Pitip ging es nicht nur um Unterhaltung: Die Arena spielte eine wichtige Rolle im Strafvollzug und bei der Regulierung der Migration. In beiden Arten von Wettkämpfen ging es immer um rein oder raus. Straftäter, die zu höheren Strafen als zwei Monaten verurteilt worden waren, konnten alternativ einen Zweikampf gegen einen anderen Delinquenten oder gegen eine der neuen KI-Maschinen wählen. Derjenige, dem es gelang, drei Runden zu überstehen, war frei. Dadurch konnten, was jedem einleuchtete, die Kosten für die Unterbringung verurteilter

Straftäter eingespart werden. Gelang es dem Freiwilligen nicht, den Gegner oder die Maschine auszutricksen oder zu überwinden, sparte auch das Kosten.

Mit diesem Verfahren konnte sich jeder arrangieren: Viele der Verurteilten bevorzugten das schnelle Ersatzverfahren. Entweder waren sie danach frei, oder aber sie ersparten sich eine lange Haftzeit mit ungewissem Ausgang. Daß die Haft in den Gefängnissen von New Venice kein Zuckerschlecken war, wußte jeder.

Die zweite, ebenfalls sehr beliebte Wettkampfvariante ermöglichte es denen, die zuwandern wollten, rasch zu erfahren, ob sie die Bürgerschaft in New Venice erlangen und damit am Scoring-System teilnehmen konnten oder nicht. Dafür mußte der Zuwanderer einen Wettkampf mit dem jeweils niedrigst gescorten Bürger der Stadt in der gleichen Kategorie bestehen. Mann gegen Mann, Frau gegen Frau, Kind gegen Kind. Bürgern mit niedrigem Scoring stand es frei, sich Punkte über einen Zweikampf zu sichern oder freiwillig das Exil auf der Halde anzutreten. Gewann der Zuwanderungswillige, hatte er seinen Platz in New Venice erlangt, der andere wurde auf die Halde verbannt. Unterlag er, gewann sein Gegner einige Scoringpunkte und konnte seine Existenz in der Stadt auf einer verbesserten Basis fortsetzen. Sowohl wild entschlossene Zuwanderer als auch kräftige Stadtbürger mit niedrigem Scoring ließen sich von dieser Variante begeistern und lieferten sich heldenhafte Freestyle-Kämpfe.

Familienangehörige und Kinder mußten separat ihre Eignung als künftige Bürger von New Venice unter Beweis stellen. Auf Familienbande konnte keine Rücksicht genommen werden. Herzzerreißende Szenen spielten sich ab, wenn es zwar die Eltern schafften, jedoch nicht alle Kinder. Oder umgekehrt. Häufig verzichteten dann Familien auf den Zuzug.

Auch wenn sie besonders grausam zu sein schienen, so waren doch Zweikämpfe zwischen ungleichen Gegnern besonders beliebt. Solche Kämpfe versetzten die Zuschauer in angenehm gruseliges Schaudern und ungeahnte Erregungszustände. War doch abzusehen, daß der Schwächere daran würde glauben müssen. Doch mit welcher Begeisterung wurde auch ein absehbar Unterlegener beklatscht, wenn es ihm gelang, durch Einfallskraft seinen überlegenen Gegner auszuschalten. Die meisten Zuschauer ahnten, daß es leicht einen jeden von ihnen treffen könnte. Und doch wagte niemand sich auszumalen, was der Freiwillige da unten durchlebte.

Selbst Governor Jefferson ließ die Amtsgeschäfte ruhen, um an dem Fest teilzunehmen. Er begrüßte seinen alten Weggefährten Icks und Agas rechte Hand, Sascha Anderson. Bald schon waren Aga, Jefferson, Anderson und Icks im abgegrenzten VIP-Bereich in ein lebhaftes Gespräch vertieft.

Der Empfang war wie alle Empfänge: Ansprachen voll angestrengter Lobhudelei, voller Herablassung, teils ganz locker, dann die Überraschung des Abends: Icks hielt eine Rede über sein Unternehmen. Was er über die Philosophie seiner Geschäfte sagte, klang wie die Stimme der Vernunft, gewürzt aber mit unterschwelligen Drohungen.

„Die Natur setzt uns unter Druck. Sie stellt uns Fragen von hoher Dringlichkeit. Schauen wir auf die Flut. Sie treibt uns, Antworten zu finden, noch bevor wir Antworten haben. Wir alle wissen, was hinter uns liegt. Schlamm drüber! Wir müssen mit dem leben, was vor uns liegt. Wir müssen die Ressourcen zusammenhalten. Wir werden ungehobene Ressourcen identifizieren und heben. Ich glaube, daß uns immer noch alle Möglichkeiten offenstehen und weiterhin offenstehen werden. Und wir können aus den erheblich geschmolzenen Mitteln immer noch soviel entwickeln, daß wir immer gewinnen. Die Zukunft kann nur besser werden.

Das Teilen von Dingen, von Programmen, von Anwendungen, von Ressourcen, von Erfindungen und Träumen erhöht den gemeinsamen Nutzen und bringt ökonomischen Vorteil. Daß das nicht immer funktioniert hat, liegt nicht an dem Prinzip, das liegt an uns, den Menschen. Wir müssen beim Menschen ansetzen. Aber wir wollen ihn nicht umerziehen, wir wollen ihn so, wie er ist! Wir wollen sein ganzes Potential zur Geltung bringen. Wir arbeiten an der Ökonomie des Humanen. Bislang noch ungehobene Ressourcen spielen eine wichtige Rolle im „natural ressources management“. Wir wollen, wir müssen weitergehen.

Wir kennen den Weg, wie wir das Leben des Menschen bereichern und ihm das sichere Gefühl geben können, in der besten aller Welten zu leben. Nach intensiver Forschung haben wir die neue verändernde Idee, den *idea changer* gefunden, die neue Energie.“

Applaus

Mit den Worten „Hanns, übernimmst du?“ überließ Icks seinem Geschäftsführer das Wort.

Hanns Gruber ergriff das Wort:

„Das Mittel, mit dem wir die neue Energie entfesseln, trägt einen Namen, den wir alle kennen: KI. Daten sind und bleiben das zentrale Element der Wirtschaft. Aber wir werden mit der KI nicht mehr nur Daten auswerten, wir werden einen Schritt vorankommen, der unser Gemeinwesen auf eine ganz neue Grundlage stellen wird. Auf dieser Grundlage wird sich die Wirtschaft entwickeln, das Gesundheitswesen, das Leben jedes Einzelnen. Es wird ein gutes Leben werden.“

Applaus.

„Lassen Sie mich das Neue mit wenigen Sätzen skizzieren. Die KI wird uns in ganz neue Dimensionen bringen.“

Aga nickte dazu bedächtig. Applaus.

„Wenn Daten das neue Geld sind, wie schon vor dreißig Jahren behauptet wurde, ohne daß dies Folgen gehabt hätte, müssen wir unsere Einstellung grundlegend ändern. Lassen Sie mich ein Bild dafür verwenden. Wir sollten nicht hinter dem Geld her rennen. Wir müssen uns zum Herren der Währung machen. Wir müssen dieses Geld selbst erschaffen. Es hat keinen Sinn mehr, Daten mühselig zu sammeln und auszuwerten. Die Zeit des Jagens und Sammelns ist vorüber. Wir müssen die Daten selbst erzeugen. Wir gehen jetzt über ins Zeitalter der Datenzucht und des systematischen Datenanbaus. Und in die Epoche der Datenernte. Dies wird zurückwirken auf unser Leben.

Stellen Sie sich das so vor: Alles sucht nach Kohle, und dabei werden Unmengen von Tonnen störenden Abraums, Schlämmen sowie klebriger und übelriechender Erde bewegt. Sie ahnen schon: Das sind Ölsände, die man auf der Suche nach Kohle für unbrauchbar gehalten und auf Halden gekippt hatte. Und doch war Öl von heute aus gesehen die Ressource der Zukunft.

Sie erkennen, worauf ich hinauswill. Irgend jemand bemerkte, daß die Schlämme keineswegs wertlos waren, sondern daß da etwas drin ist, was man brauchen konnte: Erdöl. Und Sie sehen, wohin das geführt hat und immer noch führt: In den Umbau der gesamten Welt. Unsere heutige Welt verdankt sich diesem Fand.“

Beim Ablesen des Manuskripts machte er an dieser Stelle einen Versprecher und wählte versehentlich die englische Aussprache des Worts, korrigierte sich aber sofort zu „Fund“.

„Das ist genau das, was wir mit Daten machen. Bislang haben alle nach Kohle geschürft, wir aber sind sicher, daß wir Öl gefunden haben. Wir müssen aufbrechen aus dem Zeitalter der Kohle und hinein ins Zeitalter des Öls. Und das liegt ja schon auf Halde. Wir werden aufhören, Daten zu sammeln, und beginnen, Daten selbst zu erzeugen. Wir werden die Welt der Individuen mit unerhörten Erfahrungen und Gefühlen anreichern. Andere Welten, unermeßliche Gefühle, massive Herausforderungen und große Hingabe. Der Mensch wird aufbrechen zu neuen Ufern.“

Gruber beendete seine Rede mit dem Ausruf: „Wir machen die Welt zu einer besseren Welt!“ Icks ging ans Mikro und verkündete die Gründung der neuen Unternehmenseinheit *HirnKonzept* geleitet von Dr. Karl Berger.

„Auf dem Weg dorthin: Alles Gute Herrn Karl Berger!“

Frenetischer Applaus!

Als das Regiekätzchen in das Mikro flüsterte „Lundberg, bitte übernehmen“, griff dieser das Mikrophon. Wie immer äußerte sich Lundberg, Gewerkschaftsvertreter und Leiter der Forschungsabteilung in Personunion, etwas weitschweifig: „Deine Arbeit, Karl, und darüber freue ich mich als Gewerkschaftler besonders, dient auch dem neuen Wohnen. Ich bin mir sicher, daß das neue intelligente Wohnumfeld die besten Voraussetzungen bietet, ressourcenschonend und ökologisch einen ganz neuen Komfort zu schaffen. Auf die großen Herausforderungen der Welt finden wir Antworten, die unsere Industrie problemlos skalieren kann.

Karl, schon seit einiger Zeit baust du an den Modulen des intelligenten Wohnumfelds. Wir freuen uns auf die neuen Häuser. Dein Part war bis jetzt die chemische Bilanzierung und die Entwicklung von Schnittstellen-Systemen. Doch nun geht es um die Feinsteuerung, und dabei brauchen wir dich, besonders die Distribution der neuen Ereignis-Chemie werden wir in Angriff nehmen. Denn nur so läßt sich für alle ein besonderes Wohnen, ein ereignishaftes Wohnen, ein unvergleichliches, nie dagewesenes Wohnen ermöglichen, ein Wohnen, das sich niemand heute wird vorstellen können, ja es wird ganz unvorstellbar.“

Als er seine Rede von der schönen neuen Welt mit einem neuen Chef zu Ende gebracht hatte, nahm Benny Karl bei den Schultern und versicherte ihm etwas theatralisch: „Karl, am heutigen 12. Mai fühle ich mit Dir!"

Lundberg, der meist im Gefolge von Icks auftrat und manchmal auch ohne ihn, hatte dieses Talent, peinliches Schweigen um sich zu verbreiten. Zwar hielt Icks Benny für ein All-round-Talent, andere aber hielten ihn für eine Pfeife. Karl verzog das Gesicht, ließ sich weiter aber nichts anmerken, stand auf und applaudierte. Alle waren erleichtert, daß es vorbei war!

Karl Berger ergriff das Wort und setzte zu seiner Antwort-Rede an: „Seit meinem Studium habe ich in unserer Firma gearbeitet. In verschiedenen Abteilungen und in verschiedenen Funktionen, unter anderem in der Bioprogrammierung. Wie ihr alle wißt, ist die Firma Teil eines ganzen Konglomerats, zu dem u.a. die Firmen Brainm@ss, Biom@ss und Urbanm@ss gehören. In allen Abteilungen habe ich Erfahrungen sammeln können. Eine schöne und abwechslungsreiche Zeit.

Viele können sich nicht verstellen, wieviel Arbeit für die Entwicklung neuer Produkte nötig ist, wie langsam man vorankommt. Was zum Beispiel bei der Konzeption von Smart Living alles durchdacht werden muß. Wir wollen gute Produkte und nicht den Murx von gestern. Ein neuer Abschnitt der Karriere beginnt! Das ist eine große Freude und macht Lisa und mich stolz und sicherlich auch Euch." Ein Blick zu dem etwas abgelegenen Tisch, an dem Helene und Franz saßen. Die beiden duckten sich weg.

Voller Ehrfurcht sprachen einige der andächtig lauschenden Anwesenden die Worte nach, mit denen die nächsten zehn Minuten von Karls Darlegungen gesüßt waren. Stichwörter, wie „eingebaut, nicht nachbauen, nicht ausbauen, eingebaut belassen, das ganze System unter Kontrolle nehmen, Neuronen, Programmierung" hallten wie das Echo einer von der Predigt ergriffenen Gemeinde durch den Festsaal.

Bilder der von ihm erdachten Produkte und Verfahren zogen über die Jektionswand, als plötzlich inmitten der Präsentation eine Maus aus einem der Monitore des Hotels sprang, über den Tisch hoppelte und geradewegs auf Karls Monitor zustrebte. Reaktionsschnell berührte Karl einen Knopf der Tastatur, und augenblicklich füllte ein gefilmtes Gitter den Bildschirm, so daß die Maus nicht in den Monitor gelangen konnte. Die Abwehr des Angriffs war in groß auf der Jektionswand zu verfolgen. Die Maus huschte unter den Tischen herum und wurde von zwei Hotelangestellten, die für das Buffet abgeordnet waren, mit mehr oder weniger Fortüne gejagt. Diese Jagdszenen begleiteten fast den gesamten restlichen Vortrag Karls. Daher waren immer einige Zuhörer abgelenkt. Als Lisa etwas gedankenverloren ihren Compro öffnete, sprang aus dem Bildschirm eine Katze heraus, die jener im Scoring-Center ähnelte. Die Katze rannte der Maus hinterher. Nun hatten die zwei Hotelangestellten richtig viel zu tun.

Lisa hatte nicht gemerkt, daß heute im Scoring-Center etwas auf ihren Compro übergesprungen war. Erst später, als bekannt wurde, daß eine Katzenanimation die EDV des Scoring-Centers terrorisierte, erwog sie diese Möglichkeit. Denn dort huschte eine Katze durch die Datenkanäle und infizierte alles, was an Geräten in Reichweite kam. Wochenlang brachte Telechat dort alles durcheinander. Termine und Schulungen mußten verschoben werden. Animierte Figuren auf den Bildschirmen sangen alle drei Minuten die malaysische Nationalhymne. Und es wurden seltsame Jobangebote veröffentlicht: „Fußpfleger für 24h-Schichten gesucht.“

In den Vierziger Jahren konnte niemand absehen, daß es so etwas wie Telechat geben könnte. Ein Programm, das tief in die Algorithmen ganzer Netzwerken eingreifen und sich in Gestalt eines dreidimensional jektierten Tierkörpers auf Bildschirmen und sogar vom Bildschirm wegbewegen konnte.

Als Lisa später an ihren heutigen Besuch dort zurückdachte, meinte sie, daß sie kurz vor ihrem Gespräch beim Ausschalten ihres Compros so etwas wie einen Schatten bemerkt hatte. Und nun jagten die Silhouetten einer fliehenden Maus und einer verfolgenden Katze über die Jektionswand, wo sie alle Photos durcheinanderwarfen. Die Tiere erhielten Szenenapplaus. Alle dachten nur: Welch eine nette Animationsidee! Benny schlug Karl auf den Rücken: „Coole Idee, alter Schwede!“

Karl redete unbeeindruckt weiter: „Smart war out, weil smart sich als ausgesprochen unsmart erwiesen hatte. So fanden die Bewohner früher „Smart Homes“ ihre Wohnungen unter Wasser wieder oder ohne Strom, der aufgrund des unerhört hohen Verbrauchs abgestellt worden war. Oder aber ihre Jalousien öffneten und schlossen sich unaufhörlich, ohne daß man sie hätte abstellen können. Daß durch das weltweit pausenlose Rauf- und Runterfahren von Jalousien Elektrizitätswerke durchbrannten, gehörte zu den wenigen gravierenden Folgen der frühen Versmartung. Deutlich gefährlicher waren die Angriffe auf die Finanzinfrastruktur.

Dann hielt Karl kurz Rückschau. Seine Rede über die gemeinsame Vergangenheit mit Lisa wurde von einer Bilder-Show begleitet, die an die Wand jektiert wurde. Helene hatte ihm beim Schnitt geholfen, denn er konnte zwar erstklassig Probleme der Chemie lösen, aber einfache Compro-Anwendungen hatte er nie kapiert. Helene schämte sich dafür, weil in der Endfassung noch zu viele Kompromisse erkennbar waren. Sie spürte, daß es richtig gut hätte werden können, doch so war das Ergebnis eher flau, was jedoch dem wohlwollenden Publikum nicht auffiel.

„Ich kenne meine Frau nun schon seit über zwanzig Jahren...“ Zur Vorführung gehörten einige Dialoge von Karl und Lisa mit verteilten Rollen. Er sagte etwas, Lisa widersprach ihm mit einer vielsagenden Geste. Ob die Gespräche, an die sich beide nun etwas übermütig öffentlich erinnerten, je geführt worden oder vielleicht nur imaginiert waren, wen interessierte das? Der Effekt war schön und machte allen Spaß.

Lisa schweifte während seiner Rede ab und sprach ihre Dialogpartien etwas zu mechanisch. Sie mußte an die Schulzeit denken. Es entsprach den Tatsachen, daß sich Karl Berger schon in der Schulzeit in sie verliebt hatte. Sie hingegen hatte sich über den moppeligen Streber mit dem Interesse an Physik immer lustig gemacht. Später hatte sie sich dann doch gerade in Karl verliebt...

Karl erzählte: „Meine Frau würde sagen: Nein, so war es nicht. Kurzum, Freunde“, kam er zum Schluß, „dies ist unfaßbar für mich, dies ist unfaßbar für Lisa, meine Frau. Vielleicht etwas weniger unfaßbar für die Kinder, die in Welten leben, in denen der Erfolg sich rasch einstellt.“

Dann tat er das Harmloseste, was man tun kann: Er ließ die Frauen hochleben und sein Team. „Alles tolle Leute. Wir haben viele gemeinsame Ziele. Wir werden sie erreichen.“

Helene war nach der Vorführung ganz recht, daß ihr Vater verschwieg, daß sie ihm beim Schnitt geholfen hatte. Statt dessen verkündete Karl, daß Franz zur ersten Runde beim Rennen um einen Studienplatz in Waldenzell bei Tübingen eingeladen worden war. Alles klatschte. Franz stöhnte: „Das ist doch wirklich nicht nötig! Es ist doch nur die Vorauswahl!“ Er sah sich genötigt, aufzustehen und sich den Applaudierenden zu zeigen.

Franz war mit seinen siebzehn Jahren von dem Erwachsenengetue extrem gelangweilt. Er rollte theatralisch mit den Augen, lebte erst auf, als er unter den Gästen einen Schulkameraden erblickte: Er winkte Christian zu, dem Sohn eines Arbeitskollegen seines Vaters. Christian hatte einiges auf dem Kerbholz. Mit ihm, der sich mit der Politik auskannte, konnte er ohne falsche Vorsicht über Geschäftliches reden, z.B. über seine Lieferungen. Christian erzählte ihm später am Abend, daß auch er zur Vorstellung nach Waldenzell eingeladen war. Beide freuten sich jetzt schon auf gemeinsame Unternehmungen.

Daß Jefferson gute Kontakte nach Waldenzell unterhielt, war kein Geheimnis. So war es keine Überraschung, daß zahlreiche Schulabgänger aus New Venice zum Studium nach Waldenzell gingen. Dort war gute Bildung zu bekommen; den Abgängern der dortigen Fakultät winkte ein Arbeitsplatz in New Venice.

Nach dem Applaus fügte Karl noch einige Worte zu dem kürzlich verunglückten ehemaligen Mitarbeiter Hanno Harms hinzu: „Ich möchte Sie um einige wenige Sekunden des Gedenkens an Hanno Harms bitten. Wie Sie sicherlich gehört haben, ist unser langjähriger Mitarbeiter heute auf den Service Islands unter noch unklaren Umständen verunglückt. Ich kannte und schätzte ihn. Wir versuchen noch herauszufinden, was er auf den Service Islands gemacht hat. Und nun ist er nicht mehr, ich fasse es nicht. Mein Beileid mit der Familie. Ich mochte ihn.“

Als er für fünfzehn Schweigesekunden aufstand, erkannte Franz einen weiteren Schulkameraden. Henning. Den aber grüßte er lieber nur beiläufig und von weitem. Franz übersah ihn nach seinem kurzen Gruß für den Rest des Abends. Er legte keinen gesteigerten Wert darauf, sich mit diesem Windbeutel zu unterhalten, der seit Jahren jedem erzählte, welche Lebensentscheidung er gerade getroffen hatte.

Endlich der erlösende Applaus. Das Buffet war eröffnet.

Henning versuchte, mit Helene ins Gespräch zu kommen. Er erzählte ihr von seinen Jura-Ambitionen. Sie behielt ihren Bildschirm im Auge und nickte hin und wieder. Das reichte, um Henning das Gefühl zu geben, man höre ihm zu, während sie sich in Ruhe dem Filmschnitt widmen konnte. Henning achtete gar nicht darauf, sondern redete einfach weiter. Darüber schlief er unversehens im Stehen ein.

Am Buffet flüsterte Constanze Lisa zu: „Ich weiß, so ein Job würde Dir auch gut gefallen. Ich will sehen, was ich für dich tun kann. Aber jetzt amüsiere dich erst einmal."

Lisa: „Meine Kinder würden sagen: stramm." Beide prusteten los und kicherten. Das klang doch zu absurd in dieser „feinen Gesellschaft". „Was für abgedrehte Projekte!" „Kannste laut sagen", flüsterten sie sich zu.

Im Hintergrund suchten die zwei Hotelangestellten immer noch, die Maus und die Katze zu verscheuchen. Als sie die beiden fast in die Enge getrieben hatten, öffnete Franz in einem Anflug von Mitleid seinen Compro. Die Katze sprang hinein und miaute zufrieden. Die Maus verkrümelte sich… Karl nickte ihm zerstreut zu.

Helene war gegen alle Abmachungen ins Betrachten und Schneiden ihres Videos im PureNet vertieft und bekam von der Unruhe um die Maus und die Katze nur am Rande etwas mit. Sie projizierte die Bilder ihres Compros auf die weiße Blumenvase, die vor ihr auf dem Tisch stand. Irgendwie ließ sie ihr erster eigener Film zum Thema „Lift-off" nicht los.

Als Lisa am Buffet zufällig auf Aga traf, mochte sie gar nicht glauben, daß es dieser kleingewachsene Mann gewesen sein sollte, der die Selbstmord-Olympiade ins Leben gerufen hatte. Über ein kleines Tablettchen mit Seafood schaute er sie mit seltsam irisierendem Blick an: „And you are…"

„Karl's wife", beeilte sich Lisa zu sagen.

„So you must be Lisa… My best wishes for you and your future!" Er lächelte und versicherte ihr, daß sie sich *immer* an ihn wenden könne. Vor Erstaunen fiel ihr erst einmal keine Antwort ein. Dann aber sagte sie, daß es nützlich wäre, mehr Jobs zu schaffen. Er nahm das freundlich auf und zwinkerte ihr beim Weggehen zu. Überzeugend und nicht unsympathisch.

Constanze schaute aufmunternd zu ihrer Freundin. Sie beugte sich zu Lisa und flüsterte ihr galant zu: „Ich sehe, du verfolgst dein Anliegen gut. Gefällt mir! Aber wenn es mit der Anstellung nicht klappt, könnten wir noch etwas anderes versuchen."

Die ersten Gäste machten sich gerade für ihren zweiten Besuch des Buffets bereit, als aus heiterem Himmel in dem benachbarten Saal des Hotels ein unsäglicher Tumult ausbrach. Schreie, Befehle und Geräusche von zerbrechendem Mobiliar unterbrachen das lebendige Gemurmel am Buffet und an den Tischen, dann ein durchdringender Knall. Sollte das ein Schuß gewesen sein? Dann war es einen Moment totenstill. Wie ein Küken mit ungeheurer Kraft erst seine umhüllende Eierschale sprengt, aus der Schale kriecht und einen Moment erschöpft liegen bleibt, um zu verschnaufen, dann aber auf seine Beine springt und sich voller Energie an sein Lebenswerk macht, entfaltete sich nebenan nach einem Moment unheilvoller Stille ein unbeschreibliches Chaos.

Der Konflikt brach zwischen His Masters' Men und dem Elementary Clan aus, zwei konkurrierenden Formationen der Orga, die sich für eine „Aussprache" getroffen hatten, um ihren Interessenskonflikt zu begraben. Nicht einmal die Beteiligten wußten, worum es genau ging, aber offenbar verhinderten die gegensätzlichen Standpunkte der Mitglieder beider Untergruppen, daß sich das, was man als gemeinsames Interesse ansah, problemlos verwirklichen ließ. Die Sache war ja auch wirklich vertrackt: Lady Beta-Pita Bita wollte mit dem heutigen Datum das von ewiger Konkurrenz belastete Verhältnis zu Lady Life, der Frau von Mafiolo bereinigen, über dem seit Unzeiten undeutlich, aber doch bedrohlich ein Verhängnis schwebte. Eigentlich erst seit sie ein vorübergehendes Verhältnis mit Mafiolos Sohn Doggy gehabt hatte, diesen aber bald wieder hatte fallen lassen, um sich mit Casnov zu verbinden, dem monumentalen Chef des Elementary Clan. Lady Beta-Pita Bita hatte heute abend eine Weile ihren Kopf mit dem Doggys zusammengesteckt, dem Hirn von His Masters' Men. Lady Beta-Pita Bita hatte sich jedoch für die Untergruppe entschieden, der nach dem entscheidenden Satz bei Conan Doyle benannt war, den sie am liebsten zitierte, selbst dann, wenn mal wieder alles schiefgegangen war, was schiefgehen konnte. Heute war wieder einmal so ein Tag.

Wer genau vor wenigen Augenblicken das falsche Wort zum rechten Zeitpunkt oder das rechte Wort zum falschen Zeitpunkt gesagt hatte, war nicht mehr zu sagen, nur soviel, daß die Mitglieder des Elementary Clans und der konkurrierenden His Masters' Men mangels schlagender Argumente recht rationale Pistolen, Sturm- und Maschinengewehre auf den Tisch legten und kurz darauf die Kugeln austauschten, mit denen die Magazine dieser Waffen reichlich befüllt waren. Diese unter seriösen Mitgliedern der Orga durchaus gängige Art der Auseinandersetzung erstaunte niemanden, aber sie schaffte wie üblich Unruhe, weil nun Verletzte davonzutragen waren. Lady Beta-Pita Bita verwandelte sich zu einem kreischenden Ungeheuer zwischen Zimtzicke und Furie. Eine wahre Lebbatrix Bestrange in blond! Diesmal konnte sie sich schnell wieder fangen und versuchte, die aufbrandenden Wogen der Schießerei zu glätten, wurde aber im letzten Moment von ihrem Gebieter Casnov zu Boden gerissen, was er tatsächlich selten ungern tat, doch für dieses Mal nicht zu früh, denn an der Stelle, wo sie gerade noch gestanden hatte, hämmerten wenige Zehntelsekunden später gefühlt einundvierzig großkalibrige Geschosse in die Wand, die anstandslos zu Bruch ging.

Die nächsten vierhundertundsiebzehn Projektile schlugen ungebremst in dem Saal nebenan ein, wo die völlig verdatterten Teilnehmer der Betriebsfeier der Firma Biom@ss unter die Tische hechteten und wie durch ein Wunder unverletzt blieben. Wieder einmal hatte Lady Beta-Pita Bita ihre Chance verpaßt und wieder einmal fragte sie sich, welche sie denn gehabt hätte. Ganz sicher läßt sich wohl ausschließen, daß es sich um weltanschauliche oder religiöse Fragen gehandelt hatte. Aber man darf wohl annehmen, daß es Franz und andere Fahrer des Lieferservice gewesen waren, die am Nachmittag nicht wenige dieser Geschosse bei ihren Transporten diskret ins Hotel gebracht hatten. Kurz: Die Schießerei im Schimgrillo resultierte aus unterschiedlichen Sicherheitsstandards beim Wachpersonal am Nachmittag und am Abend sowie aus unvereinbaren Differenzen zweier Untergruppen der städtischen Orga. Für die Anwesenden stand völlig außer Zweifel, daß der Elementary Clan sich His Masters' Men unterordnen mußte. Wie sollte es anders sein, denn der zuletzt genannten Gruppierung stand kein Geringerer als Doggy vor.

Alles hätte in einem Gespräch, ja sogar mit einem Anruf zwischen Doggy und Lady Beta-Pita Bita geregelt werden können. Doch nun stand man sich in Fleisch und Blut und von Angesicht zu Angesicht und Mündung zu Mündung gegenüber.

Der tiefere Grund dieser Auseinandersetzung lag wohl darin, daß die Männer vom Elementary Clan versucht hatten, sich ein wenig mehr Beinfreiheit zu verschaffen und sich eines Taxidiensts zu bemächtigen, der zu der anderen Untergruppe tendierte. Doch Taxis wechseln nicht immer freiwillig den Eigentümer, und seitdem sie neue Besitzer hatten, wurde nicht mehr jeder Fahrauftrag für Doggys Gruppierung zu aller Zufriedenheit ausgeführt. Weit entfernt davon, sich von dem bisher prosperierenden Hauptast der Orga abzuspalten, keimte dennoch bei Lady Beta-Pita Bita die zarte Hoffnung, mit Doggy handelseinig zu werden und wenigstens gleichzuziehen, als sie die Chance witterte, damit durchzukommen. Und wenn nicht gleichzuziehen, so doch zumindest aufzuholen. Vielleicht würde es ihr sogar gelingen, den langjährigen Freund und Konkurrenten auf lange Sicht zu übertrumpfen.

Doggy jedoch hatte ihr deutlich zu verstehen gegeben, daß die bisherige Untergruppe Casnovs, der Elementary Clan, nichts zu melden hatte. Und tatsächlich hatte der nach dem Treffen im Schimgrillo nichts mehr zu melden, und das, obwohl sich die Elementary-Leute die dickeren Kanonen ins Hotel hatten schicken lassen. Viermal hatte der Kurierdienst je drei Leute die lange Steigung zum Hotel hinaufgeschickt, um all die Kisten mit Sturmgewehren und panzerbrechenden Waffen diskret ins Hotel zu schaffen. Im Grunde hatte das Treffen ja nur stattfinden sollen, um das gute Einverständnis und den Kooperationswillen zwischen beiden Untergruppen durch eine branchenübliche Schlemmerei zu besiegeln. Und hier lag wohl auch der Hase im Pfeffer. Doch nun lag der Hase nicht mehr im Pfeffer, genausowenig wie die Hummer, die nicht mehr auf dem Buffet lagen.

Es wäre sicherlich mit den üblichen Schwierigkeiten, den üblichen Diskussionen und dem üblichen Herzeigen von durchschlagenden und zerlöchernden Argumenten gelungen, eine Einigung herbeizuführen, wäre da nicht Kuno Esser gewesen, der ewig ungebetene Gast, der sich auch heute wieder unter die Tische geschlichen hatte und von dort aus die leckersten Brocken vom Buffet angelte und sich in den Mund schob, und der wie immer den Hals nicht voll kriegen konnte. Auf dem Buffet fehlten daher plötzlich die Hummer! Jedenfalls waren nicht mehr genügend davon da für alle Gruppen- und Untergruppenchefs. Da in den Untergruppen seit alters her ja irgendwie alle Chefs waren, wenn auch mit abnehmender Zahl von Befehlsnehmern, bestanden alle auf ihrem Hummer. Selbst der letzte der Reihe, und es gab immer einen letzten, konnte sich damit trösten, daß er immer noch sich selbst die Befehle geben konnte, daß er also eigentlich mehr als alle anderen Chef war, als Kommandeur und Gehorchender *in persona.*

Nur einer winkte ab. Chemo-Remington fürchtete sich vor den Antibiotika in Meerestieren. Er aß lieber eine Scheibe Schinken mit Graubrot. Die Suche danach dauerte eine ganze Weile, war aber letztlich erfolgreich, weil sich der Chef vom Service dazu durchgerungen hatte, einem der Liftboys die Schinkenscheibe von dem mitgebrachten Sandwich zu nehmen, denn ein solch profaner Schinken ließ sich weder in der Küche noch in der Speisekammer des Hotels finden, wohl aber auf dem mitgebrachten Pausen-Sandwich jenes Liftboys. Während Chemo nun in aller Ruhe seine Schinken-Graubrotscheibe verspeiste, gerieten alle anderen um die fehlenden Hummer in die übliche Konfrontationslogik und -pose, und irgendwann fielen dann die Schüsse.

Helene war von den Reden zutiefst gelangweilt. Wer hätte es ihr verübeln wollen, daß sie sich aufs Schneiden ihres Films auf dem Compro verlegt hatte. Sie war so vertieft in ihr Vorhaben, daß sie erst durch die dumpfen Schläge aufgeschreckt wurde, die die gegenüberliegende Wand erzittern ließen. Die anderen Gäste hatten längst unter den Tischen Schutz gesucht. Als sie aufschaute, war die Wand wie von der Hand eines unwirschen Zauberers plötzlich von splittrigen Löchern übersät. Und mit höllischem Lärm kam immer ein neues Loch hinzu. Einige großkalibrige Kugeln von jenseits der Wand schlugen in die Deckenverkleidung und die übrigen Wände ein und rissen dort mächtige Löcher. Die Scheiben der Fensterfront und der Trennwände gingen zu Bruch. Putz splitterte an allen Ecken und Enden, und mitten hinein in die Staubwolken fiel ein Kronleuchter flackernd zu Boden.

Geistesgegenwärtig schaltete Helene auf Aufnahme, als einer der ersten direkten Schüsse in ihre Richtung die Blumenvase vor ihr zertrümmerte. Mit zitternden Händen plazierte sie das Gerät in den Scherben der Vase, eine leicht unscharfe Scherbenspitze ragte dekorativ in die linke Ecke des Bildes. Nun überließ sie die Kamera sich selbst und robbte unter den Tisch.

Der Hotelmanager kam mit einer blutenden Armwunde herein und beschwichtigte: „Es ist nichts geschehen. Es gibt keinen Grund zur Beunruhigung."

Als er ohnmächtig zusammenbrach, wurde er von einer Buffetmitarbeiterin aufgefangen, die glücklicherweise noch in der Nähe stand. Der Manager wurde auf den Boden gelegt, die Buffetmitarbeiterin zerriß eine der Tischdecken und verband ihren sich windenden Chef.

Helene ging unter dem Tisch hinter der dicken Tischdecke aus Damast in Deckung. Dort sah sie sich unerwartet einem dicken Bauch und einem wiederkäuenden Mund gegenüber.

„Und wer sind Sie?"

„Gestatten, *schmatz, schmatz,* Esser, Kunibert, wie geht es Ihnen? Mögen Sie Hummer?"

„???"

„Sehr guten Hummer haben sie dort nebenan."

„???"

„Ich hätte noch zwei."

Sagte es und zog zwei etwas zerdrückte Krustentiere aus der voluminösen Innentasche seines veilchenblauen Anzugs. Helene winkte wortlos ab und schaute unter der Tischdecke hervor in den Saal. Ihr Blick traf den des Hotelmanagers, der immer noch am Boden lag, jetzt aber in stabiler Seitenlage. Er zwinkerte ihr zu, wollte ihr wohl sagen: „Keine Angst, wir haben hier alles unter Kontrolle, auch wenn es grad nicht so aussieht."

Henning war von dem Krach aufgewacht, schaute sich verschlafen und verständnisheischend um. Er erhob sich und verließ ruhig den Saal, ging an dem Nebensaal vorbei, wo versehentlich Casnov und Lady Beta-Pita Bita ein letztes erbittertes Feuergefecht zwischen sich austrugen, und verließ das Hotel. Später stand er vor dem Hotel an der Seite seines ehemaligen Mitschülers Christian, auf den er wie immer mit leicht abwesendem Blick einsprach.

Das Video, das Helenes Compro aufzeichnete, war voller spektakulärer Einzelheiten. Da niemand auf die mitlaufende Kamera achtete, bewegte sich alles so natürlich, wie es die Umstände eben zuließen. Der Compro zeichnete Dinge auf, die üblicherweise wohl tabu waren. Ohne aufgeregtes Hin- und Herschwenken dokumentierte das kleine Gerät, wie die gegenüberliegende Wand nach und nach durchlöchert wurde und dann in kleine Stücke zersprang. Unverkennbar zeigte der Film die mittlerweile zu Bruch gegangene Eingangstür des Saales und auch, was sich im Korridor abspielte.

Später konnte Helene mit vor Staunen offenem Mund verfolgen, was alles durch die Tür des Saals zu sehen war und was sie im Moment der Aufnahme gar nicht bemerkt hatte. Zahlreiche Kugeln durchlöcherten die Wände, Verletzte schleppten sich aus der Schußlinie, der Nebensalon implodierte in einer Wolke aus Staub und Trümmern. Der Hotelmanager wurde auf dem Weg in den Festsaal angeschossen, erreichte den Saal und hob seinen blutigen Arm, um zu beruhigen. Mit der Hand deckte er etwas hilflos die Wunde ab. „Keine Aufregung, nur ein Streifschuß. Nichts für ungut, es ist nichts passiert." Auf dem Film sah man dann, wie er zusammensackte und in die Arme einer Buffetmitarbeiterin fiel.

Helene konnte sich über die Zerstörung des Dekors nur wundern, die ihr Compro aufgezeichnet hatte. Wände kollabierten, Staubwolken erhoben sich und Leuchtspurgeschosse malten bizarre Linien in das Chaos. Hätte sie James Blond gekannt, so hätte sie sich in einem Film dieser Reihe wähnen können. Auch wenn sie sich für Filme dieser Gattung nicht interessierte, hatte sie vielleicht den fünfunddreißigsten gesehen, in dem der nun schon fast greisenhafte Daniel Cräck einen süffisant ironischen Ton gefunden hatte, der selbst Sean Connery neidisch gemacht hätte. Der letzte Blond, soviel sei verraten, handelt von einem Wettlauf um die Herrschaft über den Weltraum. Der Böse, der in einem unzugänglichen Schwarzen Loch haust, macht die Stratosphäre zu einer Sperrzone, um die Weltmächte daran zu hindern, ins All zu gelangen und dort seine Geschäfte zu stören. James Blond schafft es, das Schwarze Loch zu stopfen, indem er ein teures Satellitenhotel in die Luft sprengt, dessen Trümmer in eben jenes Schwarze Loch katapultiert werden. M, eine cyber-animierte Judy Dench, schenkt Blond ein letztes gezwungenes Lächeln, bevor ihr Raumgleiter nach London zurückkehrt. Blond verbringt nach dem Showdown ein paar Tage Weltraumferien mit Barbarella. Am Ende nimmt eine Delegation von Industriellen den Mars in Obhut und macht ihn zu einem „bio-dynamischen“ Abbaugebiet.

Die letzten Minuten auf dem Band zeigten einen Cleaner und ein Trace-Cart in Aktion. Aufnahmen dieser Geräte waren sehr selten, noch nie waren sie bei ihrer Arbeit gefilmt worden. Das Trace-Cart durchsuchte mit raschen Bewegungen seiner vierzehn Greifarme zwei Frauen, die am Boden lagen: die Doppelagentin Super Chérie, die sich als Orga-Sekretärin ihr Leben bislang schöngeredet hatte und sich nun schluchzend ins Unvermeidliche fügte. Die andere war ihre ewige Konkurrentin Pondy Chérie, die immer Chefsekretärin anstelle der Chefsekretärin hatte sein wollen, und jetzt kurz davor stand, ihren Traum zu verwirklichen. Über dem Geschehen schwirrten Drohnen. Weinende Gäste wurden durch einen rückwärtigen Notausgang in Sicherheit gebracht.

Als sich Franz nach der Evakuation draußen vor dem Hotel wiederfand, traf sein Blick den Doggys. Ein vielsagender Blick, Freunde! Ein Blick zwischen Kollegen und Komplizen. Franz fragte sich, ob Doggy an den Ereignissen im Nebensaal beteiligt war.

Das Band zeigte nicht, wie das Durcheinander für Helene endete. Das Trace-Cart machte sich im Nebensalon ans Werk, kletterte über die Bruchstücke der Mauer in den Festsaal, in dem Karls Festgesellschaft unter den Tischen zusammengekauert in Deckung gegangen war und steuerte zielsicher auf den Tisch zu, unter dem Helene Zuflucht gesucht hatte. Sie bemerkte das Spezialfahrzeug erst, als es seine Ärmchen nach dem Bauch neben ihr ausstreckte. Esser wurde unter dem Buffettisch hervorgezerrt, in Handschellen genommen und von der Security abgeführt. Er hatte den Tumult genutzt, um sich unter Mitnahme mehrerer appetitlicher Hummer in den Festsaal zu schleichen und hier seinen Abendschmaus fortzusetzen. Da er einiges an DNA-Spuren unter den beiden Buffettischen im Nebensalon und im Festsaal hinterlassen hatte, galt er er als tatverdächtig, und niemand gab etwas auf seine Ausflüchte.

Das Fest endete etwas abrupt. Wie ein von seinen Truppen verlassener Feldherr stand Icks allein, aber in *coller* Pose auf einem Treppenabsatz und rief mit ausgebreiteten Armen: „Freunde, laßt uns zum angenehmen Teil des Abends übergehen.“ Doch niemand hörte ihm zu. Niemand war mehr an der geplanten Duellvorführung im Pitip interessiert.

Dort wartete der vermeintliche Drahtzieher eines Lkw-Diebstahls, bei dem eine Ladung Zuchtforellen abhandengekommen war, vergebens auf das Duell mit einem der neuen Roboter. Da das Abendprogramm kurzfristig geändert worden war, wußten die Bewacher im Pitip nicht, was sie mit dem Gefangenen anfangen sollten. Sie riefen bei der Gefängnisverwaltung an, die längst Feierabend hatte. Eine Telefonistin stellte sie zum Büro Agas durch, von dort wurde das Telefonat an den Chef persönlich weitergeleitet. Der reagierte ungehalten und befahl: „Werft ihn raus!“ Verständlich bei dem Verlauf des Abends!

First Fired wurde wenig später achtkantig rausgeworfen. Beim Verlassen der Zelle gab er dem Roboter, der die Zellentür bewachte, einen gut gezielten Schlag auf den Schaltkasten und entnahm ihm eine Platine, die er wie ein zufällig gefundenes Geldstück in die Höhe warf und einsteckte.

Sollte dieser entspannte Umgang mit dem Eigentum anderer der Grund dafür sein, weshalb First Fired meist gleich wieder rausgeworfen wurde, wenn er einmal irgendwo eingetreten war? Das Entlassenwerden war ihm mittlerweile zur zweiten Natur geworden. Man könnte es auch als eine besondere Kraft verstehen, die ihm einen Ruf und den Namen First Fired eingebracht hatte. An seinen eigentlichen Namen konnte sich schon niemand mehr erinnern. First Fired fand aufgrund seiner besonders schnellen Auffassungsgabe und seiner ausgezeichneten Programmierkenntnisse immer schnell eine Arbeit, wurde meist jedoch bald wieder entlassen. Er hatte seine Fähigkeit geradezu professionalisiert, ohne je etwas anderes dafür zu tun als seiner spontanen Eingebung zu folgen. Nie hatte eine Entlassung je dauerhafte Konsequenzen gehabt. Seine Fähigkeit, komplexe Probleme rasch zu erkennen und eine Lösung zu skizzieren, war derart ausgeprägt, daß jeder, der eine Programmierung von hoher Komplexität vorhatte, auf ihn zurückgriff und die Augen vor dem verschloß, was er auf dem Kerbholz hatte. Er verstand etwas von dem, was er tat. So verlief First Fireds Leben abwechslungsreich zwischen rasch gefundenen Jobs und alsbaldigen Entlassungen. Mit seinem Aufenthalt in der Haft sah es nicht anders aus. Mit dem Überfall auf den Lkw hatte er übrigens nur am Rande zu tun gehabt. Glücklicherweise litt er nicht unter seinen unfehlbaren Talent. Er genoß es, im Laufe der Zeit die verschiedensten Firmen und beruflichen Sparten kennenzulernen, wenn er auch nirgends heimisch wurde und längst auf der Halde hauste. Privilegiert mit Passierschein. Superkräfte dieser Art mußten sich andere, die nicht das Glück der guten Gene genossen, mit viel Übung erst erwerben.

Fünf

Die Tage nach dem Fest zogen sich wie zäher Fertigbrei. Was Lisa bei Karls Beförderungsfeier erlebt hatte, widersprach dermaßen allem, was sie bislang in ihrem Leben erfahren hatte, daß sie die Bilder, die in ihr aufstiegen, bald für völlig irreal hielt, irreal und extrem bedrohlich. Bilder wie aus einem absurden Thriller, die nur langsam verblaßten. Karl schien das alles nicht soviel auszumachen. Wie immer verließ er morgens die Wohnung und kehrte abends nach einem langen Tag zurück. Alles wie gehabt. Die Ereignisse um seine Ernennung schienen ihn nicht beeindruckt zu haben. Lisa brauchte eine ganze Weile, um sich von dem Erlebten zu erholen. Sie war froh, diese Tage zuhause zu verbringen. Sie nahm viele Anrufe von Kollegen ihres Mannes und von deren Ehefrauen entgegen. Alle zeigten sich erleichtert, der Katastrophe entronnen zu sein, die von der Versammlung im Nebensaal ihren Anfang genommen hatte. Sie beglückwünschten Lisa nochmals zu dem unverhofften Aufstieg Karls und versicherten ihr die Fortdauer ihrer freundschaftlichen Gefühle. Langsam kam das Leben wieder in ruhige Bahnen.

Wie Helene und Franz die ersten Tage überstanden, wußte sie nicht. Sie tat alles, um den beiden das Leben zu erleichtern. Dank der Schulroutinen kamen die beiden anscheinend rasch über den Schrecken hinweg. Aber auch ihnen war er mächtiger in die Knochen gefahren, als sie es zugeben wollten. Helene und Franz brachen morgens zur Schule auf, erledigten in Bestzeit die Schulaufgaben und fanden Ablenkung in ihren Jobs. Beim Abendessen schlug Karl vor, die Bilder, die ihnen Angst machten, wie eine immaterielle Vorstellung, wie einen schlechten Science fiction-Film zu betrachten: „Wir machen das in der Firma die ganze Zeit so. Ich arbeite an großen Projekten. Es kann einem manchmal schwindlig werden. Wählt man einen anderen Standpunkt, schon verliert etwas seinen Schrecken. Unser Ziel ist es, dem Menschen die Angst zu nehmen vor dem, was noch kommt. Denn was kommt, kommt sowieso, aber wir müssen und können es konfrontieren. Das tun wir am besten, ohne Angst davor aufzubauen."

Einige Tage nach den Ereignissen im Hotel Schimgrillo erhielt Franz eine C-Nachricht von seinem Kurierservice:

„Fahrerbesprechung 14 Uhr."

Als er am Auslieferungslager eintraf, waren die Fahrer schon versammelt. Franz grüßte nach rechts und nach links. Durch die geöffnete Eingangstür fiel sein Blick bis in das Büro ganz hinten, das normalerweise geschlossen und für den Chef reserviert war. Im Türrahmen des Büros lehnte Doggy. Als sich ihre Blicke trafen, kam Doggy nach vorne.

„Von deinen Studienplänen habe ich gehört, Schlitzohr. Ist ok, wir brauchen jemanden in Waldenzell, aber nur, wenn du von dir aus dabei bist! Wenn alles so klappt, wie ich hoffe, kannst du dort die Filiale aufziehen. Als Chef, meine ich. Dabei kann einiges herausspringen."

„Ich werde Zeit für das Studium brauchen, aber ich werde es mir überlegen."

„Überlege dir, was du überlegen mußt, aber überlege es dir nicht zu lange."

„Sobald ich näheres weiß, sage ich Bescheid."

Doggy trat an ihn heran, legte ihm vertraulich die Hand in den Nacken. Er setzte eine nachdenkliche Miene auf und warf die Stirn eindrucksvoll in Falten. Er sprach mit Pausen, die er offenbar für wirkungs- und bedeutungsvoll hielt.

„Eines noch: Weißt du, Schlitzohr, warum ich Doggy heiße?"

Ohne eine Antwort abzuwarten, fuhr er fort: „Weil ich früher nie essen konnte, immer war zuviel von diesem Zeug auf dem Tisch, an dem ich bei meinem Vater sitzen mußte. Ich habe dann immer das Essen im *doggy-bag* mit nach Hause genommen und dort gegessen. Es gab damals viele, die sterben mußten. Und alles wurde bei Tisch erledigt. Ich sehe immer vor mir, was alles vorgefallen war. Ich sehe den betagten Ober noch vor mir, der ständig mit sichtlicher Mühe die Reste der Gespräche wegräumte."

„Heute vermeide ich das, wenn ich kann, besonders wenn ich esse. Leider läßt sich das nicht immer ganz vermeiden. Aber heute sind wir am Drücker. Ich habe da einiges umorganisiert. Blutvergießen ist meist vermeidbar. Aber das ist nicht immer ganz einfach. Am Samstag im Schimgrillo ist nichts geschehen, verstehst du? *Nichts!* Wir haben einigen Kollegen den Kompaß erklärt und sie eingenordet. Alle werden nun kooperativ miteinander umgehen. Das Dekor lassen wir reparieren."

Er löste seinen Handgriff um Franz' Nacken und klopfte ihm zum Abschied gönnerhaft auf die Schulter: „Auch im Lieferservice wird es Umstrukturierungen geben, Schlitzohr. Chemo wird das gleich erläutern." Mit einem vagen Nicken deutete er in Richtung Bürotür. Er meinte damit Chemo-Remington, den Chef, den die rauhbeinigen Fahrer „Under-Doggy" nannten. Chemo-Remington wollte es allen recht machen. Wie jeder gute Betrüger betrog er immer erst sich selbst, dann alle anderen. Er brachte seine Strategie zur Perfektion, indem er durch geschickten Selbstbetrug sogar die Machthaber betrog. Mit dem Lieferservice konnte er die Produkte aus dem eigenen Labor unauffällig unters Volk bringen.

Doggy war gegangen und längst ins Chefbüro zurückgekehrt, als Chemo-Remington nach vorne kam und den Kurierfahrern die neue Lage erklärte:

„Wir müssen uns fokussieren. Neue Lieferketten, neue Codierung! Ihr versteht. Fo-kus-sier-en! Ich will, daß jeder selbständig seine Zustellung abarbeitet. Im Prinzip ändert sich ja nichts. WAND enthält alle wichtigen Informationen. Dort tragt ihr eure Fuhre ein. Dazu müßt ihr nicht mehr herkommen. Ihr holt die Päckchen an den D-Containern ab und stellt sie zu. Für jede Zustellung gibt es 5 Knuts."

Ein Raunen ging durch die Gruppe der anwesenden Fahrer. Warum Chemo immer irgendwelche Ersatzwörter für Penqui nutzte, die Währung, die seit Choublanc im Umlauf war, konnte keiner erklären. Auch er konnte das keinem erklären. Er sprach gerne von Penunzen, Piselotten, Nuggets, Talern, Talenten, Ringgit, Rupien, Dollar, Knuts, Poscreds. Auch Scoringpunkte akzeptierte er als Zahlungsmittel.

„Das Honorar ist üppig. Wie gesagt, fünf Penqui pro Job oder auch mehr, je nachdem. Es ist absolut essentiell, daß ihr immer nur einen Job auf einmal abwickelt. Es ist nicht mehr möglich, auf Vorrat Jobs zu buchen und irgendwo zu bunkern. Risiko zu groß. Ihr holt die Ware, stellt sie zu, und erst wenn ein Job abgeschlossen ist, bucht ihr den nächsten. Nur so können wir jede Lieferung garantieren. Ga-ran-tie-ren! Und niemand kommt in Schwierigkeiten. Die Liste der Zustellungen führt ihr selbst. Wer zuerst kommt, mahlt zuerst.

All denen, die zu jung sind für eine Selbständigkeit, bieten wir zwei Modelle: Ihr wartet, bis ihr 18 seid, oder aber wir nutzen eine Ausnahme im Gesetz, dafür benötigen wir dann aber die schriftliche Einwilligung der Eltern. Der ′Her ′zieh ′hungs ′be ′rechtick ′ten“, fügte er noch hinzu. „Wir wollen das ganz legal machen, denn es geht um Qualität, Verläßlichkeit, Service. So schaffen wir Mehrwert.“

Dann summte er die Melodie des Songs mit, der im Hintergrund lief und dessen Text lautete:

„Wenn sich jeder daran hält,
Wird es bald 'ne bess're Welt!“

Der Song stammte aus dem fast unerschöpflichen Repertoire der Mega-Rockgruppe *Lift-off*.

Franz entschied sich für die Selbständigkeit. Denn er wollte sich Geld für das Studium zurücklegen. Das ging zwar zu Lasten der Schule, aber es war ihm ganz recht, weil es deutlich mehr Lieferungen gab. Bisweilen erhielt er auch einen Tip von Telechat, wenn ein besonders lukrativer Kurierjob ausgeschrieben war. Eine Pfote wusch die andere.

Um die Bilder aus dem Mai endgültig hinter sich zu lassen, schlug Lisa für den 29. Juli einen Ausflug vor. Sie lieh zwei Kanus, mit denen die Bergers zwischen den aus dem Wasser herausragenden Häusern im ehemaligen Stadtzentrum herumpaddelten. Für eine Bootsfahrt war kein Paß nötig, sie blieben ja innerhalb der Stadtgrenzen von New Venice.

Sie picknickten auf einer Insel. Es war keine wirkliche Insel, sondern das Dach einer ehemaligen Fabrikanlage, das mit dem Boot bequem erreichbar war. Als sie das mitgebrachte Picknick auspackten, sammelte sich sogleich ein Schwarm gieriger Möwen. Sie verjagten sie und genossen den warmen Sommertag: „Vergessen wir den Schrecken und feiern wir das Leben!"

Sie erlebten einen Tag aquatischer Großstadtbukolik. Die Paddeltour ging vorbei an den Hochhäusern, von denen häufig erst die zehnte oder sogar erst die fünfzehnte Etage aus dem Wasser ragte. Die oberhalb des Wasserspiegels liegenden Etagen mancher dieser Gebäude waren noch bewohnt. Dann war an dem Haus ein Anleger angebracht. Aus einigen Fenstern ragten Angelruten. Lisa stellte sich vor, wie die Bewohner in ihren Wohn- oder Schlafzimmern saßen und durchs Fenster angelten. Kinder winkten, einige Bewohner schöpften eimerweise Wasser aus ihren Wohnungen. Andere dichteten Öffnungen, die in der Höhe des Wasserspiegels lagen, mit Sandsäcken ab. Der Wasserweg war nicht ungefährlich: Hier lief das Wasser seit Wochen in eine unterirdische Kaverne und erzeugte einen gefährlichen Strudel. Dort preßte Luft, die unter Wasser eingeschlossen war, mit sprudelndem Gurgeln eine Fontäne in die Höhe. Andere Kavernen füllten sich nach dem Prinzip der glucksenden Flasche. Für einige Minuten wurde das Wasser in einem wilden, gefährlichen Strudel eingesogen, dann wiederum kam es zum sprudelnden Ausstoß von Luft. Solche Turbulenzen waren nicht ungefährlich. Man durfte ihnen nicht zu nahe kommen.

Überall war geschäftiges Leben, manchmal waren auch verdächtige Transaktionen zu sehen. Abseits von neugierigen Blicken bemerkte Helene ein Schnellboot, von dem in Plastik verpackte Ballen in mehrere Ruderboote umgeladen wurden. Als Helene unwillkürlich nach ihrem Compro griff, hielt sie Lisa davon ab, die Kamera auf die zwielichtigen Typen zu richten. „Vorsicht, du weißt nie, wer an Bord ist. Tu einfach so, als hättest du nichts gesehen."

Am nächsten Tag schaute Constanze auf einen kurzen Moment vorbei. Sie bemerkte Lisas gute Laune.

„Nein, bitte keinen Aufwand, ach, hier ist es so schön... Was machen Franz und Helene? Wir haben immer zu wenig Zeit."

Gegenüber ihrer Freundin Constanze beklagte sich Lisa, die zu den alten Sorgen zurückgefunden hatte: „Weißt du, auf dem Teleboard wird dauernd von den vielen Posten erzählt, die allen offenstehen. Aber immer wenn ich mich melde, heißt es, der Job sei gerade vergeben. Ich höre nur, ich sei nicht geeignet oder überqualifiziert. Ist doch ein Lacher, oder?“

„Nimm das nicht persönlich. Die meinen was anderes.“

„Doch, es macht mir etwas aus. Es macht mir etwas aus, daß ich nirgends richtig ankomme und nur zu hören bekomme, daß es genügend andere Bewerber gebe. Ich könnte es aufgeben.“

„Bloß nicht. Ich bin sicher, daß du ein Angebot bekommen wirst. Ich höre mich um...“

„Ich habe mich in einer Gruppe engagiert, wo wir etwas gegen die Armut auf der Welt unternehmen. Gerade jetzt, wo uns überall das Wasser bis zum Hals steht.“

„Wir müssen helfen, keine Frage, aber meinst du nicht, daß erst einmal dir geholfen werden sollte?“

Dies war der Moment, als Constanze erstmals andeutete, was sie vorhatte. Lisa glaubte es erst kaum.

„Ich habe einen Plan. Du weißt, wir strukturieren um. Auch ich möchte mich verändern. Ich habe meinen Job so etwas von satt. Aber mein Vorhaben ist nicht ohne Risiko. Zur Zeit werden mehr Leute entlassen als neu eingestellt, das ist ein klares Signal, aber das ist alles nicht ohne: Ein großer Teil des Unternehmens wird bald zum Verkauf stehen. Du weißt ja, wie das läuft. Die Braut wird aufgehübscht, dann wird sie ins Schaufenster gestellt, wie sie das nennen. In der Chemie gibt es immer jemanden, der kauft. Am Ende verdienen die Eigner Unsummen. Daran läßt sich mitverdienen, aber man muß unauffällig vorgehen. Es geht darum, frühzeitig Optionen zu kaufen, bevor alle mitbekommen, was läuft. Ich bin sicher, daß alles eingefädelt ist und nur noch eine Frage von Tagen ist. Leider sind mir die Hände gebunden, aber ich würde gerne investieren. Und hier kämst du ins Spiel. Könntest du dir vorstellen, Optionen für mich zu kaufen?“

Als die Silhouette einer Katze über den Bildschirm strich, schloß Constanze vorsorglich ihren Compro.

Von einer Laune gepackt meinte Lisa: „Und wenn wir den Zaster haben, dann hauen wir hier ab.“

„Was man damit alles anfangen kann: Neues Auto.“

„Neues Haus.“

„Neues Land.“

„Neuer Mann.“
Beide kicherten…
„Wieviel soll es denn sein? 1.000, 10.000, 100.000, …“
„Es ginge um 3.000.000.“
„Ein hübscher Haufen Zaster.“
Lisa bemerkte nicht, daß Constanze vom spielerischen zum ernsten Tonfall gewechselt hatte.
„Soviel konntest du dir zurücklegen?“
„Ich leihe mir das nur.“
„Au, das würde ich mir gerne auch mal leihen.“
„Kannst du. Laß aber lieber die Finger davon. Hör mal, das Geschäft läuft so. Ich besorge die 3.000.000, und wir plausibilisieren, daß du über das Geld verfügen kannst. Ich könnte zum Beispiel euer Haus kaufen. Natürlich nicht in echt. Dann kaufst du die Optionen, und wenn die Aktien 10% gestiegen sind, explodieren die Optionen und sind etwa das Doppelte wert. Wir verkaufen, das heißt, du verkaufst, und ich kann die 3.000.000 zurückgeben.“
„…“
„Den Rest teilen wir auf: 1.000.000 für dich, 2.000.000 für mich. Die Spesen gehen auf mich.“
„Und wenn die Aktien um 10% fallen?“
„Das wird nicht passieren.“
„Und wenn doch?“
„Dann muß ich den Rest meines Lebens arbeiten, um 1.500.000 an Schulden zurückzuzahlen.“
„Wollen wir uns nicht lieber 1.000 pumpen und uns einen schönen Abend machen?“
„Auch eine gute Idee, aber ich möchte raus aus dem Geschäft, in dem ich unterwegs bin.“
Insgeheim bewunderte Lisa ihre Freundin. Wie locker sie über ihre Pläne und Summen sprach, von denen sie selbst nicht einmal zu träumen wagte.

Beschwingt von den neuen Aussichten beschloß Lisa: Heute sollte es einen richtig schönen Abend im Familienkreis geben. Karl hatte sich für den frühen Nachmittag angesagt, er müsse sich etwas ausruhen, bevor es morgen auf eine mehrtägige Reise ging. Lisa würde ihn und die Kinder mit einem besonderen Abendessen überraschen. Nur Lieblingsspeisen: Krabbensalat, Pizza mit Artischocken, weißer Beaujolais. Trocken, auf Chardonnay-Basis, selten und sehr gut. Aus dem Weihnachtspaket von Karls Firma! Für die Kinder gab es Rhabarberschorle und als Nachtisch eine Schokocreme aus Seidentofu. Sie bereitete gerne ausgefallene Mahlzeiten zu und blieb auf dem laufenden, was die Qualität der Lebensmittel betraf. Gerne probierte sie neue Dinge aus, die auf den Markt kamen. Zudem achtete sie auf Zusatzstoffe, auf Regionalität, aufs Tierwohl sowie auf die Geschmacksurteile von Köchen und Kennern. Heute sollte kein lästiger Gedanke die Vorfreude auf das Abendessen trüben. Lisa wischte alles beiseite: Ihre Sorge um die steigende Arbeitsbelastung, der Karl ausgesetzt war, um Helene, die die Schule schleifen ließ und mehr und mehr von ihren Filmen absorbiert wurde. Keine Gedanken an die Auseinandersetzungen, die es mit ihr um die Freizügigkeit gab, mit der die jungen Heldinnen im PureNet ihren Körper und ihr Wohnumfeld darstellten. Helene hatte es schließlich akzeptiert, eine Mindestbekleidung zu tragen. An der Zahl ihrer Follower merkte sie bald, daß sie deutlich weniger erfolgreich war als die anderen, die vielleicht nicht nur wegen ihrer Themenwahl mehr Zuspruch erhielten, sondern weil sie sich freizügiger gaben. Der Quengelton von Helene lag ihr noch in den Ohren: „Aber ich *brauche* das Wohnzimmer für meine Aufnahmen.“ Halbherzig hatte sich Helene bereiterklärt, das Wohnzimmer höchstens dreimal in der Woche je drei Stunden lang zu belegen. Sie hatte es auch akzeptiert, vor einer improvisierten Studio-Kulisse zu filmen.

An derlei wollte Lisa keinen Gedanken verschwenden. Sie wollte den Kopf frei haben fürs Kochen. Und doch schweiften ihre Gedanken immer wieder ab. Sie mußte sich eingestehen, daß sie nur eine vage Vorstellung davon hatte, was Helene bei ihrer Freundin Sabse alles filmte. Es hatte etwas mit dem „Lift-off“, zu tun, dieser skurrilen Mode der kunstvollen Selbstverstümmelung, die vor kurzer Zeit aufgekommen war. Piercing, Tattoo, Zerfetzen von Hosen und Blusen, Splicing, die Pflege hypertropher Nägel waren mittlerweile nicht mehr aktuell und schnell ersetzt durch „Lift-off“ und „Scrape-off“ .

Helene hatte ihr erklärt, daß es sich um zwei verschiedene Techniken handelte, die Fingernägel abzunehmen oder teilweise abzuschälen. Die zwei Schulen unterschieden sich in den verwendeten

Techniken: Abrieb oder chirurgische Ganzentfernung. Junge Frauen ließen sich heutzutage die Nägel abnehmen.

Lisa spürte, daß sie sich darum würde kümmern müssen, was in Helenes Filmen gezeigt wurde. Davor und vor dem Kampf mit ihrer Tochter graute ihr jetzt schon. Sie hatte bislang davor zurückgeschreckt, sich mit anderen Müttern zu besprechen. Nun ahnte sie, daß auch das vor ihr liegen könnte. Lisa wußte, daß es ein Kampf werden würde, ihre Tochter davon abzubringen, sich dem Medienleben zu verschreiben. Wie machte man jungen begeisterten Menschen nur verständlich, daß von den Medien nichts zu erwarten war als der Profit für einige wenige und auf Dauer Abhängigkeit und Frust für viele? Sollte sie von diesem Mädchen sprechen, das ohne Spur im Netz verschwunden war? Wie war noch ihr Name? Irgend etwas wie Eva oder Evelyn. Sollte sie Geschichten von mediengeschädigten Jugendlichen erzählen? Doch vor allzu lauten Warnungen war ja zu warnen. Das pfiffen mittlerweile die Spatzen von den Dächern der pädagogischen Anstalten.

Was aber würde sein, wenn sich die Hoffnung, daß jeder die eigenen Erfahrungen sammeln sollte, nicht erfüllte, weil die Erfahrungen erst dann verfügbar sein würden, wenn es zu spät war? Doch was bedeutete, daß etwas zu spät ist? Wann war zu spät wirklich zu spät? Was ist, wenn man nur einen Freischuß hatte und nicht einfach nochmals beginnen konnte? Der Raum, Dinge auszuprobieren, erschien ihr heute eingeschnürt zu sein.

Der, der gerade keine Sorgen bereitete, war Franz, der nach der Schule für ein, zwei Stunden seinem Job nachging und noch etwas Geld für sein Studium verdiente. Er hatte heute kurz vor Mittag noch einen Job erledigt und saß seit zwei Stunden an den schulischen Aufgaben.

Lisa fragte sich, was von Constanzes Angebot zu halten war: War so etwas nicht illegal? Sie hatten nach dem Vorschlag noch eine Weile im Ton der Blödelei über den Geldregen gescherzt, aber richtig wohl war Lisa nicht bei dem Gedanken, daß sie zur Komplizin bei etwas werden könnte, das ziemlich nach Betrug roch. Doch fort mit den Zweifeln und den Befürchtungen! Heute sollte es ein schöner Abend werden. Lisa kochte.

Sollten doch alle anderen derweil nach Herzenslust ihren Beschäftigungen nachgehen. Franz lernte in seinem Zimmer, Helene war zu Sabse gefahren, um ihren neuesten Film für das PureNet zu schneiden. Nachher würde es ein leichter und beschwingter Abend werden. Sie kannte ja die Ihrigen. Und genau das war ihr wichtig. Sie ahnte, daß nur die gemeinsam fröhlich verbrachte Zeit die häßlichen Bilder vertreiben konnte, die jeder von ihnen seit dem Abend im Hotel vor drei Monaten mit sich herumschleppte.

Lisa wählte einen Musikkanal. Arien von Friedrich Händel. Seit langem hatte sie es aufgegeben, politischen Kanälen zu lauschen: Die Nachrichten handelten allzuoft von Dingen, die sich unweigerlich zu Niederlagen für sie entwickelten. Sie war es leid, von wachsender Arbeitslosigkeit, verschärftem Sozialscoring und abgesenkten Rentenaussichten zu hören, die niemanden anders als sie selbst zu betreffen schienen. Selbst Nachrichten, die von entfernten Ländern handelten, hatten, wie sich häufig herausstellte, negative Konsequenzen für ihr Leben.

Es verwunderte sie, zu welcher Gewalt die Menschen in der Lage waren, wie sehr sie vergessen konnten, daß sie alle nur aus Fleisch und Blut bestanden und soviel mehr miteinander teilten, als Trennendes bestand. Doch genau dieses Wenige war es, was die Menschen auf die verschiedenen Lager verteilte und sie so unnachgiebig machte, wenn es darum ging, einen Vorteil wahrzunehmen oder anderen eins auszuwischen, andere zu belauern oder gnadenlos niederzumachen. Und dabei bestanden wir chemisch gesehen alle zu 70% aus Wasser.

Die Musik hingegen hatte auf sie eine zutiefst beruhigende Wirkung. Mit dieser Musik im Hintergrund kochte sie besonders gut und gerne. Die aufsteigenden Falsett-Stimmen kamen ihr vor wie die feurigen Gewürze, die sie immer mal einsetzte, um einen Geschmacksakzent zu setzen.

Heute abend waren alle guter Dinge, das Essen schmeckte. Karl war entspannt, Helene und Franz alberten ausgelassen herum. Lisa beglückwünschte sich zu ihrer Entscheidung, etwas Besonderes vorbereitet zu haben. Karl schaute sie mit Blicken an, die unübersehbar sagten: „Danke dir. Es ist schön, zu merken, wie gut es uns geht."

Karl machte einen Vorschlag, der alle überraschte: „Ich weiß nicht, was ihr davon denkt, aber wir könnten in ein größeres Haus umziehen. Die Firma plant eine Gehaltserhöhung. Um die Ecke gibt es ein Neubaugebiet. Wir könnten uns mal umschauen. Was haltet ihr von einem größeren Haus?"

„Mit Putzkraft", fügte er hinzu und zwinkerte Helene zu.

Daß Karl eine Gehaltserhöhung erhalten sollte, war eine Nachricht, die alle freute. Er holte einen Champagner aus dem Kühlkoffer, den er im Eingang hatte stehen lassen. Echter Champagner war mittlerweile aufgrund der Aufheizung des Klimas eine echte Rarität. Der Schaumwein kam ja jetzt üblicherweise von den mittelenglischen Inseln, wo französische Weinbauern seit Jahrzehnten geeigneten Boden gekauft hatten. Doch diese Flasche stammte noch aus der Champagne. Sie stießen ausgelassen auf die Gehaltserhöhung an, als Helene die Stimmung ins Kippen brachte.

„Meinst du etwa die Bingohalle und die beiden Bauernhöfe, die abgerissen werden sollen?", fuhr Helene auf.

Lisa meinte, daß auch sie davon gehört habe. Vielleicht war es ja eine gute Idee, schließlich fehlte es in der Stadt an Wohnraum. Warum nicht, man könnte ja mal einen Blick werfen, meinte sie aufmunternd zu Karl.

Doch Helene ließ nicht locker: „Mama, es wird ständig Land betoniert, das geht doch überhaupt nicht. Es ist in den letzten Jahren hier richtig voll geworden. Ihr habt doch alle mitbekommen, wie hier Haus um Haus neu entstanden ist."

Lisa sagte begütigend: „Ich gönne es jedem, gut zu wohnen."

Karl räumte ein: „Mit der Ruhe wird es wohl vorbei sein."

Darauf Lisa: „Doch bis jetzt ist es uns gut gegangen. Warum sollte es nicht so bleiben? Aber vielleicht hast du recht, und man sollte die Verdichtung der Bebauung kritisch sehen."

Helene war ehrlich empört: „Wo das Neubaugebiet hin soll, stehen zwei Bauernhöfe. Die stehen leer seit dem Frühjahr."

„Ich habe gehört, daß die Erben der Bauern eine satte Zahlung erhalten haben", meinte Franz.

Später am Abend gestand sich Lisa ein, daß sie Bedenken hatte wegen Karls Gehaltserhöhung: Würde diese nicht den Scoring-Standard und damit das Mindestscoring erhöhen? Wären sie nicht gezwungen, von nun an immer den neuen Erwartungsrahmen im Blick zu behalten? Und bedeutete das nicht für sie, daß ihr Scoring noch deutlicher abfiel zum Rating der gesamten Familie? Bedeutete das nicht, daß ihr drohender Abstieg noch viel radikaler sein würde, wenn es dazu käme? Ihr Glück wäre, wenn sie wieder in ihren Beruf einsteigen könnte.

Karls Vorschlag machte sie skeptisch. Sie konnte sich des Verdachts nicht erwehren, daß es sich um ein wenig durchdachtes Projekt handelte. Ihr war nicht klar, ob er *sein* Glück mit ihr teilen wollte oder ob er sie beeindrucken wollte. Denn sie fühlte sich in dem eigenen Häuschen wohl. Glücklicherweise redete er nie von „Repräsentationspflichten".

Sie schauten sich in der folgenden Woche das für den Neubau ausgewiesene Gelände in der Nähe an. Karl war von der Lage angetan, aber Lisa zögerte. Ihr entging der Protestaufruf nicht, der auf ein Bettlaken gemalt war, das an der alten Bingohalle aufgehängt war.

Bei der Rückfahrt von der Besichtigung kam es im Auto zwischen Karl und Lisa fast zu einem Streit. Sie kam auf ihr altes Thema: „Es macht mich beklommen, daß ich in fünfzehn Jahren mit nichts dastehen könnte, aber in ein neues Haus umziehen soll, das ich allein nicht einmal bewirtschaften könnte."

„Kein Problem, wir können jemanden einstellen."

„Du weißt, daß das nicht das Problem ist. Ich fände es logischer, wenn ich erst einmal einen Job fände."

„Aber aus finanziellen Gründen brauchst du das nicht."

Sie konterte: „Ich bin mit dem Haus zufrieden, das wir bewohnen. Ich will nicht zeigen, daß es uns besser als gut geht."

„Mir geht es nicht um Geld oder Karriere. Es muß genügend da sein, dann ist es gut." Er vermied natürlich jede Andeutung, daß er im Zweifelsfall auf seinen Job verzichten könnte. Denn wie alle anderen fühlte auch er sich gerne *gefragt*.

„Ich bin da ganz bei dir: Auch ich wäre gern *gefragt*. Ich habe manchmal das Gefühl, nicht mehr dazuzugehören."

„Aber wozu solltest du nicht mehr gehören? Du gehörst zu Helene, zu Franz, zu mir. Du bist unser Leben."

„Natürlich *brauche* ich keinen Job um des *Jobs* willen, denke das nicht. Aber selbstverständlich will ich mich weiter entfalten. Meinst du, es reicht, zwei Kinder in die Welt gesetzt zu haben? Weißt du, ich brauche eine neue Herausforderung. Ich will nicht zwischen Blumenbeeten und Küchenservice veröden."

Sofort bedauerte sie, was sie gesagt hatte, denn es war ja nicht Karls Schuld, daß sie auf ihre Karriere verzichtet hatte. Zweifellos war Lisa durch Karls Erfolg angespornt, selbst wieder auf die eigenen Füße zu kommen. Ob es etwas brachte, die Doktorarbeit wieder aufzuwärmen, konnte sie nicht sagen, aber wenn das helfen sollte, würde sie sich erneut einlesen. Es war ihr wichtig.

„Karl ist beruflich viel unterwegs, ich kann über meine Zeit frei verfügen. Und dann dieser Scoring-Brief, der mir fast die Absätze unter den Schuhen weggeschlagen hat. Mein Individualscoring ist so schwach, daß ich ohne Karl und die Kinder bald schon die Lifecard 1 verloren hätte. Mit Klasse 2 hätte ich die Komfortzone der Stadt verlassen müssen. Mit Klasse drei wäre mir außer dem Leben nichts geblieben. Der Verlust des High-Rank-Scorings würde das sofortige Ende aller Vergünstigungen und Selbstverständlichkeiten bedeuten. Das wäre der Abstieg dorthin, wo man nur noch im Schweiße des Angesichts überlebt, und vielleicht ging es bald dann... noch tiefer hinab“, beklagte sie sich am Compro später am Abend Constanze gegenüber.

Helene drehte mit Sabine einen Werbespot für den neuen Lifestyle „Lift-off“. Der Spot erzählte, wie man sich beim Färben der Nägel die Finger bös verstümmeln konnte: Lift-off wirke dieser Selbstverstümmelung entgegen. Eine ganze Industrie der Bewußtseinsmassage koagulierte um das Lift-off herum. Deren Sirenen lockten: „Hunderte von Jahren lebten die schlimmsten Keime unter den Fingernägeln.“

In dem Spot im PureNet spielte Sabine die Hauptrolle: Sie hält eine übergroße künstliche Hand mit dreckigen Fingernägeln in die Kamera und singt dazu den Text aus dem Titelsong der Gruppe *Lift-Off*: „Niemand kann das verstehen. Niemand kann Dich verstehen.“ Ihre Stimme aus dem Off spricht dann einen erklärenden Text: „Lift-offen gab es schon im Mittelalter. Damals meinten sie, das sei Folter. Folter brauchte man, um die Menschen dazu zu bringen, die Wahrheit zu sagen, die sie ohne Folter nicht gesagt hätten. Aber hätte nicht auch das Trinken von Cola im Mittelalter als Folter gegolten?“

„Dabei hätte das Entfernen der Nägel Leben retten können.“ Die Sprecherin, die verführerisch geschminkte Sabine, tritt wie aus einer Wolke durch die Diegese hindurch in einen Studioraum und fährt fort: „Es hat aber etwas mit der Wahrheit zu tun. Denn die, denen die Nägel abgenommen werden, sind anders! Und die Wahrheit ist, daß Cola-Trinken keine Folter ist. Lift-off ist das Zeichen: Du bist anders als die anderen."

Sie holt tief Luft und schaut mit einem irisierenden Blick direkt in die Kamera, die auf ihre Augen zoomt: „Und die Wahrheit ist: Du bist es, die über deinen Körper bestimmt!" Dazu singt sie:

„Du bist schön.
Du weißt, daß du es besser weißt.
Du bist die Herrin deines Körpers.
Lift-off. Lift-off."

Sabine covert den Titelsongs der Mega-Rockgruppe Lift-Off und gibt weitere Erklärungen: „Sie wollen ganze Finger, um dich auszubeuten. Es gibt heut' Methoden, es ganz schmerzlos machen zu lassen."

Das Lied setzt wieder ein: „Schmerzlos, düdülüdüdü!"

„Du wirst ganz neu sensibel sein mit deinen neuen Fingerkuppen. Was immer sie sagen: Es ist coll und toll."

Das Lied klingt aus mit: „Coll. Düdülüdüdü!"

„Gehe aber nur zu ausgebildeten Off-Liftern. Geh nicht zu Amateuren. Dort holst du dir Infektionen und Komplikationen. Nur Profis können das korrekt. Achte auf das Gütesiegel."

Eine Warntafel legt sich schrägt über den Bildschirm: „Nur Profis können das." Als Abschluß: die „Lift-off Ballade".

„It's a kind of
New experience
Dum di Dum di Dum di Dum[s]
It's a kind of experiencing
The New.
Es ist dein Universu – hu – hu – humm!
Dein Universu – hu – hu – humm!"

Eine elektronisch mit Obertönen angereicherte Falsettstimme singt das Lied über einem wummernden Baß. Es ist nicht erkennbar, ob es eine männliche oder weibliche Stimme ist. Zu der Musik schreitet Sabine in königlichem Ornat wie eine Sonnenkönigin nach rechts aus dem Bild. Helene trägt bis zur Unkenntlichkeit geschminkt die Schleppe hinter ihr her.

Eine Stimme aus dem Off spricht den Abspann: „Die Bildtechnik ist von XXXatrix active." In der Mitte des Bildschirms materialisiert sich ein Logo, in dem sich zu einer zarten Fanfare eine Lochblende öffnet. Dazu der Titelsong der Gruppe Lift-Off: „Du bist anders" mit kreischenden Gitarrentutti im Refrain auf dem Wort *anders*:

„*Du* bist *anders* als die *anderen.*
Du bist *anders* als die *anderen.*
Du *bist* anders als *die* anderen.
Du bist *anders* als die *anderen.*
Du bist *anders* als die *anderen.*"

Helene war stolz darauf, wie gut die Bilder von Sabine geworden waren. Sie hatte sie aus der freien Hand gefilmt. „Lift-off" war *das* Thema der Modesaison 2040. „Hakelfreie" Kleidung wurde zu einem Must; „snag-free" zum Modewort der Saison 40/41. Bald gehörten die Protectors, „Zip-offs", einfach dazu, weil sich nur wenige an die äußerst schmerzhaften Berührungen gewöhnten. Jedes Anhakeln der verletzten Fingerkuppen am Stoff konnte schmerzhaft sein. Schon das Anziehen eines Pullis konnte zur Qual werden. Die Werbung versprach einiges: „Dein neues Zip-off: absolut „snag-free". Hakelfrei. Hole es Dir noch heute!"

Bald gab es Trendgetränke, ein Autorennen, kleine Plastikfiguren mit übergroßen nagelfreien Fingern, die man sich umhängen oder an der Handtasche befestigen konnte. Es erschienen Mangas, die die wundersamen Abenteuer der Nagelfreien schilderten. Da verlockte eine ganz neue Welt mit einer unbekannten Harmonie... Kurz: „Lift-off" wurde zum Life-style der Szene. Clubs verweigerten den Eintritt, wenn man nicht wenigstens den kleinen Finger nagelfrei präsentieren konnte. Eine Erfindung des genialen Casnov, der die besten drei Nachtclubs in New Venice besaß. Casnov erklärte jedem, der es hören wollte, daß sich Frauen alle Finger, Männer jedoch nur den kleinen „lift-offen“ lassen sollten. Schließlich müßten Männer ja zupacken! Er hatte sich nur den kleinen Finger „lift-offen“ lassen, tat aber so, als sei die Entfernung aller Nägel eine Befreiung.

Niemand wußte, wie es geschehen war. Unversehens war Sabines Festplatte mit einem Virus verseucht. Das konnte nicht sein, denn im PureNet *gab* es keine Viren. Auch Sabine wußte nicht, was geschehen war. Ja, sie hatte einen Schatten huschen sehen, dem aber keine Bedeutung beigemessen. Seither war der Speicher in Sabines Rechner unerreichbar. Doch seltsam, keine der üblichen Forderungen nach Lösegeld wurde gestellt.

Seither huschten Tierschatten und Tiersilhouetten über den Bildschirm und verhinderten den Zugang zu ihren Daten. Rief man das Verzeichnis auf, sprangen und purzelten die Silhouetten von Hühnern, Katzen, Mäusen und Maulwürfen kreuz und quer über die Tabelle und machten sie unleserlich. Oder aber sie spielten mit dem Mauszeiger Fangen und stießen ihn so schnell herum, daß man nichts mehr auswählen konnte.

Als es ihr einmal gelang, eine Filmdatei zu öffnen, bevölkerten die Tiersilhouetten sofort die ganze Szene. Zu Pikselmaus und Telechat gesellten sich Wellenhuhn und Linienkäfer. Zu viert jagten sie über Bildschirme und von Bildschirm zu Bildschirm. Hinter ihrem spielerischen Auftreten standen konkurrierende Managementprogramme für Aufgaben, die nur von wenigen mächtigen Konzernen überhaupt erdacht worden sein konnten. Unter einer Oberfläche cartoonistischer Spielerei à la Crazy Cat durchsuchten diese Programme das Netz nach schädlichen Manipulationen, nach Merowingern und Spionageprogrammen. Zeitweise konnten sie mit anderen Programmen und auch mit Menschen zusammenarbeiten, dies jedoch immer nur, um den eigenen Ziele näherzukommen. Pikselmaus war höflich, stellte sich vor und entschuldigte sich polyglott: „Je ne fais que passer! Sorry, I only pass. ‘tschuldigung, ich will nicht stören, ich müßte hier einmal durch.“

Sabine war völlig mit den Nerven runter: Die Tiere zerstörten die Aura, die sie in den Filmen kreieren wollte. „Ich will diese Störenfriede nicht“, weinte sie und verbarg ihr Gesicht hinter ihren behandschuhten Händen. Helene stellte ihr sofort den eigenen Rechner zur Verfügung, so daß Sabine weiter an ihren Filmen arbeiten konnte. Doch das verhinderte nicht, daß sie um Monate zurückgeworfen wurde. Sie war hilflos, weil sie nicht wußte, wie sie die Schädlinge loswerden konnte. Innerhalb von wenigen Tagen magerte sie sichtlich ab.

Helene kam auf die rettende Idee, alle neuen Aufnahmen so zu gestalten, daß eventuell eindringende Tiere wie natürliche Zutaten der Szenerie wirken konnten. Sie bat die Schauspieler, von Zeit zu Zeit wischende, streichelnde oder scheuchende Bewegungen in verschiedenen Richtungen zu machen und so Momente zu schaffen, die den Eindruck erweckten, die Darsteller „reagierten" mit diesen Gesten auf die parasitären Eindringlinge im Bild. Wollte es der Zufall, konnten die arbiträren Gesten mit den offenbar unvorhersehbar sich bewegenden Pixeltieren harmonieren oder eben gerade nicht. Diese wandelte sich von einer Bildbeeinträchtigung zu einer Bereicherung. Das gab Sabines Werbung für Fingerspitzenschoner im Zeitalter von Lift-off einen besonderen Reiz. Ein Reiz, der Folgen hatte, die für niemanden voraussehbar waren, auch nicht für Sabine und Helene: Die fahrigen Armbewegungen wurden zu einem genuinen Teil des New Venice Dance Style.

Zwar wurden die neuen gestenreichen Filme Sabines zu echten Rennern, aber die Idee, daraus den neuen Tanzstil zu kreieren, und den Ruhm dafür reklamierte eine Konkurrentin für sich. Auch wenn nun die andere den Reibach machte, nahm Sabine wieder zu und wirkte bald wieder glücklich und unternehmungslustig. Sie ließ sich den Spaß am Leben nicht weiter durch wild tobende Pixelwesen auf ihrem Computer verderben.

Trotz ärztlicher Warnungen folgten immer mehr junge Frauen und Männer dem Mode-Trend, der wie so viele Trends in der Sphäre der Starlets und des Jet Set begann und sich unaufhaltsam bis in die Elendsmilieus fraß. Aber auch die ärztlichen Warnungen machten auf Lift-off aufmerksam. Auf der Strecke von oben bis unten stand Sabine in der Mitte. Sie war Wegbereiterin und Opfer des Modetrends in einem. Die Meinung in Talk-Shows war: „Die Selbstverstümmelung: ein Symptom der sozialen Misere!"

Lisa riskierte es und verbot Helene kategorisch, sich die Nägel entfernen zu lassen. Helene fragte sich, ob sie es dennoch tun sollte. Nicht nur aus Protest, mehr aus Gedankenlosigkeit. Sie wollte einfach mit dem Strom mitschwimmen und rechnete nicht mit der Skrupellosigkeit derer, die bereit waren, ihren Wunsch für Geschäftsinteressen zu mißbrauchen.

Lisa wußte, wie schwer es für ihre heranwachsenden Kinder war. Und sie wollte es anders machen als ihre Eltern, die zu ihrem Leidwesen häufig Entscheidungen einfach verkündeten. Sie wollte den Kinder Raum für eigene Entscheidungen lassen.

„Sabine hat es gewagt."

Was folgte, war ein echter Familienkrach!

„Alle machen das jetzt."

„Du machst das nicht."

„Und ob, du wirst schon sehen!"

Diese Szene muß nicht beschrieben werden, denn jeder kennt sie: Die Jugendliche, überzeugt von der Berechtigung ihres Standpunkts, die Eltern, voller Verständnis für die ersten tapsigen Schritte ihrer Sprößlinge zur Eigenständigkeit, gleichzeitig aber verzweifelt, in diesem Moment Härte zeigen zu müssen. Mit der Gewissheit, nicht nachgeben zu dürfen, weil es fahrlässig wäre, dem jungen Menschen die Freiheit zu lassen, sich selbst zu schädigen. Und doch ahnen sie, wie sehr die Heranwachsende zwischen der Versuchung, Verbote Verbote sein zu lassen, und dem Wunsch nach Leitlinien feststeckt.

„Helene, schau, wenn uns die Natur mit Nägeln ausstattet, dann hat das einen Grund. Und der Grund liegt darin, daß Nägel die Finger schützen. Wenn du entscheidest, auf diesen Schutz zu verzichten, machst du dich schwächer."

„Das stimmt doch nicht, das denkst du dir nur aus!"

„Die Mode, die Nägel mit allen möglichen Farben zu bepinseln, zu verlängern, die hat schon dazu geführt, daß so mancher Finger abgenommen werden mußte. Wenn du den Nagel abnimmst, kann genau das geschehen."

„Nein, alle machen das und wer das nicht hat, der ist... gehört nicht dazu."

„Wozu gehört sie oder er nicht?“

„Zu denen, die es machen.“

„Weißt du, wie sehr sich das entzünden kann?“

„Bei keinem ist das entzündet.“

„Das glaubst du. Die ärztlichen Journale sind voll von Berichten darüber.“

„Stimmt doch nicht.“

„Kannst du dir vorstellen, was das für ein Leiden ist? Willst du das nachlesen? Hier ist das *American Journal of Medical Chemistry*. Laß uns eine Klinik besuchen, in der diejenigen behandelt werden, die es haben machen lassen. Wenn du dann immer noch meinst, du willst, dann mußt du es wohl tun.“

„Ich will aber nicht in die Klinik, ich habe dafür keine Zeit.“

„Nach einer OP riskierst du, viele Stunden in der Klinik zu verbringen, wenn sich das entzündet. Die Folgeschäden können lange anhalten. Besser wird es sein, vorher einen Besuch in der Klinik zu machen und sich die Folgen anzuschauen.“

„Andere haben das gemacht, und da gab es keine Schäden“, sagte Helene etwas kleinlauter.

„Ich bin strikt dagegen. Und bevor du irgend etwas in dieser Richtung unternimmst, kommst du vorher mit in die Klinik und schaust dir an, wie es aussieht, wenn sich die Fingerkuppen entzünden. Sepsis ist kein Spaß. Du wirst wochenlang keine Kamera mehr anfassen können. Frage Vater.“

„Das ist ungerecht.“

Helene verließ türenknallend die Wohnküche.

Franz tröstete sie: „Laß doch, kannst du später immer noch machen. Seit ich mir mit 13 die Ohrläppchen habe splicen lassen, nennen mich alle nur noch Schlitzohr, saudoof!“

Ihre beste Freundin Sabine, die immer die hippsten Produkte vorstellte, hatte es machen lassen. Und es stimmte, sie brauchte nun immer mehr Geld für Schmerzmittel. Das gab Helene dann doch zu denken. Sie nahm innerlich Abstand von der Idee, sich sofort zu *lift-offen*. Aber sie wollte nicht, daß es aussah wie eine Niederlage. Zudem „lief“ ihr Kanal dank der Idee mit den schleifenden Armbewegungen noch leidlich.

Als Sabine ihr eines Tages ihre nagelfreien Fingerkuppen zeigte, erschrak sie heftig. Rissig rot waren die Wunden. Helene riß entsetzt die Augen auf. Nun brauchte sie keine Patienten-Hände mehr anschauen gehen. Es fehlte sogar ein Fingerglied am Ringfinger. Da war wohl etwas schiefgegangen.

Aber immerhin: Sie hatte es gewagt.

Helene fragte sich: „Bin ich jetzt gebunden, es zu machen, weil ich es versprochen habe?"

Lisas striktes Verbot half ihr, es nicht zu tun.

„Meine Mutter hat es mir verboten."

„Du läßt dir von deinen Alten etwas verbieten?"

„Wenn das so einfach wäre. Ich wohne dort, ich kann nicht einfach machen, was ich will."

„Zieh doch aus!"

„Mache ich, sobald ich sechzehn bin."

Dann redeten sie über Teleboard-Serien: Sabine liebte Serien. Im Leben müsse alles direkt und sofort gehen, aber bei der Unterhaltung komme es darauf nicht an. Denn man könne immer nebenbei noch den Compro checken. Helene mochte keine Serien. Filme mit endlosen Nebenhandlungen waren ihr eine Greuel: „Ich hasse Serien! Ich hasse Fortsetzungsgeschichten! Eine Geschichte hat einen Anfang, eine Mitte und ein Ende und nicht endlos Enden und Anfänge. Ich hasse Geschichten, die sich verzweigen, weil sich ihr Autor nicht entscheiden kann, was genau er erzählen möchte, und dann zu keinem Ende mehr findet."

Sie war bei der auf zweihundert Fortsetzungen à zehn Minuten angelegten Serie von *Limmit* schon nach der dritten Folge eingeschlafen. Sabine war jetzt schon bei Folge 167, da waren die Helden schon wieder vom Mond zurück. Während der zehn Minuten, in denen sie früher ihre Nägel gepflegt hätte, strich sie sich nun geduldig Wundbalsam auf ihre Fingerkuppen.

„Ich finde es gerade coll, wenn man nicht mehr weiß, wo man ist. Das ist wie ein Flow, vohl coll. Und nicht so festgelegt wie das meiste im Leben."

Helene wollte lieber direkt zum Ziel gelangen, auf keinen Fall wollte sie lange warten müssen. Die Dinge sollten den kürzesten Weg nehmen. Direkt aufs Ziel los.

Sie holte Sabine als Stargast in ihren Kanal. Es brauchte ja keiner zu wissen, daß Sabine damit honorierte, daß Helene ihr mit dem Rechner ausgeholfen hatte.

Auf die Frage, warum sie selbst das Lift-off nicht machen lasse, gab Helene die lapidare Antwort: „Ich muß doch die Kamera bedienen."

„Hey, der schmerzhafte Teil ist in zwei Wochen vorüber."

„Ich kann mir keine zwei Wochen Ausfall leisten. Du weißt doch selber, wie die Follower ticken."

Aber sie *haßte* ihre Mutter dafür, daß sie ihr verboten hatte, diesen Weg zur Selbstbehauptung zu gehen. Nun schaltete sie, wo sie konnte, auf Obstruktion. Zum Glück nicht sehr lange.

Sechs

Karl schlug eine Reise nach Berlin vor und nahm sich vier Tage frei. Wozu wäre man denn Chef, wenn man sich nicht mal für eine Weile ausklinken könne? Das Vorhaben, ein größeres Haus zu suchen, hatte er offenbar auf Eis gelegt.

Franz blieb zuhause, er habe zuviel für sein Abi zu tun. Außerdem hatte er noch Auslieferjobs.

Die Reise nach Berlin war anstrengend. Flüge waren kurzfristig nur noch zu Phantasiepreisen zu bekommen. Daher wählten die drei Bergers das Abenteuer.

Das Schnellboot pflügte in einem aufziehenden Herbststurm nördlich des Harzes durch die Nordseewellen. Bei der unruhigen Fahrt durch das überflutete Harzvorland kam der Brocken in Sicht, der sich majestätisch über dem Wasser erhob und dessen zerklüftete Spitze hinter den Wolken verborgen lag. Diese höchste Erhebung der Region strahlte eine Ruhe aus, die sich wohltuend abhob von dem Schaukeln des Boots, das von den West-Nord-West-Böen heftig hin- und hergestoßen wurde. Nicht nur Helene wäre gerne ausgestiegen und hätte den Sturm am Ufer der massiven Harzinsel abgewartet.

Die Fahrt von den Außendeichen zur Innenstadt Berlins verlief deutlich ruhiger. Helene atmete auf. Am Nachmittag landeten sie an und bezogen im Hotel Alldone drei exzellente Zimmer. Eine kurze Ruhepause genügte ihnen, dann zogen sie durch die Stadt. Eine noch wärmende herbstliche Sonne schien und lud zu einem längeren Spaziergang. Sie besuchten das ehemalige Regierungsviertel, das nun weitgehend leer stand, weil die Verwaltung längst in lokale Einheiten zerfallen war und nur noch vor Ort tätig war. Auch die Berufspolitiker setzten sich für das große Ganze meist nur noch auf ihren Inseln ein.

Auf dem Rückweg ins Hotel lockte eine Vernissage in der Galerie *Scorpion.* Der Name klang exotisch und gefährlich. Die Galerie stand offenbar in hohem Ansehen und präsentierte sich entsprechend. Bester Lage im Erdgeschoß eines Altbaus aus der Gründerzeit mit prachtvoller Stuckfassade. Festlich erleuchtete Räume waren durch die hohen Schaufenster zu sehen. Die Gäste der Vernissage waren, Champagnergläser in der Hand, in anregende Gespräche vertieft. „*Kunst kommender Zeiten* ist doch ein vielversprechender Titel! Laßt uns reinschauen!“ sagte Karl und drückte gegen den Türgriff aus poliertem Messing. „Die Zukunft hat mich immer schon interessiert.“

Lisa war ebenso verblüfft wie Helene. Keine von beiden hatte damit gerechnet, daß sich Karl für Kunst interessierte. Meist lachte er darüber: „Neues aus der Kulturbrache“ lautete sein Standardkommentar in Fragen der Kunst.

Mit leisem Surren drehte ein Servomotor die mächtige Tür zur Seite. Kaum hatten sie den edlen Sisalboden betreten, als eine schlanke Anzugträgerin in vollendeter Verbindlichkeit auf sie zukam, ihnen ein Tablett mit Getränken darreichte und über das Tablett hin zu dem Einführungsvortrag im Nebensaal einlud, der gerade begonnen hatte. Es würde sich lohnen, Dr. Sucker, ein bedeutender Kunstkenner, führe in die Werke der „Künstler kommender Zeiten“ ein.

Helene kam es vor, als habe sie diesen Kunstkenner irgendwo schon einmal gesehen. Vielleicht in einem der vielen Modefilme, die sie in den letzten zwei Jahren angeschaut hatte. Doch sie wollte sich nicht das Hirn zermartern, sondern die Werke sehen, die von angeregt diskutierenden Besuchern umlagert waren. Sie verließ den Vortragsraum und mischte sich unter die Gäste der Vernissage. Während ihre Eltern dem Vortrag über „Kunst der Kommenden – Advancing Art – Vision 2050“ folgten, bahnte sich Helene einen den Weg durch die zahlreichen Gäste, um die Werke in Augenschein zu nehmen.

Sie war von den Exponaten fasziniert. An mehreren Stellen wurden Filme der greisen Videokünstlerin Pippilotti Rost jektiert, die so nah an die Dinge heranging, daß alles unheimlich wurde. Rupert McNaggams minimalistische Netze aus frei hängenden Papierstreifen fand sie auch nicht schlecht. Und schließlich weckten die Photographien und Modelle der Werke des amerikanischen Künstlers Disastrous Dick ihr Interesse. So hieß doch keiner! Der Name war bestimmt Fäik oder ein Pseudonym. Aber die Werke rissen sie mit: Monumentale Installationen aus Rohren, die von Ferne wie Heizkörpersysteme eines Hochhauses aussahen. Nur daß das zugehörige Hochhaus fehlte. Eines der Bilder aus dem Skulpturenpark Laumeier in St. Louis zeigte die enorme Rohrkonstruktion *Freedom Conducts* gleich neben dem weltbekannten *Gateway Arch.* Auf diesem Photo entdeckte sie zu ihrer Verwunderung neben der Signatur die Jahreszahl 2053, da mußte sich wohl jemand vertan haben. Sie entschied sich dafür, daß wohl 2033 gemeint war. Daß man Werke vordatierte, um zu beweisen, daß man als erster auf eine Idee gekommen ist, konnte sie sich noch vorstellen, aber daß jemand auf die Idee kam, sie nachzudatieren... Auch Sabine hatte ihren Beitrag zu Lift-off ganz auf den Beginn der Bewegung vordatiert. In der Ausstellung wurde ein Photo einer Protestaktion anläßlich der Ausstellung der Werke Dicks gezeigt. Dieses Photo machte Helene lachen. Offenbar hatten sich die Bewohner des Sunset Bluff Boulevard ganz in der Nähe des Laumeier Parks gegen die Aufstellung einer gigantischen Skulptur gewandt, die für einige Monate die Siedlung verschattet hätte. Die ganze Straße war mit Postern geschmückt, auf denen zu lesen stand. „One Arman is enough“ und „Give us McNaggam“. „Put this stuff away! Give us light!“ „Clear off Dick!“

„Coll, coll, coll“, murmelte Helene, die sich von den Werken mitreißen ließ. In Hochstimmung zeigte sie ihren Eltern das Photo, als sie um einige Namen kommender Künstler reicher aus dem Vortragssaal kamen.

Helene konnte den Verdacht nicht loswerden, daß ihre Eltern diese Reise vielleicht nur aus dem Grund unternommen hatten, um sie vom „Lift-off“ abzulenken und auf andere Gedanken zu bringen. Aber sei es drum; insgeheim war sie ihnen dafür dankbar, vor allem dafür, daß sie dieses Thema nicht anschnitten. So konnte sie sich ihrerseits weniger ablehnend zeigen. Die Rückfahrt war wie die Herfahrt ein Abenteuer, zum Glück diesmal ohne Sturm.

Zurück in New Venice hatte sich Helenes Weltbild ein wenig, wenn auch entscheidend gewandelt. Ihr Interesse an ostentativen Mißfallensbekundungen ihrer Mutter gegenüber war erloschen. Neues rückte in den Blick. Sie griff einige ihrer neuen Eindrücke auf. Die Anregungen von Rost und Dick motivierten sie, ganz anders mit der Kamera umzugehen. Sie interessierte sich nun für den geheimen Horror der Oberflächen. Sie begann, sich filmisch mit Heizungsrohren zu beschäftigen.

Bei der Rückkehr zeigte sich, daß Franz nicht nur gearbeitet hatte, während seine Eltern und seine Schwester in Berlin waren. Er stellte ihnen seine Freundin Sibaru vor.

Bis weit in den Herbst 2039 war Franz unglücklich in Helenes Freundin Sabine verliebt gewesen. Daß er auf keine Gegenliebe stieß, hatte er sich nicht anmerken lassen. Doch nun hatte er aus heiterem Himmel Sibaru kennengelernt.

Sibaru hatte zwei Klassen über ihm die Schule besucht, war jedoch unversehens ein Jahr vor dem Abi ausgestiegen und trieb sich seither in den Wäldern um New Venice herum. Sie hatte sich Kenntnisse über Wildkräuter angeeignet und lieferte rare Gewächse an die, die dafür bezahlen wollten. Wenige Tage nach ihrer Begegnung begleitete Franz sie auf einem Streifzug in ein Waldgebiet, in dem es kostbare Pilze geben sollte. Sie hatte ein Schwein namens Hector abgerichtet, das ihr bei der Pilzsuche behilflich war. Als sie ihm einen der Pilze reichte, und er davon probierte, gab sie ihm einen Kuß.

Helene, Franz und Sibaru trafen sich zu gemeinsamen Unternehmungen, Bootstouren und gingen tanzen. Sie zogen auf gut Glück los und beobachteten die Leute beim Score-Seek'n-Catch, einem weitverbreiteten Zeitvertreib.

Das Score-Seek'n-Catch war ein Gewinnspiel, bei dem jeder mitmachen und sein Scoring außerhalb der herkömmlichen Wege aufbessern konnte. Jeden Tag wurden an einem zufällig ausgewählten Ort irgendwo in der Stadt zehn oder mehr der begehrten Scoringpunkte ausgeschüttet, die sich der glückliche Finder auf sein Konto anrechnen lassen konnte. Es war eine Art Lotterie für jedermann, die viele Menschen dazu brachte, vom frühen Morgen an durch die Stadt zu wandern und nach den Punkten zu suchen. Wer die Punkte fand, profitierte sofort von dem verbesserten Scoring. Sogar die Orga schickte ihre Leute aus, um diese Punkte zu finden. Man nannte sie gehässig „Scoring-Grabscher“. Manchmal wurden die Punkte erst spät am Nachmittag nach dem Lösen eines schwierigen Rätsels gefunden.

Es war nur ein Spiel, aber Score-Seek'n-Catch war in den Jahren um 2040 eindeutig der Hauptzeitvertreib vieler Bewohner von New Venice. Dank des Scorings, das Jefferson mit einer seiner ersten Amtshandlungen eingeführt hatte, war es ein Leichtes, die Bewohner der Stadt für jede Arbeit zu gewinnen und sie dazu zu bringen, auch Nachteile in Kauf zu nehmen. Was am Anfang als eine Art Gerechtigkeitsmanagement eingeführt worden war, hatte sich längst als Form gesellschaftlicher Disziplinierung entpuppt. War nicht so mancher Sklave heimlich stolz auf das eiserne Sklavenhalsband, das ihn von denjenigen unterschied, die es nicht tragen mußten? Meinte nicht mancher sogar, jeder müsse es tragen, um dazugehören zu können? Das Scoring-System registrierte jeden und alles und ordnete den Ergebnissen automatisch Plus- und Minus-, Bonus- und Maluspunkte zu, über die der Zugang zu knappen Ressourcen, Gütern und Dienstleistungen geregelt wurde. Alles hing vom persönlichen Scoring ab: die Versorgung, das Wohnen, die Arbeit, ja, fast das ganze Leben. Wer im Scoring abrutschte, war bald der Arbeit, der Wohnung, der Versorgung beraubt, und vor allem der Extras, die ein hohes Scoring mit sich brachte. Von einem bestimmten Wert an mußte man sich darauf einstellen, die Wohnung zu wechseln, einer weniger attraktiven Arbeit nachzugehen, im Extremfall sogar auf die Halde umzuziehen, sollte man auf Null kommen. Das war die größte Furcht der Bewohner der Stadt, die mit allen Mitteln versuchten, einer Verbannung auf die Halde zu entgehen. Diese Angst trieb die Einwohner von New Venice zu ständigen Bemühungen, ihr Scoring zu halten und zu erhöhen.

Ständig versuchte irgend jemand, in die Datenverarbeitung im Scoring-Center einzudringen und sich ein besseres Scoring zu schreiben oder die Erhöhung der Punktzahl mit Waffengewalt zu erzwingen. Vielleicht war es nur Gerede, aber schon der kleinste Verdacht konnte zur Verbannung auf die Halde führen.

Scoringpunkte ließen sich über gute Arbeit, gutes Verhalten, eine kompetitive Einstellung, regelmäßige Gesundheitschecks und Sparsamkeit im Verbrauch von Ressourcen aufbessern. Aber es gab auch die Kehrseite, den Schwarzmarkt und sogar gefälschte Punkte. Wer mit gefälschten Punkten erwischt wurde, mußte mit der Löschung des Scoring-Kontos und sofortiger Verbannung auf die Halde rechnen.

Am Rande der gigantischen ökologischen Krise lebten die Menschen ständig zwischen Ernst und Spiel. Kein Wunder, wenn allerlei Aberglaube um sich griff. Die Menschen meinten, an der Flugbahn von Vögeln ablesen zu können, welche Ereignisse vor ihnen lagen oder in welche Richtung ihr Leben verlief. Kein Wunder, wenn nun jeder intensiv Vögel beobachtete. Einige, denen prophetische oder deuterische Gaben zugesprochen wurden, machten Aussagen über das kommende gute oder schlechte Wetter oder über die Chancen, im Scoring nach oben zu kommen.

Aus lauter Verzweiflung versuchte man, sogar aus der Zerstörung noch ein Vergnügen zu machen. Ein Beispiel dafür waren die Rott-Wetten. Bei einer solchen Wette ging es darum, abzuschätzen, wann welches Gebäude durch Unterspülung destabilisiert sein und zusammenbrechen würde. Manche Gebäude blieben erheblich länger standfest, als man es ihnen angesehen hatte. Manche ragten unfaßbar schief aus dem Wasser, wollten und wollten aber nicht zusammenfallen. Andere fielen, noch bevor die Wette abgeschlossen war. Wettbüros ersetzten die Kneipen und Cafés, die nach den Corona-Epidemien verschwunden waren. Dort traf man sich und spekulierte über die Standfestigkeit von Gebäuden.

Es gab aber auch ruhigeren Zeitvertreib: die Wassersportarten, die nun für jeden in erreichbarer Nähe möglich waren. Bootfahren, im Sommer Surfen und Wasserballspielen.

Seit er Sibaru getroffen hatte, entdeckte Franz, daß auch er sich ablenken lassen konnte. Sibaru beschäftigte ihn offenkundig. Er mußte immer wieder daran denken, wie er sie kennengelernt hatte: Er war damals über alle Ohren in Sabine verliebt, doch die hatte alle seine Einladungen ignoriert und ihn kaum beachtet. Mit Herzklopfen hatte er eines Tages eine Warensendung an ihre Adresse geliefert. „Reinkommen kannst du nicht, ich habe Besuch“, ließ sie ihn an der Gegensprechanlage wissen. Er hatte voller Hoffnung gewartet, doch zur Tür kam nicht sie, sondern Sibaru, die das Paket entgegennahm. Sie blinzelte ihm zu: „Sie ist nicht interessiert", flüsterte sie ihm zu, ihr Mund nah an seinem Ohr. Er spürte ihren Atem und ihre Lippen. Ihr Kopf verharrte um ein weniges zu lange in seiner Nähe und dann streifte ihr Wange auch noch die seine oder war es umgekehrt? Nun verzieh er Sabine ihr Desinteresse, denn gerade war er seiner ersten wirklichen Liebe begegnet. Ob sie auch beantwortet wurde? „Ich rufe dich an", hatte er versuchsweise hervorgebracht. „Ja, mach das", war ihre Antwort. Freundlicher, als er es erwartet hatte. Ihm schien, daß sie nicht verwirrt war und wußte, was sie wollte. Ein Lächeln, ein Antwortlächeln. So einfach war das.

An diesem Dienstag im Frühjahr 2040 hatte er wegen gestiegener Nachfrage nach Lieferungen und wegen einer Verabredung am Nachmittag gegen alle Regeln zwei Jobs bündeln wollen. Bei der Auslieferung des zweiten Päckchens hakte etwas. Ungewöhnlich, vielleicht war es besser, Vorsicht walten zu lassen. Die Sicherheitswarnung flackerte über seinen Compro, und er entschied sich, das zweite Päckchen nicht sofort auszuliefern, sondern es mit nach Hause zu nehmen. Zum Auslieferungslager konnte er es nicht zurückbringen. Er würde den Nachmittag abwarten und das Päckchen später zustellen.

Niemand im Hause Berger rechnete damit, daß an diesem Nachmittag völlig unvorhersehbar das Einsatzteam zuschlug. Lisa fiel aus allen Wolken, als es an der Haustür schellte und beim Öffnen der Haustür fünf Einsatzkräfte der Polizei in Kampfmontur ins Haus drängten. Die Waffen im Anschlag.

„Hausdurchsuchung", erklärte der erste. Der dritte oder vierte bedeutete ihr, sich ruhig zu verhalten. Der letzte, der hereinkam, hielt Lisa ein Schreiben mit Stempel vor die Nase. Lisas erster Gedanke galt Helene, doch als der Beamte auf den Namen ihres Sohnes deutete, war sie fassungslos.

Die Polizisten hatten den Moment gut abgepaßt. Sie mußten Franz schon eine Weile im Visier gehabt haben. Vielleicht hatten sie alle Fahrer im Visier und warteten nur eine Gelegenheit.

Die Einsatzkräfte stellten sich unten an der Treppe auf. Sie achteten darauf, außer Sichtweite für jemanden zu sein, der von oben die Treppe herunterkam. Urplötzlich kam Lisa der Verdacht, daß

Franz vielleicht doch wieder in Drogengeschäfte verwickelt sein könnte. Dabei war doch abgemacht, daß er sich von *dem* Milieu fernhalten sollte. Der Job beim Kurierdienst sollte ein neuer Anfang sein. Lisa wurde schlagartig klar, daß sie nie danach gefragt hatte, was genau Franz für den Kurierdienst austrug. Daß junge Leute mit Kurierfahrten Geld verdienten, war ja nichts Ungewöhnliches in Zeiten, in denen Jugendliche stolz darauf waren, ihr Equipment selbst zu finanzieren.

Einer der Polizisten ging zur Haustür und läutete erneut. Als Franz nach einem Moment die Treppe herunterkam, maulte er:„Kann nicht mal jemand an die Tür gehen?“

Als Franz Sekunden später von einem der Polizisten zu Boden gedrückt wurde, war Lisas erster Impuls, einzugreifen, aber sie stand nur wie gelähmt da. Es ging alles so schnell. Der Polizist forderte ihn auf, er solle sofort das Päckchen herausgeben. Mit einem hilflosen Blick bedeutete Franz seiner Mutter, daß er ihr etwas anvertrauen wollte. Sie konnte den Polizisten aber nicht davon überzeugen, Franz loszulassen und ihm zu erlauben, mit ihr für einen Moment allein zu sprechen.

Der Polizist meinte nur, sie könne einen Anwalt anrufen. Jetzt aber müßten sie Franz’ Zimmer sehen. Er hob Franz vom Boden auf und schob ihn mit festem Griff vor sich die Treppe hinauf. Zwei Schwerbewaffnete folgten ihnen, die Sturmgewehre in Bereitschaftsstellung. Ein vierter nuschelte in sein Funkgerät. „Verdächtige Person angetroffen. Straße sichern. Hundeführer vorkommen. Ja, und der Datenforensiker...“

Franz warf Lisa einen Blick zu, wie als wenn er sie um Entschuldigung bitten wollte.

Der fünfte Polizist, der vorne stehengeblieben war, versuchte, höflich zu sein und fragte, während er die Tür öffnete: „Sie erlauben?“ Ein sechster Polizist kam herein. Er führte einen kleinen Hund an der Leine. Er stieg in den ersten Stock. Ein siebter betrat das Haus mit einem kleinen Köfferchen unter dem Arm und folgte ihm zwei Stufen auf einmal nehmend nach oben.

Nach einigen Minuten kamen Franz und die drei Polizisten herunter. Hundeführer, Hund und der Datenforensiker waren noch oben. Einer hatte ein Päckchen in der Hand, das in braunes Papier eingewickelt war. „Öffnen“, lautete seine lapidare Anweisung.

Franz nahm das Paket in die Hand. „Ich weiß nicht, was drin ist." Kreidebleich versuchte er, seiner Stimme einen festen Klang zu geben. „Ich habe es nur transportiert... Wir wissen nicht, was ausgeliefert wird. Das ist Postgeheimnis."

„Postgeheimnis, so so. Seit wann ist denn geheim, was der Kurierdienst verschickt?"

Gezwungenermaßen öffnete Franz das Packpapier. Geistesgegenwärtig klappte der Polizist das Schutzvisier seines Helmes herunter und trat einen Schritt zurück. Er bedeutete Lisa, ebenfalls zurückzutreten. Zum Vorschein kam ein kleines lackiertes Schmuckkästchen.

„Öffnen", befahl der Polizist.

Als Franz das Seidenband löste und den Deckel anhob, ergriff ihn ungläubiges Staunen. Aus dem kleinen Kästchen fischte er mit zitternder Hand ein silbernes Schakri an einem Kettchen, daran ein Etikett „Sibaru". Er wurde rot.

Der Polizist näherte sich dem Kästchen, drehte es um und schüttelte es. Nichts. Er fischte einen Plastikbeutel aus einer der zahlreichen Taschen seiner Montur und verstaute das Kästchen samt Schakri darin.

„Kriegen Sie nach der Untersuchung wieder."

In diesem Moment kam der Datenforensiker erbost mit Franz' aufgeklapptem Laptop nach unten. „Die Festplatte ist leer, und im Arbeitsspeicher finde ich das da."

Er zeigte auf seinen Bildschirm, auf dem eine Katze die Pfote hob und senkte und winkte. „Was soll das? Das ist doch verschlüsselt! Raus mit der Sprache!"

Dann geschah etwas, dem niemand rasch genug folgen konnte, um sofort zu reagieren. Ein Schatten sprang aus dem Laptop heraus und jagte die Treppen hinauf. Es folgte ein Triumphgeheul. Wie alle bald erfahren sollten, war ein Programmavatar in Gestalt einer Katze aus dem Laptop gesprungen und nach einer kurzen wilden Jagd durch das Zimmer in den Bildschirm des Rechners gesprungen, den der Datenforensiker unvorsichtigerweise geöffnet oben hatte stehen lassen. Nach einer Schrecksekunde raste der Datenforensiker nach oben, diesmal drei Stufen auf einmal nehmend. Vor oben hörte man ihn fluchen. „Verdammt, wo ist dieses Vieh hin?"

Wie ein Blitz war er wieder unten. „Verdammt, etwas hat mir den Speicher zerschossen“, erboste er sich gegenüber den Kollegen. Bedrohlich stellte er sich vor Franz auf: „Hast du das freigelassen? Was ist das für ein Schadprogramm?“ Aufgebracht fügte er hinzu: „Das wird dich etwas kosten.“

Offenbar war irgendetwas in den Rechner des Datenforensikers gelangt, hatte sich dort umgeschaut und eine Visitenkarte hinterlassen. Er schüttelte Franz: „Was zum Teufel war das? Raus mit der Sprache!“

„Keine Ahnung: Auf meiner Festplatte sind keine Viren.“

Nun erreichte der Datenforensiker seine Festplatte nicht mehr. Auch auf seinem Bildschirm war dieses bewegte Bild einer winkenden Katze. Die Katze zwinkerte Franz einmal kurz zu. Dann wurde der Bildschirm dunkel. Als der Forensiker erneut seinen Rechner hochfuhr, standen auf der Festplatte völlig andere Dinge. Dem Datenforensiker kamen vor Wut die Tränen, als er den Text las, der nun in einem Laufband über den Bildschirm geisterte: „Könnt' wohl sein, daß ich es war, Grüße hier von Telechat.“

Doch nun winkte die Katze nicht mehr, sie streckte sich, leckte sich an der Schulter. Bevor der Beamte den Deckel zuschlagen konnte, sprang sie durch die Bildschirmscheibe hindurch in den Raum. Die leicht verpixelte Katze entwich wie ein Schatten, jagte durch die Beine der Einsatzkräfte und sprang an der Hose des Datenforensikers hoch. Der erstarrte und hob abwehrend seine Arme. Fast sofort stieß sie sich wieder ab, durchquerte die Wohnung, umrundete in rasendem Tempo den Einsatzleiter, der Anstalten machte, sich nach dem Tier zu bücken, und gelangte mit einem Satz durch das einen Spalt breit offenstehende Küchenfenster ins Freie. Der Drogendackel hatte sich winselnd in eine Zimmerecke zurückgezogen. Der Einsatzleiter mußte sich kneifen. Das war doch eine Sinnestäuschung! Wo kam die Katze her? Aus dem Bildschirm konnte sie ja nicht gut herausgesprungen sein!

Was die Polizeikräfte nicht wußten: Telechat hatte eingegriffen. Gegenwärtig glaubte niemand, daß es so etwas wie Telechat geben könnte. Ein Programm, das sich in Gestalt eines dreidimensional jektierten Tierkörpers zwischen den Bildschirmen verschiedener Rechner bewegen konnte. Bis weit in die zweite

Hälfte des Jahrhunderts hinein war es unvorstellbar, daß aus der Welt der binären Zahlen und Pixel ein dreidimensionales, taktil faßbares Objekt in die Wirklichkeit eintreten könnte. Bis dahin waren die Welt der Daten von der Welt da draußen zwei verschiedene Dinge. Erst viel später gewöhnte man sich daran, daß Pixelwesen als dreidimensionale Avatare in die Realwelt eindringen und sich dort wie körperlich erfahrbare Wesen bewegen konnten.

Es hing lediglich von der Stärke des Emitters ab, ob die Illusion des Naturgetreuen erreicht wurde und ob man wirkliche Körper zu erkennen meinte, die mit anderen Körpern interagieren konnten. Das war schon etwas anderes als die spielerische „augmented reality", mit der die Datenkonzerne in den frühen Dreißiger Jahre versuchten, die Illusion zu erzeugen, als könnten imaginäre Dinge zu einem Teil der Wirklichkeit werden. Das war für die, die das als erste entwickelt hatten, kommerziell erfolgreich, aber es blieb letztlich ein Spiel mit der Virtualität.

Telechat war schon eine ganz andere Nummer!

Wie es sich zeigen sollte, konnte das Programm sogar Gegenstände über kurze Strecken transportieren. Das war für ein Programm in diesen Vierziger Jahren eine Sensation! Der Katzenavatar hatte das in Franz' Zimmer deponierte Beweisstück für dessen angebliches Vergehen kurzerhand dem Datenforensiker in die Tasche geschmuggelt.

Kaum war Telechat aus dem Fenster, schlug der Drogendackel an und sprang wie wild an den Beinen des Datenforensikers hoch. Dieser erwachte aus seiner Erstarrung, als der Drogendackel wie wild jappte und sich die Seele aus den Eingeweiden bellte. Als der Datenforensiker das Briefchen mit dem hochwertigem Betäubungsmittel in seiner Hosentasche fand und es hervorzog, ging ein schiefes Grinsen über das Gesicht des Einsatzleiters: „Pack das weg. Das bringt heute nichts."

Zu den anderen: „Aufbruch, hier ist nichts mehr zu tun."

Als die Einsatzkräfte das Haus verlassen hatten, wußte Lisa einen Moment nicht, was sie von der Durchsuchung halten sollte. Dann fuhr sie Franz an: „Du hörst sofort auf mit dem Job. Von nun an arbeitest du für die Schule und nichts anderes. Ich will nicht, daß du dir die Zukunft versaust."

Franz gab ihr recht: „Woher sollte ich wissen, daß das Zeug, was ich verteilte, so brisant ist? Ich habe das doch nur transportiert." Und doch war das nur die halbe Wahrheit! Innerlich räumte er ein, daß seine Lieferungen keineswegs so harmlos waren, wie er sie erscheinen lassen wollte.

Franz sollte sich sein ganzes Leben an das erinnern, was er an Elend erlebte und wohl auch mit beförderte: „Am Anfang waren es harmlose, irgendwann dann aber härtere Sachen. Dann die Abhängigkeit. Jeder wußte, wie das lief."

Er gestand sich ein, daß er einiges würde ändern müssen, um nicht vom Regen in die Traufe zu stürzen. Helene ließ ihrem Ärger freien Lauf: „Mache das nie wieder. Ich habe eine Angst ausgestanden, schließlich sind auf meinem Compro ein paar Dateien, von denen besser niemand etwas weiß."

Lisa rief noch am Nachmittag Constanze an. Die einzige, mit der sie den Vorfall ohne Vorbehalt besprechen konnte. Constanze riet dazu, alles zu notieren, aber ansonsten die Sache auf sich beruhen zu lassen.

Lisa solle auf den Brief der Polizeibehörde warten, der in den nächsten Tagen eintreffen müßte, wenn die Sache weiterverfolgt werden sollte. Vor allem sollte sie möglichst Karl heute noch nichts von der Durchsuchung erzählen. Constanze meinte, Karl habe im Moment viel zu tun, die Aufregung könne *alles* gefährden. Das Verfahren gegen Franz werde ganz sicher eingestellt.

Bei diesem Anruf kam Constanze nicht mehr auf die geplante Spekulation zurück. Erst als Lisa danach fragte, stellte sie es als eine Art vager Idee hin. Lisa konnte sich des Eindrucks nicht erwehren, daß es Constanze etwas unangenehm war und sie sich nun nicht mehr dazu äußern wollte.

„Die Situation hat sich verändert, wir müssen abwarten."

Als Karl wie immer abends spät nach Hause zurückkam, fiel er aufs Sofa und verweilte dort wie im Koma. Alle waren froh, ihm von der Sache nicht berichten zu müssen.

Seltsamerweise hatte die Durchsuchung keinerlei Folgen, weder für Franz noch für die Familie. Es war, als sei nie etwas vorgefallen. Constanze schien Recht zu behalten.

Sieben

Im folgenden Winter war es mit der Ruhe in dem Viertel vorbei. Kaum waren die Pläne des Bauprojekts „Am Rainfeld“ bekannt geworden, kam es zu Protesten. Dabei sollte doch nur etwas entstehen, was alle erwarteten: eine „vernetzte Stadt“ mit Wohnhäusern, Schule, Einkaufsmöglichkeiten und Gewerbegebiet.

Zwar waren die Folgen von Bodenversiegelung und landschaftlicher Zersiedlung längst bekannt, gleichzeitig mußte aber dem Wohnungsmangel begegnet werden. Nicht erst seit 2040 gab es diese typischen Zielkonflikte: Man mußte bauen, bauen und nochmals bauen, um die vielen Menschen unterzubringen, die durch das steigende Wasser immer weiter ins Hinterland getrieben wurden. Aber mußte man nicht auch das bißchen Natur schützen, das noch vorhanden war?

Der Protest entzündete sich daran, daß hier eine bislang naturnahe Fläche für wenige exklusive Häuser geopfert werden sollte. Eine solche Siedlung würde das Wohnungsproblem der Stadt nicht lösen. Sie würde nur die wie immer unstillbaren Wohnträume einiger Wohlhabender erfüllen. Ausladende Terrassen, eingebaute Saunen und großzügige Garagen. Genügend Nebenräume. Diese Leute würden dann an anderer Stelle Wohnraum freigeben, so die Hoffnung, der Icks öffentlich Ausdruck gab, wann immer er gefragt wurde.

Es kam zu Kundgebungen vor der ehrwürdigen Bingohalle, die auf dem Areal stand und abgerissen werden sollte. Dieses Schicksal erwartete auch die zwei Bauernhöfe und deren Nebengebäude. Die Demonstranten aus den umliegenden Stadtteilen sprachen sich für die Erhaltung der Naturzonen und gegen das Bauprojekt aus. Ältere Menschen, die an der Bingohalle hingen, Anwohner und zwei Landwirte aus der Umgebung gingen auf die Barrikaden. Nur ein Gärtner, der einen der letzten Schrebergärten bewirtschaftete, war nicht erreichbar und beteiligte sich augenscheinlich auch nicht an den Demonstrationen. Er war wohl auch nur selten da, dennoch wirkte sein Grundstück eher gepflegt.

„Am Rainfeld“ wurde von den städtischen Behörden zum prioritären Wohnprojekt erklärt. Massive Werbung begleitete die Bauarbeiten. Alles klang gut, wenn man glauben wollte, was sie versprach: „Das ist die Zukunft, das schönere Wohnen. Wir bieten die besten Services. Alles schon eingebaut. Mit der besten Megabandversorgung!“

Solche Werbesprüche sollten jeglichen Widerstand frühzeitig abbügeln. Als dann doch protestiert wurde, bot man denen, die demonstrierten, Geld. Als das nicht fruchtete, beschloß Jefferson, jeden Protest im Keim zu ersticken. Obwohl er über genügend offizielle und informelle Polizeikräfte verfügte, konnte er die Kundgebungen aber nicht verhindern.

Die schwelende Revolte gegen das Bauprojekt war nicht zu befrieden, sie flammte immer wieder auf. Der Protest richtete sich mehr und mehr gegen Jefferson, obwohl es doch Icks' Firma war, die hinter dem Projekt stand. Der Widerstand gegen das Bauvorhaben hielt auch Icks zunehmend in Atem. Der unerwartet intensive Protest, der aufbrandete, lenkte ihn ab, irritierte ihn und trieb ihn zu nervösen Reaktionen. Dabei galt Icks vielen doch als „Grandseigneur“. Als Retter. Gerne wollten sich die Menschen vom Nimbus eines Machers verführen lassen!

Seltsam, dachte sich Icks, daß die Menschen in dieser Katastrophenwelt noch Zeit für Proteste hatten. Ob sie unterbeschäftigt waren? Da der Staat mit dem Problem der Flutkatastrophe kämpfte, zu dessen Lösung aber nicht jede Arbeitskraft benötigte, wollten viele diesen Freiraum mit neuen Aufgaben ausfüllen. Sie hatten gelernt, den Mund zu halten, waren aber nicht blind. Hinschauen war ein Schritt zum Widerstand.

Helene schloß sich dem Protest gegen die Bebauung der Landwirtschaftsflächen in der Nachbarschaft an und filmte, was bei den Demonstrationen passierte.

Lisas Interesse für das in der Nachbarschaft gelegene Gelände wuchs. Nach kurzem Zögern, schließlich wollte sie ihr Problem und nicht die anderer Leute regeln, schloß sie sich dem Protest gegen die geplante Babauung am Rainfeld an.

Kurz nach der Ankündigung der Baumaßnahmen hoben zwei Bagger auf der Fläche neben der Bingohalle mehrere Baugruben aus. Die Bauarbeiten für eine erste Reihe von Musterhäusern für den Stadtteil „Am Rainfeld“ begannen.

Die Demonstranten sahen machtlos zu, wie einige der alten Gebäude abgerissen wurden. Unter den Demonstranten befand sich ein junger Journalist, der endlich im Medienmilieu von New Venice aufsteigen wollte. Harry photographierte pausenlos, doch auch das hatte keinen Einfluß auf den Fortgang der Baumaßnahmen.

Um während der Proteste am Stadtrand mobil zu sein, borgte sich Harry den alten VW Kübelwagen seiner Tante Constanze aus. Doch den uralten gelb lackierten Wagen mußte er erst einmal wieder in Gang bringen.

Warum sie diesen Oldtimer noch nicht hatte verschrotten lassen, konnte Constanze nicht sagen. Vermutlich aus Nostalgie hatte sie den Wagen jahrelang in einer Garage untergestellt. Ansonsten war sie doch nicht so zimperlich. Der Wagen stammte aus ihrer „heißen Zeit" als Photomodel. Immerhin hatte sie 2023 sogar bei dem Miß World-Wettkampf einen 13. Platz gemacht. Als sie kurz darauf ihren Mann kennenlernte, gab sie die etwas anrüchige Karriere als Model auf und hatte sich auf die Chemie gestürzt. Heute wußte sie mit dem Wagen nichts mehr anzufangen. Er war alles andere als fahrbereit. Weggeben mochte sie ihn aber auch nicht. Da kam es ihr gelegen, daß Harry ein günstiges Auto suchte.

Tagelang werkelte Harry unter dem Wagen. Als der fahrtüchtig war, stellt er sich darauf ein, ihn immer mal wieder reparieren zu müssen. Zum Glück war der Motor genügsam, so würde ihn der hohe Preis von sieben Penqui pro Liter nicht ruinieren.

Einige Tage später war es wieder einmal soweit. Der Motor wollte nicht mehr. Als er unter dem Auto herumschraubte und nach Werkzeug suchte, entdeckte er durch den schmalen Spalt zwischen Unterboden des Wagens und Erdboden die Waden einer Frau.

Helene hatte ihrerseits ein Paar Beine gesehen, die unter dem Wagen hervorlugten. Sie hatte ihren Compro ausgepackt und filmte die ölverschmierten Overall-Beine. Sie probierte mehrere Blickwinkel, dann hatte sie das Bild, das sie suchte. In dem Moment verschwanden die Beine, und ein Kopf erschien unter der altertümlichen Karosserie.

Harry kam unter dem Wagen hervor: „Hallo!"

„Reparierst du hier öfter dein Auto?"

„Filmst du alle, die hier unter ihre Autos schauen?"

Sie freundeten sich an. Er erklärte ihr die Hintergründe der Bebauung und bestärkte sie darin, bei dem Protest mitzumachen, vielleicht darüber sogar einen Film zu drehen.

„Weißt du, wer dahintersteckt? Weißt du, wieviel Geld hier im Spiel ist? Weißt du, wem das Gelände gehört?“

Insgeheim hoffte er, mit dem hübschen Gesicht dieses Mädchens einen photogenen Anker für seine Reportagen zu gewinnen. Jugendlich knackiger Protest verkaufte sich entschieden besser als Bilder von abgehangenem Öko-Urgestein. Auch ein Haustier konnte den entscheidenden Unterschied machen.

Nicht ohne Grund nahmen mittlerweile einige Damen und Herren bei der Präsentation des Wetterberichts auf dem Teleboard ein Haustier auf den Arm. Manchmal ein exotisches. Neulich brachte eine Sprecherin einen Kiwi mit ins Studio, den sie aus ihrem Neuseeland-Urlaub mitgebracht hatte. Immer wenn sie diesen freundlichen, tagsüber etwas schläfrigen Vogel mit ins Studio nahm, stiegen die Einschaltquoten des Wetterberichts steil an. Offenbar hatte niemand etwas gegen das Geflügel.

„Hast du einen Hund?“

Helene fand, daß es an der Zeit war, ein neues mediales Betätigungsfeld zu wählen: Von nun an unterstützte sie die Proteste gegen die geplante Umwandlung der Gärten in der Nachbarschaft und gegen den Abriß der alten Bingohalle. In ihren Filmen erzählte sie nun von der wirklichen Welt. Wie sie später erkannte, war das ein Wendepunkt in ihrem Leben. Sie blieb zwar noch eine Weile der Mode treu, fand aber den Weg zu neuen Themen.

In ihren Beiträgen fragte sie vernehmlich danach, wer ein Interesse am Bau der Siedlung hatte. Sie erlernte bei Harry die Grundlagen des Journalismus und fuhr mit ihm im Kübelwagen durch die Gegend, wenn er denn fuhr. Blieb er liegen, hatte sie es nie weit bis nach Hause.

Seit Helene im Widerstand aktiv war, hatte sie Sabine und deren Schminkfilme vernachlässigt. Immer häufiger nutzte sie ihren Lift-off-Kanal auf der Plattform im PureNet, um dort ihre Protestfilme einzustellen. Bisherige Follower wandten sich teils empört, teils angeödet ab und warfen ihr vor, sich linken Demonstranten anzuschließen. Mit der Zahl der Abonnenten ihres Kanals sanken die Einnahmen. Und es häuften sich Beschwerden von Modelabels, die sich vernachlässigt sahen. Neue Unterstützer kamen hinzu, viele jedoch ohne Zahlungsauftrag. Doch sie sagte sich: „Was soll’s?“ und akzeptierte die Einbuße. Es war die Zeit, sich für etwas zu engagieren, was im Viertel passierte. Im wirklichen Leben und in ihrer Welt.

Harry erzählte Helene, wie er sich seine berufliche Zukunft vorstellte: „Nein, studieren will ich nicht. Ich weiß besser als andere, was eine gute Nachricht ist.“ Damit könne er immer seine Brötchen verdienen.

Sie zeigte ihm ihren Film von der Zerstörung des Festsaals im Hotel Schimgrillo. Immer noch war sie sich unschlüssig, was sie mit diesem Film vorhatte. Gerne wollte Helene Teile der Videos, die sie an der Halde und im Hotel gedreht hatte, verwenden, um gegen Gewalt zu protestieren. Aber sie hatte noch keine genaue Vorstellung, wie sie das anstellen sollte. Harry war von Helenes Filmen ganz aus dem Häuschen.

Nun hatten Harry und sie ein heißes Thema, das sie immer wieder durchsprachen: die Verstrickungen der politischen und wirtschaftlichen Macht mit der organisierten Kriminalität. Helene merkte, daß Harry bei diesem Thema einen unbarmherzigen Gesichtsausdruck bekam. Und richtig: Harry hatte Doggy in dem Film wiedererkannt und würde diesen Film gerne für seine eigenen Zwecke nutzen. Denn es war ihm ein besonderes Anliegen, der Orga eins auszuwischen. Er fand, daß die sich in der Stadt zu dick tat.

Er bat Helene um das Rohmaterial, er habe eine Idee, wie und wozu man den Film nutzen könne. War das nicht der Scoop, auf den er schon lange wartete? Mit diesem Material konnte er, da war er sich sicher, die Aufmerksamkeit größerer Kreise auf die Machenschaften der Orga lenken. Das Material ließ sich auch ungeschnitten veröffentlichen. Eine unvergeßliche Werbung für den Investigativjournalisten Harry Harms.

Ohne Scoop war es fast unmöglich, bei einem der wenigen Medienunternehmen in New Venice einzusteigen. Doch Helene hatte Bedenken. Sie ahnte, daß sie mit der Publikation dieser Bilder in Schwierigkeiten kommen konnte und fürchtete, daß schon ein kleiner Ausschnitt aus ihrem Film Ärger mit den Behörden nach sich ziehen könnte. Der Schreck über den Polizeibesuch bei Franz steckte ihr noch in den Knochen. Sicherlich wäre auch die Firma, in der ihr Vater nun eine wichtige Rolle spielte, nicht mit der Veröffentlichung einverstanden. Schwierigkeiten wollte sie ihrem Vater nicht bereiten.

Harry: „Keine Paranoia, Kriegsreporterin! Meinst du, die Polizei interessiert sich für dein Material? Du nimmst dich zu wichtig."

Sie schaute ihn voller Mißbilligung an.

Seit Lisa sich dem Widerstand gegen die Bebauung angeschlossen hatte, war sie hin- und hergerissen. Sie fand die in Rekordzeit erstellte Musterwohnung, die sie mit Karl besichtigte, einerseits wunderschön, andererseits aber etwas unterkühlt. Bei der Besichtigung fragte sie sich, wer in den Häusern mal wohnen würde. Als die Maklerin Karl den geräumigen Keller und die technischen Anlagen zeigte, war sie einen Moment allein und probierte einige Tanzschritte vor dem gigantischen Küchenspiegel aus. Sie hielt inne. Wozu brauchte man einen solchen Spiegel in der Küche? Sah ja schick aus, aber allein um diese Küche sauber zu halten, brauchte es eine Putzkraft. Wer konnte sich so etwas leisten?

„Können wir uns leisten", sagte Karl, als er von der Besichtigung des Kellers wieder im Erdgeschoß ankam. Können wir uns leisten! Ihr war bewußt, daß es nicht bei der geplanten lockeren Bebauung dieses Areals bleiben und es mit der Ruhe in dem Stadtviertel vorbei sein würde. Die weitere Bautätigkeit würde die schon bestehenden Belastungen für die Umwelt deutlich erhöhen. Lisa fühlte, daß es an der Zeit war, den Widerstand zu unterstützen. Von nun an nahm Lisa an den Kundgebungen vor der Bingohalle teil.

Die Proteste wurden vom Governat zunächst ignoriert. Neben dem Musterhaus wurden zwei weitere Smart Homes auf der freigelegten Fläche errichtet. Der Widerstand Lisas und vieler anderer gegen das Bauvorhaben blieb offenbar erfolglos. Doch das entmutigte sie nicht.

Bei einer der Demonstrationen im späten Herbst 2040 stand neben Lisa eine ältere Dame, die für solche Proteste etwas zu distinguiert wirkte, dann aber resolut zupackte, als eines der Protestplakate durch eine Windböe heruntergerissen wurde. Forsch ergriff sie das Halteseil und riß Lisa mit sich. Als das Plakat wieder befestigt war, kamen sie ins Gespräch.

„Lady Violet", stellte sich die Dame vor vor und schloß gleich an: „Fliegerin! Von der jungen Elisabeth II. persönlich zur Lady gekürt. Lange her. Wegen der Bergung der Mannschaft der *MS Ardent*. Falklandkrieg. Am 21. Mai 1982 mußte das Schiff aufgegeben werden. Jei, das ging rund! Wir Marineflieger haben die Leute von dem brennenden Schiff geholt. Das schwirrte nur so von argentinischen Daggers. Jugendsünden! Würde ich ehrlich gesagt, nicht noch einmal machen. Aber damals machten wir das und behielten Recht."

Dann erzählte sie von ihrer Zeit als Pilotin von Versorgungsfliegern in Südamerika. Abgelegene Siedlungen in der Sierra, Weltraumforschungsstationen auf Hochplateaus. Als sie 2013 mit fünfzig in Rente ging, war sie noch als Segelfliegerin über den Anden aktiv gewesen: Zweitausend Kilometer hin und zurück an einem Tag, nur mit den Aufwinden, das war echtes Fliegen!

Sie freundeten sich an und trafen sich bei den Demonstrationen wieder. Lisa tat etwas, was sie unter normalen Umständen selten tat. Sie sprach mit völlig unbekannten Menschen und empfand Vergnügen dabei.

Lady Violet stellte ihr Barney Stonehenge vor, einen Mann von raumgreifender Statur. Vom Outfit und vom Beruf her: Altrocker mit Rauschebart und Pferdeschwanz. Er stellte sich ganz unkompliziert vor: „Meine Freunde nennen mich Harvey." Auch ihn traf Lisa immer wieder bei den Protestaktionen. Es gab ihr ein unbekanntes Gefühl von Gemeinschaft, mit diesen Leuten Widerstand gegen die Betonierung des Landes zu leisten.

Lisa ahnte nicht, daß Lady Violet und Barney ihre ersten Kontakte zur Halde waren. Und doch mußten sie sich finden, besser früher als später. Auch ich wollte Lisa persönlich kennenlernen, obwohl ich noch nicht wußte, welche Rolle sie in der Geschichte spielen würde. Es hatte mich immer interessiert, die Protagonisten kommender Ereignisse in Wirklichkeit kennenzulernen, und das, bevor sie in die kommenden Ereignisse verwickelt waren. Ich hatte später ausgiebig Gelegenheit, mich durch die Governatsakten zu arbeiten, um die Ereignisse zu rekonstruieren. Aber es geht nichts über einen persönlichen Eindruck.

Lisa lernte Harry kennen, Helenes Freund, der in einem kritischen Journal auf dem Teleboard die Proteste begleitete. Er war unter den ersten, die von einer Demogruppe berichteten, die mit Haka-Vorführungen Aufmerksamkeit erregte. Der Leiter der Gruppe nannte sich Hakaman.

Als nur durchschnittlicher Rugby-Spieler hatte Hakaman, so gut wie keine Karrierechancen im Sport. Aber er war ein begnadeter Tänzer des Haka, jenes von den Ritualen der Maori abgeleiteten Zeremoniells, mit dem sich die Mannschaften vor einem Match in Angriffslaune versetzten. Lisa hatte sich Hakaman angeschlossen, fand Spaß an dieser Form des Protests und machte sich daran, die Grammatik des Haka zu lernen.

Hakaman, dessen bürgerlicher Name in Vergessenheit geraten war, wurde in einem Teil der Presse als Haha-kaman verunglimpft. Doch er nahm es sportlich und stellte sich mittlerweile selbst so vor. Gelassen nutzte er die Angriffe zur Stärkung seiner Rolle und nannte sich vor den Kameras Ha-hakaman. Subversion durch Affirmation! Ein echtes Talent, er konnte wirkungsvoll stottern.

Lisa war von zwei Dutzend Personen umgeben, die in mehreren Reihen hintereinander gestaffelt in der Grätsche standen. Sie schlugen sich im Takt auf die Oberarme und Oberschenkel und brüllten, knurrten, raunten und schrien ihren Protest in die Welt. Sie schnitten schräge Grimassen, streckten die Zunge heraus. Auf den stotternden Vorbrüller antworteten die übrigen mit Schreien, Röcheln und Schütteln. Die Presse blieb auf Abstand. So etwas hatte man noch nie außerhalb von Rugby-Stadien gesehen. Es machte richtig Angst.

Auch Helene begeisterte sich für das Maori-Ritual und schloß sich der Haka-Gruppe an. Das entspannte den Kontakt zwischen Lisa und ihrer Tochter.

Nach dem Auftritt der Haka-Gruppe hatte ich Lisa angesprochen und ihr gesagt, wie beeindruckt ich von dem Protest war. Sie war noch ganz außer Atem und vom Schreien etwas heiser. Ihre Einsatzfreude gefiel mir. Sie hatte gleich Vertrauen gefaßt und sprach offen ihren Wunsch nach einer Chance auf dem Arbeitsmarkt an. Ich habe ihr viel Glück gewünscht und sie bestärkt, nicht aufzugeben. Es blieb mir nicht viel Zeit, weil ich noch eine Verabredung mit meinem Verleger hatte. An unsere erste flüchtige Begegnung würde sich Lisa wohl kaum erinnern. Und das war in jeder Hinsicht besser so. Vielleicht hätte ich damals schon eingreifen sollen, aber es gab eine eiserne Regel: Ändere so wenig wie möglich am Lauf der Zeiten und vor allem, wenn nicht absehbar ist, wohin die Änderung führen wird. So mußte ich stillhalten und schweigen. Wie hätte ich Lisa erklären sollen, daß ich nicht nur mein Leben lebte, sondern auch noch die Rolle der extradiegetischen Autorin spielte?

Lisa beeindruckte mit dem Haka-Auftritt auch ihre Job-Moderatorin, die sich sofort als Freizeitpsychologin herausgefordert sah und die von ihr betreuten Arbeitssuchenden zu einer Spontanexkursion zu den Demonstrationen mitnahm. Sie fiel geradezu aus ihrer bisherigen Rolle, als sie die ihr Anvertrauten anfeuerte: „Richtig so! Lassen Sie den Löwen in sich brüllen! Flattern sie mit ihren Adlerschwingen!"

Der Protest wurde anfangs souverän ignoriert, die Baumaßnahmen wurden trotz des Protests durchgesetzt, aber nach dem dritten Haus wurde kein weiteres mehr gebaut. Insbesondere das Projekt „Vernetztes Einkaufen" war nicht mehr durchsetzbar. Dabei versprachen die aufwendigen Animationen einen geradezu phantastischen Einkaufs-Flow ganz unbekannter Dimension auf laut den Planungen bisher unerreichten 30.000 m² Shopping-Fläche. Nicht nur Lokalhistoriker führten das Ende dieser Pläne auf die Vorkommnisse am 14.2.2041 zurück, an dem es zu einem folgenreichen Zusammenstoß zwischen dem Bauherren persönlich und den Protestierenden kam.

Bis zu diesem 14. Februar 2041 wurden die Pläne zur Bebauung des Areals verfolgt, ohne auf die Proteste zu achten. Heute sollte die ehrwürdige Bingohalle abgerissen werden. Ein Bau aus dem vorvorigen Jahrhundert in wertlosem Gründerzeitstil. Angegilbt und ohne jegliche Enfrastruktur. Den Abrißbagger steuerte Icks steuerte höchstpersönlich, Ehrensache, auf das Gebäude mit der Nummer 13 zu, während sich die Bingo-Gemeinde protestierend vor dem Gebäude sammelte. Icks ließ den Bagger gefährlich auf sie zurollen, bremste dann im letzten Moment, weil niemand zurückwich.

„Na, da muß ich wohl etwas nachhelfen!" Per Fernsteuerung ließ er den in Bereitschaft gehaltenen Alphadog® aus einem der dort geparkten Lieferwagen. Der ungewohnte Anblick dieses Kampfroboters ließ den Protestierenden das Blut in den Adern gefrieren. Alles erstarrte. Und doch ließen sie sich nicht zurücktreiben. Bewegungslos standen sie vor dieser Demonstration kalter Macht. Aus Verbitterung blieben alle einfach stehen.

Icks fuhr wieder an, der Bagger schob sich immer näher heran an die Bingohalle. Es wäre doch gelacht! So knapp vor dem Ziel. Ein paar Meter noch, dann konnte der Abriß beginnen. Einige Beherzte bewarfen das Roboter-Vieh mit allem, was ihnen zur Hand kam. Der Alphadog bellte höllisch blechern und wich geschickt allen Wurfgeschossen aus. Ein aus der Menge heraus geworfenes Holzscheit kappte zufällig eine Datenleitung am Genick des Kampfroboters. Alle Agilität wich aus dem Gerät, das sich nur noch langsam um die eigene Achse drehte. Icks stieg aus dem Bagger, nahm das Monster zärtlich in die Arme und fuhr ihm streichelnd über den Kopf. „O mein Armer, Armer…" Verbittert schrie er in die Menge: „Das ist doch nur ein Prototyp." Fast hätte er sich den Finger eingeklemmt, als die Maschine eine unvorhersehbare Schnappbewegung machte. Nicht ohne Mühe bugsierte er den hilflosen Roboter in die Schaufel des Baggers.

Mit steinerner Miene setzte sich Icks ins Führerhäuschen und fuhr unerbittlich langsam, aber bestimmt durch die Menge, die Schritt um Schritt zurückwich. Als niemand mehr zwischen ihm und dem zum Abriß freigegebenen Gebäude stand, gab er unvermittelt Gas und rammte die Ecke der Bingohalle. Das Gebäude ging ächzend in Schieflage. Das erboste die Menschen und erhöhte ihre Bereitschaft zum Widerstand. Sie schlossen einen engen Kreis um Bagger und Bingohalle. Wie die anderen wurde Lisa von einer großen Wut gepackt, als offenkundig wurde, wie wenig der Widerstand gegen die Bebauung zählte. Sie wußte, daß es nun um etwas ging.

Doch dann geschah etwas für sie Unerklärliches: Als sie die Augen aufschlug, lag sie auf dem Boden und bemerkte eine Traube von Menschen, die um sie herumstanden. Wie sie erst sehr viel später verstehen sollte, hatte sie erstmals seit langem vor lauter Wut die Fassung und das Bewußtsein verloren.

Sie merkte nicht sofort, was mit ihr los war. Sie nahm wahr, daß sich Menschen schützend um sie geschart hatten und empfand das als Glück. Sie nahm aber auch wahr, daß sie auf der Erde lag. Icks erkannte in dem Kreis, den die Demonstranten um sie gebildet hatten, einen Komplott, eine Gruppe, die dabei war, sich zum Angriff zu verabreden. Er zog es vor, sich augenblicklich in Sicherheit zu bringen. Schon als Lisa zu Boden gegangen war, waren die ersten Protestierenden auf den Bagger gesprungen und hatten an der Kabinentür gezerrt. Icks verriegelte sie und ließ das Gefährt in rasantem Tempo zurückrollen.

Lisa erholte sich, konnte sich aber nicht erinnern, was ihr zugestoßen war. Helene, die dem Protest zuschaute und gelegentlich filmte, stürzte zu ihr, als sie bemerkte, daß ihre Mutter zu Boden gegangen war. Mit Harrys Hilfe brachte sie ihre Mutter in Constanzes gelben Kübelwagen nach Hause.

Mehrere Beteiligte filmten Icks' Rückzug. Die Protestierenden verstanden das als Sieg und setzten ihren Protest mit gesteigertem Engagement fort. Immerhin war am Abend dieses Tages die Meinung widerlegt, daß Protest nichts nützt. Als sich die Nachricht von dem zurückrollenden Bagger in mehreren Medien verbreitete, kamen weitere Demonstranten zur Verstärkung. Man wollte sich die herablassende Art der da oben nicht weiter bieten lassen.

Icks' Reaktion fiel auf Jefferson zurück, der als Drahtzieher galt, weil er das Bauvorhaben immer verteidigt hatte. Obwohl Aga in den folgenden Teleboard-Nachrichten das Wort ergriff und etwas von einem bedauerlichen Irrtum sagte, war Jefferson politisch geschwächt. Aga hingegen betonte, man wolle alle „mitnehmen", schließlich aber müsse auch Wohnraum geschaffen werden.

Kurz nach der Beschädigung der Bingohalle stockte das Bauprojekt. Das vorgesehene vierte Haus wurde nicht mehr errichtet. Doch ein offizieller Baustop wurde nicht verkündet.

Die Protestierenden lauschten immer wieder an dem hohen Zaun, der die Baustelle umgab. Baulärm war von dort nicht mehr zu vernehmen. Niemand wußte, warum es mit den Bauarbeiten nicht voranging. Dennoch trafen sich dort die Demonstranten.

Sie beobachten, daß die Baumaschinen eine um die andere abgezogen wurden. Da es dabei bisweilen zu Tumulten kam, hatte es Jefferson nun täglich mit schlechten Nachrichten von der Baustelle zu tun. „Und dabei wird doch gar nicht mehr gebaut", stieß er verzweifelt und wütend bei einem Interview für den lokalen Web-Sender hervor, zu dem ihn Harry hatte gewinnen können. Das war wirklich alles andere als gute Propaganda. Es half wenig, zu verkünden, daß die Maschinen zum Bau von Infrastruktur gebraucht wurden, vor allem zur Befestigung der Uferzonen. Die Menschen, die im Protest einen Weg gefunden hatten, ihren Unmut zu artikulieren, kamen wieder und wurden zahlreicher.

Mit dem Ende der Bauarbeiten oben am Rainfeld erlosch bald auch das Medieninteresse. Helene und Harry machten sich an Recherchen zu den Modewelten des „Lift-off" und des „Scrape-off" und bereiteten einen kritischen Beitrag vor. Innerlich hatte Helene sich längst distanziert: „Ich muß nicht jeden Blödsinn mitmachen!" Als investigativ arbeitende Journalistin war sie von dem Zwang befreit, vorspielen zu müssen, sie sei älter als vierzehn. Wenn man journalistisch recherchierte, fragte niemand nach dem Alter. „Dazuzugehören" war nun keine Frage mehr.

Die Recherchen waren nicht einfach. Unternehmen und Ärzte, die im Umfeld dieser Modetrends arbeiteten, weigerten sich, Interviews zu geben. Helene und Harry besuchten Kliniken und machten dort Interviews mit Lift-off Patienten. Das Resultat war wenig mitreißend. Meist ging es um den Wunsch junger und weniger junger Menschen, „in" sein zu wollen. Das alles ging kaum über die Flach-Berichterstattung von Sendungen wie „Was du dir wünschst" hinaus. Bis, ja, bis eines Tages ein Arzt in einer Scrape-off-Klinik ihnen eine sensationelle Wutrede ins Mikrophon schleuderte. Der Mann war ehrlich empört:

„Die paramedizinischen Prozeduren *scratch-off* und *lift-off* sind überflüssig, schmerzhaft und sehr gefährlich. Ich bin Mediziner geworden, um Menschen zu helfen. Und nun muß ich *so etwas* machen, um zu überleben. Dafür habe ich Medizin studiert! Es ist eine Schande."

Der Mediziner kam in seiner Klage auf eine Frage, an die Harry und Helene bislang nicht gedacht hatten. „Was geschieht mit den Fingernägeln? Die bestehen aus Keratin. Und das Keratin muß ich bis auf den kleinsten Krümel einsammeln und an ein Labor einschicken! Dabei liegt aus medizinischer Sicht keinerlei Verdacht auf eine Veränderung oder eine Vergiftung vor, der eine solche Untersuchung nötig machte. Wozu die Kilos und Kilos von Fingernägeln brauchen, ist mir schleierhaft."

Da war es wieder, dieses Funkeln eines Scoops, nach dem sich Harry sehnte. Helene hätte auch ihre Eltern fragen können, was man mit Keratin anstellte und wer an dem Keratin Interesse hatte.

Doch sie wollte es selbst herausfinden. Sie spürte, daß sie diese Fragen in eine neue Richtung führten.

Doch immer wieder stießen sie auf eine Mauer des Schweigens, die nicht zu überwinden war. Sie wollten das Vorhaben schon aufgeben, als sie eines Tages die ruinierte Besitzerin eines Nagelstudios am Compro hatten. Jana Kowianski beklagte sich über die neueste Mode. Sie müsse ihr Nagelstudio nun schließen. Nicht daß es je gut gelaufen wäre, aber nun, nein, Nägel habe sie gern verziert, aber abnehmen, das würde sie nie tun. Aber das wollten nun die Kunden. Und Nagelreste habe sie damals immer schon abgegeben, schließlich war das ein Teil des Einkommens, doch nun werden da Preise gezahlt für ganze Nägel, nein das ginge nicht, sie bringe das nicht über das Herz, sie höre auf. Wie sie auf die Nummer gekommen sei, ja eine Kundin habe ihr die Nummer von Harry gegeben. Die aber wolle anonym bleiben. Treffen könne man sich, er könnte gerne vorbeikommen. Aber Ende des Monats schließe sie den Laden. Also am besten morgen.

In dem Interview am nächsten Tag erzählte Jana Kowianski ihr halbes Leben. Die Flucht damals aus der Ukraine, der Neuanfang in H., dann die Flut, der wirtschaftliche Niedergang. Versuche mit ungewöhnlichen Designs, doch jetzt, jetzt sei Schluß, kanjez! Kanjez! Ach ja, der Aufkäufer der Nagelreste, eigentlich ein Firmengeheimnis, hier die Adresse und die Rufnummer. Nein, besser nicht sagen, woher sie die Adresse hatten. Direkt hinfahren. Hinfahren und so tun, als liefere man ein, dann würden sie ja sehen.

Verblüfft schauten sie sich an. Weder Harry noch Helene hatten mit so etwas gerechnet. Am folgenden Tag suchten sie das Unternehmen auf. Der Unternehmer war erst verblüfft, aha, für eine Schülerzeitung recherchiert ihr. Als Helene ihre Stirn runzelte, stieß Harry sie an. Jetzt bloß keine Richtigstellung! Der Unternehmer gab sich über die neue Mode empört. „Ich habe da was für euch", kramte unter der Theke und reichte ihnen einen Katalog. Kletterroboter. Fassaden- und Fensterreinigung.

Schließlich gelang es Harry und Helene, mit dem Unternehmen in Kontakt zu kommen, das diese Kletterroboter konstruierte. In dem Interview mit dem Leiter der technischen Abteilung erfuhren sie, daß der Grundstoff Keratin für die Saugnäpfe von Kletterrobotern benötigt wurde. Das Material war gleichzeitig hart und flexibel. Er selbst baute keine solchen Roboter, er bereitete das Material nur auf. Es war deutlich dem überlegen, das aus der bisherigen Quelle stammte, die aber zu versiegen drohte.

Im Nu hatte Harry eine plausible Vermutung für die neue Mode Lift-off im Kopf: „Vielleicht wurde diese Mode einzig aus dem Grund erfunden, um der Roboterindustrie den Grundstoff Keratin für die Haftsegmente der Kletterroboter zu liefern, den sie benötigt und der in den Fingernägeln von Menschen in besonders reiner Form enthalten ist. Die Industrie recycelte schon lange die Nägel aus den Nagelstudios, doch nun brauchte man für die neue Robotergeneration größere Mengen davon."

Das Problem war, so erfuhren sie vom technischen Leiter, daß aufgrund des reduzierten Weidelands nicht mehr genügend Nutztiere gehalten wurden, aus deren Hufen man bisher Keratin gewonnen hatte. Da der Bedarf an Keratin wuchs, werde ein Teil der Bevölkerung dazu gebracht, die Fingernägel zu spenden und dies schick zu finden.

Harry, der mit seinen Bemühungen um Helenes Filmszenen aus dem Schimgrillo nicht weitergekommen war, setzte alles auf diesen Beitrag über „Scrape-off" und „Lift-off". Es sollte ein richtig colles Video über das skandalöse „Keratin-Mining" werden. Da war er nun endlich, der Scoop, den Harry für sein Weiterkommen so dringend benötigte.

Nach weiteren Recherchen fanden sie an einem Forschungsinstitut auf den Service Islands einen Materialwissenschaftler, der ohne Umstände auch vor der Kamera das Wort ergriff: „Wir hätten längst andere Methoden zur Gewinnung von Keratin nutzen können, es läßt sich in hervorragender Qualität *in vitro* herstellen. Aber es gibt interessierte Gruppen, die über ein Quasi-Monopol verfügen und davon nicht lassen wollen. Keratin aus Fingernägeln ist besonders gut geeignet für die Saugfüße von Kletterrobotern. Es hat einfach den richtigen „touch". Sicher, man hört immer wieder, Keratin sei Keratin." Doch ganz stimme das nicht.

Die potenzfördernde Eigenschaft des Horns vom Nashorn werde durch chinesische Studien immer wieder belegt, obwohl es physikalisch, chemisch und biologisch aus dem selben Stoff bestehe wie Fußnägel, denen keine potenzfördernde Wirkung zugeschrieben werde. Zwar ließen sich die chinesischen Ergebnisse bislang weltweit nicht bestätigen, aber die chinesische Wissenschaft halte an ihnen fest. Ganz unrecht haben sie vielleicht nicht, schließlich werde auch die Wirkung von Placebo-Medikamenten in Studien immer wieder herausgestellt, insbesondere auf die Libido, die ansonsten ihren ganz eigenen Gesetzen folge.

Am Nachmittag ordnete Helene im Hotelzimmer das bisher gesammelte Material. Die Geheimhaltung und die Abschottung des Marktes deuteten darauf hin, daß die Orga die Hände im Spiel haben könnte. Das wäre angesichts der hohen Margen auch nicht verwunderlich.

Als Helene und Harry am nächsten Tag wieder in New Venice eintrafen, erwartete sie eine Überraschung: Die Einladung zu einer Konferenz von Werbefachleuten. Damit öffneten sich für die beiden Jungjournalisten alle Tore. Sie nahmen dort die Rede einer Werberin auf, die über die Besonderheiten des aktuellen Modemarkts sprach:

„*Lift-off,* wo der gesamte Fingernagel entfernt wird, und *scratch-off,* wo nur ein Teil von ihm entnommen wird, sind scheinbar konkurrierende Mode-Richtungen, aber in Wirklichkeit sind sie nichts als eine *Inszenierung* von Konkurrenz. Dahinter steckt eine einzige Firma, die das Monopol auf Lieferung des begehrten Rohstoffs hat und dieses Monopol mit allen Mitteln verteidigt."

Innerlich jubelte Helene, als ein Vertreter der Roboter-Industrie zu einem Interview bereit war und sagte: „Wir hätten wohl ebensogut künstliches Keratin für die Roboter nutzen können. Für Keratin hatte man bis vor wenigen Jahren überhaupt keine sinnvolle Verwendung. Doch nun war es Gold wert, besonders das menschliche Keratin."

Helene war so erfüllt von den Erkenntnissen ihrer Recherchen, daß sie Lisa am liebsten alles erzählt hätte. Aber sie verschwieg ihrer Mutter gegenüber wohlweislich alles. Sie würde später schon sehen, woran sie arbeitete. Harry war auch der Meinung, den Beitrag erst einmal anonym zu senden, denn er wußte, daß es nicht ungefährlich war, die Orga direkt für die Verletzung von vielen Händen verantwortlich zu machen. Als ihr Film über verschandelte Fingerkuppen geschnitten war, stellten sie ihn über einen neuen Kanal anonym ins Netz. Helene war so beschäftigt mit dem Projekt, daß sie die Welt um sich herum vergaß. Nach einer Weile bekam sie mit, daß Harry wieder mit seiner Ex-Freundin Julie zu tun hatte und diese bei den Protesten mitmachte.

„Harry hat mich sehr genervt mit seiner Julie." Helene hatte das Gefühl, daß ihr unrecht getan wurde. Sie konnte nicht verstehen, warum Harry Julies Nähe suchte. Einmal war Harry so ungeschickt gewesen, von Helenes Compro aus Julie anzurufen, weil sein eigener gerade „blockiert" war. Er dachte sich nichts dabei. Helene konnte jedoch den Austausch zwischen Harry und seiner Ex auf ihrem Gerät nachlesen. Sie konnte es nicht fassen, lieferte er ihr doch den Beweis für seine Untreue frei Haus. Bei nächster Gelegenheit gab ihm Helene eine zünftige Ohrfeige und seinem Compro, den er hatte fallenlassen, einen Tritt.

Helene kommentierte das damals so: „Am Ende wollte er mir alles wegnehmen: Mein Thema, meine Recherchen über das „Scrape-off". Alles wollte er unter seinem Namen publizieren. Auf unerklärliche Weise ist einmal sogar eine Memory Card verschwunden, zum Glück waren die Aufnahmen aus dem Schimgrillo nicht darauf. Ich durfte ihm helfen, doch der Ruhm wäre für ihn, dachte und hoffte er. Ich brauche niemanden, der mich bestiehlt.

Und mit Julie hatte er die ganze Zeit über weitergemacht, was weiß ich? Was geht nur in den Hirnen von Jungs vor? Reicht ihnen eine Freundin nicht? Da hat es bei mir ausgehakt, und ich habe ihm eine geknallt. Er schaute ganz verdattert. Das hätte er mir nicht zugetraut!"

Bevor Harry noch seine kritischen Berichte über das Keratin-Mining und die Orgaverstrickungen der Bauunternehmen veröffentlichte, heiße, aber brandgefährliche News, hatte er im Januar 2042 die Seiten gewechselt. Vielleicht hatte ihm dieser Schritt das Leben gerettet. Er arbeitete nun für Aga und nannte das Aufstieg, wenn er auch ahnte, daß er nun Rücksichten zu nehmen hatte. Helene sah sich durch Harrys Seitenwechsel in ihrer Einschätzung bestätigt: Für sie war und blieb er ein Opportunist.

Helene lernte zwei Extremsportlerinnen kennen, die sie baten, ihre Wettkämpfe zu filmen. Bei diesen Aufnahmen wurde ihr bewußt, was sie als Kamerafrau für Gestaltungsmöglichkeiten hatte. Da war mehr drin als bei „den elenden Schminkaktionen" ihrer Anfänge, die sie inzwischen mehr und mehr kritisch betrachtete. Die beiden Sportlerinnen trainierten für die „Iron Woman Competition“, die dieses Jahr wieder auf der Insel Gooogledijoy stattfanden. Sie schlugen Helene vor, von den Vorbereitungen und auch über die Reise zu berichten. Helene konnte ihre Eltern nicht davon überzeugen, sie fahren zu lassen. Auch sie selbst war skeptisch: „Ehrlich gesagt sind die Leute, die so etwas machen, ziemlich durch den Wind, auch wenn der Sport super ist.“ Karl hatte schon halb eingewilligt, sie in den Weihnachtsferien reisen zu lassen, nur Lisa sträubte sich.

Franz kämpfte um sein Abitur und bestand die Aufnahmeprüfung für Waldenzell. Die Arbeit als Lieferfahrer hatte er notgedrungen aufgegeben. Nur an wenigen Tagen, die er noch in New Venice war, hatte er Lieferungen übernommen. Die konnte er problemlos über den Messengerdienst WAND organisieren. Die Ware bezog er über seinen Freund, den ehemaligen Rapper Chary Flamboyanz, einer von Doggys Ex-Buddies. Das Zeug, Fanta 2.0 verkaufte Franz direkt an Kunden.

Als Dealer nannte er sich: „Frankie, Frankie Schlitzohr“.

Frankie hier, Frankie da!

„Hilf mir aus!“

„Uki, du kannst später zahlen.“

„Thanks Frank!“

„Der Gewinn spielt nicht die Rolle. Es ist nett, das Geld zu haben, wichtig ist es aber nicht. Daß das Zeug so brutal wirkte, war mir nicht klar. Selbst habe ich es nie angerührt. Man kann ja auch Computer verkaufen und vom Programmieren keine Ahnung haben. Egal. Vergnügen geht vor.“

Als Sibaru erfuhr, daß Franz zum Studium zugelassen war, freute sie sich für ihn. Weniger gut gefiel ihr, daß Waldenzell so weit entfernt war. Er versprach, so häufig wie möglich zu Besuch zu kommen. Sie aber lehnte es ab, „auf ihn zu warten.“ Dafür sei sie nicht auf der Welt.

Ihr letzter gemeinsamer Ausflug im September 2041 führte sie zum Strand. Der Weg ging durchs Unterholz und an der Ruine vorbei runter zum Wasser. Dort am steil abfallenden Ufer hatte vor Jahren ein Galerist eine ehemalige Fabrikanlage zu einem Ausstellungsraum umbauen wollen. Daraus war nichts geworden, weil der Galerist in dunkle Geschäfte verwickelt war und für einige Jahre untertauchen mußte. Nun war das Gebäude von stattlichen Rissen durchzogen. Die gesamte Uferzone war gefährlich, weil sie jederzeit abrutschen konnte. Doch Sibaru hatte Hector dabei, ihr Schwein, das einen 7. Sinn für Gefahren hatte. Solange Hector in der Nähe blieb, drohte keine Gefahr. Sibaru ließ ihrem Unmut über Franz' bevorstehende Abreise freien Lauf.

Das Meer schlug gegen die Steine der Uferbefestigung, Gischt sprühte bis zu ihnen hin. Steile, schaumige Zungen schossen aus den Ritzen zwischen den Steinen hervor und leckten an den Fundamenten der Gebäuderuinen, deren feucht-dunkle Wände aus dem Wasser ragten. Klatschend fielen die Wellen zurück, nahmen erneut Anlauf. Franz und Sibaru stapften durch die gestaffelten Flutlinien, die mit trockenem Seetang, verdorrtem Pfeilgras und bunten Plastikresten ein bizarres Muster bildeten. Franz mußte an den Lenz denken. Wie hatten sie hier in enger Umarmung die Schönheit der sich beständig wandelnden Landschaft genossen! Jede Flut hinterließ ihre Markierung, jede Flut erbeutete etwas anderes in dem Durcheinander von Gebäuden, Fahrzeugen und Anlagen, die nun unter dem Meer lagen. Teile des ungeheuren littoralen und unterseeischen Abfallhaufens wurden beständig aufs Land geschleudert, verbeulte, weißgewaschene Verkehrszeichen, Wurzelwerk, Überreste von Markisen und Transportbehältern, dazwischen Tangknollen, Muscheln, zerrissene Netze und jodfarbene Gewächse, die groteske Schleppen bildeten.

Der Weg führte hinaus auf eine Landzunge, an deren Ende einige Felsenklippen hochschossen. Auf dem Weg brandete sprühende Gischt hoch, die auf den Gesichtern brannte. Weit draußen vor der Halbinsel lagen flächige Sandbänke, an denen sich die Strandwellen brachen, die aus schwarzer Weite anliefen und deren Schaumkronen sich im seichten Grund zerschlugen. Wie Lauffeuer schäumten sie heran, bergauf und bergab, begleitet von unablässigem Rauschen. Ach der Lenz!

Die Landzunge stand in der See wie ein scharfer Schiffsbug. „Prou“ oder „poupe“ fragte sich Frank, er konnte sich nicht mehr an die Übersetzung von Schiffsbug ins Französische erinnern, dabei war das Wort in einer der letzten Klausuren vorgekommen. Da waren sie schon auf dem Weg zu der Landzunge, die langsam zu einem baumlosen Dünenbuckel anstieg, aus dessen dichter Vegetation von hartem Strandhafer und kümmerlichen Sanddornbüschen die Felsen herausragten. Dort nisteten die Möwen. Seit einigen Jahren bauten sie ihre kümmerlichen Nester am Fuß der Düne und an den schrundigen Felsen.

Hector tobte voraus und erreichte quiekend die Möwenkolonie. Was folgte, war großer Aufruhr. Wie gesengt jagte Hector hierhin und dorthin und scheuchte die Vögel hoch, die auf ihren Gelegen brüteten. Mit Wonne grub er sich auf der Suche nach aromatischen Pilzen in den Sand. Wie auf einmal Tausende von Möwen gellend aufstoben, eine silbergraue Wolke über der Halbinsel bildeten, die rauschend, flatternd und vor Empörung aus tausend Vogelkehlen kreischend wie irrsinnig aufstieg und abfiel, eine Wolke, die kurvte, sich verschob, sich in sich selbst verknäulte und neu formierte und einen weißen Regen von Daunen niedergehen ließ. Jedoch nicht als Zeichen des Waffenstillstands. Besorgt schaute Franz auf die Wand von Seevögeln, die sich vor ihnen erhob.

Als die Möwen ihre Nistplätze verlassen hatten und durch den Himmel lärmten, liefen Sibaru und Franz hinab zum Strand. Da eröffnete eine Graumöwe den Angriff. Franz war nicht wenig erschrocken, als sie mit angewinkelten Schwingen herabstürzte, ein weißes Geschoß, das sich mit pfeifendem Geräusch näherte. Er duckte sich weg. Die Möwe fing dicht über ihnen den Sturzflug ab und ließ sich vom Wind emporreißen in sichere Höhe, wo sie gellende Warnungen ausstieß, wildes Keckern und Klagen. Sibaru machte keine Anstalten, Furcht zu zeigen. Sie rief den Namen der Möwenart in das Tosen hinein: „Graumöwe“. Offenbar kannte sie sich aus und zeigte mit dem Finger auf die Möwen, die in nicht enden wollender Reihe ihre zunehmend kühneren Angriffen flogen: „Siehst du, eine Seemöwe!“

„Eine Braunkopfmöwe! Eine Maorimöwe! Graukopfmöwe... Hartlaubmöwe“, schrie sie und dann, als sich die Angriffe häuften, in einer Reihe und ohne Atem zu holen: „Scherenschnabel, Bonapartemöwe, Lachmöwe, Kappenmöwe, Rotschnabelmöwe, Silberkopfmöwe, Gabelschwanzmöwe, da, eine Zwergmöwe, und da, die Hemprichmöwe und die rare Fischmöwe, Weißaugenmöwe, eine Schwarzkopfmöwe, da, die Reliktmöwe, eine Kalabassmöwe, die Silbermöwe, Olrogmöwe, Simeonsmöwe, Sinfoniemöwe, Steppenmöwe, eine Kaliforniermöwe, Sturmmöwe, Ringschnabelmöwe, ho ho, eine Dominikanermöwe, Heringsmöwe, die Chachamöwe,

Beringmöwe, Polarmöwe, Heermannmöwe, Eismöwe, Gelbfußmöwe, Mantelmöwe, Gavottemöwe, Mittelmeermöwe, Marimbamöve, Westmöwe, Rockmöwe, Dickschnabelmöwe, Ostmöwe, Thayermöwe, Nornmöwe, Präriemöwe, Blutschnabelmöwe, Klippenmöwe, Dreizehenmöwe, eine Rosenmöwe, Kanonmöwe, Elfenbeinmöwe, Schwalbenmöwe, Möbiusmöwe, Stummelmöwe, die Hutmöwe!"

Rotäugig, gelbschnäblig griffen sie an, lärmten, die Schmarotzermöwe, auch Raubmöwe stereoco genannt, und die Zymbelmöwe flogen Scheinangriffe, kamen immer näher. Kein Wunder: Dort lagen ihre Nester. Als Franz und Sibaru strandaufwärts durch ein Feld voller liebloser Gelege eilten, in denen die blaugrünen, grauen und schwarzbraunen Eier in flachen Mulden lagen, schienen sich die Angriffe auf Franz zu konzentrieren. In Sibarus Augen und in denen der Möwen hatte er es ehrlich verdient.

Schließlich suchten Franz und Sibaru Deckung unter dem Wrack eines havarierten Ruderboots und schauten atemlos auf das Toben, das die Luft erfüllte. Hector war zu ihnen zurückgekehrt und suchte ebenfalls unter dem rissigen Ruderboot Unterschlupf. Wild umflattert bemerkten sie nicht, daß noch jemand auf dem Strand war: Aus dem Pulk der flatternden Möwen trat ein Kerl, der sich durch rasches Kreisen eines Steckens, durch rasche pfeilschnelle Ausfallstöße den Raum zum Atmen freihielt. Er kämpfte sich bis zu dem Wrack des Ruderbootes vor, unter dem Franz, Sibaru und Hector Zuflucht gefunden hatten.

„Gestatteen, Fuzzi Wuzzee, der hier nur auftritt, um Euch vor den Möwen zu retteen." Fuzzi Wuzzi, der Kerl und sein Name waren stadtbekannt: Er war einer der letzten afrikanischen Zuwanderer in New Venice. Längst suchte er hier nicht mehr das „bessere" Leben. Damit hatte er abgeschlossen. Er übte sich nur noch in seiner archaischen Kampfkunst und hatte mit seinem eisenbewehrten Kampfstock herumfuchtelnd mehrfach für Aufruhr gesorgt. Diesen Kampfstock hielt er fest in der Hand, entschlossen, einer der Möwen den Kopf abzuschlagen, wenn es sein mußte.

Die wütenden Möwen hatten sich sofort auf Fuzzi Wuzzi gestürzt, die turbulent kreisende Wolke ihn längst zu ihrem neuen Zentrum auserkoren. Zornige Schwingen klatschten und flatterten, und während die schweren Bürgermeistermöwen Höhe zu gewinnen suchten wie schwere Bomber, kurvten die wendigen Stummelmöwen dicht über dem Strand. In eleganter Wut stießen sie auf ihn hinab, mit sausendem Luftzug, winkelten vor ihm ab und zogen in steiler Kurve weit aufs Meer hinaus, wo sie sich zu neuen Angriffen formierten.

Fuzzi Wuzzi ließ seinen Stock in einem atemberaubenden Wirbel über dem Kopf kreisen, wie, ja, so wie es nur der ehrwürdige Baron von Münchhausen mit seinem Schwert vermochte, um unter dem Wolkenbruch trocken hindurchzukommen. Unter dem Schutz seines kreisenden Kampfstocks verließen die vier als enges Grüppchen den Strand, liefen unter den pfeilschnellen Angriffen der Möwen zurück in Richtung Stadt. Dann waren sie endlich der bedrohlichen Wolke entkommen.

„Thanks!"

„Welcommee! Come to towwnee with mee."

Franz war über und über bekleckert mit Möwendreck und sprang abseits der Möwenkolonie in voller Kleidung ins Meer. Als er halbwegs gereinigt prustend wieder an die Oberfläche kam, war Sibaru gegangen.

Acht

Seit Wochen haderte Jefferson mit sich: Der November 2041 war für ihn ein Unglücksmonat. Das mißlungene Bauprojekt, der um sich greifende Diebstahl von Strom und Lebensmitteln, die Unsicherheit. All das verdarb ihm schon morgens die Laune. Heute ließ er sich in seinem besten Wagen zum Amtssitz kutschieren, doch auch das half nichts. Er ließ sich noch einmal zurückkutschieren und nahm im Fonds seine bevorzugte Yogahaltung ein. „Der gleitende Schmetterling." Es meldete sich auch das schlechte Gewissen, denn er wußte, daß es ihm gut tun würde, zu Fuß zu gehen.

Was hatten diese nicht enden wollenden Proteste gegen die Baumaßnahmen mit ihm zu tun? Warum wurde ihm andauernd die Schuld zugewiesen? Das war nicht gerechtfertigt. Hätte er sich doch nie auf die von Icks verfolgten Baumaßnahmen eingelassen. Jetzt hatte Aga auch noch davon abgeraten, das Bauvorhaben offiziell aufzugeben. Egal was man tat, man solle es nicht bekanntgeben. Man würde nur denjenigen Recht geben, die den Widerstand als Erfolg feiern würden. Außerdem hielt man die Protestbewegung beschäftigt, die sich dann keine anderen Ziele suchen würde. Auf keinen Fall dürfe der Eindruck entstehen, man habe klein beigegeben. Jefferson war ganz seiner Meinung!

All das hatte ihn aus dem Tritt gebracht. War er, Jefferson, etwa angezählt? Seine Umfragewerte mußten wieder nach oben! Fieberhaft suchte er nach einer großen Idee, mit der sich das Steuer herumreißen ließe. Wenn es so weiterging, konnte er seine Wiederwahl im Jahr 2044 vergessen.

Heute morgen hatte ihm Aga einen völlig unannehmbaren Vorschlag gemacht, und dazu noch vor dem zweiten Frühstück! Und doch hatte dieser Vorschlag, den er mit würdevoller Empörung von sich gewiesen hatte, bei näherem Hinsehen auch Charme: Aga hatte ihm vorgeschlagen, die für 2044 geplanten Wahlen auf 2042 vorzuziehen. Den Vorschlag machte er ihm mit der Aussicht schmackhaft, daß sich die Lage allemal bessern würde, die aufgrund der für jeden spürbaren Wirtschaftskrise und durch die starken Proteste gegen die Bebauung im Augenblick nicht gerade glänzend war. Der Vorschlag war hinterhältig. Aga sollte das später unumwunden zugeben. Doch Jefferson sah die Verheißung. Vielleicht brachte eine vorgezogene Wahl ja neue Dynamik in die Sache. Vielleicht verstummte das Gerede von Wirtschaftskrise und politischer Mißhelligkeit. Eine Wahl, ein glänzender Wahlkampf und ein Siegesfest! *Das* war eine große Idee. Am Nachmittag stieß er mit dem Governatssekretär für soziale Hygiene auf den Plan an und bot Aga das Du.

„Ich stelle mir ein überwältigendes Fest vor, etwas Spektakuläres, etwas nie Dagewesenes."

Aga schlug Zauberer vor.

„*Das* ist es, wir werden uns als ein magisches Regime präsentieren. Gute Idee", murmelte er. „Laß uns ein Fest planen, das die Welt noch nicht gesehen hat. Wir werden die besten Magier der Welt einladen. Und eine Vorführung mit den verrücktesten Autos der Welt! Magic Cars! Ah, ich sehe das schon vor mir. Es wird unübertrefflich sein. Stellst du den Planungsstab zusammen, Aga?"

Daß Aga zum Schlag in eigener Sache ausholte, merkte Jefferson nicht, allzusehr bedrückte ihn die gesellschaftliche Unruhe.

Bei der Besprechung im Governatspalast warnte Aga ihn vor bislang unbekannten Konkurrenten. Nur der Form halber fragte ihn Jefferson: „Wer sollte meinen Job machen, wenn nicht ich?"

Es sei doch gut, wenn man die Gegner durch die Ankündigung der Wahl aus dem Dunkel hervorzerren könnte. Wenn es überhaupt eine Dunkelzone gebe.

Wer wäre überhaupt qualifiziert? „Du etwa?" Jefferson erwartete keine Antwort auf diese rhetorische Frage, sondern setzte seinen Monolog fort: „Der einzige, dem ich zutrauen würde, mich zu ersetzen, wärest du. Ich aber habe größtes Vertrauen in deine Loyalität. Zusammen, wir schaffen das!"

In diesem Moment klopfte es an der Tür des Besprechungszimmers, und seine neue Chefsekretärin Pondy Chérie steckte den Kopf durch den Türspalt. Jefferson fuhr sie an: „Wir wollten nicht gestört werden!" Die Tür schloß sich geräuschlos, und Jefferson sprach wieder in normaler Tonlage: „Aber mal im Ernst, würdest du gegen mich antreten wollen? Ich hätte da meine Zweifel! Das ist doch nicht nicht einmal eine hypothetische Frage! So etwas ist meiner Meinung nach unvorstellbar." Aga darauf sybillinisch: „Man weiß nie, was geschieht."

Die Nachricht von Christians und Sabines Tod traf Helene wie ein Keulenschlag. Sie war doch vor nicht einmal drei Wochen in den Herbstferien mit Sabine nach Waldenzell gefahren, um ihren Bruder zu besuchen, der dort sein Studium begonnen und nette Leute kennengelernt hatte. Sabine war dann nicht mit zurückgefahren, offenbar lief da was mit Christian, der ja auch in Waldenzell studierte. Ok, sie war in letzter Zeit nicht sehr stabil und hatte ihren Kanal etwas vernachlässigt. Was war aber dort geschehen? Helene konnte es nicht verstehen und fiel in eine für sie unbekannte Dunkelheit. Sie verlor die Lust am Essen und an ihren Schminkfilmen. Ihren Kanal „Lenes Schminkwelt" im PureNet schloß sie mit einem Bild, das einen Trauerkranz für Sabine zeigte. Damit war auch das Lift-off für sie gestorben. Sie hatte nicht einmal mehr Lust, die Hintergründe weiter zu recherchieren. Ohne es zu ahnen, hatte sie den richtigen Moment zum Ausstieg erwischt: Denn schon im nächsten Jahr redete keiner mehr vom Lift-off. Diese Mode verging, andere kamen.

Die neue Mode war erst auf die engen Kreise von Trend-Scouts beschränkt. Dann wurde sie von immer breiteren Schichten von Jugendlichen erst im Nahen Osten, dann in Amerika und schließlich auf dem alten Kontinent aufgegriffen: Bell-welding, eine Haartracht, mit der sich in Mahamamid-Arabia unterdrückte heterosexuelle Männer schmückten, um zu demonstrieren, daß sie nach Befreiung von der Übermacht der Frauen verlangten. Beim Bell-welding wurden die Spitzen jeweils von zehn Haaren mit einem Glöckchen verschmolzen.

Aber Helene interessierte sich nicht mehr für die letzten Modeschreie. Sie trauerte um Sabine, wurde aber zu ihrem Glück von ihren beiden neuen Freundinnen, den Extrem-Sportlerinnen bedrängt, mit nach Gooogledijoy zu kommen und von dem großen Wettkampf zu berichten. Auch wenn Lisa diese Reise mit gemischten Gefühlen betrachtete, willigte sie schließlich ein. Sie ahnte, daß die neue Aufgabe ihrer Tochter helfen konnte, die Trauer um Sabine zu bewältigen.

Jefferson raste. Der Freitod eines Studenten aus New Venice in Tübingen am 20. November 2041 ließ seine Zustimmungswerte dahinschmelzen. Wie kam es, daß er als letzter von dem Vorfall benachrichtigt wurde? Der Tod mehrere Studenten aus NV an der Universität Waldenzell! Er hätte als erster benachrichtigt werden müssen! Seine Chefsekretärin suchte sich zu verteidigen: Doch, sie habe es ihm sofort mitteilen wollen. Er habe nicht gestört werden wollen. Nun platzte ihm der Kragen, und prompt entließ er sie.

Helene verbrachte die vier Wochen ihrer Weihnachtferien auf der Sportinsel Gooogledijoy, einer kreisrunden künstlichen Insel, die auf der Höhe der Kanaren festgemacht hatte. Coole Idee, so eine eiserne Insel. Der konnte die Flut wenigstens nichts anhaben. Angeblich handelte es sich um eine Kopie im Maßstab 1:1 der sagenumwobenen Insel Googledijoy, die an einem unbekannten Ort vor der amerikanischen Küste liegen sollte. Aber das war sicherlich so ein moderner Mythos. Sie nahm sich vor, das zu gegebener Zeit zu recherchieren. „Zu gegebener Zeit“, noch so ein holziger Harry-Spruch. Den würde sie nie wieder verwenden! Aber recherchieren würde sie. Später.

Als sie auf Gooogledijoy weilte, verbrachte Helene jeden Moment damit, „ihre“ Sportlerinnen bei den Wettkämpfen zu filmen. Sie hatten einiges zu leisten, um gegen die Favoritinnen zu bestehen, die dieses Jahr aus Arabien kamen. Neben der Iron Woman wurde auch um die Titel Iron Man und Iron Teen gekämpft. Seit Hawaii wegen des steigenden Wassers seit Mitte der Zwanziger Jahre diese Wettkämpfe hatte einstellen müssen, wurden sie an verschiedenen Orten ausgetragen, schließlich wurde diese eiserne Insel zum permanenten Austragungsort. Die Insel bot den Vorteil, daß die Parcours jedes Jahr völlig umgebaut und die Wettkämpfe immer an den Orten der Erde veranstaltet werden konnten, wo die besten klimatischen Bedingungen herrschten. War es hier zu heiß oder zu windig, steuerte man die Insel einfach ein paar Breitengrade weiter. Einen Ort zum Ankern fand man immer. Nun war jedes Jahr viel los auf der Insel, die für Sportler tolle Perspektiven bot.

„Bei der Rückkehr von Gooogledijoy war ich völlig erschöpft, aber glücklich. Ich hatte tolle Bilder im Kasten und Material für eine ganze Weile und sogar für mehrere Kanäle. Sabines Tod beschäftigte mich noch sehr, aber ich hatte so viel Freude beim Filmen gehabt. Nur die Flüge waren alles andere als lustig. Es ging von den Service Islands, wo sich die Athletinnen und Athleten Nordeuropas versammelten, direkt auf die Kanaren. Für die Wettkampfteilnehmer und ihre Begleiter war es eine echte Tortur. Diese Leute sind voll trainiert. Die Sitze, die sie zur Bewegungslosigkeit verurteilen, sind nicht anatomisch, man kann sich nicht einmal richtig ausstrecken. Athleten dieser Kategorie haben nur Muskeln und kaum Fettschichten. Die Klimaanlage ist für sie der Tod. Viele kamen erkältet und mit den gemeinsten Hexenschüssen am Bestimmungsort an. Keine gute Basis für erfolgreiche Wettkämpfe. Glücklicherweise hatte es meine Sportlerinnen nicht getroffen. Gleich am ersten Tag haben sie einen ganzen Trainingsparcours auf sich genommen. Ich hatte wirklich viel zu tun. Aber ich war froh, als ich nach diesem Irrsinn wieder zuhause eingetroffen war. Immerhin hatte ich tolle Aufnahmen gemacht.“

Als die Schule wieder begann, verbrachte Helene jede Minute ihrer Freizeit damit, die Aufnahmen der sportlichen Ereignisse zu sichten und zu montieren.

Jefferson bedauerte den Verlust seiner Chefsekretärin fast augenblicklich. Ohne sie war er aufgeschmissen. Doch auch als er sie inständig bat, weigerte sie sich zurückzukehren. Sie war gegangen und nicht mehr umzustimmen. Nun mußte er sich ganz auf Aga verlassen. Seit 2035 war der schon sein Kommunikationsbeauftragter. So manche heiße Kartoffel hatte Aga später als Governatssekretär aus dem Feuer geholt. Die Bändigung der Orga, die Gründung der Selbstmord-Olympiade. Nun mußte etwas gegen die Proteste getan werden. Hing der Wahlerfolg nicht entscheidend davon ab, daß wieder Ruhe in der Stadt einkehrte?

Ende November 2041 versuchte Jefferson mit allen Mitteln, Wählerstimmen zu mobilisieren. Wie bei den letzten Wahlen ging es darum, die einflußreichen Gruppen zu gewinnen. Vielleicht konnte man bei den Bewohnern punkten, wenn man mal wieder einen Orgaboß verhaftete. Da man die Leute kannte und wußte, wo sie zu finden waren, wurden einige herausragende Mitglieder der Orga am folgenden Wochenende verhaftet und festgesetzt. Die Festnahmen wurden von der Presse mit journalistischen Enthusiasmus gefeiert, besonders von dem brillanten Nachwuchsreporter Harry Harms.

Auch wenn von den Prozessen in der Folge nicht viel an die Öffentlichkeit gelangte, führten sie zu Unruhe in der kriminellen Sphäre von New Venice. Allenthalben hörte man von spektakulären Verurteilungen und Verbannungen auf die Halde. Nicht gut, gar nicht gut, denn schließlich rechnete es sich die Orga hoch an, viele kreative Lösungen für Probleme gefunden zu haben, die durch die Überflutung entstanden waren. Vieles geht nur in enger Kooperation, daher durfte keine Seite zu weit gehen. Die Orga half dabei, die Versorgung mit schwer zu beschaffenden Importwaren zu decken, dafür unterschlug sie andere Waren. Jefferson hoffte, die Angehörigen der kriminellen Milieus durch eine Weihnachtsamnestie wieder zu besänftigen und auf sich einzuschwören. Zahlreichen Mitgliedern der Orga stellte er nach der Verurteilung die Begnadigung in Aussicht. Strafen wurden erlassen und Aktenvermerke gelöscht. Einige wurden auf die Halde abgeschoben, erhielten jedoch großzügige Sondervisa. Bald schon pausierte der Kampf gegen die Orga.

Aga hatte die Aufgabe, den Mitgliedern der Orga das Friedensangebot Jeffersons zu übermitteln. Er ging nicht persönlich in die

Haftanstalten, sondern überließ das Sascha Anderson, seiner rechten Hand. Ein fähiger junger Mann, der mit jedem ein Geschäft abschließen konnte. Anderson überbrachte neben dem offiziellen Angebot Jeffersons noch ein zweites, das neben der Amnestie zusätzlich einen Bonus an Scoringpunkten in Aussicht stellte. Dieses Angebot war attraktiv, niemand konnte es ausschlagen. So versicherte sich Aga der Hilfe der Orga für seine Wahlkampagne.

Jefferson ahnte nicht, daß Aga seinen eigenen Wahlkampf betrieb. Daher konnte auch die letzte Wohltat Jefferson nicht retten. Als kurz vor den Wahlen einige hochrangige Mitglieder der Orga als Zeichen des guten Willens aus der Haftanstalt entlassen wurden, schlug die öffentliche Meinung um: Die meisten Wähler akzeptierten nicht, daß nun wieder so viele dieser gefährlichen Menschen frei herumliefen, die erst vor kurzer Zeit hinter Gitter gebracht worden waren. Niemand verstand, warum rechtskräftig verurteilte Straftäter unbehelligt die Freiheit genossen.

Nach außen hin erweckte Jefferson den Eindruck, die Welt gehe ihren üblichen Gang, zwar mangelte es immer noch an Arbeitsplätzen, immerhin wurde aber das Angebot an Ablenkungen erhöht. In den Wettbüros konnte man auf den Ausgang der Wahl wetten. Ein Novum.

Die Umfragewerte eines Unbekannten, der auf seinen Plakaten nicht einmal sein Gesicht zeigte, stiegen unablässig. Dabei warb er mit nichts anderem als der ewig alten, jedoch stets als neu und innovativ angepriesenen Law-and-Order-Politik. Jefferson schäumte und schwor sich, den großen Unbekannten zur Strecke zu bringen. In Folge von Jeffersons Winter-Amnestie gab es in der Stadt viele neue Bewohner. Einige wenige, die gute Beziehungen hatten, konnten es sich in den komfortablen Hotels auf den Service Islands einrichten.

In der Presse stand Jefferson als derjenige da, der *entgegen* seiner Ankündigung gefährliche Subjekte freiließ, statt sie festzusetzen. Auch die Sympathien der Orga verspielte er sich, als er wichtige Anführer in einem Akt der Verzweiflung wieder festnehmen und auf die Halde abschieben ließ. So gab es auch auf der Halde zahlreiche neue Bewohner. Doch ob er damit das Steuer noch herumreißen konnte? Aga punktete bei den Mitgliedern der Orga dank der Kurzschlußreaktion Jeffersons. Als dessen geheimnisvoller Gegenspieler verkündete er, daß die Ordnung wiederhergestellt werde.

Diejenigen Mitglieder der Orga, die auf die Halde exiliert worden waren, hatten längst ihren Pakt mit Aga geschlossen und warteten darauf, daß sie bald wieder ihr gewohntes Leben würden führen können. Nach der Wahl *werde man schnell* eine Lösung zur allgemeinen Zufriedenheit finden. Sie lebten in dem Minimalkonsens einer jeglichen Gaunermoral: „Ein Händler zersticht dem anderen nicht die Reifen."

Doggy stieß im November zu anderen Mitgliedern der Orga auf der Halde. Dort hauste eine ganze Gesellschaft von Vertriebenen und Wasserscheuen, Taugenichtsen und Desperados, all die „queer castaway creatures" und „unaccountable odds and ends of strange nations coming up from the unknown nooks and ash-holes of the earth", von denen ein bedeutender amerikanischer Schriftsteller erzählt.

Mafiolo, Doggys Vater, nutzte die Stunde schwankender politischer Entscheidungen für eine interne Säuberung. Er erkannte, daß seine Freiheit und die seiner zahlreichen Gefolgschaft kurzfristig von niemandem garantiert werden konnte. Er hatte sich zum Rückzug auf die Service Islands entschieden. Als einer der Geldgeber der Hotelkette Hollibollo war er dort ein gerngesehener Gast. Er hätte alle seine Gefolgsleute mitnehmen können, doch das hätte seine persönliche Bewegungsfreiheit allzu sehr eingeschränkt. Zudem hätte er mehr Aufsehen erregt als nötig. Immerhin bestand seine Truppe His Masters' Men aus fünfzehn ausgewachsenen Schlägern und Schlächtern. Mit gespieltem Bedauern teilte er ihnen in dem berüchtigten Orgakeller mit, daß er nur sieben von ihnen ins vorübergehende Exil auf die Service Islands würde mitnehmen können. Daß er die Zahl Sieben gerade spontan aus der Luft gegriffen hatte, verriet er nicht. Die übrigen Mitglieder der His Masters' Men müsse er zurücklassen. Doch für sie sei gesorgt.

Sie könnten hier im Orgakeller bleiben und hätten die ehrenvolle Aufgabe, ihn gegen alle Angriffe zu verteidigen und ihn zu halten. Koste es, was es wolle.

Es handelte sich aber keineswegs um einen Keller, sondern um vier Hochhausetagen, die hermetisch abgedichtet unterhalb der Wasserlinie lagen, ein unterseeischer Keller, dessen Zugang als

Fahrstuhlschacht getarnt war, der in eines der mehrere Etagen darüber liegenden trockenen Appartements mündete. Man hätte den Keller nie gefunden, wenn Mafiolo das Geheimnis nicht Aga gegen die Zusicherung freien Geleits verraten hätte.

„Noch Fragen?“ Eines der Mitglieder seiner Bande, ein gewisser Pistolero, hatte eine Frage, die er allerdings nicht als Frage formulierte: „Eines verstehe ich nicht.“

Mit den Worten „Du mußt das auch nicht verstehen“ nahm Mafiolo Pistolero die Waffe ab und beschaute sie sich mit einem langen nachdenklichen Blick. Diese Waffe hatte ihnen beiden lange gute Dienste geleistet. Dann schlug er ihren Lauf an der Betonwand krumm. Damit, so sagte er sich, hatte er unmißverständlich klargelegt, wer hier das Sagen hatte, wenn auch nicht in den kommenden Wochen.

Als Mafiolo mit seiner Sieben-Mann-Leibgarde mit dem Schnellboot abgefahren war, stieg Pistolero durch den Schacht zu dem getarnten Ausgang hoch. Nicht daß er welchen Braten auch immer gerochen hätte, aber er hatte das Gefühl, daß es an der Zeit war, sich mit seiner verbogenen Waffe aus dem Staube zu machen. Die übrigen Mitglieder von His Masters‘ Men hatten es sich gerade zu einer Partie Whist gemütlich gemacht, einige Flaschen aus dem Vorrat entkorkt, als eine hochgerüstete Kampfeinheit von zwanzig Mann den Orgakeller stürmte. Nun erst fiel es den Gefangenen auf, daß Pistolero fehlte. Sollte der Verrat begangen haben?

Die alten und neuen Mitglieder der Unterwelt, die auf der Halde eintrafen, stifteten dort große Unruhe. Solange sie blieben, stellten sie das Leben dort auf den Kopf. Sie mußten sich nicht nur mit den schon Ansässigen verständigen und gegen sie durchsetzen, sie stritten sich auch mit den schon dort exilierten Mitgliedern der Orga um die Rangfolge, was bekanntlich eine ihrer Hauptbeschäftigung war. Als erstes kaperten die Mannen von His Masters‘ Men den Turm am Ende des Geländes und verjagten dessen Bewohner. Denn sie wollten nicht schon wieder ein „Wühlmausdasein“ unter der Oberfläche führen. Hier wenigstens konnten sie hoch hinaus. Sie warfen die angestammten Bewohner samt ihrer Habe aus dem Turm. Am Tag der Inbesitznahme ging ein wunderlicher Schauer von Besitztümern auf die ehemaligen Bewohner nieder, die verzweifelt um den Turm herumrannten und versuchten, von ihren

Habseligkeiten einzusammeln, was nach dem Fall vom Turm noch verwendbar war. Mehrere Stunden dauerten die blutigen Krawalle, die nicht im Sinne der Bewohner Infras endeten.

Zu allem Überfluß versperrten die Mitglieder der Orga mit ihren Besitzansprüchen den Zugang zur Flugwarte. Als schon am nächsten Tag einer der üblichen Kopter-Angriffe erfolgte, merkten auch die weniger hellsichtigen Mitglieder der Orga, daß man im Turm recht exponiert war. Nun besannen sie sich und zogen vom Turm in den nächstgelegenen Keller, dessen Bewohner sie kurzerhand vertrieben. Den Turm gaben sie dennoch nicht wieder her. Er diente ihnen als Zentrale und Statussymbol. Ausnahmsweise ließen sie den mit der Flugbeobachtung betrautsen Wachtposten nach oben auf die Aussichtsplattform. Nach und nach schlossen sich ihnen weitere exilierte Orga-Mitglieder an. Doggy blieb unangefochten der Chef. Chemo-Remington sekundierte ihm mit seinem besonderen Organisationstalent. Ihr Trumpf war der Vertrag mit Anderson über extra Lebensmittellieferungen.

Auf der Halde herrschte alltägliche Anarchie. Vieles mußte neu organisiert werden, weil die kriminellen Elemente zahlreich geworden waren. Die Mitglieder der Orga kauften den Alteingesessenen viele der wichtigsten Waren vor der Nase weg. Mit der festen Absicht, sich zu beschweren, kreuzten die Limbos vor dem Turm auf, taten jedoch so, als seien sie unentschieden, da sie es sich mit Doggy nicht verderben wollten.

Die Orga übernahm handstreichartig die Kontrolle über wichtige Produktionsstätten sowie über die Exploration und den Abbau von Bodenschätzen. Auch Baumaterial wurde von der Orga entwendet. Deren Mitglieder behaupteten schlicht, es gehöre ihnen. Sie behaupteten es so lange, bis die rechtmäßigen Besitzer einlenkten. Sie legten die Hand auf die Salzproduktion und verlangten für jedes Kilo, das die Abbaustätte verließ, einen Penqui „Bearbeitungsgebühr". Der Abbau von Salz hatte zuvor der Halde ein bescheidenes, aber stetiges Einkommen gesichert. Von der Stadt aus war der Zugang zu dem Salzstock schwierig, weil er unter dem Trinkwasser-Staubecken lag. Von der Halde aus hingegen hatte man einen bequemen Zugang. Die lokale Orga meinte, das Salz könne man nicht verschenken. Dank des Salzzuschlags könne man bisher nicht realisierte Werte heben. Allerdings beanspruchte die

Orga diese Einkommensquelle für sich. Um des lieben Friedens willen überließen die Bewohner Infras ihnen, was sie wollten. Denn es gab unendlich viele Dinge, mit denen man sinnvoll ein Auskommen fristen konnte. Was konnte man dafür, wenn die Orga nicht mehr drauf hatte, als durch Drohungen Geld zu erpressen?

Findige Bewohner der Halde fanden Wege zur Gewinnung von Energie. In der Nähe der Uferlinie verbanden sie einen nicht mehr abbauwürdigen Nebenstollen des Salzstocks über einen Kanal mit dem Meer. Diese Kavität füllte und leerte sich mit den Gezeiten. Flut und Ebbe trieben eine Turbine und sicherten die Versorgung mit Strom.

Mitglieder der Orga hingegen schlugen vor, die Energieversorgung der Stadt anzuzapfen, das sei ganz leicht. Was leicht zu haben war, fiel diesen Leuten gleich ins Auge.

Brutalität und wachsende Schroffheit unter den Bewohnern nahm die Orga kühl in Kauf. Sie wurden nur dann konzilianter, wenn Andersons Lieferungen eine Weile ausblieben. Nun merkten sie, daß Kooperation half, an Waren und an Lebensmittel zu kommen. Die Bändigung nach außen hinderte die Mitglieder der Orga nicht, sich untereinander weiter wie Wölfe zu verhalten. Immerhin wirkte das Rudel nach außen verträglicher.

Dessen Mitglieder blieben meist unter sich und verbrachten ihre Zeit in dem unterirdischen Saal, den sie erobert hatten. Nähere Kontakte zu den übrigen Bewohnern der Halde behinderten nur. So etwas hatte sich für die Orga noch nie ausgezahlt. Die Türen zu den umliegenden Kellerräumen blieben verschlossen. Durch einen Mauerriß konnten sie jedoch sehen, wie einige andere aufgrund der Eigenversorgung deutlich bessere Lebensmittel hatten, während sie an Mangeltagen nur Zwieback und Wasser hatten.

„Das ist ja schlimmer als im Knast hier."

„Und die da futtern, was das Zeug hält." Gemeint waren die übrigen Bewohner der Halde.

Als in diesem Moment Chemo-Remington zwei große Laibe Brot und eine Aufschnittplatte hereinbrachte, wer weiß, wie er das wieder organisiert hatte, stürzten sich alle siebzehn Anwesenden wie ein Möwenschwarm auf das Essen. Der fette Munfi, der verfressenste unter ihnen, summte träumerisch: „Futtern wie bei Muttern" und stieß alle weg. Nur Doggy, den Chef, wagte er nicht wegzustoßen.

Munfi wartete geduldig, bis Doggy seelenruhig sein Schnittchen belegt hatte, dann nahm er selbst, was er essen wollte, und erst dann gab er die Aufschnittplatte für die anderen frei. Jeder wollte nun jeden anderen von den Trögen verjagen. Mit einem Ausdruck der Verachtung beobachteten die Bewohner der Halde dieses Treiben durch die Mauerritzen.

Als die Lage auf der Halde immer unübersichtlicher wurde, berief First Fired im November den Haldenrat ein. Die Tagesordnung enthielt vier Punkte: Es mußte über und mit den neuen Bewohnern Infras gesprochen werden, insbesondere mit denjenigen, die aus dem Umfeld der Orga kamen. Was konnte man tun, um diese Typen zu bändigen und gleichzeitig ihre Einfallskraft produktiv zu nutzen? (Top 1) Das Problem Stausee war anzusprechen. (Top 2) Er stellte eine stetige Bedrohung dar. Die Bewohner der Halde sollten sich äußern, wie sie zu den Angriffen auf die Lkw standen. (Top 3) Er selbst hatte einen solchen Angriff geleitet und war umgehend verhaftet worden. Nur durch einen glücklichen Zufall sei er einer Bestrafung entgangen. Sicher, damit konnte punktuell die Versorgung verbessert werden, war es nicht aber besser, sich von Gütern unabhängig zu machen, die in der Stadt zirkulierten? Und am Ende war da das ewige Energieproblem. (Top 4)

Bevor noch eines dieser Probleme diskutiert werden konnte, wurde ein Antrag zur Tagesordnung gestellt: Es wurde beantragt, den Versammlungsleiter abzuwählen. Großes Gejohle. Die Aussicht auf die Abwahl des Versammlungsleiters First Fired begeisterte alle! Fast alle stimmten dafür, auch die Mitglieder der Orga. Damit war First Fired abgesetzt. Als sich bei der Neuwahl eines Versammlungsleiters herausstellte, daß es keiner machen wollte, denn die Themen waren allen zu heiß, baten alle First Fired, die Versammlungsleitung doch wieder zu übernehmen. Er hielt das für ok und bedankte sich für das Vertrauen.

„Jeder darf seine Meinung haben und jeder darf seine Meinung auch ändern. Das weiß und akzeptiere ich.“ Er wußte, daß sein Rauswurf vielleicht nicht unbegründet war. Kaum war er wieder eingesetzt, schon gab es wieder Buhrufe. Es handelte sich offenbar um eine Art Ritual. Doch nun war es Zeit für den ersten Tagesordnungspunkt. First Fired trug vor:

„TOP 1 Die Integration neuer Bewohner: Die Orga schafft auf der Halde Spannungen und stört den inneren Frieden, die Arbeitsteilung und die Versorgung. Soll man deren Angehörige besser isolieren oder sie einbinden?“ Die Frage war heikel, weil die Neuankömmlinge auf der Sitzung anwesend waren und das gleiche Stimmrecht wie die Alteingesessenen hatten.

Doggy ergriff das Wort und schlug in einer Blut-, Schweiß- und Tränen-Rede vor, die besonderen Fähigkeiten der Orga für die Verteidigung zu nutzen und für das Heranschaffen von Lebensmitteln, denn verteidigen *müsse* man sich gegen eine aggressive Stadt, und essen müsse man ja schließlich *auch*. Er kam gleich zu handfesten Details: Er war es leid, die Pampe zu essen, die auf der Halde gereicht wurde. Wenn nichts anderes da war. Warum sollte er diese Proteinpampe runterwürgen, wenn er auch fein speisen konnte:

„Ja, es stimmt, wir gehören der Orga an. Wir sind die Guten, das Schlechte tun wir nur, wenn wir etwas Gutes erreichen wollen. Wir sehen und ihr seht, daß unsere Bemühungen nicht immer honoriert werden. Ja nun, jetzt sind wir eben bei Euch auf der Halde gelandet. Ihr wißt und wir wissen, daß wir nicht hierher gehören. Ja, und wie ihr seht, sind wir abgemagert. Nein, normalerweise magert bei uns niemand ab, weil es immer was zu beißen gibt. Aber hier auf der Halde magern wir ab.“

Mit einem applausheischenden Blick, der mit großer Geste sagen will: „Was wollt ihr? So ist es halt.“

„Das tut uns besonders weh, weil wir in New Venice bessere Nahrung gewohnt sind und nun eigentlich gerne weiterschlemmen würden. Wir nennen es *gute Ernährung*. Ja, aber nun sind wir hier auf der Halde und teilen Euer Schicksal. Und eure Mangelernährung. Ihr wißt selbst und predigt es ohne Unterlaß: Es gibt nicht genug für alle. Doch da irrt ihr! Es gibt genug, wir müssen es uns nur holen. Daher soll für uns alle gelten: Wir wollen uns alle richtig ernähren. Das haben wir immer so gemacht, selbst in Notzeiten. Deswegen werden wir uns das Essen aus der Stadt holen.“

Höhnische und gespielt bewundernde Zwischenrufe: „Ha ha, das sagt der so einfach.“

„Hört, hört, er will sich das Essen aus der Stadt holen“, rief einer der Haldenplebejer in den Saal.

„Nein, Greifrobs gibt es für ihn nicht. Nicht für ihn“, brüllte ein anderer.

„Ja“, rief Doggy, „wir werden uns das Essen holen. Wir werden es für uns und für Euch alle holen. Ich weiß, und meine Freunde hier wissen, wie das geht. Wir haben einen guten Kontakt zur Im- und Exportabteilung. Daher wissen wir, wann lohnende Lieferungen wo eintreffen. Diese Informationen sollten wir nutzen und Lebensmittel organisieren.“

Nach einer Kunstpause fuhr er fort: „Einige von euch haben vor einiger Zeit waghalsig einen Lkw überfallen und kistenweise Ölsardinen geraubt. Das war mutig! Meine Anerkennung! Wie wir gehört haben, habt ihr bisher wacker aus den Lkw geholt, was ihr tragen konntet. Das hat besser oder schlechter funktioniert. Meist wußtet ihr aber nicht einmal, was in der Ladung steckte. Wir werden das besser organisieren.“

Als Unmut laut wurde: „Nein, nein, ihr wißt schon, was ich meine. Auch wir haben so manche Ladung an Euch verloren. Wir sind aber nicht nachtragend. Von heute an werden wir zusammenarbeiten. Und wenn wir zusammenarbeiten, werden beide Seiten weiterkommen. Mit einer neuen Taktik: Wir holen uns die Lkw ganz. Aber wohlgemerkt: Wir leihen uns die vollen Lkw von der Stadt nur aus und geben sie leer wieder zurück. Abgeladen wird hier auf der Halde. Oder in sicheren Lagerhäusern, zu denen wir Zugang haben. Zusammen werden wir das schon schaukeln. Wir schaffen ja nur die Ware heran, die die Stadt nicht *freiwillig* liefert. Freiwillig liefert die Stadt nur den Müll, in dem wir hier leben. Um hier zu überleben, muß der Müll unter großen Mühen aufbereitet werden. Ihr kennt diese Mühen! Wir alle kennen diese Mühen! Mit der neuen Taktik holen wir uns, was uns fehlt. Aber wohlgemerkt: Die Transportmittel geben wir *immer* an die Stadt zurück, ansonsten können die Waren ja nicht transportiert werden. Und dann bekommen wir auch nichts. Mit der neuen Taktik werdet auch ihr bald die guten Dinge genießen können.“

Zustimmende Zwischenrufe werden laut. „Wir haben genug von der schlechten Versorgung.“ „Ich habe den Schleimbrei mit Insektenprotein noch nie gemocht.“

Applaus. Vor allem die Mitglieder der Orga klatschten.

„Weiß ich, weiß ich. Heute geht es um einen Lkw, der gefrorene Hühner und Rinderhälften geladen hat. Wie ihr wißt, ist es schwierig, solche Ware aus einem Lkw zu stehlen. Wir werden daher den gesamten Lebensmittel-Lkw entführen."

Applaus.

„Selbstverständlich sind die Planungen bis zum letzten Moment geheim. Das *Los* gibt es kurz vor dem Überfall."

Er zückte seinen Compro:

„Also jetzt! Alles bereit?"

Er lauschte einen Moment an seinem Compro. Dann hielt er ihn ans Mikrophon, und man hörte Nillas Stimme: „Auf Position, alles bereit." Er sprach für alle hörbar in den Compro und ins Mikrophon: „Dann kann es losgehen. Alle gehen getrennt. Treffpunkt ist in zehn Minuten direkt in der Friede-Zammert-Straße."

Er schloß den Anruf mit dem Worten: „Die Überwachung wird ausgeschaltet sein."

Einige Teilnehmer der Versammlung verließen den Raum.

Doggy machte eine Kunstpause und hielt ein grünkariertes Kästchen hoch. „Kennt ihr das hier? Das ist ein kleines Wunderding aus meiner Spezialwerkstatt, mit dem wir Euch vertraut machen werden. Ein Scrammer. Und gemeinsam, glaubt mir, gemeinsam werden wir uns die fetten Brocken holen. Daß sie Euch verbannen und uns rauswerfen, schreit nach Rache.

Mit dem Scrammer lassen wir den ganzen Lastwagen für zwanzig Minuten vom Radar verschwinden. Dann kommt der schwierigste Teil: Wir müssen den Lkw um die Kontrollposten herum an einen Ort bringen, wo wir sicher abladen können. Mit Nilla am Steuer, ein Kinderspiel. Wir laden ab, dann geben wir ihnen die Wagen wieder zurück. Wir teilen gerecht: Sie den Wagen, wir die Ware. Ihr werdet sagen: Zwanzig Minuten, nein, das ist unmöglich. Für Doggy ist nichts unmöglich. Gebt Obacht, was passiert."

Nilla, Ada Anticipier und Retardo Slowman arbeiteten in diesem Team zusammen. Am Lkw stellte sich Ada, die den Wert von Retardos Verzögerungsbehinderung auf Anhieb erkannt hatte, neben der Fahrerkabine auf und versetzte ihm einen Fausthieb auf die Nase. „Sorry!" Sie zählte bis sechs, bückte sich unter Retardos Schlag weg, und das Seitenfenster der Kabine war zertrümmert.

Die Schwingen eines Großvogels verdunkelten kurz das Licht der untergehenden Sonne. Fast im selben Moment landeten Nillas Füße auf dem Dach der Fahrerkabine. Kopfüber turnte sie durch das geöffnete Fenster in die Kabine. Sie legte ein kleines grünkariertes Kästchen auf das Armaturenbrett. Ada schob Retardo zur geöffneten Beifahrertür der Kabine. Nilla ließ den Lkw an und fuhr ihn zur Halde.

In der Einsatzzentrale der Sicherheitskräfte brach Hektik aus: Ein Lkw war vom Radarschirm verschwunden. „Sie schlagen wieder zu, aber diesmal sind wir vorbereitet."

Ein ganzes Kommando fuhr zum stadtbekannten Depot der Orga. Doch dort warteten die Einsatzkräfte vergebens auf die Ankunft des Lastwagens. Der war auf dem Weg zur Rampe. Dort kam es zu einer kurzen Verzögerung, weil sich das Tor nicht sofort öffnen ließ.

Nach bewährter Methode schalteten Ada und Retardo die Überwachungsanlage an der Einfahrt der Rampe aus. Nun ließ sich die Notöffnung in Gang setzen. Nilla kippte die Ladung von der Rampe direkt auf die Halde.

Im Inneren des Versammlungssaals hörte man Buhrufe, Pfeifen und sporadisches Klatschen. Dann herrschte plötzlich Totenstille, als mehrere Palette Tiefkühlwaren rumpelnd von der Laderampe auf die Halde stürzten.

Doggy wies auf einen Teleboardbildschirm, der die Laderampe zeigte. Im Abendlicht purzelten von oben palettenweise tiefgefrorene Tierkörper herunter. Ein paar gefrostete Hühner rollten bis weit auf die Halde. Man sah Ada und Retardo Slowman, die sich von der Rampe abseilten.

„Auf, auf, holen wir die Schätzchen rein!"

Mit einem solchen Erfolg hatte keiner gerechnet. Nilla fuhr den Lkw wieder in die Stadt und nahm beim Aussteigen am Stadtweiher das Kästchen an sich. Ihr schwarzer Schwan, der sie dort erwartete, brachte sie zur Halde zurück.

Wer hätte das gedacht! Die erste gemeinsame Aktion war ein voller Erfolg. Das schweißte die Leute zusammen! Und gab Zuversicht. Am Abend sollte es ein Festmahl geben.

Als die Versammlung fortgesetzt wurde, ergriff Doggy das Wort: „Ich fasse zusammen: Bislang habt ihr mühselig gestohlen und habt euch in Gefahr gebracht, weil die Lkw der Stadt mit Wachkräften und unfairen Kampfmitteln geschützt werden. Bei unseren Transportern haben wir Euch gewähren lassen, um kein

Aufsehen zu erregen. Erinnert euch nur an die Forellenlieferung letztes Jahr: Eine ganze Ladung Lebendforellen ging auf dem Weg zwischen dem Hafen und der Markthalle verloren. Eine geschlagene Woche mußte mein Lieblings-Fischrestaurant schließen. Aber geschenkt!“

Niemand konnte sich daran erinnern. An drei Kisten Ölsardinen schon, aber an Lebendforellen? Möglicherweise war der Lkw von veganen Tierschützern gekapert worden, die immer wieder damit drohten, Lebendforellen ins Meer zu verfrachten.

Doch das Murren der Versammelten nahm schlagartig ein Ende, als Nilla, Ada und Retardo den Saal betraten. Stehende Ovationen unterbrachen Doggys Redeschwall.

Als sich der Tumult gelegt hatte, kündigte Doggy ein Trainingsprogramm an: „Morgen üben wir Abladen. Das kriegen wir besser hin, unauffälliger, mit weniger Verlusten.“

Doggys Vorschlag wurde angenommen: Alle waren zufrieden, denn nun würden sich die Kräfte der Orga gegen die Außen- und nicht mehr gegen die Innenwelt richten. Man hatte einen gemeinsamen Gegner! Er persönlich wurde zum Schulungsleiter für Überfallstrategien bestimmt.

First Fired leitete zum zweiten Punkt der Tagesordnung über. Sidler berichtete: Die Halde war durch den Stausee akut gefährdet, in dem New Venice Trinkwasser speicherte. Die Bewohner mußten mit der Gefahr leben, daß sich mehrere hunderttausend Kubikmeter Wasser in die Halde ergießen konnten. Trinkwasser, aber dennoch gefährlich. Das war unübersehbar ein Trumpf in den Händen des Governats. Aber die Zerstörung des Stausees würde gravierende Folgen für die Trinkwasserversorgung der Stadt haben. Daher war dies für Jefferson nur die letzte Karte in einem Eskalationspoker. Was wäre die Stadt ohne Trinkwasser? Alles in allem bestand ein Gleichgewicht des Schreckens. Die Stadt hielt die Halde und die Halde die Stadt in Schach. Die Konsequenzen waren für beide Seiten gravierend, sollte das Spiel bis zum kritischen Punkt getrieben werden.

Ein Untergrundarchitekt meldete sich zu Wort: Auf die Bedrohung ließe sich mit dem Bau unterirdischer Abflüsse und eines Auffangbeckens reagieren. Das Becken könnte einen Teil des Trinkwassers zurückhalten und für den eigenen Gebrauch sichern.

Diese Maßnahmen würden aber wohl nicht alle Bewohner Infras retten, sollte das Governat entscheiden, die Halde zu fluten.

Es sei zu bedenken, daß jeder Abfluß auch eine Schwächung der Abwehr der Halde darstellte, weil durch die Öffnungen Feinde ins Zentrum Infras gelangen konnten. Auch das steigende Wasser der Weltmeere bedrohte Infra. Jede einzelne Abflußvorrichtung mußte gesichert und überwacht werden. Das war aufwendig und band Kräfte. Alternativ dazu könne man Rettungsschächte anlegen, in denen die Bewohner der unteren Stollen in Rettungskapseln durch das steigende Wasser nach oben getragen würden. Technisch kein Problem, es stellte sich nur die Frage der Investition. Es wurde entschieden, mit den Planungen für Abflußkanäle und ein Rückhaltebecken zu beginnen und die Höhe der Investitionen für weitere Maßnahmen zu prüfen.

Der dritte Punkt der Tagesordnung betraf die Versorgung. Da eine der drängenden Versorgungsfragen schon unter Punkt eins entschieden worden war, sollte noch diskutiert werden, wie man die Eigenversorgung verbessern konnte.

Eine Fraktion sprach sich dafür aus, ganz auf die aus der Stadt gekauften oder geraubten Waren zu verzichten. Dieser Fraktion trat Doggy vehement entgegen: „Wir müssen uns holen, was die nicht freiwillig rausrücken.“ Es fanden sich jedoch genügend Unterstützer für den ökologischen Anbau, so daß über diesen Punkt gar nicht so oder so entschieden werden mußte.

Auch wenn Doggy nicht nachgeben wollte, wurde entschieden: Den einen ihre Lkw-Überfälle, den anderen ihre Eigenversorgung. First Fired war es zufrieden. So waren zwei der Punkte abgearbeitet, um die es üblicherweise Dauerzwist gab. Ein anderes Thema war die Energieversorgung, bei dem sich ebenfalls zwei Meinungen unversöhnlich gegenüberstanden: Sollte man der Energieknappheit durch die Errichtung neuer Kraftwerke begegnen, wie durch das jüngst gebaute Gezeitenkraftwerk, oder sollte man versuchen, den Verbrauch durch Einsparungen zu reduzieren. Beide Meinungen hatten etwas für sich, die Positionen wurden kompromißlos mit wenig Bereitschaft vertreten, die Argumente der anderen anzuhören.

Nun brachte Doggy noch einen dritten Gesichtspunkt vor: Strom solle man aus dem Netz der Stadt abzapfen. Zu Punkt drei wurde beschlossen, daß alle für die Autarkie nötigen Aktivitäten mit aller Kraft vorangetrieben werden sollten. Die Leitung dieser Arbeiten wurde Dick übertragen.

Trotz aller Differenzen waren die Aufbauarbeiten in der Eigenversorgung immer gemeinsam unternommen worden. Die Halde war in Teilen autark. Was vielen in der Stadt undenkbar erschien, wurde hier aus reiner Überlebensnotwendigkeit schon praktiziert. Aber gerade die Ställe für die Hühnerzucht, die Wannen für die Aufzucht von Fliegenlarven, die das nötige Protein für die Hühnerzucht lieferten, all das wurde beständig durch die Angriffe aus New Venice in Mitleidenschaft gezogen.

Den Ameisen hatte man abgeschaut, wie unterirdisch Pilze angebaut werden konnten. Pilze waren nicht nur für die Ernährung wichtig. Sie lieferten Proteine, Vitamine und wurden zur Herstellung von Medikamenten eingesetzt. Was man nicht für möglich halten würde: Es gab hier Ärzte und Pharmazeuten.

Die Tagesordnungspunkte 4 bis 6 zur Governatswahl in New Venice, zur Eröffnung von diplomatischen Beziehungen zu anderen Städten und Sonstiges wurden vertagt. Schließlich galt es, das abendliche Festmahl vorzubereiten. Doggy lud mit breitem Grinsen dazu ein: „Für heute soll es gut sein, auf, auf, wir wollen doch mal schauen, was die Küche zu bieten hat." Er sorgte gleichzeitig gut für seine Leute und zweigte einiges für die Kühlschränke der Orga ab. Bei dem abendlichen Gelage kam es erstmals zu einem Gefühl der Zusammengehörigkeit zwischen den bisherigen und den neuen Bewohnern der Halde.

Am nächsten Morgen begann die Schulung. Auch wenn mancher einen regelrechten Brummschädel hatte, übten die Bewohner der Halde begierig, wie man Lkw effizient „ausleihen" konnte. Bald wuchs die Anzahl erfolgreicher Überfälle. Schon im Dezember 2041 hatten die Bewohner von New Venice das Gefühl, die Kriminalität nehme in der Stadt überhand.

Über Nacht lastete man Jefferson die steigende Zahl von Überfällen auf Lkw an. Es wurden nicht wie bislang einzelne Kisten entwendet, sondern gesamte Ladungen. Nicht nur war der Schaden groß, jeder entführte Lkw war für Jefferson eine niederschmetternde Nachricht. Waren die Diebstähle *aus* den Lkw dunkle Flecken auf seiner politischen Weste, so riß der Verlust ganzer Ladungen sie völlig in Fetzen. Jefferson hatte ein politisches Problem. Er hatte das Gefühl, die Situation entgleite ihm. Seine Chefsekretärin hätte schon gewußt, was nun zu tun sei. Als erstes wollte er eine Brigade Bewaffneter zur Bewachung und Begleitung der Lkw aufstellen. Es war nicht akzeptabel, daß die Lkw mir nichts dir nichts vom Radar verschwanden und dann leer wiederaufgefunden wurden. Das war sicher ein neuer Trick der Orga, doch seltsamerweise tauchte die Ware bei ihr gar nicht auf. Hatte sie neue Wege gefunden, um sie verschwinden zu lassen?

Als ein Datenanalyst erkannte, daß bei den jüngsten Überfällen die Fahrzeugüberwachung durch starke Störsender außer Betrieb gesetzt worden war, wurden die abgestellten Lkw konventionell bewacht. Die Kräfte der Halde merkten dies bald und änderten ihre Strategie. Man attackierte nun mehrere Lkw gleichzeitig und setzte damit die Fähigkeit des Governats herab, genügend Abwehrkräfte im voraus an den richtigen Ort zu bringen. Dann wurde einer jener Lkw entführt, von dem die irritierten Wachtposten abzogen. Es ging um Schnelligkeit. Doggy war um innovative Gedanken nicht verlegen.

Neun

In Tübingen atmete Franz auf, als er erfuhr, daß Doggy von der Bildfläche verschwunden war und den Lieferservice für eine Weile suspendiert hatte. So endeten die Nachfragen, wie weit der Aufbau der Filiale Tübingen wohl gediehen sei. Nicht sehr weit, weil er sich nach dem unerklärlichen Tod Christians intensiv dem Studium widmete. Er hatte keine Lust, weiter abhängig zu arbeiten, und so war er in Tübingen freier, als er gedacht hatte. Mit dem Loop ging es innerhalb von wenigen Minuten von Waldenzell in die 35 Kilometer entfernte Metropole, wo er das Studentenleben genoß. Doch im März 2042 erhielt er wieder eine Anfrage seines Lieferdiensts. Alle Kräfte wurden gebraucht, um nachts die Wahlplakate auszuhängen. Er wurde dringend nach NV zurückbeordert. Franz konnte sich der heißen Phase des Wahlkampfs nicht entziehen und mußte Tübingen für einige Tage verlassen. Es sollte jedoch das letzte Mal sein, das schwor er sich.

Bald war die Stadt mit großformatigen Plakaten Jeffersons gepflastert. Unter seinem Konterfei der Text „Alles wird gut. Jefferson." Daneben die schmalen, hoch aufragenden Plakate eines Konkurrenten, dessen Gesicht im Gegenlicht mehrerer starker Scheinwerfer nicht genau zu erkennen war. Unter dieser Ahnung eines Gesichts der Text „Alles wird besser" und die Unterschrift X. Eine dritte Kandidatin, Calendula Yaga, zeigte chancenlos auf einem dritten Plakat ihr hübsches Gesicht.

Kurz vor der Wahl schlug Aga los: Die Medien fokussierten ihn, als er mitreißende Reden hielt, aber nur selten Jefferson erwähnte. Wenn, dann als „unser guter alter Jefferson".

Wenige Tage vor der Wahl rief ihn Jefferson zu sich. Er tobte: „Mit der Kampagne bin ich sehr zufrieden, es ist gut, mich nicht allzuviel zu erwähnen, damit Gras über das maledeite Bauvorhaben und die Überfälle wächst. Aber ich muß wissen, wer der Urheber dieser „Alles wird besser"-Kampagne ist. Nicht nur klaut er unsere Typographie, ich bekomme nicht einmal mehr Druckkapazitäten, und alle Sender sind ausgebucht. Das ist unerhört. Das darf nicht passieren. Wer ist dieser X?"

Aga: „Ich finde heraus, wer das ist. Ich habe da eine Idee."

Jefferson schlief schlecht. Er träumte von Schüssen, die bei einer Rede mitten im Plenarsaal auf ihn abgegeben werden. Er schreckte hoch. Ein nachdrückliches Klopfen an der Tür hatte ihn geweckt. Es gab Neuigkeiten von den Plakaten, die etwas mehr Licht von der Seite fallen und die ersten Konturen eines Gesichts ahnen ließen.

Kurz vor der Wahl sahen sich Aga und Jefferson wieder.

Aga: „Ich nehme das einfach auf mich, vorausgesetzt du bist einverstanden. Niemand kennt X. Ich könnte daher einfach so tun, als sei ich es. Ich könnte einige absurde Vorschläge machen, die du leicht vom Tisch fegen kannst."

Jefferson: „Gute Idee! Niemand würde damit rechnen, daß ausgerechnet wir als Konkurrenten auftreten. Wenn Herr und Knecht zur Wahl stehen, nimmt man den Herren. Poetisch ausgedrückt. Wunderbare Idee. Chancenlos, wie du bist, vertraue ich dir. Seit der Selbstmord-Olympiade bist du in der Wählergunst verbrannt. Deine Idee ist gut, sie kann *unsere Chancen* nur erhöhen. Laß uns Demokratie *spielen*! Du und ich Gegner? Gut so! Erinnert mich an den belgischen Dampfdenker Marcel Mariën. Fulminanter Kopf, großer Staatstheoretiker. Besser als Bebel. Und hinterher, wenn der große Widersacher am Boden liegt, feiern wir Versöhnung. Gemeinsam gehen wir zum Sieg. Vielleicht sollten wir streuen, daß wir zu wichtigen Punkten heftige Meinungsverschiedenheiten haben. Zum Beispiel hinsichtlich des Scorings, wegen der Freilassung von Mitgliedern der Orga, der Hochwasser-Dienstpflicht, klar, der Steuern und der Außenpolitik… Ich werde dich nach dem Wahlsieg wieder in Ehren ins Governat aufnehmen. Unseren Dissens können wir dann für alle ersichtlich mit großem Pomp beilegen, am besten gleich auf dem Fest.

Aga: „Ok. Wir tun so, als trete ich gegen dich an."

Jefferson: „Genau so machen wir das. Wir werden dem großen Unbekannten den Wind schon aus den Segeln nehmen. Und dann feiern wir den Sieg." Er hob sein Glas und nickte seinem Sekretär mit kämpferischem Blick zu.

Der antwortete mit einem höflichen Nicken und hob ebenfalls das Glas. Es klopfte an der Tür. Eine Ordonnanz trat ein und murmelte etwas von Entwürfen, die eingetroffen seien.

„Immer herein damit." Und zu Aga gewandt: „Mein neues Plakat!" Es zeigte einen lächelnden Jefferson und hinter ihm drei brennende Plakate mit der Silhouette seines Widersachers und dem Slogan „Alles wird besser!" In dreifacher Schriftgröße darüber: Jeffersons Slogan: Alles wird gut!

„Sehr gut, das!"

Jefferson wußte nicht, daß er Aga gerade dadurch förderte, daß er ihn nicht an die Macht heranlassen wollte. Mir war das recht. Ich genoß den Aufstieg dieses umtriebigen Mannes.

Jefferson hielt seine Wahlrede vom Balkon des Palasts herab, in dem das Governat residierte. Sie wurde auf fast allen Kanälen übertragen: „Choublanc hatte jedem alles versprochen! Ich verspreche nur, was ich halten kann. Alles, was ich versprochen habe, habe ich gehalten. Und mehr.

In unserer Stadt herrscht Demokratie. Nicht die Demokratie der Reichen, die es sich gut gehen lassen, Abgeordnete kaufen und Almosen verteilen. Nicht die Demokratie der Armen, die versuchen, den Besitzenden den Besitz abzunehmen. Nicht die Demokratie der Linken, die der Welt eine Ideologie überstülpen wollen, nicht die Demokratie der Rechten, die „Gesetz und Ordnung" über alles stellen, nicht die Demokratie der Mitte, die entscheidungslos vor sich hinträumt und pragmatisch immer mal nachsteuert, wo sie ihr Wohlergehen gefährdet sieht. Wir aber wollen die Demokratie *per se*. Die Herrschaft des Volkes durch das Volk und über das Volk. Eine echte Volksdemokratie, die die Wünsche jedes einzelnen und aller wahrnimmt, diese Wünsche erfüllt und das seltenste aller raren Güter erzeugt: allgemeine Zufriedenheit. Es ist die Demokratie *per se*.

Niemand wird benachteiligt, jeder ist beteiligt, jeder ist gefragt. Jeder hat die Wahl, welche Rolle er spielen möchte, welchen Beruf immer er ergreifen möchte, welche Ferienziele er wählt, welche Krankheiten bekämpft werden sollten.

Es ist der Zustand des Friedens, der Teilhabe, der Mitsprache und der Freude. Jeder Mensch zählt in der Gesellschaft und ist an ihrer Produktion beteiligt. Jeder darf die Wohltaten des gemeinsam erwirtschafteten Produkts und Zufriedenheit genießen. Ein egalitäres Scoring-System weist den Wert jedes Beitrags aus und bewertet die Güter, die ein jeder nutzt. Das Scoring registriert, wer Positives und was er Positives getan hat, und darüber hinaus, welche positiven Folgen das für ihn hat. Es geht aufwärts, es geht weiter, und es wird immer besser.

Alles wird gut.

Nur ein egalitäres Scoring hilft uns, die besten Leute für die richtigen Jobs zu finden, die Ressourcen gerecht zu verteilen, jedem das Seine zukommen zu lassen."

Aga hielt eine fast wortgleiche Rede, nur den Slogan hatte er etwas verändert. „Alles wird besser!" Beide Reden wurden auf verschiedenen Teleboard-Kanälen übertragen. Einige Auszüge aus Agas Rede: „Schluß mit einer Politik, die seit dem Beginn dieses Jahrhunderts jedem eine Extrawurst brät, der danach ruft. Die Welt ist voller Herausforderungen. Wir müssen zusammenstehen. Das Gemeinsame geht vor. Das Bratfett gehört allen. Keine stalinistische Blumenrhetorik mehr! Was wir brauchen, ist Tatkraft."

Da sie als Gegner auftraten, fiel es den wenigsten auf, daß sie fast wortgleich redeten. Nur wer genau zuhörte, merkte, daß ein

Kandidat sich vom anderen kaum unterschied. Wie auch? Aga hatte bei Jefferson gelernt, hatte sich bei ihm das Reden abgeschaut. Jetzt machte er es besser als sein Meister.

In den Nächten vor der Wahl wurde Jefferson erneut von einem üblen Traum verfolgt. Mehrmals erhob er sich, um eine Rede zu halten. Was immer er im Traum auch versuchte, eine andere Krawatte, eine schußsichere Weste, ein plötzlicher Ortswechsel, es war nichts zu machen. Immer sank er kurz vor dem Erwachen in die eigene Blutlache.

Als er am Tag vor der Wahl, am 24. Mai 2042, erwachte, zeigten viele der Plakate, die im Stadtzentrum hingen, wie durch Zauberhand Agas Konterfei. Nun lag offen zutage, was bislang unerkennbar vor dem überstrahlenden Gegenlicht im Schatten gelegen hatte. Über Nacht war der Mittelteil der Plakate ausgetauscht worden. Das war bei den elektronischen Plakaten recht einfach, doch bei den herkömmlichen aus Papier war das ein enormer logistischer Aufwand. Eine Meisterleistung!

Doch dieser Aufwand hatte sich gelohnt, denn auf ihrer nächtlichen Jagd hatten Telechat und Pikselmaus viele der E-Plakate sabotiert und die Pixel darauf in Unordnung gebracht. Die Gesichter auf ihnen waren kaum wiederzuerkennen. Insbesondere Agas Gesicht war durch 3D-Morfing zu einer unschönen Grimasse verzerrt worden. Angesichts der Menge an herkömmlichen Plakaten richtete diese Sabotage jedoch nichts Entscheidendes mehr aus. Jeder, der an diesem Tag durch New Venice spazierte, konnte erkennen, daß der Überraschungseffekt auf Seiten Agas lag.

Im Governatspalast kam es an diesem Morgen zu einer denkwürdigen Begegnung zwischen Jefferson und Aga:

Aga sagte schlicht: „Ich trete gegen dich an."

„Ich weiß, so haben wir das abgemacht. Ha, dein Gesicht auf dem Plakat, welch ein gelungener Schurkenstreich."

„Nein, ich will sagen, ich *bin* X!"

Jefferson fiel die Kinnlade herunter. Wortlos verließ er den Raum. Bis zum Abend gab Jefferson reihenweise Interviews. Ob er aber wollte oder nicht, nach den Umfragen lag er weit abgeschlagen hinter Aga. Ohne Unterlaß redete er von Verrat und schlechten Zeiten, telefonierte viel. Als die Nachricht von zwei Lkw-Überfällen in sein vorletztes Interview platzte, reagierte Jefferson beherzt und leitete persönlich einen Großeinsatz von Abwehrrobotern. Er hatte die gute Idee, das unterbrochene und das noch ausstehende Interview vor einer Wand mit Überwachungsbildschirmen zu führen, auf denen er die Lage beobachtete. Noch während der Interviews gab er Anweisungen. Doch auch mit dieser staatsmännischen Reaktion konnte er die Wahl nicht mehr herumreißen. Böse Zungen streuten die Vermutung, er selbst habe die beiden Überfälle inszeniert, um sich als Retter in der Not zu präsentieren.

Die zweite der Lkw-Überfälle war aus Sicht der Halde nicht erfolgreich. Die Angreifer konnten zwar gerettet werden, mußten aber ihre Beute zurücklassen. Die Überfälle heizten die Konfusion vor der Wahl noch an, was Aga sicherlich gefallen hatte.

Vor dem Lebensmitteldepot legten zwei Kämpfer der Halde die Straßenbeleuchtung still. Sie suchten den Wagen nach Peilsendern und anderen Sensoren ab, öffneten die Fahrerkabine. Nilla fiel aus der Luft aufs Dach der Kabine und ließ sich ins Innere gleiten: Sie startete den Wagen und vermied bei der nächtlichen Fahrt geschickt die zahlreichen Straßensperren.

Unweit davon machte sich in einer verlassenen Straße das andere Team daran, den zweiten Lkw aufzubrechen. Ob die Kundschafter ungenau gearbeitet hatten, konnte später keiner sagen. Doch als Hakaman den Lkw in Gang setzte, öffnete sich der Laderaum. Eine Horde Alphadogs galoppierte heraus und kreiste das Fahrzeug ein. Hakaman gelang es, den Laster in Bewegung zu setzen, und schon rumpelte er gegen die ersten Kampfroboter, während andere sich an die Fahrerkabine hefteten und begannen, deren Scheiben zu bearbeiten. Andere feuerten Projektile auf die Reifen. Hakaman gab Gas, dann bemerkte er im Rückspiegel einen Brand oben am Container. Doch es halfen weder Flucht noch Gegenhalten, irgendwann ging die erste Scheibe zu Bruch.

Als Nilla die Halde erreichte, machten sich die Bewohner Infras sofort daran, den Auflieger über einen Tunnel zu entladen.

„Rasch! Weg mit der Ladung!"

Als die Kisten durch die Hände der Menschenkette flogen, kommentierten die Helfer: „O lecker, Hähnchen, Tiefkühlgemüse, Frischgemüse, Mehl. Wunderbar, Mehl! Hier ein Eimer Hefe. Guck mal, *Mars* gibt es heute noch."

Nilla sah auf die Uhr. Wo blieb der andere Lkw? War etwas vorgefallen? Sie koppelte den Auflieger aus und brauste mit der Sattelzugmaschine los, um dem Team zur Hilfe zu eilen, das möglicherweise in Schwierigkeiten steckte. Derweil wurde der Auflieger entladen, danach die Tunnelöffnung verschlossen.

Als Nilla am Ort des Überfalls ankam, bot sich ihr ein Bild der Zerstörung: Der andere Lkw war zum Stehen gebracht worden, noch bevor die Mannschaft hätte fliehen können. Die Fahrerkabine war schwer zerstört, der Auflieger ragte zwischen zwei Autowracks seltsam in die Höhe.

Hakaman lag regungslos am Straßenrand, von den anderen war nichts zu sehen. Nilla begutachtete rasch das Trümmerfeld, beugte sich über Hakaman, konnte aber kein Lebenszeichen entdecken. Sie schloß seine noch geöffneten Augen. Die Abwehr hatte Hakaman einfach liegengelassen. Auch sie würde ihn zurücklassen müssen. Sie nahm eine Stannioldecke aus dem Verbandskasten und hüllte ihn ein. Man wußte ja nie.

Ein Geräusch ließ sie herumfahren. Oben von dem rauchenden Auflieger hörte sie, wie jemand ihren Namen rief. Sie entdeckte Cliff, der am ganzen Leibe zitternd in einer unglücklichen Position oben an dem Auflieger hing.. „D...d...d..dort s..s..s..sind s....sie ru..hu..hunter“, war alles, was er hervorbringen konnte. Cliff wies Nilla die Richtung, in die der Transporter mit den Gefangenen gefahren war. Nilla kletterte rasch an dem rauchenden Auflieger hoch und befreite Cliff aus seiner unbequemen Lage. Dazu mußte sie seine Jacke zerschneiden, die von einem verbogenen Blech eingeklemmt war. An der Plane des Aufliegers rutschten sie runter.

„Was wolltest du da oben?“

Cliff J. Hänger: „Ich bin raufgeklettert, um einen Brandsatz zu entfernen. Ehe ich gemerkt hatte, was los war, sind wir schon verunglückt, und ich habe mich da oben verhakt. In dem Tumult hat mich keiner bemerkt.“

„Was ist mit den anderen?“

„Sie haben alle in einen Transporter getrieben und weggefahren. Mit einer Abteilung Alphadogs als Eskorte. Vermutlich bringen sie sie zu einer Haftanstalt.“

„Hakaman liegt dort drüben, wir können im Moment nichts für ihn tun. Ich werde versuchen, ihn später abzuholen.“ Als in der

Ferne eine Sirene aufheulte, sprangen Nilla und Cliff ins Führerhäuschen des Sattelschleppers und rasten dem Gefangenentransport hinterher.

Cliff: „Was ist der Plan?“

Nilla: „Wir improvisieren.“

Wenig später brach der Sattelschlepper mit Karacho durch den Kreis der Alphadogs, die den Transport absicherten. Nilla schob den Gefangenentransporter aus dem Geleitzug und raste, den Transporter vor den Stoßstangen in Richtung Halde. Einer der Scharfschützen krallte sich auf dem Fahrzeugdach des Transporters fest, konnte aber auf dem Weg abgeschüttelt werden. Sie schob den Transporter über die Rampe auf die Halde. „Vorsicht, jetzt rumpelt es etwas.“ Bis auf Hakaman wurden alle gerettet.

Zeugen sagten später übereinstimmend, daß sie entweder niemanden oder ein Kind im Führerstand des Sattelschleppers gesehen hätten. Praljak schnaubte: „Ein Kind, jetzt setzen sie schon Kinder ein.“

Die Sicherheitskräfte waren extrem nervös, als sie den leeren Auflieger in der Nähe der Halde begutachteten. Aga nutzte die Gelegenheit, den Angriff zu verurteilen und eine harte Law-and-Order-Politik anzukündigen. „This must end!“, war in großen Lettern auf die Werbewand gedruckt, vor der er auftrat.

Hakaman, der am Ort des Überfalls zurückgelassen werden mußte, erwachte aus dem Starr-Koma und brachte sich in Sicherheit. Er schleppte sich zu einem Arzt, der erste Hilfe leistete, ihn aber entlassen mußte, um selbst nicht in Gefahr zu geraten. Hakaman wurde einige Tage später an einer automatischen Schranke festgenommen. Er wurde rasch wieder zusammengeflickt und zum Freiwilligen für das nächste Duell im Pitip bestimmt.

Seit Jahren wurde die Wahl elektronisch abgehalten. Die Scoring-Karte einlesen, auf dem Bildschirm anonymisiert den Namen des bevorzugten Kandidaten antippen. Diesmal standen drei zur Auswahl. Nach dem Wahlvorgang einmal bestätigen. Die Wahl war nach zweieinhalb Stunden abgeschlossen. Mehr brauchte es bei den 163.000 Inhabern der Lifecards 1, 2 oder 3 nicht, die als Wähler zugelassen waren.

Sieger der Governatswahl am 25. Mai 2042 wurde Aga mit 81.243 Stimmen. Jefferson war mit 66.571 Stimmen entthront! 327

für Yaga, die übrigen Stimmen ungültig. Aga gab sich, als reiße er sich nicht um die Macht. Seine Hauspresse lief wie geschmiert. Er dementierte, daß er überhaupt ein Interesse an der Macht habe, es gehe ihm um die Arbeit, die vor ihm liege. Es war Harrys alter und neuer Job, diese Version wieder und immer wieder in neuen Variationen zu Schlagzeilen zu formen und Slogans wie: „Alles wird besser“ und „Wir sorgen für Sicherheit!“ in die Welt zu setzen. Er war gut darin und redete sich ein, daß dies das letzte Mal sei. In Zukunft würde er sich zu keiner Verdrehung mehr bringen lassen. Auch für ihn breche eine neue Zeit an. Das war in der Tat so, aber nicht in der Weise, wie er sie sich ausmalte.

Aga versprach der Bevölkerung, jedem eine faire Chance zu geben und jeden Lkw-Räuber bis zur Erschöpfung zu jagen, Den Tätern werde freigestellt, sich im Pitip im Kampf einem der neuen Experimentalroboter zu stellen oder dem Zweikampf gegen eine oder einen der vielen, die sich um Zuwanderung nach New Venice bemühten.

Die Regeln waren einfach und für alle verständlich: „Entweder sind sie gegen mich oder sie sind für mich.“ Nach Agas Vorstellung sollte „jeder an seinen Platz. Und wer keinen Platz hatte, der hatte halt keinen.“

Dem bisherigen Governor Jefferson gegenüber stellte er das so dar: „Also, das habe ich nicht gewollt. Aber was soll ich tun? Es würde deine Autorität untergraben, wenn du trotz verlorener Wahl am Ruder bliebst. Damit würdest du alle Legitimation verlieren.“

Er bot ihm einen Ehrenposten an, damit der Ex-Governor das Gesicht würde wahren können. „Wir können es so machen, daß du die Niederlage einräumst, ich die Wahl annehme, du im Hintergrund die Zügel in der Hand behältst. Auf dem Ehrenposten, den ich für dich einrichten werde. Bei der nächsten Wahl sorgen wir dann für klare Verhältnisse. Das hatte sogar in Rußland zwischen 2008 und 2012 gut funktioniert.“

Jefferson mußte sich fügen. Auch wenn ihm dabei nicht wohl war, akzeptierte er *nolens volens* das Angebot. Noch nie hatte er eine Machtposition aufgeben müssen, ohne eine höhere Position und damit mehr Macht zu erreichen. Dieses war das erste Mal, daß er seine Macht nicht ausweiten konnte. Sogleich war er abhängig vom Wohlwollen eines bisherigen Subalternen. Daß Aga die Chupze hatte, ihm ein Angebot zu machen, daß nur den schönen Schein wahren sollte, ärgerte Jefferson. Ebenfalls nur zum Schein erbat er sich Bedenkzeit. Doch der Ausweg, den er wählte, erwies sich als Holzweg. Die Flucht, die er in großer Eile vorbereitete, wurde vereitelt. Er wurde mit den eigenen Waffen geschlagen: Schuld daran war das Überwachungssystem, für dessen Perfektionierung er selbst gesorgt hatte. Er verstand nicht, wie es sich gegen ihn richten konnte. Gleich an der ersten Roboterschranke wurde er von einem Greifrob gefaßt und in den Service-Raum bugsiert, wo er sich unter all den anderen wiederfand, die sich verdächtig gemacht hatten. Eine echte Hölle.

Aga verhielt sich vorausschauender. Er bereitete vom ersten Tag seines Governats an Fluchtwege vor. Schon als Governatssekretär hatte er sich ein Gartengrundstück am oberen Stadtrand „auf Ewigkeit" gesichert. Kurz nach der Wahl nahm er einen großen Bauplatz im Zentrum der Stadt in Beschlag.

In einer ersten Verlautbarung versprach Aga, sich auf die Wirtschaft zu konzentrieren: „Alles, was bisher schiefgegangen ist, ist ja nicht vom Himmel gefallen. Es beruht auf Fehlern, eigenen Fehlern. Es ist an der Zeit, aus diesen Fehlern zu lernen. Und wir werden lernen, schneller aus unseren Fehlern zu lernen, denn wir werden auch in Zukunft Fehler machen."

Noch vor der Amtseinführung beauftragte Aga den Bau eines neuen Regierungsgebäudes. Er sollte die Form eines aufrecht stehenden Omega erhalten. Ein Sinnbild des neuen Governats.

Aga verkündete an diesem Tag, was für die meisten Bewohner von New Venice von größter Bedeutung war. Er würde umgehend Jobs in großer Zahl schaffen. Er versprach Maßnahmen zur Stützung der Wirtschaft und kündigte an, den Trend zu schlecht bezahlten Jobs zu stoppen. Um das Jobwunder nicht zu gefährden, wurde der Zugang zur Stadt für diejenigen beschränkt, die hier nicht ansässig waren.

Schon am nächsten Tag wurden Jobs in großer Zahl ausgeschrieben. Viele Jobs wurden frei, weil die ehemaligen Mitarbeiter Jeffersons ausgetauscht wurden.

Eine neue Elite muß man rasch installieren, und privilegieren, um die alten Glieder, die man abschlägt, bald auszutrocknen. Damit war ich 2042 völlig einverstanden. Auch ich war damals der Meinung, daß zu Zeiten der ökologischen Krise Gerangel das letzte war, was gebraucht wurde. Es war entscheidend, daß an der Spitze des Staates jemand mit Durchsetzungsvermögen stand. An Agas Seite konnte ich das einige glückliche Jahre lang erleben. Ich war nicht die einzige, die damals profitierte.

Es wurden reihenweise Arbeitsplätze ausgeschrieben, die zuvor blockiert waren oder die man für unwirtschaftlich gehalten hatte. War die Bewegung einmal losgetreten, entschieden sich mehr und mehr Firmen dazu, ebenfalls einzustellen, bevor es zu spät war und keine Arbeitskräfte mehr verfügbar waren. Durch sanften Druck wurden alle Firmen dazu bewegt, die bisherige Belegschaft mindestens um ein Zehntel aufzustocken.

In der Folge kam es zu einem Aufrücken und Abrücken. Da absehbar war, daß diejenigen, die nun nicht mehr zu den Privilegierten zählten, bald wieder nach oben würden kommen wollen, da sie schon einmal die Privilegien genossen hatten, die mit der Macht verknüpft waren, wurde alles dafür getan, sie zu demoralisieren. Sie wurden in Bewährungszentren geschickt, einige hartnäckige Fälle dienten als Freiwillige für die beliebten Duelle im Pitip, andere wurden auf die Halde verbracht. Als das Scoring-System verschärft wurde, zerfiel die alte Elite in Widerstandskämpfer, Frustrierte und die, die sich weise ihrem Schicksal ergaben.

Mit den Worten „Das Gangsterunwesen muß enden!“ kündigte Aga eine neue Politik der Verbrechensbekämpfung an. Selbst hartgesottenen Mitgliedern der Orga gefiel das gut, liebten sie doch nichts mehr als eine harte Hand. Selbst dann, wenn sich diese gegen sie richtete. Ein angenehm gruseliger Schauer rann den hochrangigen Mitgliedern der Orga über die Rücken, die Aga zu einem Umtrunk geladen hatte, bei dem er ihnen ihre baldigen Entmachtung ankündigte. „Das warten wir doch mal ab“, sagten sie und ballten die Fäuste in den Taschen ihrer ansehnlichen italienischen Anzüge. Zuhause entstaubten und ölten sie ihre Waffen und prosteten sich mit Importwhisky zu. „Auf Aga!“ Ja, Männer, deren Wort galt, standen hoch im Kurs.

Noch am Abend des 25. Mai 2042 wurde Mafiolo mitsamt seiner Leibgarde auf den Service Islands in Haft genommen und auf die Halde von New Venice verbracht.

Agas Politik zielte nicht auf die Zerstörung der Orga, sondern auf Umverteilung. Er schuf eine neue Kaste von Privilegierten. Auf der Halde machte sich die nackte Not bemerkbar. Sie zwang die Bewohner, noch einfallsreicher zu sein, jedes noch so abliegende Talent zu nutzen, die Kräfte zu entwickeln, die schließlich jene Helden hervorbrachten, die später als Infrahelden in die Annalen eingehen sollten. Doch noch war es nicht soweit.

In Rekordzeit tauschte der Wahlsieger Aga zentrale und bewährte Funktionsträger gegen loyale Kräfte aus. Henning, Harry, Sascha Anderson, Cermon Icks besetzten schnell relevante Posten. Alle willigen Mitarbeiter wurden umgehend auf das neue Governat eingeschworen. Bei der ersten Sitzung des Governats nach der Wahl entschied Aga, die bisherigen Profiteure zu entmachten und neue dienstbare Geister von der Halde zu holen, denen umgehend die Löschung der Strafregister zugesichert wurde. Doggy konnte die Halde umgehend verlassen.

Als er durch das Handelstor ging, rief er denen, die hier neu ankamen, ein herzliches „Willkommen" zu. „Diabelli", rief er unbändig, „bin ich froh, hier wegzukommen!" Als er seinen Vater erkannte, fügte er seinem herzlichen „und Tschüß" noch hinzu: „Wir holen euch raus. Früher oder später! Inzwischen werden wir an euch denken."

Noch vor wenigen Tagen hatte sein Vater Mafiolo, der alte Chef, jede Veränderung abgelehnt. „We go with Jefferson." Wie viele andere fand er es schick, Englisch zu reden, vielleicht weil dieses Idiom irgendwie altertümlich wirkte. Auch die Treue zu Jefferson war pure Alterssturheit. Vergebliche Loyalität, fand Doggy, der von seinem Hauptquartier auf der Halde aus den Auftrag erteilt hatte, nur Plakate für Aga zu kleben. Seinem Vater bekam die Loyalität schlecht! Doggy tat in den folgenden Wochen aber alles, um es ihm auf der Halde so bequem wie möglich zu machen.

Die wenigen überlebenden Männer des Elementary Clan fanden rasch Posten in Agas neuer Hierarchie. Aga traf Vorsorge, daß sie schwach genug blieben, um seine Herrschaft nicht zu gefährden. Als er Doggy zusagte, daß dieser seinen Lieferservice wieder aufbauen könne, verstummte der hilfreiche Kontakt der Halde in die Ex- und Importabteilung. Die Zeit der leichten Beute endete.

Doggy gefiel sich in seiner neuen loyalen Rolle und wurde zu einem raffinierten Gegenspieler der Halde, deren Raubzüge er mit Wonne bekämpfte. Er sorgte weiterhin für „seine" Leute, die noch auf der Halde verbleiben mußten oder wollten, indem er von Zeit zu Zeit den einen oder anderen „guten Tip" durchstach. Er erkannte rasch, daß unter dem neuen Regime der Bedarf an „Allerlei" deutlich ansteigen würde und spannte sein Liefernetz nach Übersee aus sowie entlang des in Trümmern liegenden chinesischen Vorhabens „Neue Seidenstraße". Über wenige Handelskontore konnte er ohne Aufwand den besten Mohnsaft aus Afghanistan beziehen. Sein Handelsnetz überzog bald ganz Deutschland bis hin zu den nördlichen Archipelen. Mehrmals versuchte er, Franz in Waldenzell zur Mitarbeit zu gewinnen, doch blieben seine Versuche, Kontakt aufzunehmen, ohne Antwort. War Franz abgetaucht?

Per Dekret richtete Aga den versprochenen Ehrenposten für Ex-Governor Jefferson ein. Ohne jeglichen Skrupel ordnete er eine verschärfte Überwachung an und nutzte alle Maßnahmen, die Choublanc und Jefferson eingeführt hatten. Die in vermeintlich guter Absicht geschaffenen Hebel gerieten in die schlechtestmöglichen Hände.

In die bestmöglichen, wie ich damals dachte. Doch seit ich verstanden hatte, daß Agas Hände um ein Haar die endgültig falschen gewesen wären, habe ich meine Meinung geändert.

Aga machte Doggy zum Beauftragten für Enfrastruktur und legte damit das Kommunikationssystem und die Überwachungsanlagen in die Hände der Orga: als Dank für gute Dienste. Jefferson hatte die Zügel schleifen lassen; Aga band die Kommunikationsenfrastruktur fest an das Governat. Damit erhielt die Orga den Zugriff auf einen Teil des Netzes.

Auch ich erfuhr erst mit der Zeit, daß bei Aga jeder Gedanke einen Hintergedanken hatte, was wohl auch die Mitglieder der Or-

ga ahnten. Allerdings wurde nie bewiesen, daß das Teilen des Netzes zur Strategie „gläserne Orga" gehörte, durch die das Governat seine Partner überwachen konnte.

Die Presse blieb selbstverständlich frei. Harry dankte Aga für die Ernennung zum Pressesprecher des Governats, indem er die von seinem Vater gegründete Beratungsunternehmen in *Agantur* umbenannte. Einer von Harrys echten PR-Erfolgen! Die kleine Feierstunde, zu der Harry Aga einlud, machte die Sache perfekt. Es war ja kein Geheimnis, daß auch Aga beim *brain-storming* mit seinem Untergebenen die besten Ideen hatte. Harry erinnerte ihn ständig daran, immer nur auf das beste *standing* zu setzen. „Ich würde es mit Superhelden versuchten", schlug er vor.

„Das ist es", rief Aga nach jener Sekunde, in der er es seiner Imagination gestattete, weit über Moment und Ort hinauszueilen. In eben dieser Sekunde kristallisierte sich ein lange gehegtes Ahnen zu einer funkelnden Idee, von der er den Blick kaum wenden konnte. Sie lag nun transparent wie ein Diamant vor ihm: Er brauchte prestigeträchtige Personen und Prominente in seiner persönlichen Umgebung. Nicht nur begabte Tänzerinnen, Sänger, Künstler, politische Schießbudenfiguren, sondern Superhelden! Am besten amerikanische Superhelden. Die kannte jeder!

Doch wie war an die ranzukommen? Lebten die überhaupt noch? Wo waren sie zu finden? Hatten die überhaupt eine Adresse? Da sollte sich ..., ja, darum sollte sich Sascha kümmern, der bekam doch sonst auch immer alles hin.

Eine rasch eingeleitete Verwaltungsreform betraf die Sicherheitskräfte: Auf Anregung Praljak-Oberkampfs wurden die bisherige Polizei, der Katastrophenschutz, die Spezialkräfte der Orga, der Geheimdienst und die für die Außenverteidigung zuständige Miliz und die Justiz unter der Bezeichnung Sicherheits-Team zusammengefaßt. Damit konnten Kontroll- und Wachaufgaben effektiver und ohne das bisherige Zuständigkeitsgerangel organisiert werden. Praljak-Oberkampf wurde zum ersten stellvertretenden Leiter des neuen Sicherheits-Teams ernannt, den Oberbefehl behielt sich Aga vor. Fürs erste.

Für die Bewohner der Halde wurden seit der Vereidigung des neuen Governats die Zahl der Passierscheine stark beschränkt. Vier pro Tag! Für Hunderte von Menschen! Eine Maßnahme, die angeblich Anschläge verhindern sollte und die zahlreiche Konflikte zur Folge hatte. Wer die Stadt bisher legal besuchen konnte, war nun daran gehindert. Da sich jedoch niemand von solchen Maßnahmen abhalten ließ, mehrten sich die illegalen Besuche in der Stadt. Nicht nur die allgegenwärtigen Schmuggler, sondern nun mußten auch alle anderen neue Wege finden. Es ging durch Tunnel oder per Trampolin. Besonders Sportliche hangelten sich an Seilen zu der Rampe hinauf, überwanden die lichte Höhe von zehn Metern, tasteten sich durch die wenigen blinden Flecke der Videoüberwachung und erreichten von dort aus die Außenbezirke der Stadt. Mit etwas Glück gelang es ihnen, den zahlreichen Streifen aus dem Weg zu gehen.

Die große Zahl illegaler Besucher lieferte dem Sicherheits-Team den Vorwand, die Kontrollen zu verschärfen. Nun wurde auch das Handelstor scharf überwacht. Zwischen den Bewohnern der Halde entstand eine bisher ungekannte Konkurrenz um Güter, Versorgung und Bewegungsfreiheit.

Selbstverständlich wurden alle Sicherheits-Maßnahmen nur zum Schutz der Bevölkerung von New Venice ergriffen. Der gelegentliche Abwurf von Sprengkörpern auf die Halde sollte den Infras die Überlegenheit der Stadt deutlich machen. Dies und noch viel mehr geschah an diesem 26. Mai 2042.

Wie übrigens an jedem Tag viel mehr geschieht, als wir je überschauen. Und vor allem passiert immer alles gleichzeitig. Nicht einmal im nachhinein läßt sich Wichtiges von Unwichtigem sauber trennen. Die entscheidenden Zusammenhänge verstehen wir immer erst später und nur zum Teil.

Aga erledigte den anstehenden Köpfetausch mit einer Compro-Botschaft. Von einem Tag auf den anderen gingen nun andere Menschen in die Büros und wohnten plötzlich andere Menschen in den Häusern. Nur der Philosoph Never-Rempellbein, der noch für jedes Regime gute Worte gefunden hatte, verblieb. Leute wie er überlebten jedes System und wurden auf jedes Fest geladen.

Aber es gab auch die, die gegen Aga Widerstand leisteten. Viele sahen, wie er die Stadt manipulierte und diejenigen, die an ihm

Kritik zu äußern wagten, aus ihr hinaustrieb. Viele, die schon gegen das Bauvorhaben protestiert hatten, blieben kritisch eingestellt. Aber es war schwer, die Stadtbevölkerung gegen das Governat zu mobilisieren, denn bei jeder Gelegenheit formulierte der Pressesprecher Harry die „zutreffende“ Darstellungen der Zusammenhänge, die über alle Medienkanäle verbreitet wurde. Dafür wurde er so gut entlohnt, daß er nicht mehr mit einem klapprigen Kübelwagen aus dem letzten Jahrtausend herumfahren mußte. „So etwas wie schlechte Werbung gibt es nicht. Aber tut mir den Gefallen und macht gute“, schärfte er seinen Mitarbeitern ein.

Die Leute, die der Verführung Agas widerstanden, wurden nach und nach auf die Halde exiliert. Einigen wurde die Lebensgrundlage entzogen, andere wurden rausgeekelt. Von Deportation sprach niemand. Das hörte sich nach letztem Jahrhundert an, irgendwie veraltet. Heute sprach man von „neuen Chancen“.

Wenige Stunden nach der offiziellen Amtseinführung am Morgen lud Aga zu dem für Jefferson geplanten Siegesfest. So etwas hatte man in New Venice lange nicht mehr gesehen! Die Reichen, die Schönen und die Einflußreichen scharten sich um den neuen Governor, wie sich eine Fassung an den Rubin schmiegt und die Planeten um ihr Zentralgestirn. Schon am Morgen stauten sich auf dem Flugfeld zahlreiche Privatjets.

Während die Reichen und Mächtigen der Welt mit Aga feierten, verblieben viele ihrer Damen weit weg von New Venice in Sicherheit in ihren *gated communities*. Daß sie sich zu kleinen verschworenen Gruppen zusammenfanden, war ja nicht erstaunlich, denn tatsächlich teilten sie nur wenig mit dem Leben der Normalbevölkerung. Bisweilen nicht einmal die Luft zum Atmen. Vor allem vertrieben sie sich die Zeit anders. Muriel Xavier, eine von ihnen, die sich kaum mehr langweilte als die anderen, stellte an dem Tag, als ihr Mann in New Venice die Wahl Agas feierte, einen jungen Mann als Portier und Haushandwerker für ihr südfranzösisches Domizil ein. Manuel hatte sein Studium in Waldenzell unterbrochen und war auf Reisen gegangen. Der zufälligen Begegnung mit Muriel in einem Café, dem lebendigen Austausch über Reiseerlebnisse und seinem technischen Geschick verdankte er diese Anstellung, die ihm einen längeren Aufenthalt in einer der teuersten Regionen der Welt ermöglichte.

Aga lud in die Gesellschaftsräume des Pitip im ehemaligen Hanna-Nagel-Komplex zum Fest. Unter den Gästen waren Karl und Lisa. In der Manege hatten sich phantastisch gekleidete Magier, Zauberer, Wunderheiler, Schamanen und I-Magier versammelt, unter ihnen sogar eine Zauberin. Zu ihnen gesellten sich die stolzen Besitzer wundervoller Automobile mit ihren Schmuckstücken aus aller Welt. Man hatte keine Kosten gescheut. Die Show war grell und sehr spektakulär. Verenger aus dem Panjab ließ Kamele durch Nadelöhre springen, der festlich geschmückte Petrosilius aus Litauen brachte spontan Rosenknospen zum Blühen und zauberte selbst aus kilometerweiter Entfernung Menschen herbei, wenn man ihm etwas aus ihrem Besitz gab. Ekzan aus Kurdistan beschwor einen wild fluktuierenden Zaubernebel herauf. Neophilologus aus Antwerpen brachte Freiwillige dazu, sich auf Chinesisch zu unterhalten. Zärär aus Kasachstan und Kaswuch aus Irland glänzten mit ihrer Tiger-Nummer, mit der sie fast zehn Jahre lang in Las Vegas Erfolge gefeiert hatten. Die indischen Tiger kamen angeblich aus der Zukunft aus einem Spiegel heraus, auf dem die Inschrift stand: „Future is far, but near, unknown but most distinguishable“. Frenetischer Beifall brandete hoch. Durch diesen Spiegel verließen die Tiere die Manege danach wieder. Der Conférencier kündigt an: „Wir werden noch Gelegenheit haben, Zärär in einem anderen Trick zu erleben.“ Maugis und Basin hatten ebenfalls eine Tiernummer mitgebracht. Sie ließen einen Esel auftreten, der auf den Vorderfüßen gehen konnte und den Menschen ihr Schicksal voraus-i-a-te. Nikonorr aus dem hohen Norden ließ es in der Kuppel magisch schneien. Lisa fröstelte. Tim Jobs, der I-Magier, rief ohne eigenes Gerät einige Zuschauer auf ihren Compros an. Verblüffend. Zamboni zauberte seinen Freund Perlako herbei, und gemeinsam verzauberten sie einen der Zuschauer aus der ersten Reihe in ein Huhn und wieder zurück in seine menschliche Gestalt. Fidelius Plombark aus Galizien ließ einen Freiwilligen auf einem selbstgehäkelten Topflappen durch die Arena schweben. Zum Schluß trat eine wahrhaft bezaubernde Vertreterin der Magierzunft auf: Wie immer es zugegangen war, Ginny Potter zu gewinnen, sie erschien nun im mittleren Lebensalter stehend als Vertreterin von Rowling County. Sie zauberte etwas Einfaches und verwandelte das Wasser der Tischspringbrunnen in

Wein. Ihre Magie widmete sie ihrem damaligen Lehrer. „I dedicate this magic to my unforgettable teacher Dumbledore."

Es blieben Zweifel, ob es sich wirklich um Ginny Potter handelte, denn die echte Ginny hatte doch glatte rötliche Haare, die Zauberin, die auftrat, hatte pechschwarze Locken, was ja zu einer Zauberin auch besser paßte. Zu ihrer Verwandlungsmagie ließ sie einen Bienenschwarm über dem Publikum kreisen, der den Song des Herodes aus *Jesus Christ Superstar* intonierte: „Change the water into wine!"

Als Krönung des Fests führte Aga offiziell den neuen Alphadog vor. „And now, I have the honor to present to you, on top and exclusively, our new defense agent who will help us to fight against all those who think it is fun to rob our cargo trucks."

Der Vorhang öffnete sich und gab den Blick frei auf einen Alphadog, der im Lichtbündel der Scheinwerfer stand. Regungslos, dann zu einer linkischen Verbeugung ansetzend, die Kameralinsen wachsam auf das Publikum gerichtet.

„Wir nennen ihn Servant 4.0. Unser neuester Alphadog®."

Alle fragten sich, wie Aga wohl von einer Sekunde auf die andere aus dem Tuxedo heraus und in das schwarze T-Shirt geschlüpft war. Niemand hatte ihn die Kleidung wechseln sehen. War auch hier Zauberei im Spiel?

„Er ist für uns mehr als eine Maschine. Er wird dafür sorgen, daß die Überfälle auf Lastkraftwagen enden."

Nun schaltete sich von der Seitenbühne wie zufällig Icks ein: „Er ist noch nicht so schlau wie ein Hund, aber wir arbeiten daran. Har, har har. Wulff!"

Aga fuhr fort: „Eine Live-Vorführung wird das Programm beschließen, meine lieben Gäste. Sie werden die Gelegenheit haben, Servant in Aktion zu erleben. Begleiten Sie uns nachher nach unten ins Pitip und machen Sie sich auf etwas gefaßt. I am so excited: Wir werden Zeugen eines Duells zwischen einem der Lkw-Verbrecher und Servant. Nichts für schwache Nerven, aber ich verspreche Ihnen einen besonderen Genuß."

Auf dem Siegesfest kam es dann zu einem Eklat: Noch vor der festlichen Amtsübergabe am Morgen, bei der Aga den Eid leistete, war sein Amtsvorgänger Jefferson bei einem Fluchtversuch festgenommen worden.

Kaum war der Vorhang über Servant® gefallen, holte Aga zum Gegenschlag aus: „Ich möchte die Jumpcar-Parade jetzt nicht ohne den stadtbekannten Autonarren beginnen: Auch wenn er an den heutigen Festlichkeiten nicht hatte teilnehmen wollen, möchte ich den bisherigen Governor begrüßen, dem wir die Entwicklung des Servant zu verdanken haben. Leider hat mein lieber guter Amtsvorgänger Jefferson heute morgen die weniger gute Idee gehabt, New Venice verlassen zu wollen. Hat er etwas zu verbergen? Will er das Ergebnis der Wahl in Zweifel ziehen? Hat er einen Staatsstreich oder Schlimmeres geplant? "

Dann wandte er sich direkt an den Mann, der in Handschellen auf die Ehrentribüne geführt wurde.

„Mein lieber Jefferson, ich begrüße dich. Wir alle freuen uns, daß du unter uns weilst. Sicherlich möchtest du hier nichts zu dem schwebenden Verfahren sagen. Genießen wir doch gemeinsam dieses Fest. Nur keine Angst: Niemandem wird hier das Wort verboten. Wir lieben das freie Wort. Wir werden dich gleich aus deinen Handschellen befreien. Und das obwohl wir verstanden haben, warum du nicht mit uns feiern und uns heute früh im Morgengrauen so heimlich verlassen wolltest. Waren die Fluchtvorbereitungen deiner Freunde in Waldenzell doch nicht so gut, wie sie immer meinen? Oder war es schlechtes Karma?

Mir scheint, du hast von denen, die dich zur Ehrenprofessur einladen, mehr zu befürchten als von deinem langjährigen Mitarbeiter und Nachfolger. Ich kann dir keine Ehrenprofessur anbieten, aber immerhin die Stellung als Ehrenpräsident und enge Zusammenarbeit. Sei ganz ohne Furcht. Deine Verdienste um New Venice sind bedeutend, im Gegensatz zu denen Choublancs. Dein Kontrollsystem hat die Sicherheit auf den Straßen deutlich erhöht. Doch nun zu Deiner Überraschung!"

„Darauf pfeif' ich!" Rot vor Wut stieg Jefferson, den eine jahrelange Yoga-Praxis in seinem Dienstwagen gelenkig erhalten hatte, durch die auf dem Rücken gefesselten Arme. Noch bevor seine Bewacher einschreiten konnten, entrollte er ein Plakat, das er unter seiner Anzugjacke in den Saal geschmuggelt hatte. Die Hände in Handschellen hielt er sein Protestplakat in die Höhe. Es zeigte Agas Wahlplakat mit dem Text: „Aga Dunkelmann". Es wurde ihm gleich abgenommen. Aber alle hatten es gesehen.

„Aber Jefferson, das geht doch *gar* nicht.“

Jefferson zeigte Aga den Rücken, richtete aber beide Zeigefinger an den wieder nach hinten gestreckten Armen auf ihn.

Conférencier: „Und nun machen Sie sich auf eine phantastische und bisher ungesehene Zaubermagie von unserem Meisterzauberer Zärär gefaßt.“

Trotz der vollmundigen Ankündigung fand Lisa, daß das, was folgte, kein Glanzpunkt der heutigen Zaubervorführung war. Eher ein schäbiger Trick, der dazu diente, Jefferson zu demütigen. Jefferson wurde unsanft in eine magische Kiste verfrachtet, die einmal ums Rund der Manege geschoben wurde. Als man sie öffnete, war sie leer. Kurz darauf hing Jefferson an einem Seil in der Mitte der Kuppel, ohne daß jemand bemerkt hätte, wie er dort hinaufgekommen war. An seinen Füßen ein Plakat: „Ich habe es vergeigt.“ Er wurde herabgelassen. Das Häuflein Unglück, das im Staub vor Agas Tribüne lag, wurde mit großzügiger Theatergeste „begnadigt“.

„Geh nach Hause, Jefferson.“

Er kam dann jedoch nicht frei, sondern wurde vom Sicherheitspersonal nach draußen eskortiert. So manchen Knuff von den Zuschauern, die an den Korridoren saßen, mußte er dabei einstecken. In späteren Jahren sah man ihn hin und wieder in Teleboard-Journalen, in denen er Tips für Gärtner und Wanderer gab und durchaus zufrieden wirkte.

Agas Herrschaftstaktik ließ sich nicht länger verheimlichen: Wie der letzte russische Autokrat war er angetreten, jedem, der versuchte, Kritik zu formulieren, Angst einzujagen. Die Angst war das entscheidende und wirksamste Herrschaftsmittel.

Hakaman saß den ganzen Abend in seiner Zelle auf Abruf. Stellvertretend für die Räuber und Aufrührer sollte er am Abend im Pitip in einem der berüchtigten Duelle mit einem Roboter vorgeführt werden. Er rechnete sich keine großen Chancen bei diesem Zweikampf aus. Vielleicht hatte er eine kleine.

Was er nicht wußte: Die Halde bereitete seine Befreiung vor, nicht nur, weil er keine Chance hatte, sondern weil man dem Govemat eine Botschaft überbringen wollte. Der städtische Terror mußte enden!

Während das Fest in der Manege seinen Fortgang nahm, stieg Nilla durch einen nicht mehr genutzten Kamin in den Gefängnistrakt hinab, schlich durch die labyrinthischen Gänge und fand die Zelle, in der Hakaman auf den Zweikampf wartete. Sie übergab ihm ein Empfangsgerät, das er fest ins Ohr stecken sollte. Über diesen Ohrhörer würde man ihm Hinweise geben, wie er sich verhalten solle.

Nach dem Auftritt der Zauberer wurde die Manege für das Ballett geräumt. Danach sollte die Autoparade den festlichen Teil des Abends beschließen. Die Tanzvorführung wurde von gelenkigen jungen Frauen bestritten. Die Tänzerinnen legten eine spektakuläre Disco Show hin. Karl und Lisa waren begeistert. Lisa bedauerte es, daß Helene nicht hatte mitkommen wollen. Noch unter Jefferson waren die besten Tänzerinnen aus dem Bewegungschor der Oper rekrutiert und zu einer Tanz- und Bodyguard-Truppe ausgebildet worden. Inspiriert hatte ihn ein längst gestürzter nordafrikanischer Diktator, der sich von durchtrainierten Frauen hatte beschützen lassen. Es war Jefferson nach dem Tod des Diktators gelungen, eine Trainerin direkt aus dem brachliegenden Trainingszentrum Tripolis zu engagieren und für den Aufbau der Bodyguard-Einheit zu gewinnen, die seither für ihre Beinarbeit legendär war. Nach dem Regierungswechsel wollten die Tänzerinnen ihre Performanz unter Beweis stellen und für ihre Weiterbeschäftigung werben, da sie nicht wußten, wie Aga über ihre Truppe dachte.

Doch als sie sahen, wie Aga mit ihrem ehemaligen Auftraggeber Jefferson umsprang, waren sie empört. Sie tanzten voll unterdrückter Wut. Als Zugabe tanzten sie den „attack dance“. Fetzige Popmusik und ein massiver Körpereinsatz machten überdeutlich, daß diese Truppe auch kämpfen konnte! Das Dekor hielt nicht lange stand. Die VIP-Lounge wackelte und ging in die Knie. Auch einige der Jump-Cars hatten nach dem Tanz nur noch Schrottwert. Warum mußten sich deren Fahrer auch zwischen die Tänzerinnen und die VIP-Lounge drängen? Aga brachte sich schleunigst in Sicherheit. Nach dieser Kostprobe von Dekorzerlegung verließen die Tänzerinnen die Manege. Aga, der nicht viel für Tanz übrig hatte, sah die fulminante Wirkung der Tänzerinnen und sicherte ihnen zu, sie weiter zu beschäftigen. Aga brauchte im Moment jeden

Loyalitätsbeweis und jede Gelegenheit, als strahlender Herrscher dazustehen. Später würde er dann die Spreu vom Weizen trennen. Das würde ihm nicht schwerfallen.

Kaum waren die Tänzerinnen durch die demolierte Bühnentür verschwunden, rollten die Jump-cars zum gloriosen Finale des Fests in die Manege. Die Wagen aus aller Welt hüpften vor sich hin und dampften, daß es eine Freude war. Dazu die passenden Fahrer: solariumgebräunt, Goldkettchen, Speckbäuche und Stiernacken. Angeführt und beschlossen wurde der Konvoi von einem Bataillon Jump-Alphadogs. Das war der Moment, an dem Lisa hätte gehen wollen. Doch Karl hielt sie noch zurück. Denn nun lud Aga zu der geplanten Vorführung ins Pitip ein: Die Wettkampfarena befand sich praktischerweise einige Etagen weiter unten im selben Gebäude. Dort sollte einer der Lkw-Räuber zum Zweikampf gegen einen Alphadog antreten.

Mit der Vorführung sollte die Stärke dieses neuartigen Einsatzroboters demonstriert werden. Die Besucher waren gewarnt: Für schwache Nerven war das nichts. Die Maschine konnte ihren Gegner blitzschnell erfassen und grausam zurichten. Sie konnte auch mit ihm spielen. Das sollte all jenen Angst machen, die etwa an Unbotmäßigkeit denken sollten. Willkommen war, wer sich Aga unterordnete. Dem blieb ein solches Schicksal erspart, die anderen sollten sich nirgends mehr sicher fühlen.

Die Gäste verteilten sich im Pitip um ein kreisrundes Bassin von vielleicht 12 Metern Durchmesser, in dem ein mächtiger weißgrauer Raubfisch im dezent beleuchteten Wasser seine unruhigen Kreise zog. Von der Decke wurde ein hölzerner Schwimmkörper in Form einer Halbkugel von vier Metern Durchmesser herabgelassen und auf der Wasseroberfläche abgesetzt. In der kippeligen Halbkugel trabte ein Alphadog emsig hin und her und hielt damit spielend das Gleichgewicht.

Applaus der Gäste. Eine Mikrophonstimme kündigte an:

„For this very special occasion, we give permission to our team to change the program: Instead of an anonymous sample of Servant, we present to you Grimbergen, our latest and most sophisticated combat-version of Alphadog."

Ein Raunen ging durch die Anwesenden. Von Grimbergen, dem superben Alphadog Praljak-Oberkampfs, hatte fast jeder schon gehört. Welch eine Sensation, daß dieses besondere Geschöpf heute abend gezeigt wurde!

„And this is Hakaman, one of the perpetrators of the latest lorry robbery."

Lisa stockte vor Schreck der Atem. Wie war Hakaman hier hereingeraten? Der war doch beileibe kein Terrorist! Es mußte ein Irrtum vorliegen! Doch in dem Moment wurde Hakaman schon an einem Seil von der Decke über der Halbkugel abgesenkt und baumelte eine Weile auf halber Höhe. So konnte er einen Blick auf seinen Gegner werfen. Die Regel des Duells wurden verlesen: Jeder der beiden mußte versuchen, den Gegner abzuwehren und gleichzeitig das Gefährt auszubalancieren. Hakaman ahnte, daß der Alphadog ihn umgehend attackieren und gleichzeitig versuchen würde, das Gleichgewicht der Halbkugel so zu ändern, daß sie kippte und er ins Wasser fiel, wo der weiße Raubfisch auf ihn wartete. Die Aufgabe war komplex: Überall lauerte Gefahr. „Hältst du es drei Runden durch, bis du frei. You've got a real chance. Good luck! Best wishes!"

Als Hakaman in die Halbkugel herabgelassen wurde, zeigte sich, daß es schwer war, sie im Gleichgewicht zu halten, weil ihr Schwerpunkt hoch lag.

Zuschauer 1: „Wie lange dauert eine Runde?"

Zuschauer 4: „Neunzig Sekunden."

Zuschauerin 3, *in banger Erwartung*: „Neunzig Sekunden? Hat er da überhaupt eine Chance?"

Zuschauerin 2, die Lisa aus der Seele sprach: „Nein, das will ich nicht sehen. Bring mich hier weg."

Zuschauer 1: „Beruhige dich. Ich habe gehört, daß ein Bewohner Infras sich retten konnte, indem er den Roboter aus der Schale rausgeschubst hat."

Die Runde begann. Lisa schloß die Augen. Für Hakaman begann der Überlebenskampf auf diesem feindlichen Parcours. Die Gegner belauerten sich eine kurze Weile, bevor Grimbergen als erster angriff. Die Stimme im Knopflautsprecher warnte Hakaman und gab Anweisungen:

„Bleibe hinter Grimbergen!... Jetzt rüber nach links! Nein, das andere Links!... Mach, was ich dir sage... Bleibe schön hinter ihm... Überlasse ihm das Ausbalancieren."

Dank der Vermeidungstaktik hatte Hakaman die erste Runde glücklich überstanden. Lisa hatte das Gefühl, sie müsse jetzt gehen. Eine weitere Runde wollte sie nicht mitansehen. Hakaman hatte verstanden: Es war überlebensnotwendig, hinter dem Roboter zu bleiben, denn das zögerte dessen Reaktionen hinaus. Als der Roboter in der zweiten Runde angriff, erhielt Hakaman den Befehl „Nimm den Arm!" Da war tatsächlich der zufällig hingestreckte Arm eines Zuschauers, der zu ihm herüberragte. Er riß den Arm zu sich. Der Biß Grimbergens ging in den Arm. Dessen Besitzer, ein etwas heruntergekommen wirkender Mann schrie auf. Entsetzte Rufe im Publikum. Blut spritzte, als sich die Zange des Robotermauls um den Arm schloß und ihn zusammenquetschte.

„Ups", entfuhr es Aga, der für einen Moment nicht so genau hinschauen wollte.

Als der Roboter die Reste des Arms ausspucken und neu ansetzen wollte, seltsam, da explodierte der Armstumpf und lähmte den Roboter, der langsam das Gleichgewicht zu verlieren schien. Die Explosion verschlug allen den Atem. Nur nicht Hakaman, der wie zufällig gegen den wankenden Alphadog fiel und ihn versehentlich ins Wasser stieß. Als der Roboter ins Bassin kippte, glitt die Halbkugel in die Nähe des Beckenrandes. Ein Wutschrei erschallte im Saal. Hakaman zögerte nicht lange und sprang in die Menge. Der Mann, der seinen Arm verloren hatte und mächtig blutete, riß ihn mit sich mitten durch die entsetzten Zuschauer. Alles wich vor den beiden blutbespritzten Flüchtigen zurück, die in Richtung des Notausgangs sprinteten. Währenddessen sprudelte es heftig in dem Becken, und rote Gischt spritzte weit über den Rand.

Erst jetzt registrierte Aga, was sich gerade abspielte, und befahl, die Notausgänge sofort zu verriegeln. Geistesgegenwärtig reagierte der Hallentechniker und löste die Verriegelung aus. Doch zu spät: Es stand schon ein Fuß in der Tür und hielt sie geöffnet. Als die beiden Fliehenden durch die Tür waren, verschwand auch der Fuß. Die Tür fiel mit einem satten Schmatzen zu und verriegelte sich automatisch.

Drei Silhouetten rannten eine Treppe hoch, aus dem Gebäude heraus und hinauf auf die Ladefläche eines Sattelschleppers, der mit Vollgas davonraste, kaum daß die drei aufgesprungen waren. In der Arena herrschte helle Aufregung. Das Publikum lärmte und spendete reichlich Applaus, weil alle meinen, die Flucht gehöre zur Show: „Ein wahrer Künstler“, jubelten sie, besonders Zuschauerin 2. Lisa atmete erleichtert auf und kuschelte sich an Karl. Derweil steuerte Nilla den Sattelschlepper mit Hakaman und seinen Rettern zur Halde.

Aga raste vor Wut. Der Roboter, dieser verdammte Roboter hatte alles verdorben. Grimbergen wurde geborgen und am Ufer abgelegt. Der durch mehrere Bißwunden verletzte Raubfisch hatte sich beleidigt in eine Ecke des Bassins zurückgezogen. Als das Publikum den Saal verlassen hatte, sprang Aga wie besinnungslos auf dem Roboter herum. Dann schrie er. „Schafft ihn weg! Auf die Halde mit dem Schrott!“

Ein folgenschwerer Irrtum! Die Überreste des Alphadogs waren noch nicht auf der Halde aufgeschlagen, als seinen Entwickler die unbedachte Entscheidung reute. Und bald darauf auch Aga. Denn Praljak-Oberkampf lief Amok. Sein schöner Grimbergen auf der Halde! Das war doch wohl ein Witz! Er drohte damit, alle fünf Minuten jemanden niederzuschießen, wenn er seinen Grimbergen nicht wiederbekam.

Der Alphadog versank wie von Geisterhand gezogen im Müllberg. Die fast sofort einsetzende Suche nach dem Roboter, für die alle verfügbaren Kräfte aufgeboten wurden, blieb ergebnislos. Von dem Gerät fand sich keine Spur mehr.

So kam Nilla in den Besitz dieses Exemplars. Während oben noch gesucht wurde, begannen Nilla und Barney unten in einem der Keller damit, das Gerät zu zerlegen und zu analysieren. „Technologietransfer“, frotzelte Barney, der damit alle zu Lachen brachte. „Ok, den Unterkiefer können wir vergessen, und das rechte Bein wird schwer zu ersetzen sein, aber der Rest sieht brauchbar aus.“

Zehn

Am Tag nach der Amtsübergabe ging alles sehr schnell. Plötzlich gab es überall Arbeitsangebote in Hülle und Fülle. Die ganze Stadt wurde mit Baustellen überzogen. Neue Kontrollschranken wurden gebaut. Die bei der Wahl versprochene energiesparende Straßenbeleuchtungsanlage wurde errichtet.

Dank der neuen Jobs ging ein Aufatmen durch die Gesellschaft. Viele, die lange keine Arbeit gefunden hatten, wurden eingestellt. Bei weitem nicht alle waren Unterstützer Agas, aber alle, die bisher zu kurz gekommen waren, zollten seinem Governat Dank dafür, endlich eine Arbeit zu finden.

Mitglieder der Orga erhielten vorrangig Arbeitsangebote. Hatte die Verbrecherorganisation etwa nicht ihren Anteil daran, daß Aga an die Macht gekommen war? Wer hatte denn nächtelang Plakate geklebt? Nur Harry Harms fragte kritisch nach. Das sei eine Resozialisierungsmaßnahme, wurde ihm beschieden, und es wurde ihm bedeutet, daß er sich besser um das Image des Governats als um solche Lappalien kümmern solle.

Die Orga, jedenfalls der Teil von ihr, der mit Aga kooperierte, wurde ins Sicherheits-Team integriert. Ohne zu zögern folgte Aga den beiden Devisen, die fein gerahmt sein Büro schmückten: „maximum cumolo diavolo" und „divide et impera". Sinngemäß lauteten sie: „Der Teufel scheißt immer auf den größten Haufen" sowie „Teile und herrsche".

In Lisas Leben kam es zu großen Veränderungen: Bis jetzt hatten sich ihre Chancen in der Arbeitswelt häufig nur als Pseudochancen erwiesen, doch nun erhielt sie am 29. Mai auf ihre erste Bewerbung die Einladung zu einem Assessment bei einem Chemiemittelständler, das sie glänzend bestand. Schon kurz nach sechzehn Uhr erhielt sie ein Jobangebot.

Sie jubelte. Endlich hatte sie einen Fuß in der Arbeitswelt! Doch dann der Rückschlag. Noch in der Nacht auf Freitag erhielt sie die Absage. Es war 00:16 Uhr: „Wir sind überraschend aufgekauft worden, alle Neueinstellungen wurden storniert. Wir bieten ihnen eine Abfindung von 500 Scoringpunkten." Damit war zwar ihre Hoffnung gestorben, morgen dort anfangen zu können, aber daß sie erstmals seit langer Zeit berücksichtigt worden war, belebte sie derart, daß sie ihr Bedauern bald überwunden hatte. War dies der Unternehmensverkauf, den Constanze erwähnt hatte? Immerhin war die Abfindung ein kleiner Trost.

Schon wenige Tage später fand Lisa Anschluß an die Arbeitswelt. Am Donnerstag, dem 5. Juni 2042, durchlief sie ein weiteres Bewerbungsverfahren. Wieder ging es um einen Job in einem Chemieunternehmen. Diesmal Düngemittel.

Am Morgen begleitete Franz sie zu dem Bürogebäude und winkte ihr aufmunternd zu, als sie hineinging. Er war seit dem letzten nächtlichen Plakate-Kleben in New Venice geblieben. Sein zweites Semester in Waldenzell war schon gelaufen, es standen nun nur noch Prüfungen an, auf die er sich auch zuhause vorbereiten konnte. Außerdem wollte er Manuel suchen, seinen Freund, der von einigen Wochen aus Waldenzell verschwunden war mit dem vagen Ziel Südfrankreich.

Beim Beginn des Assessments wurde der Belegschaft mitgeteilt, daß zwei Kandidaten eingeladen waren, die unter den Bewerbern als die mit den besten Chancen identifiziert worden waren. Es wurde jedoch nicht offengelegt, wer die Neuen waren, die um die Stelle konkurrierten. Auch Lisa wußte nicht, wer der andere Bewerber war. Am Abend würde man entscheiden, wer die Stelle bekommen solle. An diesem Tag lernte Lisa First Fired kennen, ohne zu wissen, daß er der konkurrierende Kandidat war.

Bei fast allen Aufgaben war sie befangen. Sie spürte ihren Konkurrenten unter den Anwesenden. Der Gedanke, daß er vielleicht sogar unmittelbar neben ihr stand, lähmte sie. Als sie sich mittags mit ihrem Sandwich in eine Ecke verkriechen wollte, bereit, ihre Niederlage einzugestehen, flüsterte ihr First Fired zu: „Sie machen alles richtig. Sie werden den Job bekommen."

„Ich glaube nicht. Allen anderen geht die Arbeit viel leichter von der Hand, auch Ihnen."

„Glauben Sie das bloß nicht."

Er raunte ihr zu, daß sie sich keine Sorgen machen sollte, da er als erster entlassen werden würde. „Ich habe keine Erkältung", sagte er, und Lisa rätselte, was er wohl meinte. Lisa blieb vorsichtig. Hatte sie nicht öfters von Geschäftsleitungen raunen hören, die versucht haben sollten, die Stabilität von Bewerbern durch vermeintlichen Zuspruch oder durch Kritik eines Kollegen zu testen? Womöglich war dies so ein Versuch. Oder war dies einfach nur ein Hinterhalt, den der Mitbewerber legte? Andererseits wünschte sie keinen Erfolg, der sich der Opfergeste eines anderen verdankte. Das empfand sie als deplaziert. Doch dann ärgerte sie sich über sich selbst: Hatte sie sich den Gedanken an Niederlage sosehr zu eigen gemacht? Am Nachmittag vermied sie jeden Anflug von Defätismus und versuchte, ihre Sache gut zu machen.

Tatsächlich disqualifizierte sich First Fired am Nachmittag, als ihm beim Hantieren mit Innovativ-Dünger die Vorratsflasche entglitt, deren Inhalt sich in einem hohen Bogen in den benachbarten Cubicle ergoß, wo sich gerade der Abteilungsleiter mit einer Hospitantin besprach.

Durch dieses unvorhersehbare Mißgeschick wurden beide über und über mit der Dünger-Substanz bespritzt. Sie brachen in Panik aus: „Verdammt! Das neue Zeugs aus Ionenextrakt, das ist hochgiftig.“ Sie rannten zur Naßzelle, um die Flüssigkeit wieder vom Körper und aus den Kleidern zu duschen, während die geschockten Kollegen entsetzt vor ihnen zurückwichen. In der Naßzelle kamen sich die beiden näher.

Lisa war sich nicht sicher, ob First Fired wirklich der zweite Kandidat gewesen war. Als sie am nächsten Tag das Jobangebot bekam, wurde ihr gesagt, daß ihr Konkurrent die Anforderungen nicht erfüllt habe. Sie konnte es nicht fassen: Ihr erster Job seit langem. Sie war außer sich vor Glück! Endlich! Sie konnte gar nicht sagen, wie sie sich fühlte. Wie in Trance ging sie einkaufen. Ihr Erfolg sollte gefeiert werden.

Freudestrahlend kam Lisa nach Hause. Sie hatte es geschafft: Sie hatte einen Job in Aussicht. Unfaßbar: Morgen sollte sie anfangen. Sie mochte vor Glück singen und brannte darauf, von ihrem Erfolg zu erzählen. Doch als sie nach Hause kam, saß jeder wie üblich vor seiner Kommunikations-Apparatur. Franz ließ auch in den Ferien seinen Compro nicht aus den Augen. Helene schnitt auf dem ihren eine Sequenz eines Sportfilms, und Karl, ja, seltsam, Karl war auch schon da. Wie gewohnt rührte er sich nicht, als sie hereinkam, er lag wie im Koma vor dem laufenden Teleboard. Mit geschlossenen Augen.

Sie widmete sich dem Abendessen. Das gemeinsame Abendessen war etwas, an dem sie festhielt. Zwar watete jeder isoliert durch die bevorzugten Medienkanäle. Doch als Familie mußte man gemeinsam essen. Die Tage waren gezählt, an denen sie sich auf diese selbstverständliche Routine würde freuen können, denn Franz studierte schon seit einem Jahr in Waldenzell und auch Helene würde sich bald weiter abnabeln.

Lisa bereitete etwas Besonderes zu. Blinis mit Krabben und Meerrettichsauce, doch als sie zu Tisch rief, antworteten ihre Kinder wie gewohnt muffelig. Sie legte mehr Dringlichkeit in den Ruf zum Abendessen, aber ihre Laune fiel ab. Als sich die Kinder an den Tisch gesetzt hatten, rief sie nochmals nach Karl. Nicht einmal seinen üblichen Seufzer hörte sie. Er mußte wirklich sehr weit weg sein. Sie bat Helene, Karl zu holen.

Helene maulte: „Warum immer ich?“

Franz stand großmütig auf und ging zur Wohnzimmertür. Von dort aus rief er: „Vati, komm. Mama hat lecker gekocht und will uns etwas Wichtiges sagen.“

Er setzte sich mit einem triumphierenden Blick. Sein Blick sagte: „Siehst du, so mußt du es machen!“

Da sich Karl immer noch nicht rührte, stand Helene auf und schlurfte sichtlich lustlos ins Wohnzimmer.

„Ok, ich mache ja schon.“

Sekunden später stand sie mit aufgerissenen Augen in der Türöffnung. „Mama, ...“

Lisa, die die Faxen satt hatte, ging selbst ins Wohnzimmer und rüttelte an dem leblos daliegenden Karl. Nun wurde ihr der Ernst der Lage bewußt. Karl war zusammengebrochen.

An diesen Abend würde sie sich lange erinnern. Während der nächsten Stunden und Tage ging ihr die Normalität verloren. Karl wurde ins Krankenhaus gebracht. Der junge Arzt sagte ihr, daß er nichts gefunden habe. Vielleicht war es eine schlichte *Fatigue.* Man könne im Moment nur beobachten. Vielleicht müsse man Karl in ein künstliches Koma versetzen, um die Körperfunktionen zu stabilisieren.

Als Lisa im Krankenzimmer an seinem Bett saß, dämmerte ihr, daß sie ihre Hoffnung auf den gerade erst eroberten Job wohl würde begraben müssen. Sie fühlte sich um die Früchte ihrer Mühen betrogen. Und das in eben dem Moment, als sie in Reichweite kamen. Unendliche Wut stieg in ihr auf. Sie verließ den Raum. All ihre neuen Lebensperspektiven, die sie gerade noch beflügelt hatten, verdorrten unter ihren Händen. Im Flur des Krankenhauses ging sie erstmals seit langem an die Decke.

Der junge Arzt folgte ihr, um nach ihr zu schauen, doch als er sie unter der Decke schweben sah, kehrte er nachdenklich in das Krankenzimmer zurück und ertappte sich dabei, daß er zu sich selbst sprach: „...offenkundig eine Halluzination... die erste echte

Halluzination in deinem Leben, bemerkenswert echt… Robert, das gehört in deine Biographie!“ Er wartete einen Moment, ging erneut zur Tür, legte die Hand schon auf die Türklinke, doch dann verzichtete er nachdenklich und trat wieder ans Fenster. Mit neuem Elan sprach er zu sich: „Seltsam, aber interessant. Ich werde mich wohl mal einigen Tests unterziehen... Vielleicht bin ich etwas überarbeitet…“

Karls Aussetzer blieb auch nach weiteren Untersuchungen rätselhaft. Lisa, die keine Erinnerungen an ihre eigene seltsame Reaktion hatte, besuchte das Krankenhaus jeden Tag, doch es gab keine Veränderung. Auch der Arzt sprach sie nicht auf ihren Flug im Flur an, beobachtete sie aber unauffällig. Es frustrierte Lisa, daß Karl an mehreren Maschinen hing und keinerlei Reaktion zeigte. Sie hatte keine Kraft, zur Arbeit zu gehen, zuhause saß sie ohne sinnvolle Beschäftigung herum.

Lisa lebte an diesen Tagen in einem Schockzustand. Als Karl einige Tage später, am 10. Juni, zu sich kam, konnte er sich an nichts erinnern. Am 13. Juni war ihr Mann plötzlich munter und unternehmungslustig. Sie atmete auf, doch als er sich in einem Euphorieanfall vom Bett erhob, brach er nach einigen wackligen Schritten auf dem Flur des Krankenhauses zusammen. Am Morgen darauf war er wie weggetreten, dann am Sonntag war er wieder munter, als wäre nichts geschehen. Am Montag war er kaum ansprechbar und apathisch. Waren solche Schwankungen normal? Ging alles mit rechten Dingen zu? Das ärztliche Personal war unverzagt und sprach von einem stabilen Zustand: Lisas Frage, was das denn heiße, konnte ihr niemand beantworten.

In seinem Büro fluchte Icks über das Sinus-Programm. Es führte schlicht zu unglaubwürdigen Verhaltensweisen. „Das muß verbessert werden. Regelmäßige Schwankungen sind verdächtig. Wir brauchen mehr *random*.“

Lisa insistierte und wollte Antworten bekommen. Was war mit Karl los? Wie lautete die Diagnose? Ihr bohrendes Nachfragen verkomplizierte die Angelegenheit. Oberarzt Swifejoke ließ ihr ausrichten, daß er alles unternehme, um Karl wieder herzustellen, daß er dabei keine Störungen brauchen könne. Sie könne ihren Mann jederzeit besuchen, aber sie müsse Vertrauen haben, daß man sich nach Kräften bemühe.

Für Lisa war offenkundig, daß mit Karl etwas ganz grundlegend nicht stimmte. Es machte sie ärgerlich, daß ihr niemand sagen wollte, was los war, brachte sie in einem Gespräch mit Constanze auf den Punkt. Die warnte sie und lud sie zu einem Spaziergang ein. Da könne niemand mithören, was sie sich sagten. Ihr gegenüber äußerte Lisa den Verdacht, daß man ihr im Krankenhaus etwas verheimlichte. Vielleicht war es besser, Karl aus dem Krankenhaus zu holen. Trotz Constanzes Hilfe waren die Vorbereitungen für den Transfer von Karl nach Hause kaum zu schaffen. Alles mußte für die häusliche Pflege eingerichtet werden.

Lisa hatte das Gefühl, die Probleme türmten sich vor ihr auf. Sie hatte einen Tunnel betreten, in dem sie es kaum schaffte, ein Problem zu lösen, bevor sie vor dem nächsten stand. Karl mußte versorgt werden. Die Besuche im Krankenhaus fraßen ihre Zeit auf. Ihre berufliche Lage war zu klären. Helene brauchte ihre Hilfe, um in der Schule nicht weiter abzusacken.

Die Vorbereitungen für die Versorgung Karls brachten zuhause alles durcheinander. Es war nicht daran zu denken, das gemeinsame Schlafzimmer zu nutzen. Karl Krankenbett fand im Wohnbereich im Erdgeschoß seinen Platz, doch alles blieb ein einziges Provisorium. Als er wieder zuhause einzog, merkte sie, daß sie viel mehr Zeit für die Pflege brauchte, als sie sich vorgestellt hatte. Sie hatte alle Hände voll zu tun, ihren neuen Alltag mit einem Patienten zu meistern, der jeden zweiten Tag ins Koma fiel. Sie unterschrieb mehrere Leasing-Verträge für die nötige Ausstattung, ohne auf die Beträge zu achten. Schließlich wurde das verfügbare Geld knapp.

Ihr wurde schlagartig bewußt, daß sie sich entscheiden mußte, wie es mit ihrem Job weitergehen sollte. An den ersten Tagen hatte sie sich beurlauben lassen. Wie es aussah, würde sie das Jobangebot wohl ablehnen müssen, weil ihr keine Zeit für eine Vollzeitbeschäftigung blieb.

Eine Arbeit, die zu ihrer neuen Lebenssituation paßte, fand Lisa trotz der vielen Jobangebote nicht: Sie glitt an den Erwartungen ihrer Jobmoderatorin ab.

„Sie wollen möglichst nur vier Stunden am Tag arbeiten? Interessant."

„Zeit für ihren Ehemann und ihre Kinder? Interessant."

Karl nahm all ihre Zeit in Anspruch. Die eigenen Anliegen mußte sie hintanstellen.

Franz wollte erst in zwei Wochen für die letzte mündliche Prüfung wieder nach Waldenzell zurückreisen. Bis dahin wollte er in New Venice bleiben. Er verschwieg Lisa gegenüber, daß er eine Exkursion im hiesigen XXXatriX-Center gebucht hatte, um virtureal in Südfrankreich nach Manuel zu suchen. Er hatte seit Wochen keine Nachricht von ihm erhalten. Ob ihm vielleicht etwas zugestoßen war? Eine solche Suche konnte auch bei bester Technologie einige Tage in Anspruch nehmen.

Den ganzen Sommer über wich Lisa nicht von Karls Seite. Als er während seiner Rekonvaleszenz im August über die Absicht redete, bald an seinen Arbeitsplatz zurückzukehren, hörte Lisa ihm ungläubig zu und schlug vor Wut mit der Faust durch eine Scheibe. Sie hatte ihr Jobangebot abgelehnt, und ihr Mann hatte nichts Besseres zu tun, als neue Pläne für die Firma zu entwickeln! Dabei sollte er nichts tun, als sich auszukurieren. Zudem wuchsen von Tag zu Tag Lisas finanzielle Sorgen. Sie hatte zwar Zugriff auf die Familienkasse. Doch das Gehaltskonto Karls war für sie unerreichbar, da nur Karl den persönlichen Zugangscode kannte.

Es war geradezu absurd: Da sie die Arbeit nicht aufgenommen hatte, verfügte sie nicht über genügend Scoringpunkte, um einen direkten Zugang zu seinem Konto zu erhalten. Selbst die fünfhundert Bonuspunkte, die sie nach der ersten Absage erhalten hatte, rissen sie nicht heraus. So waren die Regeln: Wer nicht genügend hatte, kam nicht einmal mehr an noch vorhandenes Geld. Und gleichzeitig fielen Vergünstigungen weg. Es machte sie wütend, nun, da ihre Ressourcen schwanden, gleich noch höhere Preise für alles zu zahlen, nur weil sie wegen der schwindenden Ressourcen aus dem Kreis derer fiel, die Vergünstigungen genossen. Es war wie verhext. Hätte sie über das Geld verfügen können, hätte sie ein höheres Scoring, mit dem sie automatisch Zugang zu dem bislang für sie gesperrten Konto gehabt hätte. Aber da war keiner, der ihr aus diesem Catch heraushelfen konnte.

Erst nach und nach und um Haaresbreite zu spät begriff auch ich, daß es eine der Strategien des Governats war, die Menschen auch auf Gebieten zu kontrollieren, auf denen man es nie vermu-

tet hätte. Die Einschränkung des Zugangs zu den eigenen Mitteln machte die Menschen nach und nach von denen abhängig, die noch Wohltaten zu verteilen hatten.

Als Lisa finanziell am Ende war, klagte sie Helene ihr Leid: „Wir kommen kaum über die Runden. Vater erinnert sich nicht an den Code." Helene klaubte rasch alles Geld zusammen, das sie gespart hatte. 3.500 Penqui waren eine schöne Stange Geld, doch es reichte nur für kurze Zeit. Franz überwies Geld aus Waldenzell. Dennoch verschlechterte sich die finanzielle Lage der Familie zusehends. Mehrmals steckte ihr ihre beste Freundin Constanze etwas zu, um das Lebensnotwendige zu bezahlen. Als sie im September die Leasinggebühr für ein Behandlungsgerät nicht mehr aufbringen konnte, rief Lisa bei Karls Firma an und schilderte Hanns Gruber ihre Lage.

„Hanns!

Gut, ja gut!

Nicht so gut.

Deswegen melde ich mich bei Dir: Ich bitte dich, nein, könntest du bitte die Personalabteilung anweisen, die Lohnfortzahlungen für Karl nicht mehr auf sein Gehaltskonto, sondern auf unser gemeinsames Familienkonto zu schicken? Ich komme an Karls Konto im Moment nicht heran.

Nein, ja, doch, es geht aufwärts, Schritt für Schritt!

Ja, ich hoffe bald. Das müssen wir dann nachholen.

In Ordnung, vielen Dank.

Cermon will mich sprechen? Ich bleibe dran. Ja, bis denn."

Hanns stellte zu Icks durch. Der machte ihr ein schier unglaubliches Angebot: „Wir machen uns ehrlich Sorgen um Ihren Mann, Frau Berger, und möchten ihm, Ihnen, und Ihrer Familie, höm, anbieten, in einem der neuen Häuser am Rainfeld zu wohnen. Mietfrei, versteht sich. Und das für die Zeit, bis Ihr Mann wiederhergestellt ist. Er ist einer unserer wertvollsten Mitarbeiter. Wir gehen von mindestens zwei Jahren aus, der Vertrag wird automatisch verlängert, falls die Beeinträchtigung Ihres Mannes bis dahin noch nicht abgeklungen sein sollte. So könnten Sie planen."

Waren das nicht diese Musterhäuser der Siedlung „Am Rainfeld", gegen deren Bau sie zuvor protestiert hatte?

Lisa fiel aus allen Wolken. Damit hatte sie nicht gerechnet. Dieses Angebot konnte sie nur ablehnen.

„Sie hätten Raum für die optimale Versorgung Ihres Mannes. Die Miete und das Leasing der notwendigen Geräte übernimmt die Firma. Bitte nehmen Sie an, es ist zu Ihrem Besten. Ihr Mann könnte sogar von zuhause aus arbeiten, wenn ihm danach ist. Die Häuser sind mit allen notwendigen Techniken ausgestattet. Gruber regelt die Details."

Lisa wollte erst um Bedenkzeit bitten, warf ihr Zögern allerdings als unangemessene Ziererei über Bord und nahm dankbar an. Dann meldete sie sich erneut bei Hanns.

„Du weißt, daß ich an den Protesten teilgenommen habe."

„Schwamm drüber."

„Wie: Schwamm drüber?"

„Das Angebot ist mietfrei. Wir casten gerade Testbewohner. Ich habe das Gefühl, daß Ihr gut passen würdet. Warum solltet Ihr da nicht einziehen? In diesem Haus gibt es die neuesten elektronischen Errungenschaften. Niemand wird etwas daran auszusetzen finden, wenn du in der aktuellen Lage mit Karl dort einzögest. Wir sind für unsere Mitarbeiter da. Ich werde offiziell erklären, daß es sich um einen Test handelt. Wir werden punktuell Daten erheben. Völlig anonymisiert, versteht sich, völlig diskret, volle Sicherheit. Du wirst sehen, das ist praktisch zu vernachlässigen. Das bekommst du gar nicht mit."

Lisa glaubte zu träumen. Sie wagte kaum, anderen von diesem Angebot zu berichten, aber irgendwie schienen alle schon Bescheid zu wissen: Ihr schien es, als wollten alle, daß die Familie in dieses Haus ziehe. Sie war nicht abgeneigt, aber im nachhinein sah das alles eher nach sanftem Druck aus.

„Wir haben auf dem Schirm, daß du einen Job suchst. Sobald sich etwas Passendes ergibt, denken wir an dich."

Helene war erst strikt dagegen, in das Musterhaus zu ziehen. Hatte sie nicht bis zur Selbstaufgabe gegen das Projekt protestiert? Doch als sie erfuhr, wie gut „vernetzt" das Haus war, hatte sie es schwer, ihren Jubel *nicht* zu zeigen. Erst taute sie etwas auf, nun konnte sie es kaum erwarten. Lisa sprach mit Constanze darüber. Alle Anschlüsse für einen häuslichen Arbeitsplatz, sogar zwei oder drei häusliche Arbeitsplätze seien im neuen Haus vorhanden. Es gäbe nicht nur deutlich mehr Platz, sondern es wäre ein Tapetenwechsel, der in der jetzigen Lage ganz schön wäre, oder?

Constanze: „Wenn du dich zu dem Umzug entschließen solltest, möchte ich dich um den Gefallen bitten, mir Euer Haus in der Zwischenzeit zu vermieten. Du weißt, wie sehr ich mich schon seit Jahren danach sehne, aus der Stadtrandlage herauszukommen. Zwei Jahre bei Euch wären für mich wunderbar. Ich brauchte weniger Zeit mit der immer überfüllten Seilbahn, um zur Arbeit zu kommen. Hätten wir hier einen Loop, wäre das kein Problem, aber so. Wir könnten das ganz flexibel gestalten. Ich ziehe sofort aus, wenn du das Haus benötigst. Für meine Wohnung finde ich leicht jemanden, der einen sofort kündbaren Mietvertrag akzeptiert."

Lisa konnte diese Wendung kaum fassen:„Es wäre mir sehr lieb, Constanze, wenn jemand in der Zeit das Haus bewohnen würde, in der wir woanders unterkommen. Aber es Dir zu *vermieten* kommt nicht in Frage. Du kannst gerne einziehen, aber als unser Gast. Du wirst keine Miete bezahlen, wenn wir drei Straßen weiter mietfrei leben."

Constanze: „Das würde ich nie annehmen. Du weißt, daß mir die Firma die Wohnung bezahlt. Es ist nur gerecht, wenn das Geld dir und deiner Familie zugutekommt. Du kannst es brauchen, solange Karl nicht wiederhergestellt ist."

Lisa: „Ich akzeptiere nur, wenn es stimmt, daß du nichts aus eigener Tasche bezahlen mußt. Es ist dir ja nicht entgangen: Ich habe zur Zeit ein echtes Geldproblem."

Constanze: „Deine Finanzen werden wir in Griff bekommen. Leider verschiebt sich unser Vorhaben. Neue Unternehmensstrategie! Wir müssen jetzt erst einmal abwarten."

In dieser Situation mietfrei wohnen und eine Miete kassieren, wem wäre damit nicht geholfen? Lisa fand Karls Arbeitgeber Icks sehr großzügig. Ein echter Gentleman. Und doch blieb sie mißtrauisch. Denn sie wußte, wie gerne Icks seine Leute herumschickte. Irgendwie roch alles, was Icks in die Hand nahm, nach „Vorsicht!" Ihr war seine Machtdemonstration noch in guter Erinnerung, als die alte Bingohalle abgerissen werden sollte. Daher war es ihr lieb, wenn die Möglichkeit offenstand, auch kurzfristig ins eigene Haus zurückkehren zu können. Als Constanze sich bereiterklärte, das Haus für zwei Jahre unter dem Vorbehalt zu mieten, die Rückkehr auch kurzfristig zu ermöglichen, schlug sie ein, wohlwissend, daß sich in dem neuen Haus problemlos ein Home Office für Karl würde einrichten lassen. Und sogar sie, Lisa, hätte einen eigenen Arbeitsraum, den sie bisher nie gehabt hatte. Es wäre sogar Platz genug, um für Helene ein kleines Aufnahmestudio einzurichten. Welch ein Glück, dachte sie, daß sie in dieser Lage ein solches Angebot erhielten.

Elf

Sechs Monate nach der Wahl Agas zum Governor zogen die Bergers an einem kühlen Novembertag in einen eleganten weißen Wohnkubus am Rainfeld. Karls Zustand war seit seinem Vorfall schwankend geblieben. Lisa entschuldigte sich fast dafür, ins Smart Home umzuziehen. Das paßte Icks: Mochte sie nur glauben, daß sie etwas Unverdientes bekam, dies jedoch für die gute Sache auf sich nahm. Mochte sie nur glauben, daß sich nun ihre materiellen Probleme lösen würden.

Die Bebauung war bis auf die verbliebene leerstehende Bingohalle neu. Auf dem großen kahlen Areal lag die breit ausladende Baugrube, die nur provisorisch abgesperrt war. Für das Shoppingcenter, das nun nicht mehr errichtet wurde. Die drei Musterhauswürfel wirkten, als seien sie zufällig aus einem Knobelbecher in die Gegend gerollt. Lisa fühlte sich an den Film *Truman Show* erinnert, den sie in grauer Vorzeit gesehen hatte. Vielleicht sollte sie sich den mal wieder anschauen, dachte sie bei sich. In den beiden anderen Musterhäusern lebten zwei elegante Frauen, als wären sie von ihren erfolgreichen Männern dort abgestellt worden. Diese Musterhäuser waren eine Wohlstands-Sackgasse. Doch all das nahm sie in Kauf, schließlich ging es in erster Linie um Karl.

Für ihn und für das gemeinsame Leben wollte sie kämpfen. Auch wenn ihr das Haus, das sie nun bewohnte, ungewohnt und fremd blieb, hatte sie doch in dem Wohnkubus das Gefühl, wieder ein wenig zu sich zu kommen. Nur an die merkwürdige neue Küche konnte sie sich nicht gewöhnen. Sie wunderte sich über die Fenster, die bis zum Boden reichten, und über die Stores, die automatisch innerhalb der Fenster von unten bis zur Decke fuhren und immer die gewünschte Menge Licht eintreten ließen. Die Oberflächen der in die Wände versenkten Einbauschränke waren wie die Arbeitsflächen aus einem weißen Werkstoff, der Marmor ähnelte. Sie strich mit ihrer Hand über die dezent in diese Flächen eingelassenen farbigen Linien, die dem Ganzen eine elegante Kontur gaben. Alle modernen Geräte waren vorhanden. Die horizontal eingebaute Kühlwanne, die sich selbst beschickende Spülmaschine, der Ofen mit mehreren Klappen, in die man unterschiedliche Dinge gleichzeitig schieben konnte. Der Ofen wurde durch drei Mikrowellensender beheizt und reduzierte die fürs Kochen nötige Zeit auf einen Bruchteil des üblichen.

Alles war funktional, hatte aber eine merkwürdig unterkühlte Ausstrahlung! Warum sie damals bei der Besichtigung vor dem Küchenspiegel einen Tanzschritt gewagt hatte, konnte sie sie sich heute kaum mehr erklären. Glücklicherweise war in dieser Küche kein deckenhoher Spiegel eingebaut.

Helene war begeistert. Karl nahm alles sehr gelassen. Er war von seiner Arbeit her eine moderne unterkühlte Umgebung gewohnt. Nur Franz, der sein Studium in Waldenzell wieder aufgenommen hatte, machte aus der Ferne ironische Bemerkungen. So schrieb er Helene in einer CM: „Aha, so ist das, erst der Protest und nun, nichts wie ab in das gemachte Nest.“ Aber er meinte es nicht gehässig. Er war sich selbst gegenüber untreu geworden, denn er hatte seit seiner Rückkehr nach Waldenzell seinen eigenen Lieferdienst gegründet. Seit er Manuel zur Rückkehr aus Südfrankreich hatte bewegen können, hatte er nicht lange gezögert und dem ersten Impuls nachgegeben. Auf Drängen Doggys hatte er die Sache größer aufgezogen und ein eigenes Unternehmen gegründet.

Über den Umzug in den Smart Home-Wohnkubus äußerte sich Franz später: „Irgend etwas muß geschehen sein, denn meine Mutter fühlte sich dort bald nur noch unwohl. Vielleicht lag es an der Überwachung. Aber nur so konnte Vater rund um die Uhr betreut werden. Vielleicht war es dieser Technik-Overkill, der bei Mama den Rückfall ausgelöst hat.“

Für Franz hatte das Smart Home den Vorteil gehabt, daß er bei seinen Besuchen dank der vielen Datenleitungen seine Geschäfte weiter betreiben konnte. Die ließen sich leicht „curtainen“. Die einzige Möglichkeit, der Überwachung zu entgehen. Denn schnappen lassen wollte er sich nicht noch einmal. Das, was 2039 vorgefallen war, betrachtete er als ein Mißverständnis. Und er konnte immer noch nicht verstehen, warum das Paket den Schmuck enthielt, den er doch erst für Sibaru kaufen wollte. Ganz dicht war der *curtain* wohl nie.

Anfangs begleitete Lisa ihren Mann bei seinen Besuchen in der Klinik. Sie war fast ein wenig enttäuscht, als sich herausstellte, daß es in der Klinik nichts Beunruhigendes gab. Am Empfang saßen unsäglich freundliche KI-Hologramme, die jeden Patienten und jeden Gast verbindlich begrüßten und umstandslos zu der gesuchten Abteilung weiterleiteten. Hatten sie mal nichts zu tun, sangen die Hologramme wie ein Engelschor: „E-he-fi-zi-enz, Freu-heu-heu-de, Wohl-er-ge-hen…“.

Die Ärzte waren engagiert und sehr verbindlich. Doch auch wenn alles einen seriösen Eindruck machte, war da immer etwas, was Lisa nicht zur Ruhe kommen ließ. Etwas störte sie. Im Moment waren es die seltsamen Projekte, die ihr Mann seit neuestem hegte. Er wollte Philosophie studieren, dann wieder meldete er sich zu riskanten Hilfseinsätzen in Übersee. Viele seiner Vorhaben konnte sie gerade noch verhindern, indem sie bei den Organisationen, die die Ausschreibungen veröffentlicht hatten, anrief und seine Vereinbarungen annullierte. Oder aber sie stellte mit Erleichterung fest, daß er seine Verabredungen selbst bald wieder vergessen hatte.

Auch an den Tagen über Weihnachten 2042 und Neujahr, die die Bergers gemeinsam verbrachten, wechselten bei Karl Phasen der Überaktivität und tiefer Erschöpfung ab. Er fiel von Zeit zu Zeit in einen komatösen Schlaf, dann wiederum schien sich sein Zustand zu bessern: Er besuchte Meditationsseminare und trainierte an seinen Fitness-Geräten. Der erstaunten Lisa erklärte er, daß er sich für die *Iron Man Competition* vorbereite. Was Lisa verbitterte, war, daß sie alle Mühe hatte, den Lebensunterhalt zusammenzukratzen, während er immer neue Fitness-Geräte bestellte und im Keller aufstellen ließ. Sie zermarterte sich das Hirn, was ihn zu solchen Vorhaben trieb.

Karl begann ein völlig neues Leben mit langen Trainingseinheiten, die er aus dem PureNet bezog. Seine Spezialnahrung stapelte sich in allen Schränken in der Küche. Überall stieß man auf

Haferextrakte, Vitaminemulsionen, Hefeflocken, Eiweißpräparate, Kraftmilch und Nußkonzentrate. Buntschillernde Verpackungen mit Bildern von halbnackten muskulösen Männern mit Blähthorax. Lisa versuchte mehrmals, einige dieser Präparate für die tägliche Küche zu verwenden, aber was sie auch anstellte, immer wieder hatten die unbekannten Zutaten seltsame Eigenschaften: Mal verklumpte die Suppe, dann wieder warf der Geflügelbraten seltsame Pusteln, und das Gemüse verfärbte sich braun-lila. Immer blieben Rückstände in Töpfen, auf dem Besteck und sogar in der Spülmaschine zurück. Wenn es Karl mitbekam, daß sie die Muskelaufbauprodukte für die tägliche Küche verwenden wollte, brauste er auf. Nun kam es häufiger vor, daß sie getrennt kochten. Dann bereitete jeder sich in „seiner" Ecke der großen Küche das eigene Mahl.

Innerhalb weniger Wochen mauserte sich Karl vom bleichen Bildschirmchemiker zu einem stattlichen muskelbepackten Mannsbild. Offenbar waren die Verpackungsversprechen nicht aus der Luft gegriffen. Und dennoch schien bei der Behandlung ihres Mannes etwas nicht zu stimmen. Denn er zeigte extreme Stimmungswechsel zwischen resignativ in sich gekehrt und überoptimistisch extrovertiert. In der Klinik wurde ihr bedeutet, daß ihr Mann permanent überwacht werden müsse und die Überwachung nur „zum Besten" ihres Mannes geschehe, denn er sei „nach dem Koma noch geschwächt". Doch wie sich das mit dem Intensivtraining vertrug, war Lisa schleierhaft. Sie wurde mißtrauisch. Denn Karls Vorhaben – Flugschein, Arena-Sport, Iron Man – erschienen ihr immer absurder. Sein Zustand war weiter von unerwarteten Stimmungsumschwüngen bestimmt. Lisa sah sich der Krankheit ihres Mannes mehr und mehr wehrlos ausgesetzt.

Dann ging es Karl zu Lisas Erstaunen wieder deutlich besser. In dieser Zeit beriet er sich mit Helene, die ihm die Welt der Influenca näherbrachte. Er fuhr nun häufig allein zur Klinik. Sie fand, daß Karls extrem zwischen Engagement und Passivität schwankte: „Da stimmt etwas nicht."

Helene darauf: „Mama, was soll da nicht stimmen? Die tun doch ihr möglichstes."

Lisa entschloß sich, in der Klinik Einsicht in seine Akten zu nehmen. Als sich Karl am nächsten Morgen für eine Routineuntersuchung in der Klinik verabschiedet hatte, ließ Lisa ihm dreißig Minuten Vorsprung und fuhr ihm unter dem Vorwand nach, er habe einige Befunde zu Hause vergessen.

Sie war überrascht, daß auf dem Klinikgelände Kräne standen. Innerhalb eines Bauzauns wimmelte es von Bauarbeitern und Spezialgeräten. Am Empfang wurde sie von den schon gewohnten freundlichen KI-Hologrammen begrüßt, die ihren Singsang sofort unterbrachen und sie baten, ihre Fragen elektronisch einzureichen. Ausnahmsweise wurde ihr über eine *immediate connection* mitgeteilt, ihre Fragen nach dem Verbleib ihres Mannes und nach seiner Behandlung könnten auch gleich beantwortet werden. Aber es müsse ein Fragebogen ausgefüllt werden. Nach dem Ausfüllen des Bogens war es immer noch nicht möglich, herauszubekommen, wo genau in der Klinik Karl behandelt wurde. Daran seien die Bauarbeiten schuld. Für die ständige Verlegung ihres Mannes entschuldigte sich das KI-Hologramm am Empfang, er sei auf seinem Weg durch verschiedene Behandlungsräume.

Kurzentschlossen machte sie sich auf eigene Faust auf die Suche nach ihrem Mann. Bei der Suche durch verschiedene Flure und die Behandlungsräume der Abteilungen Dermatologie, Neurologie, CRCT und diagnostische Psychologie kam sie kurz auf seine Spur. Doch wo immer sie anklopfte, informierte sie ein KI-Hologramm, daß Karl gerade kurz zuvor dagewesen, jedoch schon wieder weitergeschickt worden sei. Stets kam sie zu spät und hastete weiter zur nächsten Untersuchungsstation. Überall standen hochmoderne Geräte, an denen sich in wenigen Sekunden die jeweilige Diagnose erstellen ließ. Als sie nach ihrer Odyssee wieder unten im Empfang ankam, schauten sie die KI-bots fast vorwurfsvoll an. Durchs Fenster sah sie einen Krankentransporter aus der Ausfahrt der Klinik rasen. „Ihr Mann hat uns gerade verlassen..."

Seltsam, hatte sie nicht klar gesagt, daß sie ihn sehen wolle, um ihm persönlich die Befunde zu übergeben, die er zuhause hatte liegen lassen? Wo man ihn hinbringe und warum man ihn nicht benachrichtigt habe, daß sie hier sei und ihn suche? Darauf konnte ihr keiner eine Antwort geben. Sie könne eine schriftliche Eingabe machen. Ein raffiniert animiertes Wesen raunte ihr vertraulich zu, vermutlich sei er längst zu Hause. Nein, Verantwortliche waren nicht zu sprechen: Mittagspause!

Obwohl die KI-bots erschreckend gut im Vertrösten waren, gab sie sich nicht geschlagen. Sie suchte die Toilette auf und kletterte von dort durch ein schmales Fenster in einen innenliegenden Garten und von dort durch ein offenstehendes Fenster in die Klinik zurück. Sie nahm die erstbeste Treppe in die erste Etage, schaute hinter verschiedene Türen, kam aber nicht weiter. Seltsamerweise waren diese Räume vollständig leer.

Ob es überhaupt Patientenakten gab? Ein Patient wurde in einem Bett an ihr vorbeigeschoben. Sie war überrascht: Das war doch Henning! „Bist auch du hier in Behandlung?" Doch bevor der Patient antworten konnte, war er schon durch eine Schwingtür geschoben worden, die mit leicht schmatzendem Geräusch zufiel und sich nicht öffnen ließ, sosehr sie an ihr rüttelte. Sie durchquerte zahlreiche abgesperrte Bereiche, ging unter Plastikfolien durch, mit denen Teile der Korridore und der Säle abgehängt waren. Sie hatte den Eindruck, daß in dieser Klinik alle nur Klinik *spielten*.

Als sie eine Tür mit dem angehefteten Schild „Beruhigungszone" öffnete, stand sie mitten auf einer grünen Wiese unter einem ferienhaft blauen Nachmittagshimmel, der sich von Horizont zu Horizont zog. Höchst ungewöhnlich, so eine Wiese mitten in der Stadt und im ersten Stock eines Gebäudes. Sie kannte die Ganzfelder noch nicht.

Eine Schwester bat sie durch eine Tür, die mitten in der Landschaft stand, wieder herein. Sie nahm sie am Arm und führte sie nach unten zum Empfang. Dort traf Lisa einen Krankenpfleger, der jedoch seltsamerweise so aussah wie der Patient, den sie oben angesprochen hatte. War das nicht wieder Henning? „Warst du nicht gerade im Krankenbett?"

Er merkte, daß sie ihn erkannt hatte und wurde rot. Er erklärte sich: „Wir... wir wechseln häufig unsere Rollen."

Sie wollte es genauer wissen: „Bis du jetzt in der Medizin? Du wolltest doch Jura studieren. Und warum sprichst du von Rollen, die ihr wechselt? Also ich kapiere nichts mehr."

„Frau Berger, das geht hier vielen so", sagte er.

„An Ihrer Stelle würde ich mich an Dr. Swifejoke wenden, der kennt die Fälle, zweiter Stock. Doch jetzt erstmal: weg hier!"

Als sie das Gebäude verließ, mußte sie sich erst einmal setzen und nahm auf einer Bank vor dem Eingang der Klinik Platz. Das

Hupen eines Autos ließ sie aufschauen. Henning winkte ihr aus einem gedrungenen Kleinwagen zu und öffnete das Seitenfenster: „Steigen Sie ein!“ Sie schaute ihn verständnislos an. Er wiederholte: „Steigen Sie ein! Ich fahre Sie nach Hause.“ Sie erhob sich und ging langsam zu dem Wagen. Henning öffnete die Beifahrertür von innen. Henning meinte nur: „Ich habe denselben Weg.“ Er fuhr sie nach Hause. Karl war im Keller bei seinem Training.

Mit Staunen registrierte sie, daß Karl am nächsten Morgen wieder zur Klinik aufbrechen wollte. Für Lisa gab es nur eine Lösung: Sie würde sich die Klinik genauer anschauen müssen.

Am Samstag, den 7. Februar, stattete sie der Klinik einen nächtlichen Besuch ab. Der Haupteingang war verschlossen. Das hatte sie nicht anders erwartet, aber eines der Fenster im 1. Stock direkt an der Feuertreppe stand offen.

Über die Feuertreppe und ein Fenster gelangte sie in einen Korridor und passierte eine Tür mit der Aufschrift „Nur für Personal“. Eine weitere Tür und sie stand in einem leeren Saal. War das nicht der Ort, wo sie die Wiese gesehen hatte? Sollte die Klinik nur ein leeres Gebäude sein? Eine täuschende Fassade? Wo war dann die echte Klinik?

Über die Treppe gelangte sie in den 2. Stock. Vor ihr ein Gang mit Büros. Eine Tür mit dem Schild „Prof. Dr. Swifejoke“. Vorsichtig drückte sie auf die Klinke. Die Tür war nicht abgesperrt. Sie nahm ihren Mut zusammen und trat ein. Das Büro war leer. Sie ging weiter, als sie erschreckt zusammenfuhr. Die Silhouette einer stämmigen dunklen Figur hatte sich vor das Fenster geschoben, durch das fahles Licht hereinfiel. Sie war nicht allein in diesem Raum.

Sie räusperte sich: „Ich, ich suche Herrn Dr. Swifejoke...“

Die Silhouette regte sich. Knipste eine Schreibtischlampe an. Der Assistent, kaum 25 Jahre alt, stammelte. Offensichtlich hatte sie ihn überrascht bei etwas, was er lieber heimlich tun wollte: „Sie habe ich nicht erwartet. Sie sind Frau...“

„Berger.“

„Ah, Frau Berger. Wo Sie mich nun einmal gefunden haben, was kann ich für Sie tun?“

„Ich mache mir Sorgen, wegen...“

„Wir betreiben hier keine Hirnforschung.“

„---?“

„Es geht nicht darum, dem Patienten den eigenen Wille zu nehmen oder ihm einen uneigenen Willen einzupflanzen. Wozu sollte man das Hirn auch als Biospeicher verwenden? Ich könnte es Ihnen nicht sagen. Als Assistenzarzt sorge ich im Auftrag des Chefs dafür, daß Ihr Mann gut versorgt wird und er ruhiggestellt wird, wenn dies angezeigt ist.“

Auf eine seltsame Weise verneinend sprach der Assistent alles aus, was sie wissen wollte. War das Absicht oder war er immer so durcheinander?

„Was heißt das: ruhigstellen?“ wollte Lisa wissen.

„Weitergehende Informationen kann ich Ihnen nicht geben.“ Er schaute sie aus großen Augen an.

„Alle Dokumente sind elektronisch gesichert und werden automatisch am Ausgang gescannt. Es kann nichts aus der Klinik heraus. Es sei denn, es sei denn...“

Er schaute auf die Tischplatte und deutete nach rechts, wo ein Schlüssel lag:

„Die Alarmanlage läßt sich mit dem Eingangsschlüssel abstellen. Alles was ich über ihren Mann habe, ist hier in der oberen Schublade.“

Er deutete auf die Schublade zu seiner Linken.

„Es ist unmöglich, in die Klinik einzubrechen. Wenn Sie etwas mitnehmen, entnehmen Sie bitte Blätter aus verschiedenen Dossiers. Fällt weniger auf.“

„Und noch etwas: Bitte schließen Sie die Tür hinter sich ab.“

Er schaute sich zur Tür um. Er legte den Schlüssel auf ein Schreibmaschinenblatt und faltete dieses Blatt mehrmals, so daß er zwischen den Papierlagen gehalten wurde. Noch eine Drehung, und schon lag da eine seltsam verzwurbelte Rolle.

„Die Klinik steht unter Bewachung. Keine Kameras, aber alle zwei Stunden eine Kontrollrunde. Zwei Wachleute lösen sich ab, manchmal kommen sie zu zweit: 23 Uhr, 1 Uhr, 3 Uhr. 5 Uhr. In der nächsten Woche verschieben sich Kontrollgänge je um eine Stunde nach hinten. Sommerzeit.“

Mit einer vagen Armbewegung reichte er ihr die Rolle.

„Wie gesagt, Ihrem Mann geht es zur Zeit gut. Wir überwachen ihn ständig und überall. Das protokollieren und dokumentieren wir ausführlich. N 37. Unser Material ist verschlüsselt. Die Zahlenkombination ist geheim. Da kommt keiner ran."

Er machte Lippenbewegungen, die mehrmals zwischen einem stummen A und einem stummen O hin- und hergingen.

„Zeigen Sie nochmal."

Er glättete die Papierrolle am Rand und schrieb die Zahl 47523 auf den Rand und wiederholte seine Lippenpantomime.

„K... O...?", fragte Lisa.

Er hielt seinen rechten Zeigefinger vor den Mund und gestikulierte abwehrend: „Kein K, kein R!" Und fuhr fort: „Ich bedauere, daß ich ihnen nicht weiterhelfen kann."

„Warum tun Sie das?"

„Weitere Fragen kann ich Ihnen nicht beantworten, auch nicht die, wo sich der KI-Trunk befindet. Rechnen Sie immer damit, daß man Ihnen eine Falle stellen könnte. Nicht ich. Ich nicht. Ich werde jetzt das Büro für zehn Minuten verlassen."

Als er die Bürotür hinter sich geschlossen hatte, wunderte sie sich: Hatten sie nicht ziemlich aneinander vorbeigeredet? Am meisten hatte er geredet und so getan, als sei das ein Selbstgespräch und sie sei gar nicht anwesend. Und doch war Lisa überrascht, daß der Assistent ihr all diese Informationen gegeben hatte, selbst die, nach denen sie ihn nie gefragt hätte. Sie öffnete die Schreibtischschublade und entnahm das Dossier, das zuoberst lag. N 37. Sie entnahm zwei weitere Dossiers, N 22 und N 31.

Nun würde sie die Früchte ihres Besuchs erst einmal auswerten müssen. Sie schaute auf die Uhr, es war kurz vor Mitternacht. Genügend Zeit bis zur nächsten Kontrollrunde! Sie entschloß sich, die Klinik umgehend zu verlassen. Sie verließ die Klinik über die Feuertreppe. Den Schlüssel warf sie auf dem Weg nach Hause in eine Mülltonne.

Als sie nach Mitternacht nach Hause kam, fand sie Karl völlig erschöpft im Keller auf einem seiner Fitness-Geräte. Lisa machte sich große Sorgen. Würde Karl diese brutalen Trainingssequenzen körperlich überhaupt durchhalten?

Sie konnte nicht ahnen, wie gefährlich ihr Versuch war, herauszubekommen, was los war, gefährlich für sie und für Karl. Die Versuche an ihm dienten höheren Interessen. Die duldeten keine

Störungen. Nur wenige Eingeweihte wußten, daß Hunderte Bewohner von New Venice Teil dieses Menschenversuchs waren. Was ich Jahre später mit eigenen Augen sehen sollte, versetzte mir einen derartigen Schock, daß ich im ersten Moment von tiefer Scham darüber wie gelähmt war, was ich all diese Jahre mitgetragen hatte. Allerdings konnte ich nicht lange in diesem namenlosen Entsetzen verharren, ich mußte handeln, um die Vollendung dieses abscheulichen Experiments zu verhindern! Um den Verlauf der Dinge noch zu ändern, blieb mir nicht viel Zeit, und sie verrann zusehends. „Man in the vat" war nur eine milde Umschreibung dessen, was der Menschheit drohte. So blieb für die Scham nur ein kurzer erschütternder Moment, aber an ihn muß ich immer wieder denken. Alles, was ich in den letzten Jahren gelebt hatte, erschien mir blitzartig in völlig anderem, grellem Licht.

Ich habe später lange darüber nachgedacht, was damals in mir vorgegangen war. Ich kann es nur mit dem Begriff der Bekehrung beschreiben. Mit Spontanbekehrung. Auch wenn es religiös klingt, so war es genau das. Ein neues Wissen kam über mich. Es war nicht die Bekehrung derer, die hinterher nichts gewußt haben wollten, es war das blitzartige Erkennen meines abgründigen Irrtums und wie ein Gelübde, alles zu tun, um das, woran ich mitschuldig geworden war, ungeschehen zu machen. Ich mußte einen Neuanfang machen, um das Verhängnis zu verhindern, auf das wir zulebten. Ich war die Einzige, die das Mittel dazu in der Hand hatte.

Heute fuhr Karl erneut in die Klinik. Lisa nutzte den Moment, um das Dossier N 37 zu öffnen. Neben Blättern mit Tabellen und Kurven fand sich darin eine Multi-Archiv-Disk (MAD). Sie hütete sich jedoch, sie auf ihrem Gerät abzuspielen. Wer konnte schon wissen, welch eine Teufelei sich darauf verbarg? Sicherlich konnte Barney helfen! Sie würde ihn bei nächster Gelegenheit fragen.

Karls Verhalten war seltsam: Manchmal war er unauffindbar, dann kam er erschöpft aus seinem Kellerraum nach oben. Lisa beobachtete mit Erstaunen, daß Karl plötzlich über berufliche Fragen sprach. Sie warnte ihn.

„Paß auf dich auf, du bist kein Roboter."

„Ich fühle mich *besser* als jeder Roboter. Ich habe unendlich viel Energie und Ideen!"

Er fühle sich so fit wie selten. Außerdem stehe er unter einer exzellenten gesundheitlichen Überwachung.

Lisa war das alles nicht geheuer. Vor kaum sechs Monaten hatte er im Koma gelegen. Nun stand Karl mitten in der Nacht auf, ging wie ein Schlafwandler zu seinem Schreibtisch und machte sich dort zu schaffen. Plötzlich brach er zu Unternehmungen auf, dann wieder zeigten sich unerwartete emotionale Umschwünge. Da den Ärzten und auch dem Patienten alles völlig normal vorzukommen schien, zweifelte Lisa an *ihrer* eigenen geistigen Präsenz. Irgend etwas stimmte nicht. Seltsam waren auch *Vorfälle*, die im Haus vorkamen. Zum Beispiel am Dienstag, den 10. Februar, als es zu einem Stromausfall kam. Karl machte sich daran, ihn zu beheben. Er wollte, falls nötig, sogar die Leitung reparieren. Lisa nahm an, daß nur die Sicherung rausgeflogen war und ging nachschauen. Als sie den Sicherungskasten öffnete, hörte sie die Türglocke. Sie öffnete, doch vor der Tür war niemand. Als sie zum Technikraum zurückkehrte, erschrak sie. Zwei Mitarbeiter des HS-Hausmeisterservice schraubten dort am Sicherungskasten herum. Doch wie waren sie hereingekommen?

„Wir sind für Sie da und beheben jedes Problem."

„Wir sind schon einmal vorgegangen."

„Äh, wie sind Sie hereingekommen?"

„Sie haben uns doch gerufen."

Auf Nachfrage Lisas sagte Karl, daß er sie nicht hereingelassen habe. Er erinnerte nicht einmal den Stromausfall. Als sie gemeinsam zum Technikraum gingen, war dort niemand. Die Vordertür fiel zu.

Lisa blieben Zweifel: *Wer* könnte die Servicetechniker gerufen haben? Wie waren sie hereingekommen? Hatte sie irgend etwas nicht mitbekommen? Litt sie an einem nachlassenden Kurzzeitgedächtnis? War das eine Halluzination?

Helene, die in das Schneiden eines ihrer Filme vertieft war, hatte ebenfalls nichts bemerkt. Sie hatte die Tür nicht geöffnet.

Karl verlangte am selben Tag nach einem eigenen Zimmer, aber Lisa gab nicht nach. Sie richtete es so ein, daß er sich nicht allzu sehr isolieren konnte.

Als sich Karls Werte nach und nach stabilisierten, schöpfte Lisa Hoffnung. Karl überwand die Schwäche, wie er in diese gefallen war, und sein Zustand verbesserte sich in dem neuen Haus zusehends. Obwohl er immer noch krankgeschrieben war, wollte er ab Mitte März wieder halbtags zu arbeiten beginnen.

Als er am 20. März das erste Mal wieder das Labor betrat, gab es eine herzliche Begrüßung:

„Da sind wir ja wieder."

Am ersten Tag suchte Karl einen Programmierer und stellte den einzigen ein, der sofort verfügbar war: First Fired. Der erledigte die Arbeit bis zum Abend, wurde am nächsten Tag aber wieder entlassen. Erneut hatte er bei seinem Job einen entscheidenden Fehler gemacht. Dabei hatte er doch dabei geholfen, das N 37-Protokoll in wenigen Stunden anzupassen. Schon am Nachmittag wurde es beim *Power-napping* auf Karl überspielt.

Die Funktionalität der Neuprogrammierung wurde bei einer simulierten Betriebsversammlung getestet. Auf dieser Betriebsversammlung sprach Karl zu Icks genau den Text, den er sprechen sollte. Er klingelte nur so von Begriffen wie Fortschritt, KI, Neuerung, Innovation. Dann aber sprach Karl mit ungespieltem Erstaunen einen Satz, der Icks das Blut in den Adern gefrieren ließ: „Ich lebe ein Leben, das ich mir so nicht habe vorstellen können. Es kommt mir vor, als lebe ich in einer *programmed reality.*"

Bei diesem unschuldigen Satz, mit dem Karl vermutlich nur sagen wollte, daß er sich wie in einem Traum wähne, sprang Icks auf. Alle Alarmglocken schrillten. Icks achtete peinlichst darauf, daß seine Probanden nicht einmal in einem Nebengedanken die Situation kommentieren durften, in der sie sich befanden. Die Angst vor Sabotage, auch durch die Probanden, war zu groß. Icks spielte sofort den Gedanken durch, Karl Berger könnte doch nicht nur gedankenlos abspulen, was ihm einprogrammiert wurde, sondern womöglich die gesamte Situation durchschaut haben. Wäre es möglich, daß er nur so tat, als habe er nicht begriffen, was mit ihm gemacht wurde?

Mimte er bei diesem Experiment nur? Spielte er bewußt den Willigen? Für Icks war dies der Gabu, „der größte anzunehmende Betriebsunfall", vor dem er sich immer gefürchtet hatte, seit er die Abteilung *HirnKonzept* aufgebaut hatte. Das Protokoll sah vor, daß bei einem Betriebsunfall dieses Ausmaßes der Verantwortliche sofort zu entlassen war. Wie von einer Tarantel gestochen sprang Icks auf. Er beendete das Meeting mit einer raschen Geste und rief den Programmbeauftragten zum Gespräch. Karl schickte er in das Behandlungszimmer.

Zwar war nicht genau zu sagen, welche Relevanz dieser Äußerung eines Probanden zukam. Ließ sie wirklich auf eine autonome Bewußtseinsleistung schließen? Jeder im Team wußte, daß Autonomie der erste Schritt in die Subversion war. Je besser die Programmierung war, umso ähnlicher sollten sich, zumindest nach der Theorie, programmierte Äußerungen und eigenständige Bewußtseinsleistungen werden. Da einer Äußerung jedoch nicht zweifelsfrei entnommen werden konnte, ob sie dem Programm oder einer autonomen Hirnleistung entsprang, war die Frage nicht leicht zu beantworten, wie sie zu bewerten sei. Die Bewertung hing von der Intuition des jeweiligen Leiters des Experiments ab. Es war jedoch genau darauf zu achten, daß es für Probanden keine kognitiven Dissonanzerfahrungen gab.

Dies unterstrich Icks bei allen seinen Vorträgen gebetsmühlenartig: „Delta K klein halten, Delta K großes Tabu!“

Kein Proband durfte ja durchschauen, was ihm widerfuhr. Denn sonst waren die besten Ergebnisse wertlos. Sollte das geschehen, mußte das laufende Projekt sofort abgebrochen werden. Doch genau das konnte und wollte man sich mit Karl in dem aktuellen Stadium nicht leisten. Es war alles schon zu weit voran.

Icks Untersuchung brachte zu Tage, daß der Programmierer First Fired diesen Satz in Karls Programm hineingeschrieben hatte. First Fired mußte gehen.

Icks maß dem Satz offenkundig zuviel Bedeutung bei. Bei ruhigem Nachdenken hätte er erkennen können, daß bei einem Hirnmanipulierten ein Satz nie *aus dessen Bewußtsein kommen* konnte. *Hatte man Karls Bewußtsein denn nicht der Reaktivitätskontrolle unterstellt?*

Karl fuhr weiterhin regelmäßig in die Klinik, jedenfalls kündigte er dies an. Lisas Versuche, ihn in der Klinik anzutreffen, schlugen jedes Mal fehl. Früher hätte sie nie bezweifelt, was er ankündigte, doch nun fragte sie sich, wohin er tatsächlich fuhr. Es gab ihr zu denken, daß er immer schon wieder zuhause war, selbst als sie ihn von der Klinik abholen wollte. Für sie war das alles mehr als intransparent. Schließlich waren da die merkwürdigen Ausfälle seines Erinnerungsvermögens. Aufgrund der unerklärlichen Vergeßlichkeit ihres Mannes kam Lisa weiterhin nicht an das gemeinsame Konto. Ging es Karl gut, versprach er, den Code so bald wie möglich aufzuschreiben. Dachte Karl daran, ihr den Sperrcode zu geben, vergaß er, wo er ihn abgespeichert hatte. Wenn er sich daran erinnerte, wo der Code war, vergaß er, daß er ihn ihr geben wollte. So reichten die Mittel, über die Lisa verfügte, gerade für den täglichen Bedarf, dies aber auch nur sehr knapp.

„Ich sehe das alles natürlich ganz anders“, sagte Karl von sich selbst. „Ich weiß, daß ich mich um alles kümmere. Ich weiß, daß ich verläßlich bin.“

Auch Hanns Gruber schien vergessen zu haben, das Gehalt auf das Haushaltskonto der Bergers zu überweisen. Lisa konnte sich nicht erklären, warum Karl so vergeßlich war. Verdrängte oder vergaß er, was er versprochen hatte? Konnte er den Code einfach nicht finden? Dabei fuhr er doch wieder regelmäßig an seinen neuen Arbeitsplatz und gab dort den Chef.

Ich wollte mehr über Karl erfahren und habe es so eingerichtet, daß ich ihn im Namen einer Presseagentur um ein Interview gebeten hatte. Als Journalistin habe ich ihn zu einem Gespräch in seiner Firma gewinnen können.

Gleich zu Anfang stellte er richtig: „Es stimmt nicht, was über mich verbreitet wird, mir geht es gut, es hat nur einen unbedeutenden Vorfall gegeben.“ Er arbeite in dem klaren Bewußtsein, ein Chefleben zu leben, in dem es sogar Raum für ein erotisches Nebenleben gebe. Ich meinte, an dem Verhalten seiner Sekretärin Sonja erkennen zu können, daß es zwischen ihnen ein besonderes Vertrauensverhältnis gab. Sie kam mehrmals aus nichtigem Anlaß während des Interviews herein. Karl kam von sich aus auf sie zu sprechen: „Ich empfinde es als angenehm, zuhause und bei der Arbeit umsorgt zu sein.“ Ja, er nehme sie gerne auf seine Dienstreisen mit. Wenn es sich einrichten ließ.

Ich fragte ihn nach seinem Verhältnis zum höheren Management und nach seiner Einstellung zur Karriere.

„Wenn ich in den Jahren, die ich in der Firma tätig war, etwas gelernt habe, dann, daß es nichts bringt, wenn man sich mit der Führung anlegt."

„Verantwortung kann ich aber nur zeigen, wenn ich am Leben bleibe und auf meinem Posten. Der ist nicht allzu exponiert. Immerhin kann ich einige Dinge bewegen. Vor allem muß ich meine Frau und meine Kinder schützen."

„Wie war das damals mit dem Energy-Saving Project?"

„Die Natur machte uns deutlich, daß sie zurückschlagen konnte und stellte uns schneller vor die Folgen unseres eigenen Handelns, als es uns lieb war. Die Verlagerung der Rechenzentren in die Antarktis mußte innerhalb von kürzester Zeit zu einer Erwärmung des Südpols führen."

„Gab es damals Bedenken?"

„Die Rechenzentren waren längst auf Graphemprozessoren umgestellt. Dies hatte eine riesige Einsparung von Energie zur Folge. Durch die Umstellung wurde der Verbrauch von Energie auf ein Zwanzigstel reduziert. Diese Verringerung bändigte jedoch nicht den Traffic, sondern erhöhte ihn. Die Reduktion des Energieverbrauchs der Datenzentren hatte einen perversen Rebound-Effekt: Je billiger der Datenverkehr wurde, umso mehr wurde er genutzt. Und umso mehr energiefressende Anwendungen wurden scheinbar wirtschaftlich. Die Steigerung übertraf am Ende die Energieeinsparungen bald um ein Vielfaches. Dank des geringeren Energieverbrauchs stieg der weltweite Datenverkehr auf ein Maß an, das wir bislang nicht für möglich gehalten hatten. Die Datenströme des 21. Jahrhunderts lagen tausendfach höher als am Ende des 20. Jahrhunderts."

„Wie haben Sie darauf reagiert?"

„Einsichten vergangener Zeiten sind irrelevant geworden. Es hatte nichts zu sagen, daß schon im Jahr 2019 in der Zeitung zu lesen war: «Es gibt nichts, was so umweltfreundlich ist wie das eigene Denken.» Wir Menschen ließen uns immer von neuen Möglichkeiten faszinieren. Ob wir eine logisch denkende Spezies sind, sei mal dahingestellt. Selbst die katastrophale Flutkrise hat das Wachstum des Datenverkehrs nicht zügeln können. Sie hat den Ausbau des Netzes sogar noch angeregt, denn nun lagen große Teile der alten Infrastruktur unter Wasser und mußten ersetzt werden.

Menschen können immer neue Möglichkeiten erdenken und setzen alles dran, sie zu verwirklichen."

„Und die Folgen?"

„Auch Graphemprozessoren entwickeln Wärme. Zwar um den Faktor Tausend weniger als herkömmliche Speicherchips oder ein Hundertstel der Wärme, die Graphikkarten erzeugen. Doch da der Datenverkehr um einen erheblichen Faktor angestiegen ist, liegt der Kühlbedarf heute aufgrund des Rebound-Effekts weitaus höher als vor dreißig Jahren. Das Netz ist nur über die Kühlung der zentralen Verarbeitungstortillas zu sichern. Der weltweite Datenverkehr erzeugt soviel Wärme, daß herkömmliche Kühlaggregate unwirtschaftlich sind. Unsere einzige Chance lag und liegt darin, natürliche Kälteressourcen zu nutzen. Das Herz des Netzes muß gekühlt werden."

„Wie könnte ich das meinen Lesern anschaulich machen?"

„Es wären Hunderte von 150stöckigen Silokühlanlagen für Server nötig gewesen, um den weltweiten Datenverkehr effizient abzuwickeln, also Hochhäuser von 250-300m Höhe, durch die Tausende von Tonnen tiefkalten Stickstoffs gepumpt werden. Dabei wären Stromverbräuche aufgelaufen, die alles in den Schatten gestellt hätten, was Kraftwerke überhaupt liefen können. Weltweit. Die großen amerikanischen Konzerne planten, die Datacenter im ewig kalten Weltall zu installieren, doch dann wäre der Datentransfer sehr teuer geworden. Und wie hätte man all die Speichertortillas ins All bringen sollen? Vielleicht hätte man sie gleich im Weltraum produzieren müssen, aber auch dann wären die Gesamtkosten viel höher ausgefallen. Vielleicht aber wäre uns das Umkippen des Polarklimas erspart geblieben. Jedem, der es wissen wollte, war klar, daß wir das Netz nur aufrechterhalten konnten, wenn wir die Datencenter in die Polarregionen verlegten. Wir konnten nicht anders, wir mußten die Server ins ewige Eis bringen, ansonsten hätten die Stromkosten für die Kühlung der Prozessoren das Netz unwirtschaftlich gemacht. Ein klassischer Kompromiß zwischen Effizienz und Ökonomie.

Dank supraleitender Datenkabel war die Übertragung ebenso schnell wie die herkömmliche Datenübertragung zu einem Serverknotenpunkt in dreißig Kilometer Entfernung. Für einige Jahrzehnte konnten wir die Aufwendungen für Energie sparen, die für die

Kühlung notwendig geworden wären. Damals, 2025, lebten wir alle in der Hoffnung, daß die Folgen der Erwärmung der Polarzonen milde ausfallen würden. So hätten wir noch genugend Zeit, nach effizienteren Wegen zu suchen. Wir hofften, wir kämen darum herum, uns mit steigendem Meerwasser und erodierenden Küsten herumschlagen zu müssen. Doch genau das geschah rascher, als es die kühnsten Voraussagen erahnen ließen. Das steigende Meerwasser war nur eines von mehreren Problemen mit globalen Auswirkungen. Dazu kam die Veränderung des Klimas. Die Quittung kam schneller, als wir es uns hätten träumen lassen."

„Und was wird nun aus all dem?"

„Es müssen andere Lösungen her. Daran arbeitete ich Tag und Nacht. Wir werden es schaffen."

Am 2. April sah Lisa eine Annonce für einen Job als Chemiefachkraft in einer Druckerei. „Bewerben Sie sich für einen Job im Printsektor. Drucken. Das ist es."

Sie bewarb sich. Ein Job in der Druckerei konnte auch für eine Chemikerin interessant sein. Wenige Tage später wurde sie für einen Praxistag eingeladen. In der Druckerei traf Lisa erneut auf First Fired. Er raunte ihr zu, daß sie sich seinetwegen keine Sorgen machen müsse, da er eh als erster entlassen werde. Sie war fast böse mit ihm. Sie fand es ausgesprochen unfair, dies vor Beginn der Ausscheidung anzukündigen.

„Sie müssen das nicht für mich tun."

„Ich kann nichts dafür. Es gibt einen Grund, warum mich alle First Fired nennen. Ich heiße, wie ich lebe."

„Das ist doch bescheuert", zischte sie ihm zu.

Alles lief ganz anders ab als bei ihrer ersten Begegnung. Obwohl ihr daran lag, den Job zu bekommen, wollte sie sich First Fired gegenüber keine Blöße geben und stellte sich so ungeschickt an wie nur möglich. Es entspann sich ein Wettkampf zwischen den beiden darum, wer sich am ungeschicktesten anstellte. Schon am Nachmittag lagen beide weit hinten im Feld der Mitbewerber, die seltsamerweise alle auf ähnliche Lösungen zu kommen schienen. Bei den Aufgaben „topographische Farb-Harmonie" und „Feldzerlegung" ähnelten sich die Resultate wie ein Ei dem anderen. Lisa hielt das für seltsam. War nicht jedes Individuum in der Lage, eine eigene Lösung zu finden? Waren die anderen etwa menschliche Roboter?

„Ich muß echt verrückt sein. Es geht mir um den Job und nicht um einen Wettkampf mit diesem Typen und gegen eine Herde Schafe. Die wollen mich doch reinlegen."

First Fired gelang es nicht, sich bewußt ungeschickt zu verhalten. Die besten Dinge erfand er immer nur kontraintuitiv. Was immer er sich fest vornahm, gelang ihm nicht. Lisa war viel kreativer, daher schlug sie ihn in Sachen Ungeschicklichkeit um Längen. Sie konnte sich sehr gut ein schlechtes Resultat vorstellen und dieses auch erreichen. Der Unterschied zwischen den beiden führte dazu, daß First Fired in seinem Bemühen um schlechte Resultate gerade sehr gut abschnitt und am Ende sogar die Gruppe derer überrundete, die bislang bei allen Aufgaben vorn gelegen hatten. Lisas Resultate lagen ganz am Ende.

Während des Probetages erfuhr Lisa hautnah, was mit einem Mitarbeiter passierte, der kritische Andeutungen über das Governat gemacht hatte. Der Mann wurde von drei behelmten Angehörigen des Sicherheits-Teams direkt aus seinem Arbeitseckchen im Großraumbüro herausgeholt. „Hier, was hast du der und der über das Governat erzählt?" Alle zogen die Köpfe ein und machten sich klein. Denn jeder wußte, worum es ging, und doch war völlig unklar, was im Detail geschehen war.

„Ihm wird schon nichts passieren", meinte First Fired, als er etwas später mit Lisa an der gemeinsamen Aufgabe saß, eine Reaktionsapparatur aufzubauen.

„Ein paar Tage Ost-Klinik, und schon *funktionieren* die wieder. Meistens." Von einer Ost-Klinik hatte Lisa noch nie gehört. „Ost-Klinik, kenne ich nicht."

„Kennen die wenigsten. Ist auch keine öffentliche Klinik. Sie liegt in einem Gewerbegebiet, wo es sonst nur Bauteilfertigung und Reparaturwerkstätten gibt. Die meisten Patienten bekommen danach keine Probleme mehr."

Lisa wurde hellhörig: „Und was geschieht dort?"

„Genau weiß ich das nicht, ich habe dort nur einmal bei Programmierungen ausgeholfen. Es geht um so etwas wie Mitarbeiterführung. Ein paar Stellschrauben in der Persönlichkeits-Agenda und schon paßt es wieder. Jeder weiß, daß Angst kein gutes Mittel der Führung ist, und dennoch hat keiner etwas Besseres erfunden. Heute weiß man, daß gar nicht jeder gefügig sein *muß*. Eine gewisse Eigenständigkeit tut allen Teams gut. Offenbar wird daran geforscht, wie sich das Widerstandspotential einfangen und neu ausrichten läßt. Für die Patienten schmerzlos."

„Ist das nicht Manipulation? Das klingt abscheulich", empörte sich Lisa.

„Ganz und gar. Leider weiß ich nicht mehr darüber, dazu war ich nicht lange genug dabei."

Nach dem Probetag haderte sie mit sich selbst und ging mit der festen Meinung nach Hause, am nächsten Tag nicht mehr antreten zu müssen. Sie genoß einen bitteren Triumph, immerhin hatte sie ihren Stolz gerettet.

Am nächsten Morgen erfuhr sie, daß der aussichtsreichste Bewerber den Job bekommen hatte. Sie hatte recht behalten. Doch schon am darauffolgenden Morgen erhielt sie die Mitteilung, daß der gerade ausgewählte Bewerber nach einem Tag schon wieder gefeuert worden war. Sollte First Fired recht gehabt haben? „Wenn Sie noch verfügbar wären..."

Nun wurde ihr, Lisa, die Beschäftigung in der Druckerei angeboten. Viertagewoche. Halbtags! Sie war fassungslos. Damit hatte sie nicht im entferntesten gerechnet.

Auf ihre Frage: „Und die anderen Bewerber?" hörte sie erst Schweigen, dann die Antwort: „Für alle anderen haben wir passende Jobs gefunden."

Lisa nahm den Halbtags-Job an und war unendlich froh, denn so hatte sie genügend Zeit für Karl. Und die leidige Geldfrage war geklärt. Ihr fiel ein Stein vom Herzen.

Ihr Arbeitsleben begann am 6. April 2043. Sie war erstaunt, denn was sie an Ungeschicklichkeit und Unfähigkeit absichtsvoll an den Tag gelegt hatte, war offenbar ganz anderes verstanden worden. „Sie haben uns überzeugt, denn Sie waren so überraschend kreativ und innovativ!"

Auf dem Weg zum Personalbüro kam Lisa an einer Tür vorbei, auf der ein provisorisches Schild verriet, daß hier die Abteilung „Strategie" eingerichtet worden war. Neugierig schaute sie durch die offenstehende Tür. Dort saßen viele derer, die an dem Bewerbungsverfahren teilgenommen hatte. Lauter bekannte Gesichter.

Woran sie arbeiteten, war nicht erkennbar.

Gleich am ersten Tag wurde sie auf die Probe gestellt. Es ging um die Frage, ob sie das Ergebnis einer Untersuchung veröffentlichen würde, die nachweise, daß ein Produkt gefährlich sei, selbst wenn dies negative Folgen für den Absatz habe. Normalerweise stellt diese Frage den Befragten vor ein Dilemma. Nicht bei ihr: Ohne zu zögern antwortete sie mit ja. War sie *so* naiv? Oder hatte sie keine Kraft für faule Kompromisse? Was andere für ein Dilemma hielten, war für sie ein Anlaß zu einer klaren Entscheidung. Ohne Lisa darüber in Kenntnis zu setzen, waren dem Interview als Zuschauer Icks und Aga zugeschaltet. Icks verzog das Gesicht: „Autsch!" Er bevorzugte unübersehbar die Klarheit der Lüge.

Aga sagte ungerührt: „Opposition."

Icks entgegnete säuerlich: „Wir werden sie brauchen können."

Aga schaltete den Bildschirm ab und lud über die Gegensprechanlage Sascha Anderson zu einem Gespräch in sein Büro. Zehn Minuten später hatte er seinem bewährten Mitarbeiter den Auftrag erteilt, in die Vereinigten Staaten zu reisen und dort einige berühmte Superhelden zu rekrutieren. Aga gab ihm auf den Weg: „Unterschätze sie nicht."

Von den Helden versprach er sich vor allem symbolische Hilfe im Kampf gegen seine Widersacher auf der Halde. Zudem hoffte er auf einen besonderen Glanz, in den er seine Herrschaft tauchen wollte. Er sah es vor sich, das Plakat, das ihn umgeben von Superhelden zeigt und mit dem er bei der nächsten Wahl punkten wollte, so es eine geben sollte. Als sich dieser Auftrag herumsprach, und Aga sorgte dafür, machte sich auf der Halde Unbehagen breit.

Als Assistentin der Abteilungsleiterin Druck war Lisa damit betraut, fälschungssichere Farben zu entwickeln, wie sie für den Druck von Geldscheinen und offiziellen Dokumenten, Lifecards, Einbürgerungsanträgen und Bestätigungen benötigt wurden. Sie sympathisierte mit der Leiterin, die einen Rauswurf nicht zu fürchten schien. Schon am zweiten Tag erfuhr Lisa, daß ihre Chefin eine offene Redeweise bevorzugte. Ganz unverblümt sagte sie ihr, daß der Hauptzweck der Druckerei war, im Namen des Governats die geldgierige Orga bei Laune zu halten. Daher sei auch kein Mitgefühl mit jenen angebracht, die auf Effizienz und Entlassungen drängten. Solchen Ratgebern würde sie gleich die Tür weisen. Wenn es nur um die Bereicherung ging, für die die Allgemeinheit die Zeche zahlte, sollte dies wenigstens nicht auf Kosten der Belegschaft gehen, die ihre Arbeit gut mache. Es ging weniger darum, fälschungssichere Farben zu entwickeln, so etwas gebe es sowieso nicht, sondern darum, Farben zu entwickeln, die für fälschungssicher gehalten wurden. Daß sie von den Eingeweihten leicht nachgeahmt werden konnten, wußten nur die Eingeweihten. Das war entscheidend! Es gehe *en gros* um staatlichen Devisenbetrug, fügte sie mit gesenkter Stimme und Verschwörermiene hinzu. Schon nach wenigen Wochen fühlte sich Lisa ihren Aufgaben gewachsen. Die tägliche Routine gab ihren Tagen Struktur. Wie lange hatte sie sich das nicht gewünscht!

Aus heiterem Himmel wurde sie zu einem Sondereinsatz ausersehen: Sie sollte eine Lieferung mit Entwürfen für die neuesten Scheine an die Kommission der Bankenaufsicht begleiten. Diese Lieferung war zwar offiziell, mußte aber aufgrund der sich häufenden Überfälle auf Lkw geheim gehalten werden. Als im letzten Moment der Sicherheitsdienst absprang und kurz darauf auch der beauftragte Kurierfahrer absagte, war sie für einen Moment wie vor den Kopf geschlagen. Die Lieferung konnte am 25. Mai nicht durchgeführt werden, wenn sie auch noch so dringend erwartet wurde. Als Lisa der Kommission mitteilte, daß die Lieferung nicht rechtzeitig durchgeführt werden konnte, fragte die Vorstandssekretärin vergrätzt, ob man denn meine, die Arbeit der Kommission sei unwichtig. Sie schlug Lisa vor, die risikoreiche Lieferung ohne Sicherheitsleute durchzuführen. Lisa willigte ein: „Wir liefern. Punkt." Vielleicht war die Abwesenheit des Sicherheitsdiensts sogar von Vorteil, dachte sie. Der Transport wäre weniger auffällig.

Als sich die Sicherheitsschleuse des neutral lackierten Lieferwagens schloß, war ihr doch etwas mulmig. Der Dokumentenkoffer war mit einem Riemen an ihrem Handgelenk befestigt. Der Transporter, den sie reserviert hatte, war gepanzert und deutlich auffälliger als ein Kleinwagen. Wurden aber nicht vor allem Lebensmitteltransporte überfallen?

Ob es ein Zufall war, daß genau der Lieferwagen, in dem sie saß, zum Ziel eines Überfalls wurde, konnte sie nicht sagen. Schon nach wenigen Minuten stoppte die Fahrt vor einer Pyramide brennender Autoreifen. Ehe der Fahrer reagieren konnte, setzte ein Vermummter ein Bohrgerät ans Seitenfenster, blies durch den hohlen Bohrmeißel Lachgas in die Fahrerkabine und setzte den Fahrer innert Sekunden außer Gefecht. Durch die kleine Sichtluke in der rückwärtigen Tür sah Lisa, daß der Lieferwagen rückwärts auf einen Tieflader gezogen wurde. Dann wurde es dunkel. Offenbar hatte man ihn mit einer Plane abgedeckt. Und schon setzte sich der Tieflader in Bewegung. Lisa war so verblüfft, daß sie nicht daran gedacht hatte, auf den Alarmknopf zu drücken.

Die Fahrt unter der Plane währte nicht lange und kam zu einem abrupten Halt. Sie hörte dumpfe Schläge. Waren das Schüsse? Sie befand sich zwar in einem Aufbau mit schußsicherer Panzerung, doch legte sie sich lieber flach auf den Fahrzeugboden. So kannte sie es aus Teleboard-Thrillern. Entweder zieht der Held seine Waffe und schießt zurück, oder er legt sich flach hin. Nun wurde auch der Lieferwagen von Treffern erschüttert. Wie sie später erfuhr, hatte eine Abteilung Spezialkräfte den Tieflader mit einem geharnischten Angriff zum Stehen gebracht und die Entführer umzingelt. Mit wildem Schießen versuchten sie, die Entführer des Lieferwagens zu neutralisieren. Doch diese wehrten sich mit allen Mitteln. Lisa lugte vorsichtig durch das schmale Sichtfenster der rückwärtigen Tür und wurde Zeugin eines heftigen Schußwechsels. Doch dann, plötzlich, sie konnte sich nicht erklären, wie das geschehen war, befand sie sich nicht mehr in dem Transporter. Lisa kam einige Meter hinter den Einsatzfahrzeugen des Sicherheits-Teams wieder zu sich. Sie lag auf dem Boden und konnte die Sicherheitskräfte sehen, wie sie mit allen Händen groß- und kleinkalibrige Waffen bedienten und damit so lange auf den Tieflader schossen, bis alles in Flammen stand. Ein trauriges von Flammen umlodertes Wrack. Niemand hatte Lisa bemerkt. Die Polizisten waren zu beschäftigt. Was auch immer geschehen war, Lisa war hinter die Linie der Sicherheitskräfte geraten.

Diesem Umstand durfte sie es wohl verdanken, daß sie den Angriff überlebt hatte. Als sie ihre Benommenheit abgeschüttelt hatte, kroch sie nach hinten aus der Gefahrenzone und entfernte sich durch das Gebüsch. Obwohl der Halteriemen arg zerschunden war, baumelte der Dokumentenkoffer immer noch an ihrem Arm. Er hatte wohl etwas abbekommen. Sein Deckel klaffte halb geöffnet. Aus der Öffnung rutschten Papierstücke. Darum konnte sie sich jetzt jedoch nicht kümmern. Nach Deckung suchend gelangte sie zum nahen Meeresufer und deponierte den Dokumentenkoffer am nächstgelegenen Steg, wo sie ihn mit einigen Steinen sicherte. Der Wind trug einige der Geldscheine davon. Mit wackligen Beinen stolperte sie am Ufer entlang. Lange noch hallte Gewehrfeuer durch die waldige Gegend. Sie konnte sich nicht erinnern, wie sie nach Hause gekommen war.

Dort erst wurde ihr bewußt, in welch gefährlicher Lage sie sich befunden hatte. Sie war den Schüssen und den Flammen auf eine für sie unvorhersehbare und nicht erklärliche Weise entkommen. Sie mußte in dem Moment aus dem Ladekastens geschleudert worden sein, als der Lieferwagen im Kugelhagel von dem lichterloh brennenden Tieflader gekippt war. Seltsamerweise erinnerte sie sich jedoch, das Wegkippen des Lieferwagens in allen Einzelheiten von außen beobachtet zu haben.

Die Angreifer sahen ein, daß sie auf verlorenem Posten kämpften und ergriffen die Flucht. Dabei erhaschten sie den einen oder anderen Geldschein, den der Wind herumwehte. Aber sie sahen davon ab, der „Schnitzel-Spur“ zu folgen, die zum Ufer führte.

„Wir müßten nur den Scheinen folgen.“

„Das lassen wir, es könnte eine Falle sein.“

„Seit wann haben wir Angst vor einer Falle?“

„Heute nicht!“

Nilla und ihre Mitkämpfer zogen sich zurück und gelangten ungeschoren zur Halde.

Der Überfall wurde genau untersucht. Alle Druckereimitarbeiter mußten die Fragen der Ermittler des Sicherheits-Teams beantworten. Irgendwo mußte es ein Leck geben. Niemand konnte sich vorstellen, daß der Überfall auf gut Glück unternommen worden war. Als die Polizisten Lisa zu dem durchbrochenen Dach des Transporters befragten, war sie sprachlos. Auf drängendes Nachfragen konnte sie nur antworten: „Das kann ich nicht erklären.“

Die Polizei zog einen amerikanischen Spezialisten für Sprengstoffe zu Rate, der zufällig gerade zu dieser Zeit an einem Lehrgang des Sicherheits-Teams teilnahm. An dem Transporter konnte er keine Sprengstoffspuren feststellen. Aber er hatte einen Comic dabei, in dem der Held Fearless durch die Decke eines Eisenbahnwaggons stürzt. An der Stelle, an der der Held durch die Karosserie gedrungen ist, waren die Bleche ähnlich verbogen wie auf dem Dach des Lieferwagens, nur daß in dem einen Fall die Blechreste nach innen, im anderen Fall nach außen wiesen. Er mutmaßte herumflaxend, daß *super human talents* im Spiel gewesen sein könnten. Die hiesigen Polizeikräfte waren über diese Art des Schließens wenig amüsiert.

Lisa gab zu Protokoll, daß sie wohl beim Umkippen des Lieferwagen aus der gepanzerten Kabine herausgeschleudert worden sei, anders könne sie sich nicht erklären, wie sie aus dem Lieferwagen rausgekommen ist. Sie sei dann zum Ufer runter, wo sie den Dokumentenkoffer deponiert habe.

„Ich war wohl sehr durcheinander, denn ich weiß nicht mehr, wie ich nach Hause gekommen bin. Ich hatte nicht daran gedacht, direkt nach dem Überfall zur Polizei zu gehen."

Niemand schenkte ihr Glauben, als sie über den Verbleib des Koffers Auskunft gab. Nach dem Verhör wurde sie gebeten, Photos aus der Verbrecherkartei anzuschauen.

Derweil wurde der Dokumentenkoffer und der Großteil der Geldscheine in der Nähe des Stegs geborgen, auch wenn Wind und Strömung einige Scheine mit sich gerissen hatten.

In dem Verhör, das nach dem Fund fortgesetzt wurde, gab sie an, daß sie den Koffer verschlossen übernommen habe und nicht im Detail wisse, was sich darin befunden habe. Druckereigeheimnis. Aber er habe offenbar Schaden genommen und sich geöffnet, als sie aus dem Lieferwagen geschleudert worden war. Dabei habe sie bemerkt, daß einige Papiere verloren gegangen seien, offenbar wertlose Probedrucke von Geldscheinen.

Von ihrer Chefin erfuhr sie am nächsten Tag, daß massive Entlassungen gedroht hatten. Nun, nach dem Verlust von wichtigen und vertraulichen Entwürfen für die nächste Generation von Zahlungsmitteln, die nun leider publik geworden seien und damit nicht mehr als vertraulich gelten konnten, stand die Leiterin der Abteilung Druck in der Pflicht, neue Sicherheitsmerkmale zu entwickeln. Sie nahm ein Dokument vom Tisch.

„Woll'n wir doch mal sehen, was wir da haben: Ach ja, die Entlassungspläne... Gratuliere übrigens. Du hast dich vorbildlich geschlagen! Die Entlassungspläne sind vom Tisch oder fast. Ein Opfer müssen wir wohl bringen, ich denke an die Strategie-Abteilung! Alle bewährten Kräfte werden jetzt gebraucht, um rasch neue fälschungssichere Sicherheitsmerkmale zu entwickeln." Sollte sie Lisa dazu benutzt haben, das ganze einzufädeln? Sollte ihre Chefin den Überfall inszeniert haben? Doch den Gedanken verwarf sie, er erschien ihr allzu absurd.

Bei dem nächsten Gartenfest, zu dem ihre beiden Nachbarinnen noch in dieser Woche einluden, scharten sich diesmal alle um Lisa, die immer wieder erzählen mußte, wie es ihr gelungen war, dem Überfall zu entkommen.

„Wie toll, wie einmalig! Wie cro-hoss! Wie co-holl! Wir wissen Bescheid. Und, was das beste ist: Wir kriegen alles heraus. So gut wie alles."

„Wie aufregend, was dir da passiert ist. Ich wäre ja gestorben vor Aufregung."

„Ich hätte mir vor Aufregung, nein, das kann ich hier nicht erzählen…."

Die Welt dieser Frauen war ein Eldorado für Influenca. Sie vertrieben sich die Zeit mit Tupper- und Charity-Partys, mit Teleboard-Modesendungen und mit Einkaufen. Sie hatten unendlich viel Zeit dafür, die „richtigen" Produkte zu wählen. „Man muß einfach die besten Marken finden", flötete die eine. Später belustigten sie sich auf diesem Gartenfest Mitte Juni über die Kanäle im PureNet, auf denen ihre Töchter zeigten, was sie konnten. Werbefilme in eigener Sache. Lisa war entnervt, als sie merkte, daß hier auch Aufnahmen ihrer Tochter herumgereicht wurden, die sie in ihrem Kanal im PureNet bei seltsamen Schminkaktionen zeigten. Die oberflächliche Freundlichkeit hinderte die Anwesenden nicht daran, „unverklemmt" zynische Kommentare abzugeben. Dann wurde hemmungslos gelästert: „Welch ein Aufstieg: Vorher war sie besser."

„Ein Ausstieg."

„Hähähähäh."

Und doch waren beide Nachbarinnen extrem gastfreundlich. Diese ambivalenten Wesen in duftigen Stoffen und mit seltsam tänzerisch aufrechtem Gang handelten über die gegenseitigen Einladungen aus, welche Stellung ihre Männer in den jeweiligen Machthierarchien erreicht hatten. Aber sie halfen Lisa auch, den Arzt zu finden, der Karl vielleicht von seiner Trainingswut kurieren konnte. Die Damen griffen das Thema in der lockeren Konversation auf.

„Ja, kenne ich, auch ich verspüre manchmal so eine Wut", sagte die Nachbarin, setzte völlig unerwartet wilde Grimassen auf und machte fegende Armbewegungen, wie sie sie vielleicht in aktuellen Filmen im PureNet gesehen hatte.

„Es ist schwer, jemanden zu finden, der sich um solche komplexen Fälle kümmert. Du solltest es mit Dr. Spingarn probieren. Dr. Wensley Spingarn. Die beste Adresse, die ich kenne."

Eine der Damen hielt ihr eine handgeschriebene Karte hin. „Solche Adressen findest du nirgends. *Wir* haben sie."

„Nur Dr. Spingarn kann dir helfen."

Lisa blieb skeptisch. Wenn alle dasselbe sagten, meldete sich etwas in ihr und warnte sie, es könne auch eine Falle sein. Sie fragte sich, ob diese Frauen wußten oder mindestens ahnten, daß ihnen etwas zustieß und was ihnen zustieß? Dann aber fand Lisa unter diesen Frauen begeisterte Mitstreiterinnen für ihr Armutsprojekt. „Oh, wie aufregend! Wie interessant!"

„Wie Lady D damals oder Angelina Jolie, wie aufregend!"

Und klatschten in die Hände…

150.000 Penqui kamen zusammen. An einem Nachmittag!

Die Visitenkarte mit dem Namen Spingarn legte sie zuhause in das Garderobenfach. Vorerst wollte sie keinen Termin vereinbaren und erst einmal noch abwarten. Auch an diesem Abend verschwand Karl ganz unverhofft für eine Weile, war seltsamerweise unauffindbar, dann aber ebenso unverhofft wieder da.

Zwölf

Wenige Tage später, am 24. Juni, kochte es in Lisa hoch. Karls instabiler Zustand gab ihr das Gefühl tiefer Hilflosigkeit. Ihre nervliche Anspannung schlug um in unbändige Wut. Dann passierte es. Sie merkte eine ganze Weile nichts. Später konnte niemand sagen, was genau den Anfall ausgelöst hatte.

Als Lisa wieder zu sich kam, nahm sie die Welt um sich herum wie in eine zähe Flüssigkeit getaucht wahr. Sie bemerkte Helene, die sich über sie beugte und sie leicht schüttelte.

„Mama, was machst du", hörte sie sie wie aus der Ferne fragen. Alle Bewegungen um sie herum waren von einer seltsam teigigen Konsistenz. Die Menschen bewegten sich in nervenzehrender Langsamkeit so, als steckten sie in einem dickflüssigen transparenten Sirup. Karl stand verlegen lächelnd im Türrahmen und schaute zu ihr auf den Boden. Neben ihr klaffte ein Loch.

Und doch waren nicht alle Bewegungen gleichmäßig verlangsamt. Männer in Warnwesten mit starken Lampen in der Hand machten sich in normaler oder vielleicht sogar etwas gesteigerter Geschwindigkeit an dem Loch im Fußboden neben ihr zu schaffen. Die üblichen Mitarbeiter des HS-Hausmeisterservices. Helene kniete neben ihr; um sie herum Absperrband. Bevor die Hausmeister-Servicekräfte es mit geübten Gesten verschlossen, fiel Lisas Blick durch das Loch bis hinunter ins Erdgeschoß.

War sie durch die Decke gegangen?

Bald war das Loch verfüllt und kaum mehr sichtbar. Noch benommen tastete sich Lisa hoch. Hatte sie dieses Loch in die Geschoßdecke gesprengt?

Wo gerade noch das Loch gewesen war, ragten vage noch allerlei Drähte und verbogene Eisenstangen aus dem Boden. Der Lärm der Flex, mit der die verbogenen Stangen abgetrennt wurden, drang seltsam gedämpft zu ihr. Heißer, noch dampfender Estrich wurde in das Loch verfüllt. Paßgenau wurde ein Stück Bodenlino auf dem noch heißen Estrich eingesetzt. So akkurat, daß das Loch so gut wie verschwand.

Träumte sie oder geschah dies alles wirklich? Nein, all das war wohl real. Einzig unwirklich erschienen ihr die Spezial-Feudel, mit denen zwei Hausmeister-Servicekräfte die Stoßkanten zwischen dem Bodenbelag und dem eingesetzten Stück Lino zum Verschwinden brachten. Sie fragte sich, ob sich jede Spur entfernen ließ, als sich ein Rettungssanitäter über sie beugte.

„Bleiben Sie ruhig liegen, wir bringen sie jetzt in den Rettungswagen. Machen Sie sich keine Sorgen." Mit einem Lächeln setzte er eine Spritze. Er nahm ihren Kopf in die Hände und legte ihn sanft auf dem Boden ab. Sie merkte noch, daß sie angehoben wurde und in den Schlaf dämmerte. Das letzte, was Sie hörte, war die freundliche Stimme des zweiten Sanitäters: „Sie werden aufwachen, und alles wird Ihnen vorkommen wie ein ferner Traum."

Während der Nacht im Krankenhaus suchten sie seltsame Bilder heim, an die sie sich beim Aufwachen nur undeutlich erinnerte. Sie mußte sie während des Vorfalls gespeichert haben. Wie in Zeitlupe sah sie Bilder ihres Flugs und ihrer Passage durch die Zimmerdecke. Sie spürte körperlich, wie die Welt nach unten durchzog und es mit seltsam krachendem Geruckel durch die Decke ging, ehe sie oben auf den Boden zurückfiel. Und dann war da ein riesiges Loch neben ihr. Schemenhaft nahm sie Menschen in Arbeitskleidung wahr, die sich an den Trümmern zu schaffen machten. Jedes Trümmerstück wurde wie ein Puzzleteil an seinem ursprünglichen Ort eingebaut. Das Loch verschloß sich Teil um Teil in atemberaubenden Tempo.

Es war schon hell, als Lisa zu sich kam. Als sie erwachte, schaute sie in das besorgte Gesicht der wachhabenden Krankenschwester, die umgehend das Zimmer verließ und kurz darauf mit einem jungen Arzt zurückkehrte. Der junge Arzt wirkte übernächtigt. Jetzt erst bemerkte sie die Halskrause, die ihren Kopf ruhigstellte. Er schaute sie sorgenvoll an und gab ihr eine Spritze.

Sie dämmerte wieder weg. Mühevoll, wie gegen einen unsäglichen Widerstand rudernd, versuchte sie sich zu erinnern. Sie verstand nicht, was mit ihr los war. Die Bilder, die Lisa zuhause beim Erwachen nach dem Vorfall gesehen hatte, waren ihr noch präsent. Da war nicht nur ein Loch in der Decke. Drähte, waren da nicht viele Drähte? War da nicht ein wahres Kabelgewirr?

Als sie Stunden später wieder erwachte, fühlte sie sich erfrischt. Neben dem Bett saß der junge Arzt. Er wirkte ausgeruhter. Auf ihre Frage, was mit ihr sei, sagte er, es tue ihm leid, aber „die Diagnose ist nicht gut". Sie habe einen Rückfall gehabt. Ihre Jugendkrankheit, von der man ausging, sie sei lange geheilt gewesen, sei wieder ausgebrochen: IED. Sie gehe vor Wut an, in gefährlichen Fällen sogar *durch* die Decke.

„IED", wollte sie fragen, „Intermittent explosive disorder?" Sie bekam kein Wort heraus. Die Halskrause drückte auf ihren Unterkiefer. Fühlte sich an wie gelähmt. Der Arzt legte den Zeigefinger auf seinen Mund. „Jetzt nicht sprechen, ruhen Sie."

IED. Vage erinnerte sie sich, daß sie in ihrer Jugend unter episodisch auftretenden Wutstörungen gelitten hatte, doch hatte sie diese Episoden völlig verdrängt. Nun kamen in Wellen Bilder jener Zeit hoch. Anfangs waren es kleine Wellen, aber auf jede Welle folgte eine größere: Als junges Mädchen, erinnerte sie sich, war sie ein paarmal „mit dem Kopf durch die Wand“ und später vor „Wut durch die Decke“ gegangen. Sie erinnerte sich, daß sie den Fachausdruck IED, den die Ärzte damals verwendeten, damals sehr chic gefunden hatte.

Ein älterer Arzt trat ein: „FMS?“

Der jüngere: „Können wir ausschließen.“

„Ein Fall für Spingarn.“

„Vielleicht.“

Der junge Arzt wandte sich Lisa zu: „Ich gebe ihnen jetzt noch eine Spritze, dann genießen Sie erst einmal den Erholungsschlaf. Wenn es ein Problem gibt, drücken Sie die Ruftaste.“ Mit diesen Worten legte er ihr ein Gerät mit einem großen grünen Knopf in der Mitte auf das Bett neben ihre rechte Hand.

Beim Einschlafen stieg in Lisa die Erinnerung an längst vergangene Jugendtage auf. Sie hatte geglaubt, ihre alte Krankheit lange hinter sich gelassen zu haben. An das Wort hatte sie lange Jahre nicht mehr gedacht. Doch da war es wieder: IED: Imminent Explosive Disorder. Eine seltene Wutstörung, die einige Menschen in der Pubertät entwickelten, die jedoch in den meisten Fällen vor dem 20. Lebensjahr wieder verschwand. Seither hatte Lisa unbehelligt von dieser Störung leben können. Nun meldete sich die Krankheit zurück. Offenbar war sie vor Wut nicht nur an, sondern „durch die Decke“ gegangen.

Im Schlaf zogen die Bilder wie eine Nummernrevue an ihr vorüber. Lisa erlebte erneut den Moment, als sie von der Wut gepackt wurde und es sie durch die Decke trieb. Und doch erschien es ihr angemessen, das, was ihr gerade zugestoßen war, nicht zu ernst zu nehmen. Das würde sich legen. Kein Gedanke, daß sich in ihr etwas Absonderliches regte. Lisa blieb für einige Tage zur Beobachtung im Krankenhaus. Dort erhielt sie Pillen, die sie ruhigstellten.

Sie erholte sich schnell. Der junge Arzt, der sie behandelte, erklärte ihr, sie habe nichts Organisches, es handle sich um etwas, für das er sie gerne in Hände von Spezialisten geben würde. Er erklärte ihr die IED genannte Krankheit, soweit wie er sie verstand. Er schärfte ihr ein, sie dürfe nicht mehr über einen bestimmten Grad von Wut hinauskommen. Das könne tödlich sein.

„Was das bedeute?“

Um jede Gefahr für sich und andere auszuschließen, müsse sie umgehend mit einer Intensivtherapie beginnen. Sie sollte dazu einen Spezialisten konsultieren. Er habe allerdings nicht das Recht, ihr einen zu empfehlen. Er dürfe sie nur auf das offizielle Ärzteverzeichnis hinweisen.

„Sie sind besser in anderen Händen aufgehoben.“

Wie sie darauf kam, wußte sie nicht, ihr kam der Name des Psychiaters in den Sinn, den ihr die Dame aus ihrer Nachbarschaft empfohlen hatte.

„Spingarn“, fragte sie, „Wensley Spingarn?“

Der junge Arzt nickte: „Ja, das wäre eine gute Adresse.“

Lisa war extrem skeptisch. Dennoch rief sie umgehend bei Dr. Spingarn an. Sie spürte, daß dieses Syndrom eine seltsame Kraft war, die ihr Angst machte. Die ungewohnten Perspektiven irritierten sie. Sie war sich sicher, daß sie den Job, um den sie sich sosehr bemüht hatte, wohl wieder los war. Gerade jetzt, als sie dort Fuß gefaßt hatte und ihr der Arzt dringlich riet, sie solle ihre Gewohnheiten und ihr berufliches Umfeld beibehalten. Die Krankheit würde sie in den Griff bekommen, ohne daß ihr soziales Umfeld verloren gehe. Zunächst jedoch verschrieb er ihr sechs Wochen Ruhe. Im Krankenzimmer erhielt sie Blumen und eine Karte von ihrem Mann, der ihr bei seinem Besuch enthusiastisch von seinem neuen Vorhaben berichtete, Jiu Jitsu zu lernen.

Als sie aus dem Krankenhaus entlassen wurde, gingen ihr auf dem Weg nach Hause die Bilder des Vorfalls durch den Kopf, an die sie sich noch erinnerte. Irgend etwas war mit der Decke gewesen. Es blieb so ein Gefühl. Was es genau war, hatte sie vergessen. Zuhause angekommen schaute sie sich die Decke im Erdgeschoß und den Fußboden im ersten Stock genau an, suchte nach Spuren des Vorfalls. Doch ihre Suche blieb ergebnislos. Nicht das geringste war zu sehen! Rein gar nichts. Die Decke, der Boden, alles war wie neu. Und doch erinnerte sie sich an das Loch im Fußboden, durch das sie ins Erdgeschoß hinunterschauen konnte. Sie hatte es doch gesehen, und auch den Bautrupp hatte sie gesehen, der gut und effizient gearbeitet hatte. Oder sollte das eine wie das andere eine Sinnestäuschung gewesen sein? Sollte sie das alles geträumt haben?

Auch wenn es schien, als sei nichts vorgefallen, erinnerte sie sich an das Loch in der Decke. An Kabel und verbogene Eisenstangen, die in den Raum ragten. Sie legte sich in der oberen Etage auf den Boden und nahm die Position ein, in der sie sich nach dem Vorfall befunden hatte. Nichts wies darauf hin, daß etwas Ungewöhnliches passiert war, nichts auf das Loch im Boden, nichts darauf, daß sie nach unten ins Erdgeschoß schauen konnte, und doch war da diese Erinnerung. Litt sie schlicht an FMS, einem False Message Syndrome?

In einem unruhigen Traum sah sie weitere Details, von denen jedoch nach dem Erwachen nichts zu entdecken war. Die Kabel, die wild aus dem Loch in der Decke ragten, waren rot und blau, das konnte sie genau erinnern.

„Ich muß wissen, was passiert ist." Mit diesen zu sich selbst gemurmelten Worten erwachte sie mitten in der Nacht. Sie stand auf und trank ein Glas Wasser. Als sie Licht auf der Kellertreppe entdeckte, ging sie hinunter und fand Karl, der völlig erschöpft in einem der Fitness-Geräte hing, auf denen er halbe Nächte trainierte. Sie befreite ihn aus den Gurten und ließ ihn auf die Matte am Boden gleiten, wo er ächzend einschlief.

Am nächsten Tag vereinbarte sie ein Treffen mit Barney. Schon am Nachmittag brachte sie ihm die MAD. Barney konnte mit der Nummer 47523 auf Anhieb nichts anfangen, aber er wußte, was ein a/o Code war. Er versprach ihr, zu versuchen, den Datenträger zu öffnen.

Sie hatte Glück. Doktor Wensley Spingarn hatte noch einen Termin frei. Spingarn war ein würdiger älterer Herr mit schlohweißem Haar. Er empfing sie am 4. Juli in einem Raum voll von altertümlichen Apparaturen, an die Meßgeräte mit großen farbigen Skalen angeschlossen waren.

Er erklärte Lisa, er habe viele Patienten, die seltsame Dinge erlebt hätten. Sie könne frei sprechen. Er unterliege der Schweigepflicht. Fast alle Erlebnisse könnten wahr, sie könnten aber auch eingebildet oder programmiert sein. Anfangs verstand Lisa nicht, was er meinte.

„Programmiert?"

Geduldig erläuterte er: „Viele Patienten leiden unter traumatischen Störungen, mit denen die Menschen die existentielle Bedrohung durch die steigende Flut bearbeiten. Die meisten greifen auf kollektiv verankerte Bilder zurück, um sich die Gefahr konkret auszumalen. Manchmal entsteht auch Angst, die völlig unbegründet ist und eher auf einer äußeren Konditionierung beruht, etwa einer Programmierung. Das ist aber nur eine Hypothese."

Allerdings häuften sich die Anzeichen, daß solche Ängste und die dazugehörigen Bilder nicht genuin, sondern programmiert sein könnten. Man erkenne diese Bilder durch deren sonderliche Abweichung von archetypischen Bildern. Ja, er hatte „sonderlich" gesagt, das erinnerte Lisa genau. Ihr war nicht ganz klar, was das seltsame Wort in diesem Zusammenhang bedeutete. Sie würde ihn das nächste Mal danach fragen.

Spingarn zufolge evozierten seine Patienten häufig das Bild einer Zimmerdecke, die sie durchstoßen mußten. Doch bei ihr läge der Fall anders. Während die anderen nur davon träumten, habe sie die Decke wirklich durchbrochen. Das gebe ihm zu denken. Er erklärte ihr, daß sie an einem seltenen Wutsyndrom leide. Es sei gut, daß sie zu ihm gekommen sei. Wut sei sein Steckenpferd.

„Wir nennen es Wutstörung, aber natürlich ist die Krankheit viel komplexer: Es handelt sich um einen ganzen Strauß von Symptomen und um ein Bündel von Auslösern. Die Wutstörung hat grundlegend etwas mit Dissonanz zu tun, Disharmonie und Dissymmetrien, mit widerstreitenden Gefühlen und Enttäuschungen."

Spingarn wies bei seinen Erläuterungen über IED wiederholt auf ein Plakat aus den Siebziger Jahren des 20. Jahrhunderts.

„Wut ist eine Emotion von hoher Amplitude, die eine faktuelle Unvereinbarkeit anzeigt."

Das Plakat sei mal eine Werbung gewesen. Er habe es geträdelt, aber es zeige deutlich, worum es gehe. Auf dem Plakat lächelt das HC-Männchen mit einer Zigarette in der Hand. Daneben die Aufschrift „Wer wird denn gleich an die Decke gehen?"

Spingarn erklärte: „Wir nennen es das HC-Phänomen nach dem berühmten HC-Männchen. Nebenbei gesagt bezeichne ich es aus Gründen des Copyrights als HC-Männchen, die Abkürzung von zu *high capacity*. Im Original hieß es anders. Doch zum Thema zurück: Sie sehen, das ist kein neues Problem. Es wurde nur noch nicht als therapierbare Symptomatik beschrieben. Damals behalf man sich mit Zigaretten."

Mit einem leichten Kopfschütteln fuhr er fort: „Wenn Ihre Wut einen bestimmten Grad übersteigt, führt dies, wie bei vielen anderen Patienten, zu einer Extremreaktion. Bei Ihnen äußert sich das auf besonders flagrante Weise. Sie gehen *durch* die Decke. Das hat möglicherweise etwas damit zu tun, daß Sie die Wut lange unter Kontrolle halten. Nein, nein, gar nicht gesund...

Einige fressen die Wut in sich rein. Bei denen sieht man über lange Zeit erst einmal nichts, man spürt vielleicht einen Abbau von Toleranz oder der Konzentrationsfähigkeit. Aber irgendwann explodieren sie, und dann laufen sie Amok. Genau das meint IED: Imminent Explosive Disorder."

Die Wut führe zu Reaktionen, die schwer zu kontrollieren seien. Bei den einen sei die Reaktion spontaner, bei den anderen müsse die Wut erst hochkochen. Lisa müsse lernen, ihre Wut kontrolliert rauszulassen. Er zitierte Dr. Garrison Kyler, einen der weltweit bedeutenden Wutforscher: „You need control. Do not control you anger, but control the way how you invest your anger! Anger is pure energy."

Er riet ihr, sie solle sich, sobald sie etwas merke, so schnell wie möglich nach draußen begeben. Solange sie keine geschlossene Decke über sich habe, könne nichts geschehen. Jedes starke zwiespältige Gefühl könne sich zu einer extremen Wut hochschaukeln. Bei ihr sei der Weg dorthin wieder frei. Da könne es für sie oder für ihre Umgebung gefährlich werden. Daher sei es gut, wenn sie sich helfen lasse. Es handle sich um eine Disposition, zu der man an verschiedenen Momenten im Leben tendieren könne. Die Symptomatik könne wieder zurückgehen. Dabei helfe eine Therapie, die die Wut langsam versanden lasse.

Er habe ein einfaches Gerät entwickelt, das den Grad der Wut anzeige. Einem dunklen Schrank mit vielen Schubladen entnahm er eine kleine Schachtel, in der sich einige Ringe und ein Drahtstück befanden. „Ich nenne es Wutwaage. Schiebt man die beiden Ringe über die Zeigefinger und spannt den Draht, bis er nicht mehr durchhängt, so beginnt je nach der Stärke der Wut ein dritter Ring zu tanzen, der sich zwischen den beiden Markierungen befindet."

Das Entscheidende an dem Instrument sei das Material, aus dem der Draht besteht. Er sei aus aus einer Holmium-Legierung, die auf psycho-sensible Vibrationen reagiere. Bei kleiner Wut zittere der freie Ring ein wenig, beim Anwachsen der Wut beginne er, stärker zu vibrieren. Kurz vor dem Wutausbruch schwinge er dann in voller Amplitude. Das sei der Moment, an dem sie schnellstens reagieren müsse: Es sei dann angezeigt, die Wut wegzuatmen, Schwimmen zu gehen oder ins Freie zu laufen, im Notfall auch: eine Schutzkappe aufsetzen und ab durch die Decke! Es geschehen lassen! Ein handelsüblicher Fahrradhelm könne schon Schutz bieten. Das Gerät sei nicht wirklich ausgereift, aber es helfe zu begreifen, wo man sich auf der Skala zwischen kleiner und explosiver Wut befinde.

„Ich bin sicher, daß sich das alles einpendeln wird. Sie haben den Weg hierher gefunden, gemeinsam werden wir einen Weg finden, um Ihnen zu helfen. Leider muß ich Sie für heute entlassen, da mein nächster Patient wartet. Wir sehen uns in der nächsten Woche wieder.“ Sechs therapeutische Sitzungen lagen vor ihnen.

Nur Constanze erzählte sie von dem Vorfall und der Therapie. Constanze riet ihr, auf die eigenen Kräfte zu vertrauen.

Inzwischen war es Barney gelungen, die MAD zu öffnen. Er hatte zwar die passenden Abspielgeräte, jedoch fehlte bislang der Code. Er habe jedoch die a/o-Verschlüsselung umgehen können. Nun ließ sich die MAD öffnen und einsehen.

Es waren Stunden von Material, die Lisa und Barney anschauten. Auf der MAD fanden sich Filmsequenzen von Experimenten mit dem menschlichen Hirn. Den Ausschnitt über ein hybrides Transfercluster, das das Zusammenspiel von elektromagnetischen Speichern und lebendem Hirn ermöglichte, schauten sie zweimal. Was dort gezeigt wurde, hätte jeder Leser von Science fiction-Romanen als unrealistisch und ausgedacht abgelehnt. In ihrem gefilmten Statement erläutert eine Wissenschaftlerin, dieses Transfercluster sei in der Lage, zentrale Programmierungen des Hirns auszulesen, zu speichern und sogar zu überschreiben. Lisa und Barney schauten sich perplex an.

Das Kapitel A 37 enthielt Forschungsergebnisse aus dem Jahr 2037. Die selbe seriös wirkende Dame im weißen Kittel faßt vor einer Gruppe von Wissenschaftlern zusammen: „Bislang hatten wir nur sehr vage Vorstellungen vom Effundieren. Doch die theoretischen Voraussagen wurden von den Experimenten mit unserem Probanden weit übertroffen. Zwei Fragen werden uns in den nächsten Monaten beschäftigen: Ist es immer so einfach, oder ist der Proband auf besondere Weise strukturiert? Und: Wie steht es mit dem Reffundieren. Wir sollten einen Langzeitversuch wagen."

Staunend bemerkte Lisa den schlohweißen Kopf Spingarns in der Runde. In dem Video sagt er, daß er den Probanden für außerordentlich stabil einschätze und keinerlei Einwände habe hinsichtlich der Eignung für weitere Experimente. Auch Dr. Swifejoke ergreift das Wort, ein würdiger Mitfünfziger, der als Leiter der Experimente grünes Licht gebe. Als Experte gibt er einige wichtige Erläuterungen: „Experimente dieser Art setzen eine genaue Kontrolle des Umfelds voraus: Alle Umfeldparameter sind wichtig: Familienmitglieder, Arbeitskollegen und Sportkumpel. Auch Partner außerhalb der Ehe können die Gedanken des Probanden kreisen lassen. Idealerweise sind alle Kontakte zu modellieren."

Ein Filmausschnitt zeigte Laboranten, die die Frage diskutieren, ob sich die Persönlichkeit von Menschen, ihre „Ur-Programmierung" auslesen und außerhalb des Hirns speichern lasse. Könnte man möglicherweise einem Probanden die Persönlichkeit eines anderen überspielen?

Ob Lisa in diesem Moment schon der Verdacht gekommen war, daß die Rede von ihrem Mann sein könnte, läßt sich schwer sagen. Vielleicht war sie zu sehr mit der eigenen Krankheit beschäftigt, um die Konsequenzen dessen zu erfassen, was sie gerade sah.

Neben den Filmen über Hirnexperimente fand sich auf der MAD viel ungeschnittenes Material. Umfangreiche Tabellen. Eine schier endlose Reihe von Graphiken mit Untersuchungsergebnissen. Didaktisch aufgebaute Videos, wie man sie von den Gattungen „How to do it" und „Look around you" aus dem PureNet kannte, dienten offenbar der Schulung und enthielten praktische Hinweise zur Bedienung von Geräten. In mehreren Takes stellt Dr. Swifejoke das Gerät zur Hirnprogrammierung vor. Wiederholt bringt er die Dinge irgendwie immer etwas durcheinander und setzt mehrmals neu an. Wiederholt fragt er in Richtung der laufenden Kamera: „War ich gut so?" Wer diese Materialien gespeichert hatte, schien sich kaum darum zu sorgen, ob der Gezeigte dabei auch gut wegkam.

Es folgten Interviews über die Experimente und die internationale Zusammenarbeit. Dann eine Sektion „Berichte für die Öffentlichkeit". Ein Sprecher im Verkäuferton: „Diese Berichte belegen die wissenschaftliche Seriosität unserer Forschungen."

Im Schnelldurchlauf rauschten Patienten mit EEG-Hauben, rasch hochlaufende Zähler und Blicke in Untersuchungsräume über den Bildschirm. Lisa und Barney drückten gleichzeitig bei einer Szene mit einem Probanden auf Stop, der wie ein Affe durch einen Parcours von Stangen an der Decke hangelte. Einige der per Splitscreen eingeblendeten Beobachter dieses Vorgangs feuern ihn an. Andere schauen ihm ungläubig staunend zu, wieder andere stoßen Affenlaute aus, applaudieren aber auch, als er am Ende des Parcours ankommt. Alles jubelt sich zu: „Wir haben es geschafft." Abklatschen, Umarmungen und ähnliche intertribale Triumphrituale beenden die Szene.

Am Beispiel dieses Probanden wird die Besonderheit der Manipulation erklärt inklusive der Warnung: „Sollte etwas schiefgehen, den Patienten sofort ans Terminal anschließen!"

„Das ist ganz harmlos."

„Vielleicht stellt sich eine leichte Verwirrung ein, doch die ist vorübergehend und gut zu managen."

Während sich die Spezialisten auf dem Bildschirm über „Verwirrung" austauschen, dachte Lisa an Karls inkohärentes alltägliches Verhalten. Barney sprach aus, was sie befürchtete: „Vielleicht wird so etwas an Karl ausprobiert?"

Lisa sah sich vor eine kaum zu leugnende Wahrheit gestellt, reagierte aber abwehrend: „Was Wird An Ihm Ausprobiert?"

Barney: „Ich weiß, es klingt verrückt, aber seine Symptome ähneln denen, die auf der MAD beschrieben werden. Vielleicht ist es doch keine *Fatigue*."

Barney übergab Lisa eine Kopie der MAD. Lisa war verwirrt, aber sie hatte schon entschieden, ihren Mann so bald wie möglich aus der Gefahrenzone zu bringen. Vorher jedoch mußte sie herausbekommen, welche Gefahr genau drohte.

„Was mir Sorgen macht: Das Gesicht des Probanden war nie zu sehen. Ich hoffe nicht, daß er zum Versuchskaninchen geworden ist." Was Barney sagte, stützte ihre Entscheidung, auch wenn sie die vermeintliche Sicherheit Ihres Nichtwissens noch nicht aufgeben wollte: „Sicherlich nicht! Wer hätte daran ein Interesse? Hatte man ihn nicht zum *head of unit* befördert?"

Und doch wußte sie: Barney hatte recht. Das Material, das sie gesehen hatte, ließ nur einen Schluß zu. Karl wurde für einen Versuch mißbraucht, bei dem es darum ging, das Hirn als Biospeicher zu nutzen. Sie erinnerte sich an das spontane Dementi des Assistenz-Arztes in der Klinik. Welch eine groteske Vorstellung! Vielleicht waren Karls extreme Stimmungswechsel auf dieses Experiment zurückzuführen.

„Ich muß los", sagte Karl nach dem Frühstück am nächsten Morgen.

„Wenn du willst, kann ich dich begleiten."

„Nicht nötig, ich kenne den Weg. Du brauchst deine Zeit nicht damit zu verlieren. Ich werde abgeholt. Danach geht's zur Arbeit."

Diese Antwort kam ihr seltsam vor. Konnte es nicht sein, daß dort, wo er hinfuhr, die Geräte waren, die bei den Versuchen an den Probanden eine Rolle spielten? Als sie nachfragte, ob er etwas zu verbergen habe, tat er geheimnisvoll abwesend. Das habe mit seiner Arbeit zu tun.

Als Karl das Haus verließ, wandte er sich heute nach links, und wurde an der Straßenecke von einem Auto erwartet. In den letzten Tagen hatte er sich immer nach rechts gewandt. Auch das kam ihr seltsam vor. War er immer schon abgeholt worden?

Sie versuchte, seiner Spur zu folgen. Erfolglos. Doch offen wollte sie ihm nicht hinterherfahren. Constanze schlug vor, Karl mit einem Minisender auszustatten und über einen Peilempfänger zu verfolgen. Sie könne solche Materialien besorgen.

Barney riet von der direkten Verfolgung oder einem Sender ab. Das sei zu auffällig. Es sei besser, die Hintermänner der Manipulation nicht aufzuschrecken. Ein Sender sei leicht zu entdecken. Dann könnten sie alle Spuren verwischen. Aber es sei vielleicht möglich, Karl aus der Luft zu überwachen.

„Aus der Luft?"

„Mit einer Drohne."

„Mit einer Drohne? Niemand hat heute mehr Drohnen."

„Mehr als anbieten kann ich es dir nicht. Komm vorbei."

Nun stand Lisa nach wenigen Tagen erneut in Barneys Atelier. Er schob eine Tarnwand zur Seite. Unvermittelt stand Lisa vor einem seltsamen Gefährt: einer Drohne, die mit Muskelkraft betrieben werden konnte. Eigenbau nach Plänen Leonardo Da Vincis. Jedenfalls was den schraubenförmigen Rotor anging.

„Sehr leise, wenn auch etwas umständlich zu lenken. Ein echtes Rodeo. Kann für ein paar Minuten auch ohne Piloten ferngelenkt geflogen werden."

Neben der Drohne stand ein ausgemustertes Trimmrad, auf dem Barney Platz nahm. Er legte einen Schalter um und drehte an den Handgriffen. Jetzt bewegten sich Teile der Verkleidung der Drohne: „Höhenruder, Seitenruder. Die Kommandos werden über einen Sender an die Drohne übermittelt."

Der Rotor war aus grauer Leinwand gefertigt. „Der verschmilzt optisch mit fast jeder Himmelsfarbe. Damit ist die Drohne so gut wie unsichtbar, besonders bei wolkigem Himmel." Er fuhr fort: „Der Antrieb ist die zentrale Herausforderung. Wir brauchen viel Schwung, um sie abheben zu lassen. Daher bringen wir noch am Boden das Schwungrad in Bewegung. Du kuppelst den Rotor ein, und los geht's. Oben hältst du das Schwungrad über das Zugseil in Drehung. Du ziehst hier. Wenn du losläßt, spult die Federrotationsratsche das Seil automatisch wieder auf. Die Dämpfung hat Violet erdacht. So machen wir in der Luft keinen Krach. Solange das Rad in Drehung gehalten wird, bleibt die Drohne in der Luft. Je nach Gewicht und Kondition des Piloten kann man zehn Minuten und mehr in der Luft bleiben. Besser der Pilot ist leicht und gut trainiert."

„Und das funktioniert?"

„Schweißtreibend, aber es funktioniert, sonst hätte ich dir das nicht gezeigt."

„Wann können wir mit der Überwachung beginnen?"

„Am besten in der kommenden Woche, gleich Montag."

Nach der Besichtigung stieß Lady Violet zu den beiden. Lisa erwähnte die seltsame Störung, unter der sie seit kurzem wieder litt. Sie berichtete von dem Besuch bei Spingarn.

Violet wurde hellhörig: „Ich habe das Gefühl, du brütest etwas aus. Wenn du da etwas an dir entdeckst, was du nicht kennst und was dich erschreckt, so ist es vielleicht am besten, das zu akzeptieren. Du solltest versuchen, das, was du an dir entdeckst, als ein positives Wesensmerkmal zu sehen. Nutze deine Fähigkeiten, auch wenn sie dich irritieren. Aber bereite deine Welt darauf vor."

Lisa: „Ich habe den Eindruck, ich lebe in einem schlechten Traum. In dem Traum bin ich durch die Decke gegangen. Vor Wut. Das gibt es doch nicht. Und doch scheint es so gewesen zu sein."

Lady Violet: „Träume sind manchmal realer als die Realität. Dabei ist es egal, ob das Gesehene wahr oder geträumt oder programmiert ist."

Da war es wieder. Auch Violet sprach von programmierter Realität. Wie Spingarn und die Forscher auf der MAD.

„Was du gesehen hast, ist eine Art Realität, die du körperlich erfahren kannst. Nimm die Wirklichkeit wahr, auch wenn sie anders ist, als du sie bisher gesehen hast. Vielleicht hast du etwas entdeckt, was vor dir niemand entdeckt hat. Du träumst nicht. Was du siehst, siehst du! Schütze dich, so gut du kannst!"

Violet überließ ihr einen dünnen, aber extrem widerstandsfähigen Fliegerhelm aus Kevlar. „Ich kenne das, ich bin früher so besessen gewesen vom Fliegen, daß ich alles dafür gegeben habe, sogar meine Gesundheit. Es war wie ein Taumel, eine Begeisterung, ein Rausch, der dich mit sich reißt. Du solltest das nicht unterdrücken. Versuche, herauszufinden, wo das hinführt. Folge deinen Impulsen!"

„Das schlimmste ist, daß mir keiner glaubt."

„Auch daran solltest du dich gewöhnen, es ist immer schwer, etwas Besonderes zu sein. Die Menschen mögen das im allgemeinen nicht. Wenn sie so etwas spüren, wenden sie sich ab."

Barney hatte einen Moment mit der Wutwaage gespielt. Er war von ihr sichtlich beeindruckt: „Das hätte ich erfinden können. Das ist einfach so genial!"

Für das nächste Juliwochenende, an dem Karl zwei Tage mit Routineuntersuchungen im Krankenhaus verbringen sollte, schlug Helene ihrer Mutter einen Ausflug an die Küste vor. Ein Ortswechsel würde ihr sicherlich gut tun. Am Samstag früh fuhren sie gemeinsam zur Klinik, lieferten Karl dort ab und starteten zu ihrem Küstenausflug.

Lisa war sich nicht sicher, ob Helene nicht nur verhindern wollte, daß sie Karl in der Klinik besuchte. Hatte sie nicht neulich fallen lassen, sie solle ihm nicht „hinterherspionieren“? Hatte Helene nicht wie absichtslos die Hausschlüssel an sich genommen?

Die automatisierten Kontrollen an der Stadtgrenze hatten sie schnell hinter sich. Als die Küste in den Blick kam, die den Tag über an ihnen vorüberdefilierte, vergaß Lisa die verfahrene Lage und genoß den Ausflug.

Sie übernachteten auf einem Trailerpark vor der Stadt, wo ihnen ihre Freundin Constanze ihren Caravan zur Verfügung gestellt hatte. Ilsebil, die Schwester Constanzes, erwartete sie schon. Ihr eigener Caravan stand ganz in der Nähe. Die beiden Schwestern hatten sich dort ein kleines grünes Paradies eingerichtet. Ilsebil wirkte wie eine herbe Kopie ihrer Schwester, aber sie hatte das freiere Lachen.

„Nehmt euch, was ihr braucht.“

Beide Caravans waren am Rande des weiträumigen Geländes abgestellt. In einigem Abstand waren weitere Wohnwagen und unzählige Zelte zu sehen.

Am Wochenende war auf dem Trailerpark viel los, nicht nur Angenehmes: Eine Kolonie von Drogensüchtigen feierte bis spät in die Nacht eine Party. Als es den genervten Anwohnern reichte, wurde das Gelärme schnell und unschön beendet. Vierschrötige Männer schleppten die in Drogenträumen dahingestreckten und sinnlos lärmenden Wohlstandskinder kurzerhand zum Strand hinunter und tauchten sie in die Meereswellen. Danach war Ruhe.

Auch wenn der Radau am Tag überhandnahm, griff das Selbsthilfeteam zu rohen Maßnahmen, um die Krakeeler zu beruhigen. Wurden Dealer und ihre süchtige Kundschaft erwischt, nahm man sie kurzerhand in den Zwangsentzug. Einige schafften nach dreiwöchiger Abstinenz den Ausstieg. Bei anderen half nicht einmal mehr diese drastische Maßnahme: Dealer, die man *in flagranti* entdeckte, wurden tagelang am Eingangstor angekettet und auf Magerkost gesetzt.

Helene schlief so fest, daß sie nicht bemerkte, wie sich ihre Mutter aus dem Caravan fortstahl. Lisa borgte sich aus Ilsebils Vorrat an Gartengeräten eine Spitzhacke, nahm deren Wagen, der unverschlossenen war, und fuhr in die Stadt.

Sie setzte die Spitzhacke an und *brach* in das eigene Haus ein. Sie mußte sich davon überzeugen, daß tatsächlich nichts vorgefallen war in jener Nacht, als sie den Vorfall hatte. Nun ging sie dem Haus mit der Spitzhacke „an die Nieren". Unter ohrenbetäubendem Lärm öffnete sie den Fußboden oben im ersten Stock. Die Arbeit war extrem anstrengend, denn das Haus war aus stabilen Materialien gefertigt. Bald schmerzten ihre Arme und ihr Rücken. Die Raumteiler boten weniger Widerstand. Sie gingen unter ihren Schlägen anstandslos zu Bruch. Drinnen befanden sich größere Drahtnetze mit Verkablungen, die Lisas Verdacht weckten.

Sie folgte den Kabeln, soweit sie konnte, indem sie systematisch alles aufriß, was ihren Verlauf verdeckte. Sie hebelte mit der Spitzhacke in den Kabelkanal hinein und arbeitete sich Stück um Stück vor.

Auf all dieses Kabelgewirr konnte sie sich keinen Reim machen. Brauchte man wirklich all diese Kabel für den Strom und den Anschluß an das PureNet? Erschöpft setzte sie sich in der Küche und mußte wohl in einen kurzen Schlummer gefallen sein. Den Piekser merkte sie kaum. Als sie im Caravan erwachte, war sie verwundert. Sie erinnerte sich ganz deutlich an Bilder von schlangenartig sich windenden Kabeln.

Sie befragte Helene, die ihr erklärte, es sei nichts Außergewöhnliches vorgefallen, sie jedenfalls habe nichts bemerkt.

Sie fragte sie nochmals: „Es war wirklich nichts?"

Helene: „Du hast unruhig geschlafen. Sonst war nichts."

Lisa wollte und konnte das nicht glauben. Ihre wache Erinnerung und Helenes Dementi standen in einem seltsamen Widerspruch. Irgend etwas war faul an Helenes Versicherung.

Lisa konnte nicht wissen, daß sie von einem Mitarbeiter des Sicherheits-Teams auf den Trailerpark gebracht worden war. Der hatte Helene erklärt, daß man Lisa in der Stadt angetroffen habe und ihr ein Beruhigungsmittel verabreichen mußte, bevor man sie wieder herbringen konnte, weil sie offenbar schlafwandelnd unterwegs war. Er hatte ihr geraten, Lisa nichts davon zu sagen.

„Sie geht durch eine schwere Zeit. Wir dürfen sie nicht überfordern. Du mußt ihr helfen. Wenn sie nachts durch die Gegend fährt, kann immer Unvorhergesehenes passieren. Über den gestohlenen Wagen sehen wir hinweg, den haben wir wieder an seinen

Platz gestellt. Es ist besser für sie, wenn sie nicht weiß, wer sie nach Hause gebracht hat. Sie braucht jetzt viel Ruhe."

Helene wollte sie um jeden Preis schützen und verhindern, daß Schlimmeres passierte.

Lisa bemerkte bei der Reinigung des Caravans die Blasen an ihren Händen, die kaum sichtbar waren, weil sie am Rand der Handballen dicht unter den Ansätzen ihrer Finger lagen. Sie hatte sie nur bemerkt, weil sie etwas juckten. Unebenheiten, die für sie neu waren. Aus diesen Blasen an beiden Händen schloß sie, daß sie ihren Ausflug doch nicht geträumt hatte. Was brachte ihre eigene Tochter dazu, nicht die Wahrheit zu sagen?

Als sie am Nachmittag wieder zuhause eintrafen, war von Lisas nächtlicher Aktivität dort nichts mehr zu sehen. Constanze rief an und bat sie, den Schlüssel für den Caravan vorerst zu behalten: Sie selbst finde kaum die Zeit, dort nach dem rechten zu sehen. Lisa könne ihn so oft und so lange nutzen, wie sie dazu Lust hätte.

Lisa befestigte den Schlüssel an einem Schlüsselanhänger, der einen amerikanischen Trailer darstellte, und hängte ihn an das Schlüsselbrett zuhause. Vorausschauend ließ sie ein zweites Exemplar anfertigen, das sie an sich nahm.

Dreizehn

Am Anfang der Woche startete Nilla die Drohne, in deren Gebrauch Barney sie am Wochenende eingewiesen hatte: „Es geht am besten, wenn du dich an den Fußstützen abdrückst."

„Das ist fast so gut wie ein wirklicher Vogel! Aber nur fast."

Nilla war die ideale Pilotin. Sie war ein Fliegengewicht und gut trainiert. Und sie war absolut schwindelfrei. Sie würde die Drohne lange in der Luft halten und Karl aus der Luft folgen können. Ihren schwarzen Schwan konnte sie nicht nutzen. Zu auffällig am hellichten Tage. Sie trug eine altertümliche Fliegerbrille. Bald stand die Drohne bewegungslos am bewölkten Himmel über dem Rainfeld. Lange mußte Nilla nicht warten. Pünktlich um neun Uhr verließ Karl das Haus.

Nach drei Tagen der Überwachung fand Nilla heraus, daß Karl *nie* zur Klinik fuhr. Doch wohin fuhr er dann? Es hätte einer deutlich schnelleren Drohne bedurft, um Karl wirklich zu folgen. Der Wagen verschwand immer wieder in Tunneln und Tiefgaragen. Alles, was Nilla sagen konnte, war, daß der Wagen die Stadt in östlicher Richtung verließ. Befand sich das Ziel jenseits der Stadtgrenze? An den folgenden Tagen wartete Nilla immer wieder an der Stelle, an der ihr der Wagen das letzte Mal aus dem Blick geraten war. Sie stellte fest, daß Karl immer wieder an abgelegenen Busstationen in Limousinen mit getönten Fenstern umstieg, die auf ihn warteten. Wo die ihn aber hinbrachten, konnte Nilla nicht herausbringen. Lisa wollte nicht länger in dieser Ungewißheit leben und entschloß sich, Karl nachzufahren.

Sie lieh sich ein Kleinmotorrad. In der dazu passenden Kleidung war sie nicht wiederzuerkennen und folgte in großem Abstand dem Wagen, in den Karl eingestiegen war. Nach einer halbstündigen Fahrt aus der Stadt heraus verlor sie die Spur des Wagens in der Nähe eines Gewerbegebiets.

Das Gewerbegebiet Ost lag direkt am Wasser. Von der Uferstraße zweigten in südlicher Richtung mehrere Querstraßen ab, die nach etwa 200 Metern wieder auf eine parallel zur Uferstraße verlaufende Straße mündeten. Die Querstraßen unterteilten das Gelände in mehrere großzügig bemessene Rechtecke auf denen größere und kleinere, zumeist schlichte Gewerbehallen, Fabrikanlagen und Autowerkstätten angesiedelt waren. Von der Limousine keine Spur. Weit konnte sie nicht sein. Lisa fuhr mehrmals alle Straßen ab. Das auffälligste Gebäude war eine Garage, die küstenseitig an der höchsten Stelle der Uferstraße lag. Der Name dieser Autogarage war „Baby Yaga's Garage".

Die Fassade war über und über mit Werbung bepflastert. Lisa nahm eine Weile die umliegenden Gewerbegebäude in Augenschein. Keine Menschenseele ließ sich blicken. Lisas Anwesenheit war aber sehr wohl bemerkt worden, und bald wußte jeder, daß dort jemand auf einem Motorrad wartete, der bislang hier in der Gegend noch nie gesehen worden war.

Unverrichteter Dinge machte sie sich auf den Weg zurück in die Stadt. Auf halbem Wege fiel ihr ein, daß First Fired von einer Ost-Klinik erzählt hatte, wo er als Programmierer gearbeitet hatte. Sollte sich diese Klinik im Gewerbegebiet Ost befinden? Sie drehte sofort wieder um.

Wenn sich hier eine Klinik befand, müßte es irgendwo ein Hinweisschild geben. Es war jedoch kein Hinweis auf eine medizinische Einrichtung zu sehen. Hatte First Fired nicht von einer Tiefgarage gesprochen? Sie hatte bislang nur schlichte Einfahrten zu Gewerbegebäuden bemerkt. Nun fuhr sie auf die Gelände und warf einen Blick hinter die Gebäude. Hinter Baby Yaga's Autogarage war ein Teil des Gewerbehofs durch ein Gitter mit Tor versperrt. Sollte sich hier eine Einfahrt verbergen?

Karl kannte diesen Ort seit langem. Dort hatte er in den Jahren 2036 und 2037 an Experimenten teilgenommen. Von den getarnten Forschungslaboren, die tief im Felsen lagen, hatte er Lisa nie berichtet. Wie auch? Jede Erinnerung an diese Besuche war sorgfältig getilgt worden.

Vielleicht sollte sie die Garage genauer in Augenschein nehmen. Am Tor der Werkstatt fragte sie, ob jemand einen Blick auf den Motor werfen könnte. Der Mechaniker beugte sich tief über ihr Motorrad. Sie fragte ihn, ob hier auch Limousinen repariert werden. Wortkarg grunzte er: „Selten."

Sie fragte nach der Toilette. Auf dem Weg dorthin schaute sie sich um. Das Gelände war ein typisches Gewerbegelände in vernachlässigtem Zustand. Nichts wies auf die Existenz einer Klinik hin. Als sie niemanden auf dem Hof bemerkte, kletterte sie über das Gitter und befand sich im abgegrenzten Teil des Hofs. Dort sah sie eine asphaltierte Einfahrt, die in die Tiefe führte. Wie beiläufig setzte sie ihre Schutzkappe auf.

In diesem Moment öffnete sich das Garagentor am Ende der abschüssigen Einfahrt, und zwei vierschrötige Männer in dunklen Anzügen nahmen sie in Empfang. Sie zogen ihr eine weitere Haube über, die ihr die Sicht nahm, noch bevor es ihr gelang, in sich die heilsame Wut zu entfachen...

Als sie sich der Haube endlich entledigen konnte, fand sich Lisa in einem geschlossenen Raum wieder, einer würfelförmigen Kiste von nicht mal einem Meter Kantenlänge. Sie tastete die Kiste ab. Sie war hermetisch geschlossen, nur durch einen seitlichen Spalt fiel gedämpftes Licht herein. Die Vibration und das Motorengeräusch, das leise an ihre Ohren drang, verrieten, daß die Kiste transportiert wurde. Möglicherweise in einem Lkw. „Die muß doch aufzukriegen sein“, murmelte sie.

„Keine Chance“, tönte eine Stimme aus dem Lautsprecher, wie als wenn sie auf ihre Gedanken antwortete. „Der Cube ist ausbruchsicher. Es wird dir nichts geschehen, wenn du ruhig bleibst. Wenn es soweit ist, kommst du frei.“

„Cube“, dachte Lisa nur, „ich hasse *Cubes.*“ Doch dann durchfuhr es sie heiß und kalt. Waren es nicht die diversen Cubes, in denen sie steckte, die ihr das Leben zur Hölle machten? Sie würde sich diese Cubes nun vornehmen.

Woman in a Cube. Cube Woman! Wahrscheinlich ist sie in diesem Moment auf ihren zukünftigen Namen gestoßen.

Sie wurde von einer solch mitreißenden Wut gepackt, daß sie gerade noch ihre Kappe aufziehen konnte, die bald zur legendären Kluft von Cube Woman gehören würde. Und schon durchbrach sie die Decke des Kubus’, der geradezu explodierte. Sie landete auf der Ladefläche des Lkw, der mit hoher Geschwindigkeit über eine nächtliche, leere Autobahn raste. Fast wäre sie über das Motorrad gefallen, das auf der Ladefläche lag. „Lost Highway“ stand auf dem großen blauen Schild, das aus der Dunkelheit kurz ins Scheinwerferlicht tauchte, als der Wagen vorüberraste. Jetzt erkannte sie, wo sie war. Diese Schnellstraße war die letzte Verbindung in die verlorenen Gebiete, die allenfalls bei Ebbe noch begehbar waren. Offenbar hatten ihre Entführer vor, sie sehr weit aus der Stadt hinauszubringen. Doch dort wollte sie nicht hin.

Der Fahrer des Lkw brauchte einen Moment, um zu verstehen, daß sie aus der Kiste entkommen war. Als der Wagen an einer Nachtbaustelle die Geschwindigkeit verringern mußte, sprang sie ab. Nun stand sie im Irgendwo. Als der Lkw ein ganzes Stück weiter die Straße hinunter anhielt und dann zurücksetzte, hatte sie sich schon seitlich in die Vegetation geschlagen. Die beiden Herren im Fahrerhäuschen nickten sich zu.

Als Lisa todmüde nach Hause kam, verließ Karl gerade seinen Trimm-dich-Keller. Er war offenbar guter Laune, munter und aufgeräumter Stimmung. Er begrüßte sie beiläufig freundlich. „Wie war dein Tag?“

Dann aber zeigte er ihr überraschend, wo er für alle Fälle Geld gebunkert hatte. „Falls etwas passieren sollte. Ich habe hier in diesem Buch immer etwas auf Lager.“

Sie war verblüfft und gerührt.

Erst nach einer Weile merkte Lisa, daß Karl seit ihrer Exkursion zu Baby Yaga's Garage das Haus nur noch selten verließ. Nilla observierte noch einige Tage und berichtete, daß Karl bisweilen das Haus zwar verließ und weiterhin in einen dieser Wagen stieg und scheinbar in Richtung Ost-Klinik aufbrach, daß der Wagen jedoch nicht mehr als einen Umweg fuhr und ihn bald wieder in der Nähe des Hauses absetzte. Nilla hatte das nun mehrmals beobachtet und schlug vor, die Überwachung aus der Luft zu beenden. Lisa fragte sich, was sich seit dem Ausflug ins Gewerbegebiet Ost verändert haben könnte.

Karl erhielt seinen regelmäßigen Check-up nun in einem Service-Raum im Keller ihres Smart Homes. Der Raum war erst kürzlich aktiviert worden und direkt vom Fitness-Raum aus erreichbar. Nur er kannte das Wandpanel, hinter dem die Tür lag. Die Umwegfahrten dienten nur noch dazu, von dem Überwachungsterminal abzulenken, das nun im Haus selbst stand.

Im August hatte sich Lisa soweit erholt, daß sie ihre Arbeit in der Druckerei wieder aufnehmen konnte. Bei ihrem vierten Termin im September fragte Spingarn sie nach den Wutsymtomen in ihrer Jugend. Ein solches Jugendleiden könne, selbst wenn es längst vergessen sei, wieder auftreten. Lisa bestätigte ihm, daß sie einmal bei ihren Eltern „mit dem Kopf durch die Wand“ gegangen war. Sie ließ lang verdrängte Erinnerungsbilder aus ihrer Jugend zu und sortierte sie nicht. Wenn sie sich richtig erinnerte, hatte damals der Onkel von Karl versucht, sie zu küssen, als sie sich hinlegen wollte. Sie stieß damals glatt durch die Wand.

Spingarn erklärte ihr, daß sich bei ihr die Energie wahrscheinlich vorwiegend in der Längsachse des Körpers entlade. „Wut hat meist eine dominante Richtung. Einige Menschen erfahren horizontal und andere vertikal wirkende Wut. Sie scheinen zu der zweiten Gruppe zu gehören. Wir Psychologen unterscheiden Vertikalwut von Horizontalwut: *vertical* und *horizontal anger.*“

Spingarn zeigte ihr dazu ein Schaubild und eine Tabelle über die Häufigkeit der verschiedenen Arten von Wut. Horizontalwut war am weitesten verbreitet. Typische Symptome waren das direkte Zugehen des Wütenden auf seinen Gegner oder das Wutobjekt. Mit den Fäusten voran versucht der Wütende, den Gegner zu verdrängen. Vor Schlägen schreckt er nicht zurück.

Spingarn startete einen Lehrfilm des amerikanischen Wut-Spezialisten Garrison Kyler. Horizontale Wut sei im Laufe der Geschichte der Menschheit immer wieder in Sport überführt worden. Boxen, Jiu Jitsu, Karate, Judo, alles Versuche, Regeln für die Horizontalwut zu formulieren. Aber auch Sprinter und Weitspringer arbeiten mit der Kraft des „horizontal anger"-Syndroms. Vertikalwut hingegen sei viel seltener. Nach der subkutan psychologischen Deutungsschule „versuche man sozusagen aus der eigenen Haut zu schlüpfen". Waren Patienten von *descending anger* befallen, stampften sie mit unerhörter Kraft auf den Boden. Dabei entstanden bisweilen Löcher, die man auch Dolinen oder Erdfälle nannte, *sink holes* auf Englisch, wenn sie besonders groß waren. Der Film zeigte eine Reihe von dokumentarischen Bildern solcher Löcher, die in Amerika häufig vorkämen. Die Statistik zeige, daß dort auch besonders häufig Menschen von Vertikalwut betroffen seien. Diese könne spontan auftreten, in Schüben oder auch episodisch. In Deutschland ging ebenfalls so manche Doline auf das Konto des *descending anger-Syndromes.* Um die von der Vertikalwut Betroffenen nicht zusätzlich zu stigmatisieren und auszugrenzen, wurden deren Spuren immer wieder zu natürlichen Vorkommnissen erklärt. Der Begriff Doline spiele deutlich auf den Schmerz an, unter dem viele *vertical anger*-Patienten leiden: *dolus*, lat. Schmerz. Bei einigen wenigen Patienten äußerte sich die Wut in Form der *ascending fury* oder des *elevator rage.* Bei ihren Wutanfällen hoben sie regelrecht ab und gingen an oder durch die Decke. In milderen Formen könne man das bei indischen Yogis beobachten, zuletzt am Ende des 20. Jahrhunderts bei Bhagwan, der ja nicht umsonst immer einen Turban trug, aber auch bei dem Schriftsteller und Hutträger Thomas Bernhard.

Viele der frühen und bis in die Antike zurückgehenden Berichte über Flugversuche lassen sich vermutlich auf diese Erkrankung zurückführen. Einige Sportarten, wie Hochsprung oder auch Basketball, verdanken sich dem „vertical anger". Häufig litten Stabhochspringer unter diesem Syndrom. Manche unter ihnen griffen nur zu Tarnung zu dem Stab. Sie erklärten einhellig, nicht auffallen zu wollen. Sie wären wohl imstande, ohne diese Tarnung zu springen, und kämen bei wohldosierter Wut sicherlich noch ein gutes Stück höher.

Die japanischen Fahrstuhlerfinder Kone und Otis litten bekanntlich beide unter „vertical anger". So mancher Bergsteiger hatte die letzten Meter zum Gipfel der Welt gar nicht klettern müssen, sondern hat ihn in einem Wutanfall ersprungen. Wie sonst hätte man am Mount Everest je den unpassierbaren Hillary Step überwinden können? Niemand hatte in der extremen Höhe genügend Sauerstoff, um nur mit Willensanstrengung und Muskelkraft diese Stufe zu bewältigen. Noch heute lassen sich nicht nur altersschwache Kraxler von hochbezahlten Sherpas über diese Stufe auf den Berg ziehen. Nicht wenige von denen litten ebenfalls unter dem vertical anger-Phänomen.

Spingarn wies darauf hin, daß der in Amerika herrschende Aufstiegsdrang sich als eine Sublimierung von nach oben gerichteter Vertikalwut deuten ließ. Ebenso gingen die meisten Formen karrieristischen Verhaltens auf vertikale Wut zurück. Menschen, die einen rasanten Aufstieg in Unternehmen oder Behörden hinlegten, ohne daß man von außen begriff, wie sie das schafften, „fielen" geradezu die Karriereleiter hinauf. Meist sogar gegen ihren ausdrücklichen Wunsch. Das zumindest gaben später nicht wenige dieser Patienten zu Protokoll.

Lisa lauschte gebannt diesen Erklärungen, doch dann erinnerte sie sich. „Sonderlich", auch wenn ihr die Frage im Moment etwas deplaziert erschien, so wollte sie doch Klarheit gewinnen: „Bei unserem ersten Termin sprachen Sie von *sonderlichen* Abweichungen. Wie soll ich das verstehen?"

Lächelnd rückte Spingarn einige Gegenstände auf seinem Schreibtisch in eine nur ihm erfindliche Ordnung: „Wenn zum Beispiel eine Getränkedose von einem Wolkenkratzer fällt und das Dach eines Taxis durchschlägt, so kann so etwas zwar in Wirklichkeit geschehen, aber es ist doch sehr, sehr unwahrscheinlich. Es handelt sich augenscheinlich um ein „sonderliches", sprich programmiertes Bild. Sie können auch von einem „sonderbaren" Bild sprechen. Sonderlich meint alles, was zwar eintreten könnte, aber doch nur unter so besonderen Umständen, daß ein Eintreten abwegig erscheint."

Lisa fragte sich, ob ihr diese Antwort wirklich weiterhalf, aber sie beließ es dabei angesichts der Tatsache, daß sie nun erst einmal all die Informationen verarbeiten wollte.

Bald hatte die Arbeitsroutine sie wieder im Griff. Und doch ging ihr nicht aus dem Kopf, was sie in jener Nacht gesehen hatte, als es zu ihrem Vorfall gekommen war. Sie mußte herausbekommen, was in der Nacht geschehen war. So machte Lisa einen weiteren Anlauf und borgte sich bei einer ehemaligen Nachbarin einen Bohrhammer aus. Deren Mann arbeitete bei dem HS-Hausmeisterservice. Sie reichte ihr das Monster mit einem vielsagenden Blick. „Mein Mann hat hier all solches Zeug, das doch niemand braucht. Und besser als eine Spitzhacke ist der allemal. Der geht durch Beton wie durch Sahne."

Lisa überhörte diese Bemerkung. Auf keinen Fall wollte sie ihr Handeln kommentieren. Und doch zögerte sie einen Moment. Sollte es sich herumgesprochen haben, daß sie sich an den Wänden und an den Böden des Hauses zu schaffen machte?

Spingarn meldete sich bei ihr und bat sie um ihre Einwilligung dafür, Karl einige Fragen zu stellen. Dann nahm er umgehend Kontakt zu Karl auf, stellte sich vor und befragte ihn telefonisch zu seiner Sicht auf die Ehe mit Lisa:

„Lisas seltsames Pubertätssyndrom machte sie mir nur noch sympathischer, obwohl sie manchmal eine ziemlich bunte Birne hatte. Die Klassenlehrerin erklärt, daß Hyperaktivität ganz normal war und sich Lisa dann nur den Kopf stieß.

Vom ersten Moment an mochte ich sie, auch wenn ich ahnte, daß ich keine Chance bei ihr hatte. Ich ließ dennoch nicht locker. Sie mochte mich unmöglich finden, wenigstens redete sie dann über mich. Als ich das mitbekommen hatte, schreckte mich das nicht ab. Dachte mir, wie schön es werden könnte, mit ihr durch die Decke zu gehen, und hoffte, daß es eines Tages klappen würde.

Ich war fast etwas enttäuscht, daß sie mich nie auf einen ihrer Flüge mitgenommen hat. Aber Spaß beiseite, Ihre Störungen sind nie wieder aufgetreten, seit wir geheiratet haben."

Helene legte abends ein Schälchen mit Pillen neben Lisas Bett, die sie ruhigstellen sollten. Heute abend wollte sie Freundinnen treffen und ausgehen. Lisa tat so, als nehme sie sie ein, warf sie jedoch aus dem Fenster. Sie legte sich hin, erhob sich aber wieder, als Helene das Haus verlassen hatte. Karl war auf einer Dienstreise. Wieder einmal. Nun machte sie sich mit dem Bohrhammer über den Boden im oberen Stockwerk her.

Anstandslos gab der scheinbar massive Boden nach und den Blick frei auf ein Netz von Drähten und Geräten. Immer wieder blitzten grelle Leuchtbogen aus den Kabeln, wenn es zu Kurzschlüssen kam. Sicherlich nicht ungefährlich. Plötzlich gerieten einige der freigelegten Kabel in Bewegung und schlängelten sich mit leichtem Rascheln zu Löchern und Kabelschächten, wo sie wie Regenwürmer verschwanden. Lisa traute ihren Augen kaum. Sie wurde sich bewußt, daß das Haus eine einzige alptraumhafte Kontroll- und Überwachungsapparatur war, die ein Eigenleben führte. Nun dämmerte ihr, daß das, woran sie litt, durch Einwirkungen von außen mitverursacht worden sein könnte. Im nachhinein gewann Hanns' Rede von der „punktuellen Datenerhebung" einen bedrohlichen Unterton.

Sie legte die Kabel bis in den Garten frei. Dort fand sie einen Verteiler und folgte dem Hauptstrang bis zu einem Geräteschuppen, wo sich offenbar ein Knotenpunkt befand. Sie markierte gerade die Stelle, an der die Kabel der Überwachungseinrichtungen in den Boden liefen, als ihre Tochter etwas angetrunken nach Hause kam. „Mama, was ist denn?" Lisa zeigte ihr die Kameras und Mikrophone, „Helene, hier stimmt etwas nicht."

Erstmals dämmerte es auch Helene, daß ihre Mutter recht haben könnte. Sie setzten Gespräch bei lauter Musik fort.

„Mama, ich muß dir etwas gestehen."

Helene schaute ganz traurig, als sie zugab, daß sie die Unwahrheit gesagt hatte. Doch dies sei auf den dringenden Wunsch des Sicherheitsmannes geschehen, der sie, Lisa, zurückgebracht hatte. Von selbst würde sie so etwas nie tun. Sie habe bei dem Besuch auf dem Trailerpark Lisa tief schlafend entgegengenommen und ins Bett verfrachtet. Sie wollte doch nur verhindern, daß ihr etwas geschehe. Nun verstand Lisa, daß sie in einem rund um die Uhr überwachten Haus lebten.

Lisa konnte nicht anders, sie mußte den Kampf gegen diejenigen aufnehmen, die sie aushorchten. Sie konnte nicht länger warten. Sie mußte den Dingen auf den Grund gehen.

Lisa versuchte in den folgenden Wochen herauszubekommen, wer hinter den von ihr entdeckten Überwachungseinrichtungen steckte. Sie wunderte sich darüber, daß alle, denen sie davon erzählte, die Überwachung für normal hielten. Selbst die Nachbarin, der sie am nächsten Morgen den Bohrhammer zurückbrachte, und eine entfernte Freundin, die sie besuchen kam, sagten ihr, daß dies zu den Besonderheiten eines Smart Homes zählte. Die Überwachung sei ja inklusive und gerade das, was den Unterschied zu weniger modernen Wohnformen mache. Damit könne man so viel Energie und Mühen sparen. Und gerade dank der Überwachung hätten Einbrecher ja keine Chance.

Lisa nahm sich vor, als erstes den Kabeln nachzuforschen. Sie ahnte nicht, daß sie von Icks längst auf der Liste der verdächtigen Personen geführt wurde. Doch er wollte sie lieber in ihrem Job belassen, weil sie so besser zu kontrollieren war.

Bei ihrer sechsten und letzten Sitzung riet ihr Spingarn, sie solle immer ihren Helm griffbereit halten, mit dem sie sich schützen könne. Am besten wäre es, ihn immer zu tragen. Sie solle um jeden Preis geschlossene Autos meiden. Am besten wäre es, ein Auto ohne Dach zu fahren, da könne sie nicht durch die Decke gehen, sondern auch bei Wutanfällen sicher weiterfahren.

Ein Cabrio, das wäre der richtige Wagen für sie. Selbst im Winter. Es wäre für sie und andere lebensgefährlich, wenn sie durch die Decke ihres Autos ginge. Es könnte ohne Fahrerin im fließenden Verkehr führerlos weiterrollen und Unfälle verursachen. Nun dämmerte ihr, wie sie damals durch die Decke des Transporters gelangen konnte.

Zum Schluß der Therapie gab ihr Spingarn einen Fingerzeig. Er fragte sie: „Wann sind Sie das letzte Mal richtig wütend geworden?“

„Als ich meinen Scoring-Report bekommen habe, der diesen lächerlich geringen Rentenanspruch auswies.“

Sie hatte die Antwort kaum ausgesprochen, als sie erkannte, wie sie ihre Wut selbst würde auslösen können.

In den folgenden Wochen lernte sie, ihre Kraft bewußt und punktgenau einzusetzen. Mit der Lektüre des Scoring-Reports gelang es ihr, ihre tiefste Wut zu mobilisieren. Damit konnte sie sich gleichsam selbst programmieren und erwarb die Fähigkeit, ihr seltsames Talent gezielt einzusetzen. Allerdings hatte sie nach jedem Wutanfall nagende Kopfschmerzen. Es kostete sie etwas, so in Wut zu geraten. Sie ahnte, daß sie ihre Fähigkeit nur in kleiner Dosierung einsetzen durfte, wenn sie es überleben wollte. Bis auf die wenigen Momente, in denen sie selbst von der Wut überrascht wurde, ging Lisa von nun an nur noch genau überlegt durch die Decke. Sie achtete peinlichst darauf, immer Lady Violets Schutzkappe aufzuziehen. So konnte sie nach dem Durchbrechen einer Decke sofort die Lage erkunden. Nach und nach gingen auch die Kopfschmerzen zurück.

Lisas fand schnell ein offenes Auto. Seit dem Ende der Beziehung zwischen Helene und Harry stand der uralte gelbe VW Kübelwagen wieder bei Constanze. Harry brauchte ihn nicht mehr. Constanze lieh ihn ihr gerne. „Nimm ihn! Der fährt wieder." Doch zuvor ließ sie ihn überholen.

Langsam gewann Lisa einen Überblick über die verschiedenen Leitungen, die durch die Decken verliefen. Sie lernte es, einzelne Kabel zielgenau zu verfolgen und auch die jeweilige Funktion zu erkennen. Sie unterschied mittlerweile Stromkabel von Mikrophonkabeln, Datenkabel von Kamerakabeln, Lan-Kabel von Niederspannungskabeln. Mittelspannungskabel von Erdungskabeln. Sie sammelte Kabelenden, denn Barney konnte zu allen Kabelstücken interessante Erklärungen geben.

Nur der besonderen Bedeutung des Probanden 37 war es zu verdanken, daß Lisa ihre neue Karriere ungeschoren einschlagen konnte. Dem Sicherheits-Team wäre es ein leichtes gewesen, sie jetzt schon festzusetzen.

Lisa begann zu verstehen, in welchem Ausmaß die Welt verkabelt war. Daß diese Verkablung etwas mit dem Zustand von Karl zu tun haben könnte, ahnte sie, auch wenn die meisten dieser Kabel vielleicht nur Spielerei waren. Mittels ihrer neuen Waffe, der

Vertikalwut, riß sie nun zuhause großflächig die Kabel aus den Wänden. Der Reparaturtrupp des Hausmeisterservice kam kaum noch nach, alles wieder auszubessern.

Zahlreiche Kabelschlangen, die sie in den Wänden der Garage fand, riß Lisa mit geradezu wollüstiger Wut heraus. Diesmal spürte sie aber einen Widerstand. Ihr war so, als ziehe jemand ein Kabel zurück. Nun zog Lisa mit doppelter Kraft an diesem Kabel, das mehrmals zurückgerissen wurde. Sie gab nicht auf und zog einen ganzen Verhau von Kabeln ans Licht. Sie packte das Kabelbündel und zog es Stück um Stück aus dem Schacht. Als sie von einem Schub mächtiger Wut ergriffen wurde und abzuheben begann, riß sie mit aller Kraft den gesamten Kabelverhau aus dem Schacht. Zuerst erschien eine Art Badekappe mit Stromabnehmern, wie man sie von EEG-Hauben kennt, dann machte sie einen Haarschopf aus, an dem sie einen etwas verdatterten und wild strampelnden jungen Mann aus dem Schacht herauszog. Sollte das ein Mitarbeiter des Überwachungsdienstes sein, der sich in dem Kabelgewirr verfangen hatte? Es war beileibe keine leichte Geburt, aber Ruck um Ruck holte sie den Beifang durch die Schachtöffnung.

„Das kann nur ein Traum sein“, sagte sie sich. „So etwas kann nur im Traum passieren, nicht in Wirklichkeit.“

Der junge Überwachungsdienstmitarbeiter war vermutlich über den kreuz und quer verlaufenden Kabeln eingenickt, war dann in dem Netz gefangen worden, in dem sie ihn durch den Kabelschacht gezogen hatte. Trotz der Schürfwunden im Gesicht erkannte sie ihn sofort wieder. Henning, der ehemalige Mitschüler von Franz! Es war keine Täuschung möglich.

„Das kann kein Traum sein“, knurrte sie.

Lisa war sich sicher. Das war leibhaftig Henning, den sie aus Franz’ Klasse kannte und der damals auf dem Fest im Hotel Schimgrillo anläßlich der Ernennung ihres Mannes aufgetaucht war. Und kürzlich hatte sie ihn in dieser Klinik getroffen. Nun stand er erneut vor ihr. Er wirkte, als sei er kielgeholt worden, übermüdet und mit Verletzungen im Gesicht.

Aber da zappelte noch jemand im Kabelverhau: Als Henning schon halb durch das Leitungsnetz gezogen war, hatte sich sein Kollege Fynn noch an dessen Beine gehängt, um zu verhindern, daß er durch den Kabelschacht verschwand.

„So etwas ist regelwidrig“, kreischte Fynn. Doch er hatte Lisas Zugkraft nichts entgegenzusetzen und geriet selbst langsam, aber sicher in ihr Gesichtsfeld. So mußte er Henning loslassen, krauchte zurück und verschloß den offenen Kabelschacht rasch mit Montageschaum. Er stürzte zur Gegensprechanlage:

„Mayday! Liitow disappears through cable“, meldete er.

Rückfrage: „Zuviel Matrix gesehen oder wie?“

„Komm mit, Henning, wir müssen erst einmal deine Wunden versorgen.“ Sie nahm ihn mit ins Haus, griff die Flasche mit Desinfektionslösung und sprühte einiges davon auf die Hautabschürfungen. Er ließ alles mit sich geschehen. War er vielleicht high? Er schien das alles für einen Traum zu halten und lallte: „Mensch Lisa, das ist ja toll. Sonst schaue ich immer nur, nun sehe ich dich ganz in Wirklichkeit, coll. Schade, daß Franz nicht da ist, mit dem würde ich mich gern mal wieder unterhalten.“

In diesem Moment fiel Lisa etwas auf:

„Warte mal: Woher weißt du, daß Franz nicht da ist?“

„Wir fahren doch großes Scanning. Da wissen wir doch immer, wer was wie warum macht und wer da ist.“

„Wer ist *wir*?“

„Wir, das heißt natürlich, die.“

„Wer sind die?“

„Die, für die ich arbeite. Ich selbst muß ja nur melden, wenn Ungewöhnliches passiert. Aber da habe ich Spielraum“, fügte er hinzu. Er senkte die Stimme, als spreche er ein Geheimnis aus: „Ich gebe längst nicht alles weiter.“

Er lachte wie blöde. Wollte er durch sein Gelache demonstrieren, wie sehr er sich der Lage gewachsen fühlte?

Sie nahm Henning den Notizblock ab und warf einen Blick hinein. Waren das Überwachungsprotokolle?

„Hättest du ein Glas Wasser für mich? Ich habe immer so einen Durst bei meinem Job. Es ist so trocken wegen der Klimatisierung. Trinken dürfen wir nicht wegen der Geräte.“

„In Ordnung, warte hier. Ich bin sofort zurück.“

Sie ging in die Küche ein Glas mit Eiswasser holen. Als sie wiederkam, war Henning weg. Sie rannte in die Garage. Die Wand war versiegelt.

Sie griff nach der alten Tischlampe, die hier in der Garage verstaubte, und rammte sie mit voller Kraft in die Wand, wo gerade noch der Kabelschacht gewesen war. Siehe da, die Lampe blieb in der noch weichen Wand stecken. Der schwere Schraubenschlüssel, mit dem sie Sekunden später gegen die Wand schlug, prallte ab und fiel zu Boden. Sie hatte doch wohl nicht nur geträumt, den Freund von Franz aus dem Schacht gezogen zu haben.

Von dem Krach wurde Helene wach und kam im Schlafanzug zur Garage: „Was machst du, Mama?"

„..."

„Mama, was ist? Das ist doch unsere alte Tischlampe! Warum klebt die jetzt an der Wand? Ich weiß nicht, was vor sich geht, aber es macht mir Angst. Du erzählst mir, daß du irgendwelche Kabel aus den Wänden ziehst. Jetzt treffe ich dich nachts in der Garage und finde diese Lampe in der Wand. Ich verstehe das alles nicht. Ich verstehe nicht, was hier vor sich geht. Ich kann dich nur bitten: Hör auf damit!"

Unten im Keller kam es derweil zu einem ebenfalls aufgeregten Dialog.

Fynn: „Verdammt, Henning, paß besser auf, und hole deinen Notizblock auf der Stelle zurück. Der kann da nicht bleiben!"

„Oh, habe ich den dort liegengelassen? Das hätte ich doch bemerkt. Ich kann mich gar nicht erinnern."

„Grmpflmrr.... Du hast doch die Ausbildung gemacht, oder."

„Ja, nu, schon..."

Etwas später meldete er: „Ich finde den Block nicht."

Am Sonntagmorgen fragte sich Lisa, ob sie nur geträumt hatte, was gestern Nacht geschehen war. Ein Bautrupp hatte unbemerkt alles wieder gerichtet. Die Lampe hatten sie aus der Wand geholt, sie gereinigt und wieder in die Garage gestellt.

Lisas Ahnung, daß sie nicht geträumt hatte, bestätigte sich, als sie am Nachmittag Hennings Block im Kühlfach wiederfand. Sie mußte ihn gestern, ohne es zu bemerken, in den Kühlschrank gelegt haben, als sie die Eiswürfel geholt hatte. Sie nahm ihn mit ins Wohnzimmer.

Als sie wieder aus dem Raum ging, erkannte Henning dank der Videoüberwachung seine Chance. Er kletterte im Erdgeschoß aus einer Bodenluke. Er war fast schon am Tisch, als Lisa wieder in den Raum kam. Henning konnte sich gerade noch hinter einem Sessel verstecken und erstarrte wie ein erlegter Tiger.

In diesem Moment klingelte es an der Haustür. Fynn kam ihm wohl zur Hilfe. Lisa war einen kurzen Moment unschlüssig. Sie schob den Block unter einen Stapel Zeitschriften und begab sich zur Tür. Henning nahm den Block an sich und verschwand in seiner Bodenluke. Sekunden später stürzte Lisa ins Wohnzimmer. Gehetzt durchsuchte sie den Stapel Zeitschriften. Sie konnte es nicht fassen: Der Block war verschwunden! Dinge verschwanden doch nicht so einfach.

Von einer nahegelegenen Baustelle, die über das Wochenende verwaist war, entführte sie am Nachmittag einen Kleinbagger und machte sich daran, den Boden zwischen Haus und Garage abzutragen. Nur knapp entkamen Henning und Fynn durch eine Notluke im hinteren Teil des Gartens. Sie kamen nach vorne an den Gartenzaun und schauten ihr wie neugierige Spaziergänger beim Aufreißen der Erde zu.

Fynn: „Hast du den Sprengmechanismus entsichert?“

Henning: „Nein.“

Fynn schlug sich theatralisch vor die Stirn. „Dann Plan C.“ Er rief Lisa von seinem Handy an und tat so, als sei dies ein Hilferuf Helenes. Doch wie es der Zufall wollte, kam Helene gerade heim.

„Dann mußt du runter!“, folgerte Fynn.

„Sie ist doch schon durch die Decke“, protestierte Henning.

„Es nützt nichts. Tue es jetzt!“

Kurz darauf schob eine unterirdische Explosion den Bagger in eine seltsam schräge Position und kippte ihn auf die Seite. Aus einem Erdtrichter drang dichter schwarzer Qualm.

Hustend und spuckend stieg Lisa aus der verglasten Kabine des Baggers und inspizierte den rauchenden Hohlraum unter dem Garten. Als sich nach einer Weile der Qualm verzogen hatte und sie in den Kellerraum schauen konnte, sah sie Tische, auf denen verrußte Bildschirme standen, von denen zwei noch in Betrieb zu sein schienen. Auf ihnen konnte sie durch den schwarzen Rußfilm hindurch Innenräume ihres Hauses erkennen. Offenbar konnten von hier aus die Bewohner des Hauses beobachtet werden. Der Kellerraum war gefüllt mit Meldeeinrichtungen und abgesessenen Büromöbeln. An den Wänden ein paar Poster mit halb bekleideten und gleichfalls verrußten Damen. Als sie später dort hinabstieg, entdeckte sie eine schwere Eisentür, die in Räume unter dem Keller Ihres Hauses führten. Auf einem der verkohlten Tische entdeckte sie die Reste eines Schreibblocks, der demjenigen glich, den sie noch am Vormittag in den Händen gehalten hatte.

Hier also liefen die Kabel zusammen! Und da waren mehrere Aufnahmegeräte für Bild und für Ton. Lisa zählte eins und eins zusammen. Genau so stellte sie sich eine konspirative Spionagewarte vor. Sie erfaßte all dies mit einem Blick, als ein und dann ein zweiter Schatten durch ihr Sichtfeld huschten. Plötzlich erloschen die Monitore, und sie stand im Dunkeln. Eine fluoreszierende Katze rannte einem sich entfernenden Schatten nach und sprang mit triumphierendem Miauen in den letzten noch leuchtenden Kleinbildschirm, in dem der Schatten verschwunden war. Dann erlosch auch dieser Monitor.

Empört beschrieb Lisa, was sie alles in der Spionagewarte gefunden hatte, als sie Lady Violet das nächste Mal traf: „Selbst die Temperatur und die Luftfeuchtigkeit wurden angezeigt. Eine perfekte Installation für die totale Überwachung."

„Vielleicht gibt es einen Zusammenhang zwischen den vielen Kabeln und Sensoren und dem, was mit Karl geschieht."

„Aber dann ist doch der Verlust der Privatsphäre programmiert, dann stehen alle Freiheiten zu Disposition."

„Ja, und das unter dem Vorwand, die Freiheit müsse geschützt werden. Hast du das Karl gezeigt?"

„Nein, ich konnte ihn nicht erreichen. Er war weder in der Klinik noch in der Firma. Als ich nach Hause kam, war alles wieder wie von Zauberhand so hergerichtet, wie es immer ist. Da gibt es jemanden, der keinen Aufwand scheut und der will, daß ich an meinem Verstand zweifle. Alle anderen sollen glauben, ich leide unter Halluzinationen."

Die Entdeckung eines Netzes, mit dem alles und jeder kontrolliert werden konnte, brachte Lisa zu der Überzeugung, daß sie in einer gigantischen Manipulationsmaschine steckte. Zwischen der Erkrankung ihres Mannes und dem Einzug ins Musterhaus bestand offenbar eine Koinzidenz. Sie hatte eine Welt weitreichender Manipulationen entdeckt. Vielleicht war sie beständig hintergangen worden. Aber noch zögerte sie.

Befand sich ihre Familie vielleicht in Gefahr? Voll hochkochender Wut nahm sie sich vor, in der ganzen Stadt den Kabeln nachzugehen und die Spionagewarten, die sie fand, zu vernichten. Längst hatte sie Routine: Sie nutzte ein kleines, sehr effizientes Gerät: einen Kondenskiller, mit dem sie eine sehr hohe Spannung erzeugen konnte, die jeden Router lähmte. Sie nahm Stück um Stück das Netz auseinander, bis Barney sie darauf aufmerksam machte, daß die Kabel auch für eigene Zwecke genutzt wurden. „Warte, wir brauchen das Netz noch, ansonsten bricht bei uns die Kommunikation zusammen."

Auf Anraten des Psychologen Wensley Spingarn trat Lisa im September 2043 in einen Traumatherapieverein ein. „Dort geht es gegen die Fundamentalirritation", hatte er versprochen. Am 20. September feierte Lisa den letzten unbeschwerten Geburtstag für eine lange Zeit gemeinsam mit ihrer Familie. Lady Violet schenkte ihr eine Fliegerkombination aus Absorptionsstoff, der den Körper für Radarwellen unsichtbar machte.

„Egal, was du unternimmst, mache dich unsichtbar." Lady Violet riet Lisa, den Anzug nach Gebrauch wieder in die würfelförmige Verpackung zu legen, dann „sieht das für die Radarüberwachung aus wie ein harmloses Spielzeug."

Tagsüber arbeitete Lisa in der Druckerei. Wenn sie noch die Kraft dazu hatte, brach sie nachts zur Suche nach Kabeln auf. Dabei lief Lisa bisweilen Bewohnern der Halde bei deren Sabotageaktionen über den Weg. Man schätzte einander, kooperierte, ging aber ansonsten eigene Wege. Auf der Suche nach einem Verteilerknotenpunkt traf sie eines Nachts auf drei Haldenbewohner, die vergeblich versuchten, an einer Fassade hochzuklettern. Sie hatten den Auftrag, eine Kameraanlage des Sicherheits-Teams zu sabotieren. Sie kamen zwar unten ins Haus, aber der Zugang zu den oberen Etagen war versperrt, also versuchten sie es ohne Erfolg über die Fassade. Ohne lange zu zögern, durchbrach Lisa die Geschoßdecke zur ersten Etage und schaffte ihnen einen Zugang. Ihre Identität gab sie jedoch nicht preis.

„Und du bist...?"

„Schmidt, Marlene Schmidt."

Wie sie auf den Namen gekommen war, wußte sie nicht und entschuldigte sich bei allen Frauen, die Marlene Schmidt heißen.

Nach mehreren Monaten Beobachtung hatte Barney herausgefunden, daß sich Telechat dazu verwenden ließ, die Nutzer der Kabelinfrastruktur zu überwachen. Es reichte, alle paar Hundert Meter einen Lan-Transmitter in die Kabel einzubringen und Telechat mit einem entsprechenden Befehl zu versorgen. Barney stellte dieses Verfahren Lisa und Nilla vor, die bald ein eingespieltes Team bildeten. Nilla war ein Naturtalent, was das Verständnis für technische Geräte anging. Und Lisa hatte das Auffinden von Kabeln professionalisiert.

„Dann warst du das in der Drohne?"

Nilla nickte unmerklich. „Laß uns über das sprechen, was vor uns liegt."

Beide ergänzten sich gut. Mit Hilfe von Mini-Routern, mit denen sie die Kabel bestückten, wurde aus dem zentral gesteuerten unidirektionalen Netz ein interaktives Medium, das man bei Bedarf im eigenen Sinne steuern konnte. Nur wenige Handgriffe waren dazu nötig. Lisa war verblüfft und erkannte sofort die Chance, mit Hilfe dieses Netzes herauszufinden, wer ihr Gegner war und wo er war.

Vierzehn

Die Lkw-Entführungen wurden mehr und mehr zu Himmelfahrtskommandos. Eine Gruppe von vier Infras hatte sich des Lkw mit der gewohnten Technik bemächtigt, doch dann hakte es: Beim Öffnen der Ladeluke stießen sie auf sechs schwerbewaffnete Einsatzkräfte, die sofort das Feuer eröffneten. Zwei Alphadogs, die im Unterbau des Lkw mitgeführt worden waren, kamen hervor und attackierten die Räuber von hinten. Zwischen den Fronten hatten sie keine Chance. Zwei der vier ließen ihr Leben, einer wurde verwundet und verhaftet, und einer konnte fliehen. Oder hatte man ihn laufenlassen, um die Schreckensnachricht auf der Halde zu verbreiten?

Dennoch wurden weitere Lkws entführt. Die Angreifer wurden stetig kühner, so mancher überschätzte allerdings nach einem kleineren ersten Erfolg die eigenen Kräfte. „Wenn wir ihnen die Lkw abnehmen können, dann sollten wir es schaffen, sie aus der Stadt zu jagen." Die Fraktion derer, die für eine bewaffnete Auseinandersetzung mit dem Governat war, nahm beständig zu. Damit wuchs auf der Halde die Spannung zwischen denen, die sich eingeln und einfach nur überleben wollten, und jenen, die offensiv gegen das Stadtgovernat vorgehen wollten. Gegen deren risikoreiche Pläne erhob sich Protest. Bei den Planungen für die nächsten Überfälle sammelte sich ein Pulk von Protestierenden, die skandierten: „Wir wollen das nicht! Das wollen wir nicht."

An diesem Vormittag lief alles zu Icks Zufriedenheit. Das Experiment war vorbereitet, die Direktübertragung zum Governat stand, nun fehlte nur noch der wichtigste Zuschauer. Diesmal wollte er Aga demonstrieren, wie weit sie mit dem Trigger-Programm gekommen waren. Der Proband sollte Reparaturen am Dach seines früheren Wohnhauses vornehmen. Die perfekte Kulisse, die perfekte Motivation. Als Aga im Monitor erschien, kam Icks gleich zur Sache: „Unser heutiger Proband wird eine Schadstelle am Dach seines ehemaligen Hauses entdecken, an der Wand hochklettern und das Dach ohne die Leiter erreichen, die an der Hauswand lehnt. Ich starte jetzt."

Was wir dann sahen, erstaunte alle: Der Proband, dessen Gesicht verpixelt war, wurde in diesen Momenten zu einer perfekten Marionette. Auch ich war ehrlich verblüfft.

Karl trug einen Overall und stellte seinen Werkzeugkoffer auf den Gartentisch. Die Leiter lehnte er an die Hauswand. Die Regenrinne, ja, die war früher auch schon häufiger verstopft. Er hatte ein kleines Gitter beschafft, das er oben in der Rinne vor dem Abfluß montieren wollte.

Er steckte sich das Gitter in die Overalltasche und kletterte an der Regenrinne hoch, ohne die Leiter zu benutzen. Das kostete ihn einige Anstrengungen. Warum er sie vergaß, wußte er nicht, es fiel ihm nicht einmal auf. Oben angekommen, klammerte er sich mit beiden Beinen an die Regenrinne, langte nach hinten und paßte das Gitter ein. Ganz zufrieden war er noch nicht, daher zog er sich an der Regenrinne weiter hoch, bis er mit einem Fuß das Dach erreichte. In kleinen Rucken und Schüben verlagerte er sein Körpergewicht aufs Dach, was ihn sichtlich Anstrengungen kostete. Dort oben saß er eine Weile, um Atem zu holen. Um seine Reparatur zu betrachten, mußte er sich vorbeugen. Beugte und beugte sich, bis er das Gleichgewicht verlor. Er stürzte, wurde aber kurz vor dem Aufprall von einem Roboter aufgefangen, der aus unerfindlichen Gründen zur Stelle war.

Karl schien das nicht zu stören. Er richtete sich auf, schlug imaginären Staub von den Hosenbeinen und legte sich neben der Magnolie auf die Wiese. Dann machte er dort einige Liegestützen. Erschöpft blieb er einen Moment liegen, stand auf, sammelte sein Material ein, warf ein Blick auf sein Werk, verstaute die Sachen in seinem Auto und fuhr los.

Aga war begeistert. Icks war es gelungen, sogar das Versagen des Probanden zu programmieren. Auf Knopfdruck hatte der Proband das Gleichgewicht verloren und war vom Dach des Hauses gefallen, auf das er gerade geklettert war. All das sah aus der Perspektive Karls natürlich ganz anders aus. Er tat ja nichts anderes, als seiner Eingebung zu folgen.

Aga konnte am Bildschirm verfolgen, wie Karl noch im Overall bei Icks eintrat und kundtat, daß er heute doch zur Arbeit erscheinen wolle, denn sein Reparaturvorhaben habe sich schneller erledigt, als er gedacht hätte.

Im Oktober 2043 wurde die Überwachung des Smart Homes intensiviert. Lisa wurde verdächtigt, nicht nur das eigene Haus nach Kabeln abzusuchen, sondern auch etwas mit den Manipulationen am Kommunikationsnetz der Stadt zu tun zu haben. Das Team um Icks wollte Klarheit gewinnen und stellte Karl einen Reinigungsroboter der Baureihe Cleanup® zur Verfügung. Ein elegant gestalteter Alphadog, Typ Butler®, übergab das Paket an der Haustür. Karl freute sich, denn so mußte er sich nicht mehr ums Putzen kümmern. Er konnte es nicht erwarten, den Cleanup an die Arbeit zu setzen. Die Aufladestation plazierte er wie empfohlen unter dem Bett.

Der Cleanup hatte es in sich, er verfügte nicht nur über die Putzfunktion, sondern konnte zur Video-Beobachtung eingesetzt werden. Fynn schaute sich die von ihm übertragenen Bilder in der neuen Warte an, auch Icks ließ sich die Bilder auf seinen Compro spielen. Der Cleanup blieb vor dem Wandschrank stehen, in dem Lisa ihre Tarnkleidung aufbewahrte.

In diesem Moment nahm Karl den Putzroboter hoch und setzte ihn an die Arbeit in der Küche. Darauf ging er in den Keller für seine Übungen an den Fitness-Geräten. Der Cleanup machte anderthalb schnelle Runden in der Küche, fuhr wieder in den Flur und näherte sich erneut dem Schrank. Er fuhr den Greifarm mit dem Bohrer aus und machte sich am Schrank zu schaffen.

Barney schickte Lisa eine Botschaft auf ihren Compro. „Schaue sofort auf den Home-Security-Schirm. Auffällige Bilder *aus* dem Haus: Da ist etwas, was mir Sorgen bereitet."

Als Lisa die Sportschuhe erkannte, die Helene damals als Trophäen von ihrer Reise nach Gooogledijoy mitgebracht hatte, ließ sie alles stehen und liegen. Sie hastete, was sie konnte, nach Hause. Doch statt einen spektakulären Sprint hinzulegen, verschwor sich alles gegen sie. Der Aufzug kam nicht, dann klemmte die vordere Eingangstür zur Druckerei. Der Personenschutz am Seiteneingang wollte sie nicht passieren lassen. Schließlich sprang ihr Wagen nicht an. Als er nach mehreren Versuchen doch ins Laufen kam, geriet sie in einen Stau. Es war unmöglich, rasch nach Hause zu kommen.

In diesem Moment klingelte ihr Compro. Barneys Stimme war ungewohnt auf diesem Apparat. „In zwanzig Sekunden wird über dir ein Multikopter vorbeifliegen. Hänge dich an das Seil. Er wird dich auf einem Personenbus absetzen, der in der Nähe deines Heims vorbeifährt."

Was war das? Stellte Barney ihr Verkehrsmittel zur Verfügung, die ihre Heimfahrt beschleunigen sollten?

„Bleibe auf dem Bus bis zur Ampel an der Hauptstraße. Dort kannst du über einen Lieferwagen absteigen, der neben dem Bus zum Stehen kommt. Du hast drei Sekunden. Dann sind es noch zweihundert Meter bis zu deinem Haus. Und los!"

Der Cleanup machte unversehens eine Pause, bewegte sich auf seine Ladestation zu, nutzte diesen Moment jedoch, um den Wandschrank genauer zu untersuchen. So jedenfalls erklärte es Icks seinen Kollegen, die den *live* übertragenen Bildern folgten. Auch Dr. Swifejoke hatte sich zugeschaltet. Telechat hatte Barney benachrichtigt. Der hatte umgehend Lisa alarmiert.

Über die Bordkamera des Cleanup ließ sich verfolgen, wie er den Schrank aufbohrte und seine Kamerasonde durch das Loch einführ. Keiner der Beobachter bemerkte die Katzensilhouette im Hintergrund. Als die Bordkamera den Besen registrierte, der aus schrägem Winkel kommend mit großer Wucht auf den Roboter prallte, war es zu spät. Vor dem Erlöschen der Übertragung zeigte die Kamera noch für einen Moment ein schlecht fokussiertes Bild aus dem Inneren des Schranks, das Putzutensilien und eine Putzmittelpackung erkennen ließ.

Außer Atem stand Lisa im Korridor. Mit Barneys Hilfe hatte sie die Strecke in Rekordzeit bewältigt. Ihr wurde schlagartig bewußt, daß sie gerade eine Grenzlinie überschritten hatte. Zum allerersten Mal war sie am hellichten Tag für alle sichtbar gegen die Überwachungsarchitektur vorgegangen. Zuvor war sie immer vorsichtig gewesen und hatte den Schutz der Dunkelheit genutzt. Bei ihren Arbeiten an den Kabeln hatte sie immer einen Bauhelm und eine Schutzbrille sowie eine Arbeitskombination getragen. Nun jedoch stand sie mitten am Tag im Flur ihres Hauses, einen Besen in der Hand, mit dem sie einen Spionageroboter ausgeschaltet hatte. Wer weiß, was der agonisierende Putzapparat noch alles übertrug. Gleich versetzte sie ihm noch zwei harte Schläge, die wohl keine Elektronik überleben würde. Wer weiß, wer alles ihren Zugriff mitverfolgt hatte. In ihrer Alltagskleidung war sie leicht zu erkennen. Es drohte unmittelbar eine gefährliche Reaktion der Überwacher.

Sie wußte, daß sie nicht viel Zeit hatte. Ihr wurde schlagartig klar, daß Repressalien gegen sie und ihre Familie zu befürchten waren. Sie mußte nun handeln. Auch wenn das eine Kriegserklärung an all die war, die ihren Mann manipulierten. Lisa mußte Karl da jetzt rausholen, und zwar sofort. Sie mußten alle drei für eine Weile untertauchen. Sie mußte ihre Familie vor drohendem Schaden in Sicherheit bringen.

Lisa zerrte Karl aus dem Kellerraum, in dem er seine Übungen machte. Subjektiv hatte Karl den Eindruck, daß sie ihn aus seinem Glück herausreiße und ihn zu schädigen suche.

Wie ich später erfuhr, war das Ladeprogramm so mächtig, das es jede beliebige Interpretation seines Verhaltens liefern konnte, so auch die, daß ihn jemand damit bedrohe, seine Existenzentscheidungen zu mißachten. Das reichte, um ihn an das Haus zu fesseln.

Da er bleiben wollte, wo er war, und sich wehrte, griff sie zu einem drastischen Mittel: Sie riß die Kabel aus dem Gerät und versetzte ihm einen Hieb gegen die Schläfe, der sie selbst überraschte, ihn aber ins Taumeln brachte. Im Hintergrund verzog der Assistenzarzt in der Warte das Gesicht, betätigte aber wie zufällig den Unterbrecherknopf und beendete damit den Ladevorgang. Er atmete auf: „Endlich kapiert sie es."

Als Karl zu sich kam, hatte Lisa ihn aus dem Fitness-Gerät befreit und trieb ihn vor sich her nach oben in den Wohnbereich, wo er zum Teleboard stürzte und nach den Kopfhörern griff. Sie bemerkte seine Bewegung und entriß ihm die Kopfhörer.

Der Assistenzarzt konnte ein Jubilieren nur schwer unterdrücken, „Jetzt hat sie's", zischte er mit angespannten Gesichtszügen. Sie ahnte mehr, als sie den Zusammenhang zu der medizinischen Manipulation erkannte.

Noch wußte sie nicht, daß Karl seit Jahren von NoCareMess gleichsam abhängig war. Diese Droge vermittelte über eine Tonspur derart exquisite Momente jenes Gefühls von In-sich-Sein und Selbstwirksamkeit, daß der Anwender blind wurde für die Umwelt und die eigenen Gedanken. Ich selbst habe das später mehrere Jahre „genießen" dürfen.

Lisa war zu der Einsicht gelangt, daß ihr Mann einen Hirn-Reset brauchte. Wie das aber gehen sollte, wußte sie nicht. Sie wollte ihn aber um jeden Preis von der Manipulation befreien.

Beim Verlassen des Hauses griff sie sich seinen Autoschlüssel, schubste ihn zu seinem Wagen und fixierte ihn dort mit dem automatischen Sicherheitsgurt am Beifahrersitz. Sie stürmte ins Haus zurück: Helene holen. Die konnte sie nicht hier zurücklassen. Helene reagierte auf ihre Rufe nicht. Sicher war sie oben, ins Schneiden vertieft. Lisa rannte in den ersten Stock und zog ihre Tochter von dem Tisch weg, wo sie tatsächlich einen Films schnitt. Helene war so verblüfft, daß sie kein Wort herausbrachte und sich zum Auto drängen ließ. Doch da war Karl schon wieder verschwunden.

Als Helene protestieren wollte, sah sie zum ersten Mal das Ungeheuer im Gesicht ihrer Mutter und blieb sitzen.

Lisa ahnte, daß man ihnen schon auf den Fersen war und ihr knapper Vorsprung zerrann. Aber sie hatte Glück, denn Fynn brauchte immer etwas Zeit, um den Alarmknopf zu finden. Immerhin war es ihm gelungen, den Cleanup wieder in Betrieb zu nehmen, so daß die Beobachter in einem schiefen Kamerawinkel die letzten Momente der Flucht verfolgen konnten. Sie sahen Lisa ins Haus rennen und Karl, der lächelnd im Wohnzimmer saß, die Kopfhörer herunterreißen. Der protestierte lauthals: „Ich BRAUCHE DAS!!!!" Doch es half nichts. Er erhielt einen zweiten Schlag gegen die Schläfe. Sie mußte alle Kraft aufbringen, denn leicht ließ er sich nicht aus dem Haus und zum Auto zerren. Immer wieder wollte er zur Seite ausbrechen.

Innerlich dachte sie: „Tut mir leid" und schob ihn mit Helenes Hilfe in den Wagen. Die Ohrhörer baumelten noch um seinen Hals. Daß sie bei dem Versuch, ihn zu retten, Gewalt anwenden mußte, hätte Lisa nie gedacht! Für eine Sekunde lang war sie perplex, dann schaltete sie auf Logik.

Dr. Swifejoke, der den Vorgängen auf dem Bildschirm folgte, murmelte gehässig: „Sie ist nicht wichtig."

Nun mußte es schnell gehen. Die Alphadogs waren schon nah. Alles konnte feindlich werden: Lisa, Helene und Karl ließen alles zurück. Selbst die Compros, mit denen sie leicht geortet werden konnten. Besser sich möglichst unauffällig aus dem Staub machen! Als sie die Hauptstraße erreichten, war das Haus von Alphadogs umstellt. Dank ihrer Geistesgegenwart war Lisa in letzter Sekunde die Flucht gelungen. Ein klassisches „Schätzing-Set off", wie man unter Fachleuten sagte.

Lisa brachte ihren Mann und ihre Tochter auf dem Trailerpark in provisorische Sicherheit. Lisa wußte, daß sie von nun an kämpfen mußte, um ihre Familie zu schützen. Sie wußte nicht, ob sie diesen Kampf überstehen würde, sie kannte ja nicht einmal ihren Gegner. Sie wußte, daß sie ihren Mann nur würde retten können, wenn sie die Maschinen in die Hand bekam, mit denen die Manipulation rückgängig gemacht werden konnte, die am Hirn ihres Mann vorgenommen worden war. Nur die Deprogrammierung konnte ihn vor einem schrecklichen Schicksal bewahren.

Wo im Sommer zahlreiche bunte Zelte auf dem Trailerpark gestanden hatten, erstreckte sich Ende Oktober ein wüstenhafter Landstrich, dessen geschundene Grasnarbe sich während des ungewöhnlich heißen Herbsts bislang nicht hatte erholen können. Den Blicken bot sich ein deprimierendes Ensemble ausrangierter Trailer, skelettierter Zeltstangen und flatternder Stoffreste. Nur das grüne Wildparadies um Ilsebils und Constanzes Caravans hob sich ab von der desolaten Umgebung und bot ein wenig Abwechslung.

Auf dem Trailerpark harrten einige Unentwegte, Flüchtlinge und Menschen, die seit der Wahl Agas ihre Bleibe in der Stadt verloren hatten, in ihren Behelfsunterkünften aus. Die Gesichter der Bewohner waren von Resignation gezeichnet. Für die meisten fühlte sich dieser Aufenthalt fast so trübe an wie ein Gefängnisaufenthalt. Die magere Infrastruktur und der fehlende Netzzugang wirkten auf die meisten bedrückend. Im Sommer gab es immerhin eine Netz-Verbindung zur Außenwelt, auch wenn das einzige öffentlich zugängliche Terminal von einer skrupellosen „Selbsthilfegruppe" verwaltet wurde, die aus dem Mangel Geld machte. Über Herbst und Winter war das Netz abgeschaltet. Immerhin dämpfte die einsetzende Kälte die Auseinandersetzungen mit der Drogenfraktion. Aus diesen ausgebluteten Seelen war kaum mehr Profit zu schlagen. Das aufgelassene Zirkuszelt, wo sie im Sommer Unterschlupf gefunden hatten, war an einer Seite durch einen Brand beschädigt worden. Aufragende Teile der verbogenen Stützen, zerbrochenes Gestänge, rußig-schwarze Planenreste und notdürftige Flicken machten einen desolaten Eindruck.

Ilsebil begrüßte sie: „Kommt rüber zum Abendessen." Lisa bat sie, Constanze anzurufen und ihr mitzuteilen, daß sie den Kübelwagen an der Horst-Anton-Straße gelassen hatte.

Außerhalb der Stadt waren sie vorläufig in Sicherheit. Aber Lisa unterschätzte die Suchtwirkung von NoCareMess, die ihren Mann zu seiner Homebase trieb. An einem Abend überraschte sie ihn dabei, wie er vergeblich versuchte, seinen eigenen Wagen mit einem Schraubenzieher aufzubrechen.

Helene wollte ebenfalls zurück nach Hause. Sie beschwerte sich, weil sie nun keine Videos mehr flowen konnte. So könne sie ihren Sportkanal abschreiben. Sie verbrauchte ihre letzten Penqui, um wenigstens Kontakt mit ihren Freunden zu halten.

Lisa setzte ihre Suche nach den Kabeln vom Trailerpark aus fort. Sie stand jetzt in vorderster Linie und stellte sich nur noch als Cube Woman vor. Seit ihrem Ausbruch aus dem Transport-Kubus fühlte sich dieser Name genau richtig an. Sie arbeitete nach Kräften daran, in der ganzen Stadt die Kabel, die sie fand, in das bidirektionale Netz einzubinden. Dazu schlich sie sich nachts in die Stadt ein, was ihr mit wachsender Erfahrung immer besser gelang. Sie hatte sogar Karls Wagen in die Nähe des Smart Homes gefahren und von Constanze den gelben Kübelwagen zurückerhalten. Barney verschaffte ihr einen neutralen Compro.

Barney hatte etwas Neues über die Hirn-Programmierung herausgefunden: Aus den Erklärungen auf der MAD ging hervor, daß das Programmierungsgerät und zwei Dateien vonnöten waren: der Hirn-backup und der Programmcode. Zwei Fragen standen Lisa kristallklar von Augen: Wie konnte sie an das HPE-Gerät, und wie konnte sie an die beiden Dateien herankommen? Bei der Gelegenheit zeigte sie Barney den Ohrhörer, an dem er jedoch nichts Bemerkenswertes fand. Er brauche die Konsole, um herausfinden zu können, was es war, nach dem Karl so dringend verlangte.

Auf dem Trailerpark war nicht an Bargeld zu kommen, so stießen Lisas finanzielle Möglichkeiten an Grenzen. Sie wollte zuhause nach dem Geld schauen, das Karl dort gebunkert hatte. Gleichzeitig könnte sie die Konsole holen.

Aber sie fuhr nicht alleine: Karl, der nicht verstand, was er in dem Caravan sollte, hatte sich mit Helene hinten im Kübelwagen versteckt. Beide wollten nur noch „nach Hause“. Ohne es zu ahnen, war es Lisa, die die beiden in die Stadt zurückbrachte.

Als sie vor dem Smart Home ankommen war, stahl sich Lisa ins Haus und griff nach dem Buch, das ihr Karl damals gezeigt hatte. Doch in dem Band fand sie nur eine enttäuschend kleine Summe. Sie schaute in die Bände daneben. Nichts. In der Zwischenzeit schlichen Karl und Helene aus dem Wagen ins Haus. Karl verbarg sich im Keller, Helene versteckte sich oben.

Als Lisa ein verdächtiges Geräusch im Haus hörte, griff sie nach der *NoCareMess*-Konsole und riß sie aus ihrer Wandhalterung. Das Gerät begann mit wildem Fiepen und Heulen wirkungsvoll Alarm zu schlagen. Als sie aus dem Haus rannte, wurde sie prompt von einem Alphadog angegriffen. Sie rettete sich in den Situationroom. Sie wußte, daß die Tür eine solche Kampfmaschine nur kurz aufhalten würde. Nicht weit von der Stelle, wo sie schon einmal durch die Decke gegangen war, brach sie zum Obergeschoß durch, kletterte von dort auf das Flachdach und sprang in den Kübelwagen. Sie raste davon, kollidierte noch mit einem Alphadog, wie sie an den dumpf-metallischen Aufprallgeräuschen erkannte. Zum Glück verfügte der Kübelwagen über Stoßstangen, die rund um das Auto führten und blecherne Angreifer leicht abwiesen.

Der Spuk war vorüber, als Karl aus dem Keller kam. Er wunderte sich, daß die Vordertür offenstand, schaute hinaus ins Dunkel und schloß die Tür. Helene saß zitternd am Fenster im ersten Stock, von wo aus sie den Angriff der Alphadogs auf Lisa gefilmt hatte. Sie dachte nur noch an das Wort „krass“ und brauchte fast eine halbe Stunde, bis sie sich wieder rühren konnte. Sie ging runter und fiel Karl weinend um den Hals.

Lisa brachte die Konsole direkt zu Barney. Der kam ihrem Geheimnis rasch auf die Spur: Es handelte sich um einen Infraschall-Sender. Wirksamer als harte Schläge es vermocht hätten, konnten die niederfrequenten Schallwellen auf die Stimmung und die Disposition eines Menschen einwirken. Die Evolution hatte den Menschen zwar gegen grobe Angriffe resistent gemacht, nicht jedoch gegen feine Verführungen.

Barney erklärte es ihr: „Der EBM, der Ear Brain Manipulator besteht aus Steuerungskonsole und Ohrhörer. Geräusche können je nach vorheriger Programmierung Gefühle und Handlungen auslösen. Sie wirken unmerklich, aber radikal auf die Disposition des Nutzers. Das reicht, um ihm „sichere“ Erkenntnisse zu vermitteln, zum Beispiel etwas sei recht oder unrecht.“ Das funktioniere allerdings nicht ohne eine vorherige Konditionierung. Diese dürfte bei der Neuspeicherung der Hirninhalte übertragen worden sein.

Lisa „Hört sich an wie ein Om-Chanten mit Knistern und Knaspeln wie von einem Uralt-Schallplattenspieler.“

Barney „Das Knuspeln sind Töne im Infraschallspektrum. Damit werden vermutlich die schon programmierten Protokolle ein- und ausgeschaltet. Ich weiß aber nicht, welche Geräusche welchen Schalter betätigen. Aber ich bin mir sicher, daß auf diese Weise ganze Handlungsabfolgen ausgelöst werden können. Das scheint mir sehr sorgfältig programmiert zu sein. Heimtückisch. Die Hirnprogrammierung selbst läßt sich durch dieses Gerät wohl nicht vornehmen, dazu bedarf es einer komplexeren Hardware. Aber es reicht vermutlich, um das programmierte Verhalten auszulösen oder abzustellen."

Lisa und Barney wollten versuchen, Karl eine Geräuschsequenz vorzuspielen. Gemeinsam fuhren sie zum Caravan. Doch als sie dort ankamen, waren Karl und Lene verschwunden, spurlos, der Caravan war leer. Nur noch ein Paar von Lenes Schuhen kündete davon, daß sie dagewesen waren.

Niemand auf dem Trailerpark hatte die beiden gesehen. Barney reichte ihr beim Abschied ein Adreßkärtchen. „Für alle Fälle. Du bist immer willkommen. Merke dir die Adresse und das Kennwort und vernichte die Karte. Der Zugang zur Halde geht außer dir niemanden etwas an." In den folgenden Stunden suchte Lisa den gesamten Trailerpark ab und fuhr auch in die Stadt.

Dort suchte sie alle Orte auf, an denen sich ihr Mann und ihre Tochter vielleicht aufhalten könnten. Sie fuhr zur Firma von Icks und schaute bei Sabine vorbei. Um jedes Risiko zu vermeiden, nahm sie den Wagen Ilsebils. Doch die Suche nach ihren Angehörigen blieb ohne Erfolg.

Als sie bis zum Abend noch keine Spur von Karl und Helene gefunden hatte, bot ihr Barney an, die Drohne zu nutzen. Möglicherweise könne man in der Nähe der zentralen Antennenanlage die Signale auffangen, wenn einer der beiden einen Anruf tätigte. Nilla machte sich schon startklar, doch Telechat war schneller. „Schau zuhause nach/TC", lautete die knappe Botschaft auf Lisas Compro. Lisa konnte es kaum glauben, war aber erleichtert, daß sie nun wußte, daß es den beiden gut ging. Lisa war alles andere als einverstanden, daß sie wieder in das Haus zurückkehrten, aber sie verstand, daß Karl und Lene an ihren Routinen hingen. Ihre Priorität war es jedoch, mit allen Mitteln das Gedächtnis ihres Mannes wiederherzustellen. Auch wenn sich alles in ihr dagegen sträubte, ihren Mann und ihre Tochter in dem überwachten Haus zurückzulassen, so konnte sie sich nun unbelastet auf die Suche nach den Geräten machen, die sie für die Rückprogrammierung ihres Mannes brauchte. Daß die Besitzer dieser Geräte sie gut schützen würden, konnte sie sich vorstellen. Doch wo waren sie? Und wo war das Speichermedium mit dem Resetprogramm für den

Hirninhalt ihres Mannes, dieser mysteriöse *KI-Trunk*? Vielleicht in der Ost-Klinik?

Helene und Karl fühlten sich in ihrem neuen alten Gefängnis wohl! Er hatte seinen Job zurück, sie ihre Filme. Aber sie waren wieder Versuchskaninchen in ihrer Smartbox!

Als Lisa spät in der Nacht zum Caravan zurückkehrte, brannte er lichterloh. Nun *wußte* sie, daß es auf die Halde ging. Sie hätte nicht gedacht, daß sie Barneys Adresse so schnell brauchen würde. Ihr schien, dies sei ihre letzte Chance, um etwas für die Rettung ihrer Familie zu tun. Auch Ilsebils Paradies war verwüstet, immerhin fand sie dort für einige Stunden Unterschlupf. Es war besser, den Morgen abzuwarten.

Den Kübelwagen parkte Lisa in einer ruhigen Seitenstraße. Nach der kurzen Nacht in Ilsebils Trailer war sie froh über ein wenig Bewegung. Schon nach wenigen Minuten hatte sie die von Barney angegebene Adresse erreicht. Die Tür öffnete sich mit einem Surren, und vor ihr lag ein enger Gang. Am anderen Ende öffnete sich eine weitere Tür. Unvermutet stand sie am Rand der Halde. Kaum hatte sich die Tür hinter Lisa geschlossen, als unversehens der Multikopter des Sicherheits-Teams über der Halde stand und nach kurzem Kreisen zum Angriff ansetzte. Die Schleuse hinter ihr war geschlossen, es gab kein Zurück. Sie sah Menschen, die Deckung suchten und mit gewagten Hechtsprüngen durch verborgene Öffnungen verschwanden. Gruppen von Fliehenden wurden durch Schüsse auseinandergetrieben. Unversehens kam der Kopter auf Lisa zu. Sie fand Deckung hinter einem Stapel Paletten, doch der Kopter näherte sich immer von der Seite, auf der sie sich zu verbergen suchte.

Als sie eine offene Tür sah und hineinschlüpfen wollte, versperrte ihr jemand den Weg. Einer der Limbos? Und wieder verweigerte ihr jemand den Zutritt, als sie zur nächsten Tür kam. War das nicht einer der Wedged Ones?

Als der Kopter für einen Moment von ihr abließ, kamen die acht fetten Limbos schlendernd aus ihren Sicherheitsräumen, gingen bedrohlich auf sie zu und pfiffen die bekannte Melodie aus *Scarface*. Als sie direkt vor Lisa standen, provozierten sie sie mit einigen unerwartet gelenkigen, rasch zur Seite weisenden Tanzschritten. Sie pendelten in einer ungeordneten Fünfer- und einer dahinterliegende Dreierreihe hin und her und versperrten Lisa den Weg. Sie unterbrachen ihren Tanz und schlenderten wieder zu ihren Schutzräumen, als der Kopter die Richtung wechselte und wieder auf sie zukam. Als der Kopter abdrehte, stellten sich die Limbos noch einmal vor ihr auf und verlangten: Losung oder Geld! Als der Kopter erneut drehte und in der Nähe vorbeiflog, verschwanden sie hinter „ihren“ Türen.

Mit den Worten „das Boot ist voll“ warf einer der Limbos die Notfalltür direkt vor ihr zu. Lisa ließen sie draußen stehen. Sie war eine der letzten, die noch auf der Halde herumlief. Sie hastete über die unebene Fläche, die jedoch keine Deckung bot. Der Kopter kam immer wieder überraschend um Gebäudeecken geflogen und aus Richtungen, aus denen sie ihn am wenigsten erwartete. Sie geriet in Lebensgefahr, weil sie die Einstiege zu den Notrutschen nicht kannte und ihr niemand den Weg zu den Rettungsschächten wies. Hinter einer breiteren Stele fand sie provisorisch Schutz. Sie mußte nur immer die Stele zwischen sich und den Kopter behalten, der über ihr kreiste. Zu ihrem Glück wurde diesmal kein Sprengkörper abgeworfen. Kaum hatte der Kopter abgedreht, wollten die Limbos ihre Stänkereien wieder aufnehmen. Sie hatten einschlägige Erfahrungen, bei Angriffen ihren schutzsuchenden Zeitgenossen etwas abzupressen. Lisa war für sie ein „gefundenes Fressen“. Wich sie seitlich aus, verstellten die Limbos ihr den Weg, bis Barney dazwischenging.

„Willkommen in Infra, Cube Woman.“

„Willkommen im Abfall! Willkommen im Nichts“, höhnten die Limbos aus dem Hintergrund. Für sie war die Halde „Abfall“ oder „Nichts“. Damit brachten sie zum Ausdruck, daß sie alle Aufbaubemühungen für vergeblich hielten. Sie folgten darin dem Philosophen, der in einem ausgedienten Heizkessel hauste.

Jeder Neuankömmling mußte eine Aufnahmeprozedur durchlaufen, weil sich die Bewohner Infras vor Gästen schützen wollten, die nicht willkommen waren: Denn hatten sich nicht schon Spione Agas eingeschlichen, die großen Schaden angerichtet hatten? Die Neuankömmlinge wurden mit Hilfe eines Lügendetektors befragt. Die Abwehr von Spionage war ein Dauerthema auf der Halde. Um zu vermeiden, daß unsichere Kantonisten hierher gelangten, wurde jedem Neuankömmling ein Mentor zur Seite gestellt, der nicht nur dabei half, sich zurechtzufinden, sondern auch ein Auge auf die Aktivitäten seines Schützlings hatte. Die Schwierigkeit bestand darin, einen Mentor zu finden. Zur Überraschung aller übernahm Barney diese Rolle für Cube Woman. Den Kritikern rief Barney warnend entgegen: „Wer sich gegen Cube Woman stellt, stellt sich gegen mich."

Cube Woman! Lisas neue Identität! Auch Holms war gekommen, um sich zu vergewissern, daß man Cube Woman nicht wieder rauswarf.

Als Autorin eines Texts habe ich nicht die Macht, auf das Verhalten einzelner Protagonisten einzuwirken. Sind sie einmal ausgedacht, kann ich nur aufschreiben, was sie tun. Niemand kann seiner Schöpfung vorschreiben, wie sie sich zu verhalten hat. Ist das nicht der eigentliche Reiz einer jeden Schöpfung? Wer kann wissen, wie sich die Dinge entwickeln? Ich kann höchstens in persona *eingreifen. Dann bleibt nur zu hoffen, daß nichts schiefgeht und die Folgen überschaubar bleiben. Als ich gesehen habe, daß sich Barney den feindseligen Menschen entgegenstellte und Lisas Mentor wurde, bin ich wieder abgereist. Soweit war alles im Lot.*

Niemand konnte wirklich sagen, wann und auf welche Weise Holms an- und abgereist war. Petrosilius, einer der Magier, der seit 2042 auf der Halde lebte, prüfte mit einem seiner Instrumente den Ort, an dem man Holms zum letzten Mal gesehen hatte: „Ich möchte doch nur einmal wissen…"

Er stellte eine signifikante Temperaturdifferenz fest und meinte, eine solche Differenz sei typisch für den Aufbruch in eine andere Zeitverästelung. Seiner Meinung nach lasse sich so auch das rasche Verschwinden der Autorin erklären, das ja für die eingetretene Temperaturdifferenz ursächlich sei. So recht er auch haben mochte, keiner der Anwesenden verstand, was er da sagte. Sie gaben nichts auf das unverständliche Gebrabbel eines Zirkus-Magiers.

Kein Wunder! Der Chronomixer war damals nur wenigen bekannt. Mit etwas Übung konnte man sich mit ihm schon recht genau zu bestimmten Zeitpunkten hinbewegen, dort rasant auftauchen und rasch wieder verschwinden.

Barney erklärte Cube Woman, daß man die Regel, dem Ankömmling einen Mentor zur Seite zu stellen, eingeführt hatte, weil es dem Governat immer wieder gelungen war, Spione auf die Halde zu schleusen, die wichtige Informationen über das hiesige Leben und über die Verteidigungsmaßnahmen geliefert hatten. So wußte das Governat von der Taktik, die Besatzungen der Kopter durch die „Auserwählten“ dazu zu verleiten, ihre Bomben an bestimmten Orten abzuwerfen. Kurioserweise nahm jedoch weder das Governat noch der Generalstab diese Information ernst. Vor allem Praljak-Oberkampf lachte über diese „kostbare“ Information „unserer Meisterspione“ und bestand weiterhin auf klarer Kante und robusten Einsätzen. Er meinte, die Infras, wie er sie abschätzig nannte, blufften nur. Seiner Begriffsstutzigkeit verdankten Hunderte von Bewohnern Infras buchstäblich das Überleben.

Ein einziges Mal behielt Praljak-Oberkampf recht, als zur Verteidigung der Halde die Figurinen durch echte Menschen ersetzt wurden, die mit einer echten Flugabwehr-Kanone zwei Multikopter vom Himmel holten. Die Piloten überlebten und baten darum, vorläufig „als Gefangene“ auf der Halde bleiben zu dürfen. So könnten sie dem hohlen Drill in ihren Einheiten entkommen. Für eine Weile. Sie taten in der Folge alles, um nicht ausgetauscht zu werden. Dieser Vorfall bestätigte Praljak-Oberkampfs schlechte Meinung von der Spionage auf der Halde. „Die sitzen bei Moshi und lassen es sich gutgehen.“

Die Informanten wurden mit wenigen Ausnahmen nie ermittelt. Auch wenn nicht ein einziger Spions gefaßt werden konnte, war es immerhin mit der Zeit gelungen, die unmittelbare Gefahr zu bannen, die von der Spionage ausging. Die Planungsgruppen waren dazu übergegangen, unzutreffende Angaben zu Überfällen und anderen konspirativen Vorhaben zu verbreiten, die wahren Orte und Zeitpunkte erst im letzten Moment an wenige Eingeweihte durchzugeben. Der Erfolg dieser Strategie zeigte sich daran, daß die Einsatzkräfte des Sicherheits-Teams von nun an meist an den falschen Stellen warteten. Gleichzeitig bestätigte sich auf Seiten der Halde der Verdacht, daß wenigstens ein Spion aktiv war, auch wenn seine Informationen unbrauchbar waren. Aber war es nicht besser, einen Lieferanten von Falschinformationen auf seiner Seite zu haben, selbst wenn er feindlich gesinnt war, als einen Spion, der zutreffende Daten durchgab? Praljak-Oberkampf jedenfalls sah sich in seiner Ansicht bestätigt, daß die Spionage nutzlos war.

Es war Jap Jap Moshi, der im Verdacht stand, dieser Spion zu sein. Er lebte seit langem auf der Halde und hatte sich auf die Zubereitung von asiatische Reisbällchen spezialisiert. Es war kein einfacher Beruf, weil Reislieferungen selten waren. Moshis Reisbällchen wurden bis hinaus auf die Service Islands geschätzt. Immer kamen einige der dort Beschäftigten während ihrer Erholungswoche in sein Restaurant am Rande der Halde. Kein Wunder, für Beschäftigte der Service Islands war es sehr einfach, eine Besuchsgenehmigung zu erhalten, und Moshis Reisbällchen waren einzigartig. Vielleicht waren es Mißgunst oder Neid, die den Spionageverdacht immer wieder auf Jap Jap Moshi lenkten. Jüngst wegen eines Fundes, der alle Bedenken zu bestätigen schien, die man gegen ihn hegte. In den Trümmern seines Ladenlokals, der bei dem letzten Kopterangriff zu Bruch gegangen war, fand sich in einer Wanddekoration ein vollständiges und funktionstüchtiges Funkbesteck, das genau auf die Frequenz des Sicherheits-Teams der Stadt eingestellt war. War es also Moshi, der die Koordinaten der Abwehrstellung an die dortige Flugleitstelle weitergegeben oder der die Abwehrkräfte der Stadt über geplante Lkw-Entführungen unterrichtet hatte?

Dabei ging es niemanden in New Venice etwas an, wie auf der Halde Energie gewonnen wurde, wie die Lebensmittelversorgung organisiert war, welche Rohstoffe dort gerade in welchen Mengen aufbereitet wurden. Wie dort Landwirtschaft betrieben wurde. Wie man sich vor dem Hochwasser in Sicherheit brachte. Und noch lebenswichtiger: Wo die Eingänge zu den Bunkern lagen. Dies alles unterlag der Vertraulichkeit.

Die Bewohner der Halde wußten, daß sie sich in einem nicht erklärten Krieg befanden. Aus Gründen der Sicherheit wußte dort niemand alles, und es wurde permanent alles umgebaut. Und doch sprach sich einiges rum, weil immer jemand plauderte. Nicht nur wegen der Spionage gärte es im Jahr 2044 auf der Halde. Viele ihrer Bewohner waren unzufrieden. Angesichts der ständigen Spannungen mit dem Governat versuchten viele der Marginalisierten, den Unmut gegen New Venice anzustacheln und einen Aufstand herbeizureden. Gleich nach der Wahl hatte Aga Passierscheine eingeführt und systematisch verknappt. Aufgrund des ständigen Zustroms neuer Bewohner wurden auf der Halde Energie, Waren und Wohnungen knapp. Vieles mußte rationiert werden. Der innere Druck wuchs ständig. Rivalitäten um Ressourcen und Prestige nahmen zu. Man zankte sich um Wohnraum, Material und Produktionsstätten. Vor der Wahl Agas waren zahlreiche Straftäter auf die Halde exiliert worden. Ihnen vertrauten die meisten Bewohner der Halde nicht. Mitglieder der Orga besetzten wichtige Vorratslager und verlangten Gebühren. Es kam zu gedankenlosen, chaotischen und wenig zielgerichteten Aktivitäten, bei denen man nicht wußte, ob sie nicht gegen die Halde gerichtet waren. Es häuften sich Verzweiflungstaten. Jeder schien gegen jeden zu sein!

Mit Strom, den man von der Stadt abzweigte, füllte man Batterien. Eine Nacht lang führte dies zu einem sinnlos verschwenderischen Umgang mit der knappen Ressource: Einige Lumbagos, die sich kaum durch soziales Verhalten hervortaten, betrieben nervtötend laute Verstärker für Musik. Wenigstens die Tänzerinnen, die auf der Ebene darüber trainierten, hatten etwas von dem Lärm. Sie trainierten einige Stunden zu den durchdringenden Bässen. Als die Lumbagos oben vorbeischauten, machten sie gemeinsame Tanzschritte. Doch als sie getreu ihrem Naturell übergriffig wurden, fingen sie sich eine ungeahnte und unvergeßliche Abreibung ein, bei der sie zwar auch den einen oder anderen Hieb anbrachten, bald aber geschlagen von der Tanzfläche getrieben wurden und sich in ihre Kelleretage zurücktrollten.

Aber auch die Stadt New Venice hatte nichts zu verschenken. Daher ließ das Governat die Leitungen, durch die der Strom in Richtung Halde abgezweigt wurde, kappen, sobald sie gefunden waren. Diesmal war die Reaktion des Governats auf den Stromdiebstahl harsch. Praljak-Oberkampf hatte sich durchgesetzt. Besuche in der Stadt wurden für mehrere Tage verboten. Das traf auch privilegierte Bewohner Infras. Das Resultat waren eine ungewohnte Ruhe in der Stadt und äußerste Unruhe auf der Halde. Solche Verbote trieb die Menschen dort in den Widerstand, auch solche, die sich bisher zurückgehalten und für eine friedliche Koexistenz plädiert hatten.

Fünfzehn

Die Halde war ein ausgedehntes Gelände, das Cube Woman nach und nach erkundete. Anfangs in Begleitung Barneys, dann zunehmend auf eigene Faust. Sie entdeckte eine ganze Welt, wo sie einen übelriechenden Müllberg vermutet hatte. Neben der alten Müllkippe gehörten einige aufgegebene Fabrikgebäude zu dem Areal. Ein hoher doppelter Drahtverhau umzäunte das Gelände, auf dem mehrere Hundert Menschen lebten. Die genaue Zahl war nicht bekannt. Nur selten sah man jemanden über das Gelände laufen, das von oben betrachtet einen kontaminierten Eindruck machte. Viele Bewohner hatten in den ehemaligen Fabrikgebäuden Unterschlupf gefunden, aber noch weit mehr wohnten in Höhlen im Inneren des Müllbergs. Sie hatten sich dort regelrecht eingegraben. Nur selten kamen Besucher in die unterirdischen Bezirke der Halde. So konnten nur wenige sagen, wie es dort wirklich aussah.

Die Halde erstreckte sich tief unter die Erdoberfläche. Obwohl nur da und dort ein Stück Himmel durch einen Spalt im chaotischen Gerümpel hereinschien, das hier aufgeschichtet war, lagen die Straßen, Plätze und Gebäude des unterirdischen Raumes nicht im Dunkeln. Die zentralen Gewölbe wurden durch raffiniert verspiegelte Lichtschächte, Lichtleiter und sanft glühende Leuchtkörper erhellt, die ihr wundersames Licht durch die vielgestaltigen Gänge aussandten. Finsternis herrschte nur in einigen verödeten Stollen. Doch auch hier gab es Aktivitäten: Photolabore, die nach altehrwürdigem Verfahren Schwarzweißfilme entwickelten und Abzüge herstellten, Lagerräume für lichtempfindliche Materialien, eine Blindenschule.

Die Gewölbe waren durch Aushöhlungen in dem Müllberg entstanden, den die Bewohner der nahe liegenden Stadt in den vergangenen achtzig Jahren des „Consumozäns" aufgeschüttet hatten. Die Eingänge von manchen dieser Höhlen lagen in niedrigen Grotten, andere waren unermeßlich hoch, so daß sich ihre steinernen, metallenen oder hölzernen Schachtstützen im Dunst verloren. Schächte führten in die Tiefe der Halde, deren Grund unerreichbar schien.

Cube Woman kam aus dem Staunen nicht heraus. So erging es jedem, der Infra das erste Mal betrat, die Innenwelt der Halde. Später gewöhnte man sich an die schier ungeheuren Ausmaße und daran, daß sich die Aufteilung der Räume und auch die Adressen wichtiger Einrichtungen ständig änderten. Dies geschah nicht nur aus Gründen der Sicherheit, sondern auch aus der Lust an Neuem: Die Ausschachtungen und Hohlräume bildeten einen Riesenbau, vergleichbar einem Ameisenhügel, der je nach Bedürfnis immer wieder umgeschichtet wurde. Hier wurde urbaner Bergbau betrieben, der der Gewinnung von Rohstoffen diente. Genauer gesagt wurden die Rohstoffe zurückgewonnen, die die Bewohner vergangener Jahrzehnte achtlos weggeworfen hatten und die nun in großem Durcheinander den Haldenberg bildeten. Dort wurden Materiallager angelegt, um für die Produktion oder den Angriffsfall gerüstet zu sein. An anderer Stelle lagen Wohn- und Aufenthaltsräume, manche durchaus luxuriös und bequem. Die Bewohner hatten die meisten Orte für sich passend gemacht. Auch wenn das ganze chaotisch wirkte, so entsprach alles vollkommen den Bedürfnissen der regsamen und erfinderischen Menschen, die es hierher verschlagen hatte. In Kaskaden von übereinandergetürmten Werkstätten gewannen und formten die Infras die verschiedensten Materialien. Hier Plastik, dort Metalle, Chemikalien und Kompost. Vermischte Materialien wurden mit großer Sorgfalt getrennt und in den Wertstoffkreislauf gespeist. Plastikgehäuse wurden recycelt und mit scharfem Krachen geöffnet. Jede Recyclingidee, die nur irgendeinen Nutzen versprach, wurde mit schier unfaßlicher Geduld und Geschicklichkeit aufgegriffen. Selbst Müllschlamm fand Verwendung und wurde zum Anmischen von Dämmbeton genutzt.

Man könnte meinen, daß im Inneren der Abfallhalde ein unerträglicher Gestank herrschen würde. Aber so war es nicht: Die Bewohner von Infra hatten im Laufe der Zeit ein ausgeklügeltes Belüftungssystem erbaut, das jeden unangenehmen Geruch sofort an die Oberfläche brachte. Sie wurde oben durch den Kamin des ehemaligen Heizwerks einer Fabrik abgeführt. Was dort aus dem Schlot kam, roch nicht gut, unten aber atmete man frische Luft.

Es gab auch Sperrgebiete. Das waren kontaminierte Areale, die bisher nicht besiedelt waren. Aber man sann auf Abhilfe, denn man konnte jeden zusätzlichen Raum gut brauchen.

Fast alle betrieben emsig und doch ohne Hast ihre Arbeit. Nur wenige blieben müßig. Ganze Viertel hallten vom Lärm der Hämmer, der Bürsten, der Blasebälge, der pneumatischen, der Elektro- und der wenigen verbliebenen Verbrennungsmotoren wider. Verbrennungsmotoren waren rar geworden, denn der Zugang zu fossilen Treibstoffen war unsicher und schwierig. Diese Motoren nutzte man nur noch in Notfällen. Die Elektroinfrastruktur war besser ausgebaut, insbesondere lieferten Stirlingmotoren dringend benötigten elektrischen Strom. Selten gelang es den Bewohnern der Halde, das Versorgungsnetz der Stadt anzuzapfen.

Die meiste Zeit war die Halde von der Energieversorgung der Stadt abgeschnitten. Maschinen, Kanäle oder Kabel mußten daher autark betrieben werden. Da Strom, Gas und Öl knapp waren, hatte man in Infra seit einigen Jahren auf pneumatische Energieversorgung gesetzt. Dank der finanziellen Unterstützung durch die Stiftung für Haldentechnologie konnte man sich mit einer ausgeklügelten Druckluft-Infrastruktur ausrüsteten, die das gesamte Höhlensystem mit Energie und Luft versorgte! Luft war nicht nur zum Atmen bis in die unteren Stollen wichtig: Luft benötigte man bei Reinigungs- und Oxidationsprozessen. Und zum Speichern der Energie. Sie wurde in Kavernen gepreßt, aus denen sie entlassen wurde, wenn man Energie zum Betrieb der Generatoren brauchte. Das funktionierte ausgezeichnet und ließ sich leicht reparieren. Druck und Gegendruck waren die grundlegenden Prinzipien.

Der Vorrat an gespeicherter Luft diente auch als eiserne Reserve für den Fall eines Chemiewaffen-Angriffs durch das Governat. Elektrischer Strom wurde zwar immer noch in Batterien gespeichert, besonders dann, wenn es gelang, das Stromnetz von New Venice anzuzapfen, allerdings war die Batteriespeicherung 2044 eine schon obsolete Technologie, die aufgrund ihres geringen Wirkungsgrads auf der Halde nicht weiterverfolgt wurde. Niemand konnte sich mehr schwache und wenig verläßliche Batterien leisten, Was noch da war, wurde aufgebraucht, das Druckluftnetz hingegen wurde nach und nach erweitert.

Immer wieder wurden unterirdische Verbindungstunnel in die Stadt gebaut, doch hatten sie nie lange Bestand. Die Wühlrobs der Stadt waren gefürchtet. Ständig durchwühlten sie Kubikmeter um Kubikmeter die Erde an der Grenze zwischen der Halde und der Stadt. Mit diesen Apparaten durchsuchte New Venice systematisch den Untergrund. Hohlräume pflügten sie auf eine Weise durch, daß kein Durchkommen mehr war. Cube Woman erfuhr bei einem ihrer nächtlichen Besuche in der Stadt, wie effizient diese Geräte waren. Barney führte sie in einem Tunnel bis an den Stadtrand, warnte sie aber, denn es waren Schürfgeräusche in der Nähe zu vernehmen. Sie fand den Ausgang des Tunnels und kletterte unbehelligt in einiger Entfernung nach draußen. Doch bei ihrer Rückkehr war es verdächtig still am Eingang des Tunnels. Sie tastete sich hinein und stand unvermittelt vor einer Wand aus noch feuchtem Beton. Sie mußte zurück an die Oberfläche und den gefährlichen Rückweg über die Rampe nehmen.

Barney erklärte ihr am nächsten Tag, daß es dem Wühlrob offenbar nicht gelungen war, den Tunnel zu zerstören. Wären es zwei oder drei der kleinen Wunderdinger gewesen, hätten sie den Tunnel wohl gänzlich zum Einsturz gebracht. Doch der Wühlrob hatte Alarm gegeben. Darauf wurde der Tunnel von Spezialisten des Sicherheits-Teams mit Beton verfüllt.

Diese Abwehrmaßnahme hatte schon vor einiger Zeit einen findigen Haldeningenieur auf die Idee gebracht, daß sich auf diese Weise Beton gewinnen ließ. Man mußte nur schnell reagieren. Gelang es, dem noch flüssigen Beton einen Kristallisationshemmer zuzufügen, ließ er sich abpumpen und an anderer Stelle verwenden. Gestern habe man mehrere Kubikmeter Beton sichern können.

Cube Woman traf bei einer ihrer Erkundungswanderungen Disastrous Dick, den Ingenieur, der die Druckluftinfrastruktur erdacht hatte. Dick erklärte ihr seine Auffassung von An-Architektur, einer Art Aikido in Sachen Bautechnik. Wie jedes große Genie hatte auch er klein angefangen: als Heizungsmonteur am Ende jener Kälteepoche im 20. Jahrhundert, als man noch Heizungen in die Häuser einbaute. Das schien so lange her zu sein, und doch lag diese Zeit erst zwei oder drei Jahrzehnte zurück. Heute war das Klima deutlich wärmer, so daß man auf Heizungen verzichten konnte. Der Klimawandel hatte ganze Arbeit geleistet. Statt dessen arbeitete Dick heute am Ausbau des Druckluftsystems. Für einen Moment kam er ins Schwärmen: Was für Heizungen er damals nicht gebaut hatte! Die Leitungen für das ein- und das ausströmende Wasser des Kälte- und des Wärmekreislaufs füllten ganze Kellerräume in filigran gewundenen Formen. Wahre Kunstwerke, raumgreifend und komplex. Baumgleich verzweigten sich die Rohre im Raum. Sie durchbrachen die Decken und Wände der Häuser, in denen Disastrous Dick arbeitete, an den erwartbaren und an den am wenigsten erwartbaren Stellen, formten dort ausladende Rhizome, die es in Hinsicht auf Komplexität mit den Wurzeln urzeitlicher Mangrovenwälder aufnehmen konnten. Ganze Cluster von Rohren wurden in kunstvollen Installationen beizeiten sogar außen um das Haus herumgeführt, wenn im Inneren die Idealbahn einer Leitung schon durch konkurrierende Leitungen versperrt war. Wenn es gar nicht anders ging, baute er gewundene Kreuzungen und Verzweigungen ein, die das Rohrsystem effizienter machten. Oder im Gegenteil, „seine Effizienz in ein prekäres Ungleichgewichtsverhältnis zum Aufwand brachten“, wie er sich auszudrücken pflegte.

Um sich die Arbeit zu erleichtern, baute Disastrous Dick damals sogar neue Geschoßdecken in die Häuser ein, in denen er tätig war. So war er nicht gezwungen, die Rohre wegen einer im Beton liegenden Eisenarmierung aus der vorgesehenen Richtung um Ecken herum legen zu müssen. Kenner des Heizungswesens wissen, daß jede ungeplante Richtungsänderung Effizienzverluste erzeugt, wenn nicht beim Betrieb, so beim Aufbau der Anlage. Nebenbei erledigte Disastrous Dick alle übrigen Arbeiten, wenn es hieß, das Haus an die neue Heizung anzupassen. Er optimierte die Raumhöhe und verlegte Fensteröffnungen in horizontaler oder vertikaler Richtung: Er nahm die nötigen Anpassungen an der Elektoverkablung und den Wasserleitungen in Badezimmern und Küchen vor. Kinderspiel, war er doch Klempner, Fliesenleger und Maler in Person. Meist waren die Häuser schon nach wenigen Monaten wieder bereit für den Einzug. Ihre Besitzer erkannten sie zwar nur selten wieder, was auf die Dauer für das Geschäft Folgen hatte, doch Disastrous Dick verstand sich als Künstler seines Metiers. Als Marcus Brönniberger, einer seiner Kunden, sein Haus in Göttingen wiedersah, traute er seinen Augen nicht. Auch im Heizungsbau gab es die, die brav nach Vorschrift werkelten, und die Künstler, die über alle Grenzen hinausstrebten. Es störte Dick nicht, daß er seiner Kunst seine Firma zum Opfer brachte.

Auf den Konkurs folgten der Umzug und einige Jahre überhöhten Alkoholkonsums. Eines Tages waren alle Scoringpunkte aufgebraucht, und Disastrous Dick wurde als nicht mehr nutzbringender Einwohner auf die Halde komplimentiert, wo er seine Bestimmung entdeckte. Hier war alles neu zu installieren, und keiner wußte besser als er, wie das anzupacken war. Auf der Halde nahm er sein großes Werk in Angriff: das Druckluftsystem, das er in den zwölf Jahren, die er dort lebte, vollenden konnte.

Auf anarchitektonisch-geniale Weise hatte Dick auch die entscheidende Idee für die Anlage der Sicherheitsräume gehabt, die die Überlebenschancen auf der Halde deutlich verbesserten. Diese Räume befanden sich weit unterhalb der Erdoberfläche und waren durch ein stabiles Wirrwarr von Betonspolien, Metallplatten, schweren ehemaligen Werktoren und Drahtzäunen geschützt. Die Methode für den Bau dieser Räume war ebenso einfach wie zielführend: Man nutzte die Energie der von der Stadtsoldateska abgeworfenen Bomben. Die Wucht der Explosionen setzte massive Bauteile innerhalb der Müllhalde in Bewegung, die über sorgfältig ausgerichtete Rutschen gleitend an den gewünschten Ort gebracht wurden. Disastrous Dick hatte erkannt, daß man die Druckwellen der Bomben dafür nutzen konnte, um die schweren Bauelemente in Bewegung zu bringen. Dick, der nicht ahnen konnte, daß in den 2050er Jahren eine glänzende Künstlerkarriere vor ihm lag, erklärte ihr, daß sich die Kopterpiloten dank eines einfachen Leitsystems dazu verlocken ließen, ihre Bomben genau auf den Stellen zu plazieren, wo sie nicht nur keinen Schaden anrichten konnten, sondern im Gegenteil Nutzen stifteten.

Die Aufmerksamkeit der Piloten wurde auf die lebensecht wirkende Attrappe einer Verteidigungsstellung gelenkt, die vermeintlich gerade bemannt wurde. Doch die Mannschaft dort bestand nur aus Figurinen, die aus sicherem Abstand über Seilzüge bewegt wurden, aus den „Auserwählten". Mit dieser Inszenierung ließen sich die Piloten dazu verlocken, ihre Bomben punktgenau dort zu plazieren, wo eine Druckwelle benötigt wurde. Da der Einschlagpunkt und die Sprengwirkung der Bomben recht zuverlässig zu kalkulieren waren, konnten die Infras unterirdisch sichere Schutzräume anlegen und damit weitgehend selbst über ihr Schicksal bestimmen. Je genauer die Kopterbesatzung das Ziel traf, umso besser. Die Infras mußten sich bei Angriffen nur rasch über Notrutschen in die schon vorhandenen Kellerräume begeben. Lisa war fasziniert und konnte mehrmals beobachten, wie nützlich die Bombenangriffe für diese Baumaßnahmen waren. Aber die Infras bauten auch echte Abwehrstellungen, von denen aus jene Fluggeräte bekämpft werden konnten, die sich nicht von dem angebotenen Ziel verlocken ließen. Gefährlich waren einzig die ungezielten Verlegenheitsabwürfe, zu denen sich die Besatzungen der Kopterstaffel bisweilen hinreißen ließen.

Cube Woman staunte: Wo auf der Halde noch vor zwanzig Jahren übelster Müll in wabernden Schichten gelegen haben mußte, waren nun Wohnungen, Straßen und Werkhallen. Mit sanftem Schmatzen und Fauchen öffneten und schlossen sich Relaisschalter und hydraulische Verschlüsse. Zahnräder griffen knarzend ineinander. Die gellenden Stimmen der Werkzeuge und Maschinen brachen sich in den verschiedenen Kammern. In den Teilen der Halde, wo Rohstoffe getrennt und aufbereitet wurden, war es eine Freude zu sehen, mit welch wunderbarer Geschicklichkeit die Bergleute, Schmiede, Goldschmelzer, Juweliere und Diamantenschleifer ihre Picken, Hämmer, Zangen und Feilen handhabten. Imposant die Kompostwendemaschine Topturn X67 der einstmals weltberühmten Grazer Firma Komptech, die Barney in schier endloser Nachtarbeit mit einem Elektromotor einer ausgeweideten E-Harley Livewire versehen hatte. Mit dieser Maschine konnte in kürzester Zeit aus organischem Abfall wunderbar gewendeter Kompost erzeugt werden, mit dem das Gelände am Rande der Halde gedüngt wurde, wo Obstbäume wuchsen.

Cube Woman gelangte auch in friedvolle und beschauliche Gegenden, wo Künstler ihre Arbeiten zum Schau stellten: Statuen, geschmückte Säulen und verzierte Pfeiler aus den verschiedensten Materialien bildeten Wandelgänge, Galerien und Hallen. Ganze Wände waren mit kunstvollen Mosaiken aus Altmaterialien überzogen. An alles war auf der Halde gedacht, nichts war überflüssig, jedes Stück fand über kurz oder lang seinen Platz.

Einige der Infras, die Cube Woman kennenlernte, hatten in den Zwanziger Jahren zu der Bewegung der Klimaaktivisten gehört. Heute war die damalige Gruppe „Last Friday's Extinction" längst vergessen, deren Name vom Sendungsbewußtsein der Aktivisten kündete. Anders als die Vertreter früherer Protestbewegungen hatten sie nicht ihren Frieden mit der Gesellschaft gemacht und sich auf gut bezahlte Posten zurückgezogen. Sie lebten nun resigniert auf der Halde und hatten nichts anderes erwartet. Von den höheren Gebäuden der Halde wiesen sie auf das Meer und erklärten ihren Kindern: „Seht nur! Dort war einmal die Stadt, dort die fruchtbare Ebene, nun ist dort das Meer."

Cube Woman traf Menschen wieder, die die Stadt wie sie hatten verlassen müssen. Waren dies alles Feinde Agas? Das Wiedersehen mit ehemaligen Nachbarn und Müttern von Mitschülern ihrer Kinder war fast immer herzlich. Sie traf Leute von den Haka-Demonstrationen, sie sah Pondy Chérie wieder, eine der Damen aus dem weiteren Bekanntenkreis ihrer wohlhabenden Nachbarinnen der Siedlung „Am Rainfeld". Pondy Chérie lamentierte unablässig über den Undank der Welt. Auch Dr. Spingarn war mittlerweile auf die Halde exiliert worden, wo er ein neues Kabinett eingerichtet hatte. Welch eine Überraschung! Er vergoß Freudentränen, als sie sich wiedersahen, und konnte sich gar nicht beruhigen. Hinter vorgehaltener Hand erklärte er ihr, er sei auf Betreiben Dr. Swifejokes hierher verbannt worden. Auch Swifejokes ehemaliger Assistent, ein fähiger Mann, teile das Schicksal der Verbannung! Spingarn hatte ihn sofort rekrutiert.

Aber hatte sie Spingarn nicht auf der MAD gesehen? Sie stellte ihn zur Rede: „Was wissen Sie über die Hirnprogrammierung?"

Spingarn machte keinerlei Ausflüchte, sondern erklärte ihr ruhig, daß er als Spezialist für psychomotorische Vorgänge lediglich seine Fachmeinung geäußert habe. Er betonte, daß er sich nie an irgendwelchen Experimenten beteiligt habe. Ja, auch er hätte längst schon einen Verdacht, in welche Richtung die Forschungen in der Ostklinik zielten. Er vermutete, daß die Maschinen in Swifejokes Laboratorium in der Klinik standen.

„Oder in Baby Yaga's Garage?", tastete sich Lisa vor.

„Gut möglich", meinte Spingarn, „die Maschinen habe ich nie gesehen. Ich bin Wissenschaftler und diskutiere theoretische Fragen. Die Ost-Klinik habe ich nie betreten. Im übrigen hasse ich Tiefgaragen." Sprachs und stapfte los.

Sein Assistent wollte noch etwas hinzufügen. Es hätte damals in der Klinik zu lange gedauert, alle Hintergründe zu erklären. „Bitte seien Sie von nun an vorsichtig. Beide, Swifejoke und Spingarn, sind vor allem am Geld interessiert. Das ist für unseren Berufsstand die bedauerlichste aller falschen Motivationen. Beide hassen sich. Und dabei gäbe es unendlich viel Wichtigeres zu tun! Einfach niederschmetternd. Besser also, Sie hüten sich, zwischen diese Fronten zu geraten." Sein Lächeln verriet, wie froh er war, aus dem Umfeld von Swifejoke entkommen zu sein. Selbst wenn er sich nun erneut unter der Erde aufhalten müsse, sei hier jedoch die Luft um einiges besser als in Swifejokes Abteilung. Sie spürte, daß er noch mehr sagen wollte, und schwieg.

„Die Maschinen allein reichen nicht, um eine Programmierung vorzunehmen. Man braucht die Software und die befindet sich im KI-Trunk." Da war er wieder, dieser ominöse KI-Trunk. Was hatte es damit auf sich?

Die Halde bedeckte zwar nur ein endliches Stück Erde, sie bot aber auch bei steigenden Einwohnerzahlen ausreichend Platz. Es mußte nur tiefer gegraben werden. Viele talentierte Menschen waren nach der Wahl Agas auf die Halde gekommen. Neue Köpfe, neue Anarchie, wie Dr. Spingarn gerne sagte, neue Aufgaben, neue Einsatzpläne, neue Probleme. Einige bereicherten die Halde. Manche verfügten über besondere Talente, die sie jedoch meist verborgen hielten. Was sollte man schließlich mit Plastermann anfangen, der sich häufig den Arm brach? Oder mit Fallmann, der wirklich in jede Grube fiel? Was mit Iyami, der, wie der Name verriet, aus Japan stammte und am liebsten Erde fraß. Agley Off-Key hatte das Talent, immer neben sich zu stehen. Solche Talente waren im Alltag nur selten gefragt! Es gab Neusiedler, die bald wieder wegwollten und ihre Auswanderung vorbereiteten, und solche, die hier heimisch werden wollten und sich in der Misere einrichteten. Andere wiederum verfielen in Resignation.

Für die Bewohner Infras stand die Selbstversorgung hoch in Kurs. An Vorschlägen, wie die Situation zu bessern sei, mangelte es nicht: die Landwirtschaft intensivieren, die Halde bewalden, Insekten zu Speisezwecken züchten. Samsa hatte sich in den Kopf gesetzt, er könne Käfer züchten und warb für „echt ökologische" Insektennahrung. Den Ameisen hatte er abgeschaut, wie auf kleinem Raum unterirdisch Pilze angebaut werden konnten. Sie dienten der Ernährung und lieferten Proteine und Vitamine.

Cube Woman lernte einige Bewohner Infras kennen, die ihren harten Alltag heldenhaft meisterten. Sie erlebte die Zwiste unter ihnen, die Versuche, Widerstand zu leisten, erstaunliche Akte der

Solidarität. Sie traf auf Spione, Angehörige der Orga, all die sympathischen und die unsympathischen Leidensgenossen. Sie arrangierte sich mit dem Leben auf der Halde und ihrer neuen Identität. Ab und zu schaute sie heimlich bei Helene und Karl vorbei. Meist ging sie verkleidet rasch an dem Haus vorbei. Sie war immer erleichtert, wenn sie sah, daß es den Ihren gut ging. Aber sie vermied es, Spuren zu hinterlassen. Sie wollte ihren Mann und ihre Tochter nicht gefährden. Die beide schienen zufrieden wie Somnambule zu leben. Einmal klappte es zufällig mit dem Kontakt, und sie traf Lene in einem Vorstadtcafé. Lene erklärte sich: „Ich hatte keine Lust, tatenlos im kalten Caravan zu sitzen, zuhause konnte ich weiterarbeiten an meinen Filmen. Und ich kann Vati im Blick behalten. Ich glaube, daß ihm übel mitgespielt wird. Es ist besser, wenn ich hierbleibe und auf ihn aufpasse.“ Das leuchtete Lisa ein. Sie nahm ihre Tochter fest in den Arm.

Es gelang ihr immer besser, das bestehende Überwachungssystem für die Zwecke der Halde umzubauen. Die Kabel zerstörte sie nun nicht mehr, sondern polte sie um. Hatte sie Knotenpunkte ausgemacht, installierten Nilla und sie dort kleine Nebenserver. Häufig reichte es, ein paar Kabel umzustecken, manchmal mußte ein parasitärer Router in die Leitung eingearbeitet werden. Barney half mit Geräten, die für die Netzbetreiber so gut wie unauffindbar waren. Manchmal genügte ein schlichter Befehl, der von der Halde aus verschickt werden konnte. Es erstaunte sie immer wieder, wie leicht sich Kommunikationssysteme umdrehen ließen. Nach und nach wurde das Netz bidirektional benutzbar. Man konnte damit sogar die Gegner ausspionieren. Wenn sie mal nicht an die Kabel kam, nutzte sie ihr spezielles Talent. Sie durchbrach eine Decke und konnte so an unzugängliche Kabelschränke kommen. Cube Woman hatte immer die letzte Aufstellung ihres Scoring-Kontos dabei, bei deren Lektüre sie von einer solchen Wut ergriffen wurde, daß sie gezielt durch jede Decke gehen konnte. Ein ebenfalls abgegriffener Abzug des Photos von Karl am Tropf hatte eine vergleichbare Wirkung. Sie konnte ihre Wut mittlerweile gut dosieren. Nicht selten erhielt sie Hilfe von Telechat. Dieses Programm, das vor allem eigene Ziele verfolgte, war ihr dabei behilflich, diskret verlegte Kabelstränge zu finden, aber auch unzensierte Inhalte ins Netz zu schleusen.

Im Herbst 2044 kam es auf der Halde zu heftigen Auseinandersetzungen, die das Zusammenleben lähmten. Die einen wollten aktiv gegen die Stadt vorgehen, während sich die anderen auf die innere Entwicklung der Halde konzentrieren wollten. First Fired leitete den Haldenrat, wenn er nicht gerade wieder rausgeworfen wurde. Zar wurde immer wieder aufgefordert, den Vorsitz zu übernehmen, doch wollte er nicht in politische Zwiste verwickelt werden. Mit den Worten „Ich habe etwas Wichtiges zu tun", entzog er sich wiederholt der Verantwortung. Niemand wollte ihm glauben. Viele meinten, der Geheimniskrämer sei einfach nur faul!

So wurde immer wieder erneut First Fired mangels geeigneten Ersatzes zum Vorsitzenden bestellt. Sein seltsames Talent rettete ihm einmal sogar das Leben: Jap Jap Moshi soll versucht haben, First Fired im Rahmen einer Moshi-Wette aus dem Weg zu räumen, als dieser gerade wieder für kurze Zeit zum Vorsitzenden des Haldenrats gewählt worden war. In dem Moment, als der Lieferant mit den Reisbällchen erschien und First Fired sich zu dem fatalen Mahl an den Tisch setzte, wurde er seines Amtes wieder enthoben. Doch Wedged Three, der die Nachricht überbracht hatte, hatte die Reisbällchen gesehen. Rasch teilte er nach der Überbringung der Botschaft seinen beiden Brüdern mit, er habe etwas Unaufschiebbares zu erledigen und schloß sich in dem verwaisten Büro des Vorsitzenden ein. Dort machte sich über die Reisbällchen her. Bald lag er am Boden und konnte nicht einmal mehr die Nummer seines älteren Bruders in den Compro eingeben. Ihm stockte nach der dritten Ziffer der Atem.

Da Wedged Three nie Unaufschiebbares zu erledigen hatte, schöpften seine Brüder nach wenigen Minuten Verdacht. Sie fanden das Büro des Vorsitzenden verschlossen. Ohne lange zu zögern, setzten sie sich in Bewegung, um Hilfe zu holen. Als sie zufällig Cube Woman trafen, rissen sie sie mit sich und rannten in den Tunnel eine Etage tiefer. Dort erklärten sie sich: „Wedged III, Büro des Vorsitzenden. Three nicht immer vanünftig."

Cube Woman verstand, worum es ging, und durchstieß die über ihnen liegende Tunneldecke. Als Wedged One und Wedged Two in den Raum des Vorsitzenden kletterten und den Pappteller mit den restlichen Moshis fanden, waren sie sehr aufgebracht. Sie schauten sich an und ohne sich weiter um Cube Woman zu kümmern, beugten sich zu ihrem leblos daliegenden Bruder und versetzten ihm einige heftige Knüffe. „Wie kann er sich, als Drittgeborener anmaßen, f…!“

Ein dumpfer Schlag auf den Brustkorb von Wedged Three katapultierte das verklebte Reisbällchen aus seinem Schlund heraus. Wedged Three war noch nie so dankbar für die Knüffe, die ihm das Leben retteten. Als ihr Bruder wieder zu sich gekommen war, bedanken sich alle drei aufs allerherzlichste bei Cube Woman und brachten ihr Bedauern über den rauhen Empfang zum Ausdruck, den auch sie ihr bereitet hatten.

„Wia meinen nix bös. Wia sind amal rauhe Gselln. Nix füa ungut.“ Cube Woman schien es, als habe sie die Herzen der tölpelhaftesten und dumpfsten Bewohner der Halde gewonnen.

Der permanente Wechsel in der Führung des Haldenrats verschärfte die Unzufriedenheit weiter Kreise. Es gärte auf der Halde: Immer wieder kam es zu mehr oder weniger geglückten Widerstandsaktionen gegen New Venice. Bisweilen gelang es einem Infra, den Mitgliedern des Sicherheits-Teams eine Waffe zu entreißen und zu fliehen. Wurde er gefaßt, erwartete ihn eine solide Gefängniszelle. Eine Gruppe übte die Befreiung von Gefangenen, um die Leute dort wieder herauszuholen. Wurden zur Bewachung Roboter eingesetzt, ließen sich leicht Wege finden, die Maschinen zu täuschen. Diese waren zwar effizient, aber nicht intelligent.

Wie ein Lauffeuer verbreitete sich eine böse Nachricht: Aga wolle Superhelden aus Amerika holen und sie im Kampf gegen die Halde einsetzen. Das konnte gefährlich werden und schürte die Angst. Jeder befürchtete das Schlimmste. Es war an der Zeit, die Selbstverteidigung zu stärken. Barney und Dick ließen um die Halde herum Gräben ausheben, in die Gedächtnismaterie eingefüllt wurde, auf die sie sehr stolz waren. Diese besondere Materie änderte je nach angelegter elektrischer Spannung ihre Eigenschaften. Unter Strom wurde sie flüssig, beim Abschalten des Stroms verfestigte sie sich schlagartig. Schaltete man den Strom ein, waren die Gräben unpassierbar, weil man einsank. Beim Abschalten erstarrte die Materie und hielt alles fest, was in die Gräben gefallen war.

Einige andere gruben einen Tunnel zum neuen Kopterport, um diesen zu unterhöhlen. Auch ein Angriff auf den benachbarten Generalstab wurde geplant. Eine andere Gruppe erkundete in New Venice die Produktionsstätten für Alphadogs und bereitete Sabotageakte vor.

Sechzehn

Glich der Widerstand gegen die Unterdrückung durch das Governat Agas lange einem Räuber- und Gendarmen-Spiel für Erwachsene, so änderte sich nun alles. Das Governat verschärfte die automatischen Kontrollen auf den Straßen. Ließen sich die Kontrollrobs unter Jefferson noch mühelos austricksen, wurde unter Aga aus dem Spiel Ernst. Praljak-Oberkampf schien sich in der Hierarchie durchgesetzt zu haben und verfolgte sein Ziel, die vollständige Kontrolle über die Bewohner der Halde zu erlangen, mit aller Gewalt. Das erbitterte die Infras derart, daß nun auch diejenigen zum Widerstand gegen die Despotie Agas bereit waren, die sich zuvor gemäßigt gezeigt hatten.

Die Entscheidung der Infras, der Stadt wichtige Waren wegzunehmen, verbitterte viele Einwohner. Sie hatten nicht nur die vielen Kontrollen zu ertragen, sondern mußten mit der Einschränkung des Warenangebots leben. Viele bedauerten den Verlust der bisherigen Komfortzone.

Dank der „Wartungsarbeiten“ Cube Womans am Netz war die Halde mittlerweile gut darüber informiert, was in der Stadt los war und was vom Sicherheits-Team geplant wurde. So erfuhren die Infras mehrmals von Fallen, die das Sicherheits-Team stellen wollte, um einen Lkw mit besonders begehrter Ladung zu schützen. Die geplanten Überfälle konnten gerade noch rechtzeitig abgeblasen werden. Dank des Einblicks in die Kommunikation der Stadt gelang es mehrmals, das Sicherheits-Team hinters Licht zu führen. Über einen parasitären Kanal streuten die Infras das Gerücht, ganz in der Nähe des ursprünglich ausersehenen Lkws solle ein zweiter entführt werden. Als dann eine weitere Abteilung des Sicherheits-Teams in die Nähe beordert wurde, reichte ein Feuerwerkskörper, und beide in ihren Verstecken wartenden Teams griffen die vermeintlichen Angreifer an. Aufgrund der strikt zentralen Befehlskette wurde der Fehler nicht sofort erkannt, so daß schon Verluste zu melden waren, bevor die Einsatzleitung reagierte. Während sich die Abwehrkräfte im „friendly fire" gegenseitig in Schach hielten, wurde in Sichtweite dieses Gefechts ein anderer Lkw von dem Team der Infras gekapert.

Cube Woman mußte sich eingestehen, daß ihr Versuch, Karl zu helfen, feststeckte. Umso mehr Kraft investierte sie in den Umbau des Netzes. Doch ihre häufigen Besuche in der Stadt waren nicht ungefährlich. Manchmal gelang es ihr nur um Haaresbreite, den wachsenden Herden von Alphadogs auszuweichen, die von den Fabriken zu ihren Depots galoppierten.

Eine Assistentin in Barneys Werkstatt fand ein Mittel, um die in zunehmenden Stückzahlen produzierten Alphadogs zu neutralisieren: eine winzige nichtlineare Abweichung in der Software für die Richtungssteuerung der Gelenke. Über ein nicht vollständig abgesichertes Update-Programm konnte Barney die veränderte Software in den Server der Produktionsfirma einspeisen. Von nun an liefen die Alphadogs nicht mehr exakt auf ihr Ziel zu, sondern neigten zu einem Links- oder Rechtsdrall. Die Folge war, daß bald viele der Kampfroboter unentwirrbar ineinander verhakt und verkeilt waren, so daß man sie nur noch verschrotten konnte. Als Cube Woman eines Nachts eine Netzschaltzentrale verließ, in der sie einen Nebenserver installiert hatte, stand sie unverhofft vor einem Berg scheppernder und zappelnder Alphadogs, die nicht mehr voneinander loskamen.

Es war allerdings nur eine Frage der Zeit, bis die Programmierer in New Venice eine Korrektur geschrieben haben würden. Vielleicht dauerte es etwas, bis sie herausfanden, was nicht stimmte, aber eine Lösung würden sie finden.

Als stadtbekannter und immer rasch verfügbarer Programmierer war First Fired unter den ersten, die sich an der Korrektur versuchten. Zum Jubel des Governats erfand er umgehend eine Softwarelösung, die den Drall durch eine Übersteuerung zur anderen Seite korrigierte. Diese Software hatte nur einen Nachteil: Die Reaktionszeit der Roboter wuchs durch die Korrektur stark an. Daher konnte das Sicherheits-Team nur einen begrenzten Vorteil aus der Korrektur ziehen, denn sie wurde mit einer deutlichen Verlangsamung der Alphadogs erkauft. Für diese Sabotage wurde First Fired auf der Halde gefeiert.

Barney, der um Einfälle nie verlegen war, entwickelte ein Verfahren, um die Kontrolle über die Alphadogs zu gewinnen. Dazu mußte man die Roboter nicht einmal umprogrammieren, sondern konnte die Herdenfunktion nutzen, mit der größere Gruppen gesteuert wurden. In diesem Modus spielte der vorne laufende Alphadog an die hinter ihm laufenden die aktuellen Befehle über einen Bildschirm zu, der an seinem Nacken angebracht war. Es reichte, einen einzigen divergenten Bildschirm in eine Abteilung Alphadogs zu bringen, und schon konnten alle Roboter hinter diesem Bildschirm aus der Befehlskette ausgekoppelt werden. Ein von den Infras manipulierter Alphadog, der sich an einer verlassenen Straßenecke einem Pulk anschloß, reichte, um diese Abteilung zu spalten. Die einen gehorchten noch den Befehlen der Stadt, die anderen schalteten in den Basismodus oder leisteten den Befehlen der Infras Gehorsam. Ganze Abteilungen von Alphadogs konnten so dazu gebracht werden, die Mitglieder des Sicherheits-Teams anzugreifen. Ohne diese List hätten die Bewohner der Halde wohl keine Chance gegen die wachsende Zahl von Kampfrobotern gehabt. Beflügelt von solchen Erfolgen nahmen die aktiven und passiven Widerstandstaten gegen das Governat stark zu.

Beim Umkopieren einer ungewöhnlich großen Datei hatte Barney auf Lisas MAD einen weiteren Unterordner mit Filmmaterial entdeckt. Und auch diesmal hatte er den Zugriffscode umgehen können. Unter den Aufnahmen fand sich eine Aufzeichnung, die Karl von vorne zeigt, wie er vor einigen Jahren aus dem Gedächtnis eine beeindruckende Reihe von Begriffen aufzählt: „Salamander, Gießkanne, Regenrinne, Handschuh, Taschenmesser, Kompaß, Kaffeekanne, Rennrad, Baum, Schokoladentafel, Katze, Schnellhefter, Fernglas, Würfel mit Fragezeichen, Regenschirm, Murmel, Unterhemd, Paragraphenzeichen, Bauernhof, Compro." War das ein Erinnerungstest? Ein weiterer Film zeigt Karl im Gespräch mit einen Wissenschaftler, der ihm erklärt, daß er über besondere Gedächtniseigenschaften verfüge, und ihn bittet, in ein „mehrtägiges Experiment" einzuwilligen. Als Cube Woman diese Bilder sah, war sie sprachlos: „Das ist doch wahnsinnig!" Ihre schlimmsten Befürchtungen bewahrheiteten sich. Nun wurde ihr klar, daß sie alles tun mußte, um die Geräte zu finden und Zugang zum Ki-Trunk zu gewinnen.

Eine Szene zeigt miteinander schwatzende Wissenschaftler in weißen Kitteln in einem fensterlosen Gang, von dem mehrere Türen abgehen. Offenbar das Laboratorium, in dem die Experimente stattgefunden haben. Als Cube Woman wenige Tage später von Telechat eine Aufnahme erhielt, bestätigte sich ihre Vermutung. Telechat war es gelungen, in die Ost-Klinik einzudringen: Die Aufnahme des Besuchs zeigte eben den Gang, den Cube Woman schon von dem Film auf der MAD kannte. Dort also war das Labor untergebracht! Die von Telechat geschickte Aufnahme war aus bodennaher Position gefilmt und zeigte eine zielgerichtete Fahrt in leichtem Auf und Ab durch den Gang, offenbar der Hauptkorridor der Ost-Klinik. Der Kamerablick schwenkt immer wieder nach rechts und nach links in mehrere Nebenkorridore und in verschiedene Räume. Die Türen öffnen sich einen Spalt breit, geben den Blick frei, dann schwenkt die Kamera zurück auf den Korridor. Nach mehrmaligem Betrachten vermochte Cube Woman einen Lageplan zu zeichnen. Mit Rot markierte sie den Raum, in dem die Maschinen standen. Die Botschaft von Telechat endete mit dem Hinweis „Treffpunkt Einfahrt“.

Nun wußte Cube Woman, was zu tun war. Minutiös bereitete sie ihren Besuch in der Klinik vor. Den Lageplan prägte sie sich ein. In der folgenden Nacht machte sie sich auf den Weg zu Baby Yaga’s Garage. Allein, das war am sichersten. Über das Meer, das war am unauffälligsten.

In sicherer Entfernung vom Ufer schaltete Cube Woman den Motor der Elektrobarke ab. Die letzten Meter ruderte sie. Es knirschte leise, als sie das Boot auf den schmalen Strand zog. Sie kletterte den Hang hinauf und stand auf der Rückseite der Garage. Ihr mulmiges Gefühl kämpfte sie nieder. Das Tor auf dem Hof der Garage stand offen. Als sie an der Einfahrt der Tiefgarage angekommen war, setzte sich deren Tor in Bewegung. „Telechat“, dachte Cube Woman. Sie steckte auf halber Höhe zwei Keile in die Führungsschiene des Tors und setzte die Infrarotbrille auf. So konnte sie sich auf der Rampe nach unten in den Schatten drücken, wann immer sie in die Nähe einer der an der Decke angebrachten Infrarotleuchten kam.

Auf dem unterirdischen Parkdeck standen Fahrzeuge, darunter mehrere Krankentransporter. Über eine Treppe, die weiter abwärts führte, gelangte in einen Verteilerraum, in den mehrere Korridore mündeten. Sie folgte dem Gang, den sie als Hauptkorridor identifizierte. Alles ging viel zu leicht, dachte sie. Ohne Zwischenfall gelangte sie bis an die Tür des Raums, in dem die Maschinen standen. Vorsichtshalber nahm sie eine Lichtblendgranate in die Hand. Besser, sie hatte sie einsatzbereit. Zu ihrer Überraschung war die Tür nicht verschlossen. Telechat konnte nicht weit sein.

Da standen die drei Maschinen, groß wie Kühltruhen. Genau so, wie sie sie von der MAD und von Telechats Aufnahmen her kannte. Als sie an die Maschinen herantrat, sah sie auf der spiegelnden Oberfläche des ausgeschalteten Monitors eine Bewegung hinter sich. Die Tür fiel zu und wurde geräuschvoll verriegelt. Hinter der Maschine ganz rechts fuhr der Kamerakopf eines Alphadogs in die Höhe. Für einen Moment war sie wie gelähmt vor Schreck, dann warf sie die Licht-Blendgranate, wandte sich zur Tür, doch die war ja verriegelt. Wo war Telechat? Es war keine Zeit zu verlieren. Cube Woman justierte ihre Kappe, motivierte sich zur Wut und brach durch die Geschoßdecke. Oben rappelte sie sich hoch und bemerkte, daß sie sich auf dem Parkdeck befand. Zwei Alphadogs näherten sich. Einer der Krankentransporter ließ sich öffnen. Sie glitt hinein, legte sich flach auf den Boden und drückte sich unter die Transportbahre. Einer der Alphadogs schnüffelte an dem Loch im Boden, der andere fuhr mit seiner Kamera an den Fenstern der Transporter entlang. Dann trabten die beiden Alphadogs unschlüssig eine Weile hin und her. Bestimmt gingen schon Meldungen an die Einsatzzentrale. Als die Roboter an ihre Ladestation zurückkehrten, schob sich Cube Woman vorsichtig ans Steuer des Krankenwagens. Für eine Flucht blieb nicht viel Zeit. Ein Segen, der Schlüssel steckte! Die Alphadogs spitzten die Ohren und koppelten sich wieder aus der Ladestation aus. Cube Woman gab Vollgas und raste durch das Parkdeck auf die beiden herangaloppierenden Roboter zu. Den einen traf sie frontal, der andere nahm die Verfolgung auf. Sie fand die Rampe und fuhr hoch. Oben war das Tor auf halbe Höhe heruntergefahren: Sie ließ den Rettungswagen gegen das Tor schlittern, riß die Tür auf und entkam mit knapper Not dem Alphadog. Als sie im Boot saß, zitterte sie am ganzen Leib. Während sie um ihr Leben ruderte, nahm am Strand ein Trace Cart ihre Spuren im Sand auf. Es würde schwierig werden, die Maschinen dort herauszuholen. Vielleicht könnte man Karl dort hinbringen? Doch diesen Gedanken verwarf sie bald.

An den folgenden Tagen registrierte Barney sehr hohen Datenverkehr zwischen dem Governat und der Firma brainm@ss. Nach Cube Womans Einbruch in der Ostklinik wurde die Bewachung der Klinik verstärkt. Aga ordnete an, die Maschinen zur Hirnprogrammierung so bald wie möglich in den Ω-Tower zu überführen. Dort waren sie nicht nur sicher, sondern er wollte seinen Gästen aus Amerika bei ihrer Ankunft etwas bieten und sie mit den Programmierungsmaschinen beeindrucken. Die Superhelden konnen jeden Tag eintreffen. Für die Überführung der Maschinen in den Ω-Tower wurde der 31. Oktober angesetzt.

Als Barney sie von dem Vorhaben Agas in Kenntnis setzte, stockte Cube Woman der Atem. Da war er, der Lichtblick, auf den sie schon nicht mehr zu hoffen gewagt hatte. Bis zum 31. Oktober war nicht mehr viel Zeit. Sie mußte sich der Geräte bemächtigen, bevor sie den Rohbau des Ω-Towers erreichten.

Der geplante Transport war *die* Gelegenheit, auf die Cube Woman gewartet hatte. Sofort machte sie sich daran, einen Überfall auf den Transport vorzubereiten. Sicherlich würde die Gegenseite alles tun, um den Transport auf jede erdenkliche Weise zu sichern. Es hieß, besser zu sein als der Gegner. Überdies wußte sie: Jede Absicherung hatte ihren Schwachpunkt.

Ihr Plan war bald gefaßt. Mit wenigen erprobten Kräften wollte sie den Lkw entführen, der die Geräte transportierte. Sie wußte, daß sie am Haldenrat und der Einsatzleitung vorbei agieren mußte. Zuviele Eingeweihte erhöhten die Gefahr, daß das Governat Wind von ihrem Vorhaben bekam. Ihr Team war klein, aber mit den Besten bestückt: Ada und Retardo waren dabei, Nilla auch.

Praljak-Oberkampf führte den Konvoi in einem hochgesicherten Geländewagen an. Er war sichtlich stolz auf die beeindruckende weit gestaffelte Formation von Alphadogs, die den Konvoi schützte. Aufgrund der Programmierung durch First Fired bewegten sich die Alphadogs allerdings nur in geringem Tempo. Daher kam der Konvoi nur langsam voran. Als Ada ihren Lkw mit hoher Geschwindigkeit durch die Abwehr steuerte, wurden die Alphadogs mühelos aus dem Weg geschoben. Cube Woman und Retardo Slowman folgten ihr auf einem dreibeinigen Alphadog, der seit der Amputation des unrettbar verbogenen rechten Hinterbeins nicht mehr auf den Namen Grimbergen, sondern auf Helhesten hörte. Mit Juhee ging es durch die Schneise. Nilla ließ sich von ihrem großen schwarzen Schwan auf das Dach des Transport-Lkw gleiten. Der Fahrer hatte wegen der Langsamkeit der Alphadogs keine Chance zur Flucht. Die eigene Abwehr wollte er auch nicht überrollen.

Nilla plazierte oben an der Frontscheibe eine winzige Haftmine, die die Führerkabine aufbrach und den Fahrer vorübergehend außer Gefecht setzte. Der LKW kam zum Stehen. Nilla glitt durch die zerborstene Windschutzscheibe in die Fahrerkabine. Cube Woman und Retardo zogen den bewußtlosen Fahrer aus der Kabine und stiegen zu. Dem aus der Sprechanlage kreischenden Praljak schenkten sie keine Beachtung und noch weniger den lahmenden Alphadogs. Gefolgt von Helhesten brachen sie aus dem Konvoi aus. Helhesten sandte über seinen Nackenbildschirm das Kommando zum Anschalten des Basismodus an die Alphadogs, was den Konvoi zum Stehen brachte.

Sekunden nach dem Überfall wurde der Weg zur Halde an mehreren Stellen abgesperrt. Praljaks Team hatte sich gut vorbereitet. Doch damit hatte Cube Woman gerechnet und von vornherein ein anderes Ziel gewählt. Nilla aktivierte die Abschirmung, und der Lkw wurde aus dem Meldesystem gelöscht. Unsichtbar für das Überwachungssystem rasten die von Ada und Nilla gesteuerten Lkw durch die Vororte von New Venice, wo sie ein paar Haken schlugen, um eventuelle Verfolger abzuhängen. Dann steuerten sie ihre Lkws auf den Trailerpark.

In Ilsebils demoliertem Caravan saßen Karl und First Fired über einem Programmierungsproblem, mit dem First Fired Karl hatte hierher locken können. Es blieb nicht viel Zeit. Ada und Nilla rangierten die beiden Lkw so, daß sie mit Karls Wagen und Ilsebils Caravan eine kleine Wagenburg bildeten. Rasch zogen sie Tarnnetze über die Lkw. Ein Stromanschluß wurde herangerollt, dann wurde Karl an die Maschine angeschlossen.

Die Geräte starteten. Das Programm verlangte nach einem Einstiegscode. Niemand hatte diesen Code. First Fired probierte alles, um ihn zu knacken, er schaffte es nicht. Das war nicht weiter verwunderlich, denn mit First Fired klappte ja vieles nicht, was ihn sogar sympathisch machte. Im Moment hätte Cubc Woman jedoch gerne den Einstiegscode gehabt. Da half ihnen der Zufall in Gestalt der vor Angst schlotternden Mailin Esser. Ein Rascheln hinter ihnen ließ alle erstarren. Mit gezückter Waffe tasteten sich Ada und Retardo Slowman nach hinten. Vorsichtig, den Lauf ihrer Pistole voran, öffnete Ada eine Schranktür, aus der sie eine junge Frau hervorzog: „Nicht schießen, ich bin nur die Hilfskraft."

Mailin Esser, die Hilfskraft von Professor h.c. Dr. Swifejoke zitterte am ganzen Leibe. Er hatte inzwischen eine Ehrenprofessur an der Universität Tübingen inne und verfügte über sie als zusätzliche Hilfskraft. Sie war über und über von den Krümeln der Kekse bedeckt, die sie in dem Proviantschrank hinten im LKW verspeist hatte. „Um Stress abzubauen", sagte Mailin, die dazu bestimmt worden war, den Transport zu begleiten. Das Knistern der Kekspackung hatte sie verraten. Mailin Esser eröffnete den Anwesenden, daß nur Professor Swifejoke das Password kannte.

Cube Woman war kurz davor, aufzugeben, als First Fired eine Lösung fand, eine unwahrscheinliche Lösung, aber er fand sie bei einem Blick in die Batch-Dateien. Das Eingabemenü verfügte über einen Speicher der letzten eingegebenen Befehle. Dieser Speicher war nicht gelöscht worden. Das Password Swifejokes mußte eine der letzten Eingaben sein. Vier Versuche, dann startete die Maschine. Doch sie schaltete wieder ab: „Good password, wrong date", stand auf dem Bildschirm.

„Verdammt!"

In diesem Moment bemerkte Cube Woman, daß jemand durch die geborstene Windschutzscheibe hereinlugte. Sie erkannte Dr. Spingarn und sprang aus dem Lkw. Spingarn war so verblüfft, daß er ausrief: „Aber ich kenne die a/o Codes auch nicht." Cube Woman stutzte. Woher wußte er, welcher Code jetzt benötigt wurde?

„Woher wissen Sie ...?"

Sie packte ihren ehemaligen Psychiater und riß ihn ohne Federlesens mit sich in den Lkw. „Sie sehen, was Sie anrichten. Sie müssen helfen. Sie sind doch Arzt." Spingarn wand sich vergeblich.

Sie setzten ihm seinen eigenen Wahrheitsdetektor auf den Kopf. Nun mußte er mit der Sprache raus: „Versteht doch, ich kann nichts sagen, mein Leben hängt daran."

„Sie *müssen* reden. Es ist der Moment, Mut zu haben."

„Was ihr vorhabt, ist sehr gefährlich. Das kann ungeheure Konsequenzen haben, nicht nur für die Person, deren Hirn effundiert worden ist. Bei einigen hat das Reffundieren funktioniert, bei anderen nicht. Manche lassen sich nicht wieder zurückholen. Es ist doch alles erst im Experimentalstadium. Laßt die Finger davon! Das ist etwas für Spezialisten. Für jeden von uns kann das unabsehbare Konsequenzen haben."

Als ihr seine Ausflüchte reichten, erinnerte sie ihn daran, daß er bei einer Therapiesitzung auch über das „Slughorn-Syndrom" gesprochen hatte. Er versank in Nachdenken, nagte einen langen Moment an seiner Oberlippe und sagte: „G 9 N 5 V 9 A W 5 E…" Als er fortfahren wollte, wurde es draußen laut. Die Verfolger waren angelangt und sammelten sich um die kleine Wagenburg.

Spingarn!

Als der entwendete Lkw vollständig von Alphadogs umzingelt war, verteidigten ihn Ada, Retardo Slowman, Nilla und First Fired so gut sie konnten. Mit langen Stangen waren die lahmenden Alphadogs gut auf Abstand zu halten. Aber sie waren zahlreich, und man mußte auf Tricks gefaßt sein. Schließlich mußten die Infras vor der Menge an Alphadogs zurückweichen. Cube Woman koppelte Karl aus der Maschine aus und bugsierte ihn über das Fahrerhaus des anderen Lkw in seinen Wagen. Immer wieder riß sich Karl los und lachte zu allem, was um ihn herum geschah.

Ada und Retardo stiegen zu Karl in den Wagen. Cube Woman startete den Lkw. Nilla zog ihren Lkw vor und öffnete eine Schneise in der Phalanx der Alphadogs, die den Eingang des Trailerparks versperrten. Dann folgte Karls Wagen. Bevor Cube Woman sich anschließen konnte, riß Spingarn die Beifahrertür auf und *flog* geradezu ins Führerhaus. Wie von Sinnen hängte er sich ins Steuerrad, schrie und weinte gleichzeitig: „Laß mich nicht zurück. Sie werden mir etwas antun." Cube Woman versetzte dem würdigen älteren Herren einen heftigen Schlag, um das Steuer freizubekommen. Aber sie hatte wichtige Sekunden verloren, und zudem hatte er ihr die Schutzkappe vom Kopf gerissen. Sie fuhr an und donnerte durch die sich schließende Schneise. Ada war mit Karls Wagen dicht hinter Nilla auf die freie Straße gelangt und beschleunigte. Cube Woman gab Gas und überrollte mehrere Alphadogs. Doch dann vertat sie sich und rutschte in einen Straßengraben, wo der Lkw in Schieflage zum Stillstand kam.

Sie wurde von zwei Mitgliedern der Orga aus dem LKW gezerrt, die sie ohne viel Federlesens an die Leute vom Sicherheits-Team übergaben. Die anderen konnten ungehindert fliehen und sich auf der Halde in Sicherheit bringen. Allein Cube Woman landete als Widerstandskämpferin im Gefängnis.

Obwohl es ihr nur um eine Lkw-Entführung ging, löste sie mit ihrem Überfall weit mehr aus, als sie vorhatte. Das wurde ihr aber erst nach den Ereignissen bewußt, die das Leben der Halde und der Stadt völlig verändern sollten.

Spingarn, den man ebenfalls in dem Lkw angetroffen hatte, wurde bald darauf verhört.

„Es spricht einiges gegen dich, Spingarn."

Spingarn versuchte sich Aga gegenüber als Held darzustellen: „Alles habe ich getan, um Frau Berger davon abzuhalten, ihren Mann zu reprogrammieren. Und ich habe sogar dabei geholfen, sie einzufangen. Ich habe die Koordinaten des Lkw durchgegeben und habe mich ans Steuerrad geklammert, als Frau Berger fliehen wollte. Ich habe ihre Kappe."

Die Bemerkung, daß er ohnmächtig im Lkw gefunden worden war, konterte er: Sie habe ihn niedergeschlagen, weil er ihre Flucht verhindern wollte. Recht durchsichtig verkaufte er ihre rabiate Reaktion als Beweis für seinen Heldenmut. „Sie hat mich sogar zweimal niedergeschlagen."

Siebzehn

Cube Woman schien es, als sollte ihr die Zeit im Gefängnis so unangenehm wie möglich gemacht werden. Sie war in einer vergitterten Zelle untergebracht, die nach oben in einen offenen schmalen Schacht mündete. Ganz oben konnte sie ein winziges Rechteck Himmel erkennen. Da über ihr weder Decke noch Dach war, konnte sie auch bei bester Wut nicht hindurchbrechen und entkommen. Ihre Kappe hatte man an der Wand gegenüber ihrer Zellentür aufgehängt. Unerreichbar. Sie konnte sie beständig sehen und mußte ihre Wut herunterschlucken, da sie sich nicht befreien konnte. Offenbar sollte sie zur Verzweiflung gebracht werden.

Sie erwachte in der Nacht und sah sich in einen Alptraum versetzt. Um ihre Pritsche herum stand das Wasser fast kniehoch und zog sich leise glucksend erst Stunden später wieder zurück. Sie war in einem Raum eingesperrt, der überflutet wurde! Was würde bei einem höheren Wasserstand geschehen? Nun verstand sie die waagerechten Markierungen, die überall an den Wänden angezeichnet waren. Es mußten Unglückliche bei weit höheren Wasserständen in der Zelle ausgeharrt haben.

Als es am Vormittag draußen vor ihrem Gefängnis laut wurde, konnte sie aus dem auf- und niederbrandenden Lärm nicht klug werden. Unverhofft turnte Nilla an einem Seil durch den engen Schacht nach unten und reichte Cube Woman einen Bergsteigergurt. Sie raunte ihr zu: „Komm! Wir brauchen dich. Wir sind gegen Aga im Aufstand. Es ist keine Zeit zu verlieren.“

Nun erfuhr Lisa, daß sie mit ihrem Angriff auf den Konvoi die Revolte gegen das Governat ausgelöst hatte.

Nilla war schon wieder auf ihrem Weg nach oben, aber Cube Woman wollte das Gefängnis nicht ohne ihre Kappe verlassen. Helden sind bisweilen starrköpfig. Nilla zwängte sich durch das Gitter, griff nach der Kappe und löste damit einen schrillen Alarm aus. Sofort wurde der Schacht durch mehrere Gitter verschlossen. Nun mußte Nilla die Zellentür aufsprengen. Die Alarmglocken schrillten ohrenbetäubend. Über ein Labyrinth von Gängen gelangten Nilla und Cube Woman hinunter ins Erdgeschoß.

Unten trafen sie auf eine Gruppe von Häftlingen, die Hofgang hatten. Der Versuch, sich ihnen anzuschließen, wurde durch einen bewaffneten Wachbot vereitelt, der sie aufforderte, sich auf den Boden zu legen und ihre Namen zu nennen. Auf die Frage, wer sie sei, antwortete Cube Woman „Marlene Schmidt“ und entschuldigte sich erneut innerlich bei allen Frauen, die diesen Namen trugen.

Als der Wachbot zögerte und langsam „Wir habe hier keine Marlen…." knarrte, hatten Cube Woman und Nilla den Moment längst zur Flucht genutzt: Sie brachten sich in einem Nebengebäude in Sicherheit. Doch dann tat die Gesichtserkennung ihren Dienst: „Frau Berger, bitte zu Gebäude C", schnarrten alle Lautsprecher.

Entschlossen zog Cube Woman ihre Kappe über den Kopf, ergriff Nilla bei der Hand und ließ ihrer Wut, die sich seit Tagen in ihr angestaut hatte, freien Lauf. Die beiden rasten nach oben und brachen durch zwei Decken. Sie rannten über das Dach zum Haupttrakt und wurden von dem Suchscheinwerfer eines der Wachtürme erfaßt, als sie an einer Serviceleiter zum Dach des Haupttrakts hochkletterten. Als Schüsse fielen, hechteten zu der Drohne. Gemeinsam brachten sie das Schwungrad auf Touren. Und schon glitten sie durch tiefhängende Wolken.

Als sie sich der Halde näherten, vernahmen sie anschwellenden Maschinen-Lärm. Sie sanken durch die Wolkendecke, da bot sich ihnen ein gespenstisches Bild. Hunderte, Tausende von Alphadogs waren vor der Halde aufgezogen und hatten sie umstellt. Ganz vorn machten sich Pionierroboter daran, Löcher in den Zaun zu schneiden. Innerhalb weniger Minuten konnten die Alphadogs auf der Halde sein. Dann drohte ein Massaker unter den dort Zurückgebliebenen. Rasch gingen Nilla und Cube Woman runter und konnten gerade noch die Drohne in einem Hangar unterstellen und ins Innere der Halde gelangen, als die ersten Alphadogs auf das Gelände stürmten.

Am ersten Tag der Revolte waren fast alle Infras ausgeschwärmt. Mit den wenigen verbliebenen Kräften mußten Barney, Nilla und Cube Woman nun den Angriff der Alphadogs abwehren. Nilla begab sich sofort auf den Kommandoposten. Barney hatte auf die Umprogrammierung von Alphadogs gesetzt, war aber nicht rechtzeitig damit fertig geworden, weil ihn die Ereignisse überrollt hatten. Er war verzweifelt. Die Bildschirme waren zwar überall positioniert, es hätte allerdings mehrerer Dutzend neu programmierter Alphadogs bedurft, um die Armeen des Governats unter das Kommando der Halde zu bringen. Immerhin war es ihm mit Hilfe der Bildschirme möglich, vielerorts den Herdenmodus der Alphadogs zu unterbrechen. Wurden die Roboter in ihren Basismodus versetzt, gingen sie undifferenziert auf alles los, was sie über ihre Sensoren als lebendig erkannten. Dann fielen sie auch übereinander her und über die Einsatzkräfte des Sicherheits-Teams. Auf diese Weise konnte Barney noch die ersten Roboter stoppen, die durch den geöffneten Zaun kamen. Dahinter warteten aber noch Tausende.

Dies war der Moment, an dem die passive Verteidigung die letzte Rettung war. Nilla wartete ab, bis die ersten Roboter über die diesseits des Grenzzauns angelegten Gräben hinweggaloppiert waren und sich im Basismodus wild ineinander verbissen. Sie mußte die zweite Welle erwischen und legte ihre Hand auf den Schalthebel, der die Stromversorgung der Erinnerungsmaterie regelte. Doch noch zögerte das Sicherheits-Team, die zweite Welle zu schicken. Nilla wartete gespannt. Sie durfte die Erinnerungsmaterie in den Gräben nicht zu früh aktivieren, um nicht zu verraten, was die Alphadogs erwartete. Die Kampfroboter mußten unschädlich gemacht werden, und der Gegner mußte gründlich verwirrt werden. Dazu mußte aber erst die zweite Welle auf die Halde gelangen.

Die meisten Mitglieder der Orga, die hier ansässig waren, hatten Vorwände bemüht, um auf der Halde zu bleiben. Sie hatten versichert, bei der Verteidigung ihrer Bastion den besten Beitrag zum gemeinsamen Kampf leisten zu können. Das war allen recht, da ein Angriff auf die Halde zu erwarten war. Tatsächlich hatten sie aber einen weiteren Grund. Als damalige Anhänger des Liftoff, hatten viele keine Fingernägel mehr und litten schon bei dem Gedanken, leibhaftige Gegner bekämpfen oder Waffen in die Hand nehmen zu müssen. Längst waren ihre Zip-offs verschlissen. Auf Kämpfen waren sie nicht eingestellt. Als die ersten Alphadogs auf die Halde stürmten, brach unter ihnen die nackte Panik aus. Während Frauen, Kinder, Haustiere und Gebrechliche augenblicklich in die Sicherheitsräume weit unten in der Halde geschickt wurden, rannten sie kreischend und planlos durch die Gänge. Als sie den Weg nach unten gefunden hatten, wurden sie jedoch nicht in die Sicherheitsräume eingelassen.

Barney brachte sie zur Ruhe:

„Wohin wollt ihr denn fliehen?“

„In den Keller.“

„Die Keller sind für die, die sich nicht wehren können.“

Ein Junge von 13 Jahren rief vorwitzig durch einen Türspalt: „Doch, ich kann auch schießen." Er zeigte seine Armbrust. „Hab ich selbst gebaut."

Er wurde wieder in den Keller gezogen. Die Tür wurde mehrfach verriegelt.

„Los nach oben", rief Cube Woman, „helft besser bei der Verteidigung, als hier herumzustehen!"

Mittlerweile war der Zaun an vielen Stellen durchtrennt worden. Eine ganze Schlachtreihe von Alphadogs rückte auf das Gelände vor. Doch die Roboter jagten nicht los, sondern setzten Schritt auf Schritt, wie um die Festigkeit des Bodens zu prüfen. Ahnten die Leute vom Sicherheits-Team etwas?

Plötzlich verlöschte das Licht. Die Orga-Mitglieder hatten sich gerächt und ein Stromkabel durchtrennt. Sie waren selbst ganz überrascht, wie dunkel es plötzlich um sie herum war. Als die Bildschirme draußen ausfielen, die für die Umschaltung in den Basismodus sorgten, war Nilla einen Moment lang irritiert. Sie zögerte, doch jetzt war eine gute Gelegenheit, um die Erinnerungsmaterie zu aktivieren. Sie legte den Schalter um, doch nichts geschah. Im dümmsten Moment fehlte der Strom.

Cube Woman fuhr sie an: „Was soll das?"

„Wenn wir nicht gerettet werden, werdet ihr das auch nicht."

Ungehalten rief Cube Woman ihnen zu: „Bringt besser die Stromversorgung wieder in Gang! Die Alphadogs sind auf der Halde. Wir habe nur noch Sekunden, bis sie hier reinkommen."

Wieder brach unter den Mitgliedern der Orga große Verwirrung aus. Kopflos rannten sie hin und her. Endlich zeigte einer auf die Stelle, an der das Kabel durchtrennt war. Schnell entfernte Barney die Isolierung auf beiden Seiten des Schnitts und klemmte zwei Überbrückungskabel mit Isozwingen an die Litzen. Das war zwar nicht kunstgerecht, aber der Strom floß wieder. Nun endlich konnte Nilla die Erinnerungsmaterie aktivieren.

Augenblicklich gab der Boden dort, wo die Gräben verliefen, unter den Alphadogs nach. Die einen versanken in den Gräben, andere wurden von den nachrückenden hineingeschoben und am jenseitigen Rand versuchten einige wenige, sich noch herauszuretten. Auch die Bildschirme flammten wieder auf und schalteten die Alphadogs, die schon auf der Halde nach Eingängen suchten, in ihren Basismodus. Das war nicht ungefährlich, doch da die meisten beweglichen Objekte Roboter waren, fielen sie vor allem übereinander her, sobald sie aus der Befehlskette des Sicherheits-Teams ausgeklinkt worden waren. Nilla schaltete den Strom wieder ab, und die Materie erstarrte. Damit waren all die Roboter, die sich in den Gräben befanden, fixiert. Die meisten liefen heiß und schalteten dann einer nach dem anderen ab. Als die Beobachter des Sicherheits-Teams bemerkten, daß die gefährlichen Stellen wieder passierbar waren, wurde eine weitere Angriffswelle gestartet. Erneut drangen Hunderte von Robotern durch den Zaun auf die Halde. Nilla aktivierte erneut die Erinnerungsmaterie, und wieder versanken zahlreiche Alphadogs in ihr. Aber es wurde schon eng, und vielfach ragten die Roboter weit aus der verflüssigten Materie. Beim Ausschalten des Stroms waren sie gefangen.

Es konnten nicht unendlich viele Roboter in den Gräben gefangen werden, daher atmeten die Verteidiger der Halde auf, als nach dieser Angriffswelle die verbleibenden Alphadogs zurückgezogen wurden. Doch nun hieß es, die Zeit zu nutzen. Unscrewman rannte mit seinen Leuten zu den Gräben und zerlegte in Windeseile die Alphadogs, die aus der festen Materie herausragten. Er leitete die anderen an und zeigte, was zu tun war. So konnten viele Teile der Roboter geborgen werden. Nilla war froh, ihn im Team zu haben. Barney bat darum, einige Alphadogs unversehrt zu erhalten. Wenn man sie neu programmierte, konnte man sie für eigene Zwecke einsetzen.

Mitten in dieser Schreckenslage brachten Mitglieder der Orga flugs Programmplatinen der Alphadogs auf die Seite und boten sie noch in der Nacht dem Governat zum Kauf an. Sie hofften, auf diese Weise das Wohlwollen des Governats zu gewinnen und bald wieder in der Stadt leben zu dürfen. Das Governat versprach es gerne. Wer darauf baute, wurde schon am nächsten Tag in den Kampf geschickt, wo man immer Leute als Kanonenfutter brauchte. Verheißung und Verheizung lagen nah beieinander.

Nach den massiven Verlusten an der Halde entschied Aga, die Roboter vorläufig zurückzuziehen und in ihren sicheren Depots zu belassen, bis die Lage überschaubarer war. Doch auch in ihren Depots waren die Alphadogs nicht sicher, weil Gruppen von Infras dort eindrangen und die Maschinen zerstörten.

Nach Praljak-Oberkampfs Meinung war es eh besser, draufzuhalten. Er hatte seine Niederlage bei der Sicherung des Konvois noch nicht verwunden. So konnte es niemanden überraschen, daß er fieberhaft nach der Gelegenheit zu einem Blutbad suchte. Diese bot sich, als bei einem Angriff auf die Produktionshalle 14 die Infras im Verlauf einer wilden Schießerei in den Teil der Halle getrieben worden waren, in dem lieferfertige Alphadogs lagerten. Als diese aktiviert wurden, saßen die Infras in der Falle. Es war zu gefährlich, die mitgeführten Sprengkörper zu zünden, und in dem blutigen Gefecht mit den Robotern hätte so mancher das Leben gelassen, wenn nicht Fuzzi Wuzzi beherzt eingegriffen hätte. Er warf sich todesmutig zwischen die Fronten und entfaltete einen solch überirdischen Prügelzauber, daß er bald darauf von einem Wall von Roboterschrott umgeben war, hinter dem die Infras ungeschoren entkommen konnten.

Als er von diesen Verlusten hörte, gab Aga im Generalstab offiziell die Linie aus, von nun an seien die Alphadogs gut zu bewachen und nur noch kontrolliert, in kleiner Stückzahl und nur dann einzusetzen, wenn die Auseinandersetzung nicht mehr mit anderen Mitteln zu meistern war. Das war gar nicht nach Praljak-Oberkampfs Geschmack, der die offene Feldschlacht suchte. Er verzweifelte schier, nicht sosehr über die Verluste an Material, sondern über den Befehl Agas.

Cube Woman bekam nicht mit, was alles auf den Straßen und Plätzen der Stadt geschah. Wie Barney, Nilla und die übrigen hatte sie alle Hände voll damit zu tun, die Halde zu verteidigen. In einer Atempause erzählte Nilla ihr von dem Waffenfund, der den Aufstand ausgelöst hatte. Gestern erst war man unverhofft in den Besitz von Schußwaffen gekommen. War das ein Wink des Schicksals?

„Habt ihr ein Waffendepot ausgeräumt?“, fragte Cube Woman ungläubig.

Nein, es sei irgendwie wie in einem Märchen gewesen. Nilla würde es nicht glauben, wenn man es ihr erzählt hätte, aber sie sei selbst dabeigewesen. Wedged Two habe gestern abend Appetit auf einen Lkw-Überfall gehabt und einen in der Nähe der Halde abgestellten Sattelschlepper ins Visier genommen. Merkwürdigerweise sei der Auflieger nicht verplombt gewesen. Drinnen habe er einen eigenartigen Transportbehälter vorgefunden, etwa von der Größe einer Jukebox, aber mit abgerundeten Ecken und einer senkrechte Einschnürung, die den Behälter in zwei Segmente unterschiedlicher Größe teilte. Die Oberfläche war von stumpf metallischem Glanz und unregelmäßig strukturiert, fast so wie der Meeresboden in Ufernähe. Wedged Two sei in den Auflieger geklettert und habe versucht, den Behälter zu öffnen. Die Verriegelung sei ungewohnt gewesen. Er habe den Handgriff betätigt. Erst habe sich eine Klappe geöffnet, dann aber hätten sich die Kanten des Behälters verschoben und eine aufrechte Tür sei aufgegangen. Wedged Two habe reingeschaut und einen dunklen und irgendwie kühlen Raum gesehen. Ob das eine Falle war? Es sei ihm unheimlich geworden, und er habe Verstärkung geholt. Bald gab es ein großes Gedränge an dem Auflieger. Jeder habe einen Blick auf den Transportbehälter werfen wollen. Vorsichtshalber habe man einen Freiwilligen vorgeschickt. Da sich keiner meldete, habe man Agley Off-Key ausgewählt, denn für ihn war die Erkundung ja am ungefährlichsten, weil er immer neben sich stand und das, was immer drinnen wartete, ihn nicht gleich auf den ersten Streich erwischen konnte.

„Wir geben dir Feuerschutz." Wedged One habe alles getan, um dem Freiwilligen ein sicheres Gefühl zu geben.

Vorsichtig sei Agley Off-Key in den Auflieger geklettert und habe in den Behälter reingeschaut. Alle haben später gesehen, daß der Raum drinnen wie ein kleines Vestibül eingerichtet war mit einem Kristall-Lüster aus Murano-Glas an der Decke. Doch es war seltsamerweise innen größer, als es von außen den Anschein hatte. Agley sei reingegangen und habe den Vorhang gelüftet, der hinter einem zart blaßviolett bezogenen Canapé und einem Wandspiegel in spätbarockem Rahmen hing. Dahinter habe er die Kisten entdeckt. Kisten über Kisten mit den Schußwaffen. Verschiedene Kaliber. Und Munition. Als er schon sehr lange drin war, habe Wedged One gerufen: „Agley, was ist?"

Darauf sei er zurückgekommen und habe nur noch gestammelt: „Schaut euch das mal an."

„Wir sind dann alle rein und standen wie vor den Kopf geschlagen um die Kisten herum. So etwas hatten wir noch nie gesehen:

Dicht an dicht lagen da ölig glänzende Waffen. Bißchen seltsames Design, aber Glenn und Chemo haben die Waffen geprüft und für brauchbar erklärt. Insgesamt dreißig Kisten mit Schußwaffen und zwanzig Kisten Munition. Mehrere hundert Schuß pro Waffe! Natürlich haben wir uns gefragt, ob dieser Sattelschlepper dort aus Versehen abgestellt worden ist. War es ein Zufall, daß er unbewacht war? Hatte jemand Wedged Two einen Tip gegeben? Nur Kassandra vom Dienst, habe rumkrakeelt und gebrüllt, die Waffen, das sei eine Falle, das sei nicht gut, man müsse sie vernichten. Sie würden genauso schnell wieder verschwinden, wie sie gekommen seien. Aber die Waffen sind dageblieben und dann hat der Haldenrat heute morgen den Angriff beschlossen.

Was etwas seltsam war: Nach dem Ausladen war der seltsame Liefercontainer plötzlich aus dem Lkw-Auflieger verschwunden und nicht mehr aufzufinden. Der letzte, der den Transportbehälter gesehen hatte, war Esser. Der meinte, er hätte nochmal nachschauen wollen und habe einen Mann mit Terence Hill-Hut gesehen, der sich an der Tür des Transportbehältnisses zu schaffen gemacht hatte. Sekunden später habe sich der Transportbehälter in Luft aufgelöst, kurz danach der Mann. Aber ob man Esser glauben kann, weiß ich nicht. Der erzählt doch viel, wenn der Tag lang ist."

Scorpion würde später kein Wort darüber verlieren, daß er die Waffen zur Halde geschickt hatte, so daß sie am 31.10.2044 gefunden werden konnten. Aber er räumte ein, daß er selbst hatte herkommen müssen, um die Luke zu schließen, die nach dem Entladen offen geblieben war. Ansonsten wäre es schwierig geworden, die Time Capsule, denn um eine solche handelte es sich, punktgenau an ihren Ausgangsort zurückzubringen. Essers Anwesenheit habe er nicht bemerkt. Damals habe er vieles tun müssen, um Cube Woman aus der Gefahrenzone zu bringen. Daher habe nicht immer auf alles achten können.

„Und heute morgen waren die meisten Infras so aufgekratzt, daß sie den Angriff beschlossen haben. Das war ein Tumult! Es sei keine Zeit zu verlieren. Man sei ausreichend bewaffnet und sollte das Governat sofort absetzen. Auch die, die üblicherweise zögern, haben ihre Furcht abgeworfen. Es war wirklich wie in der guten alten Zeit. Alle zusammen für ein Ziel. Das Governat ist noch durch den Angriff auf den Konvoi abgelenkt. Und wir haben das Überraschungsmoment auf unserer Seite. Ok, ganz unvorbereitet ist das Governat nicht, aber viel länger hätten wir auch nicht warten können. Es gibt ja schon seit längerem das Gerücht, daß Aga amerikanische Superhelden holen will. Wenn die wirklich übermenschliche Kräfte haben, dann wäre das wirklich gefährlich, aber bis jetzt haben wir noch keinen von diesen Leuten gesehen. Ich bin dann sofort los, um Dich zu holen."

Die überall auflodernde Begeisterung machte die Aufständischen blind dafür, daß sie sich nicht auf gemeinsame Ziele geeinigt hatten. Jeder war von seinem eigenen Vorhaben begeistert und war sich sicher, wie der Sieg zu erringen war. Ohne gemeinsame Strategie zog eine jede und ein jeder so, wie sie oder er es verstand, in den Kampf und tat, was eben ging. Für Vorbereitungen hätte eh die Zeit gefehlt. Jeder kämpfte, wo und wie er gerade meinte, konnte und wollte. Schwierigkeiten waren Nebensache, der Nachschub ebenfalls, gemeinsames Vorgehen ein Resultat des Zufalls. Der unverhoffte Waffenfund gab allen Mut, doch außer Einfallskraft hatte man keine eigenen Mittel für eine längere Auseinandersetzung. Man stand da mit einer vollen und einer fast leeren Hand.

Dank seiner vielen kurzfristigen Arbeitseinsätze kannte First Fired viele Adressen von Firmen, Produktionsstätten und Laboren in der Stadt, von Polizeistationen, Medienzentren, Waffen- und Materialdepots. Er wußte, wo die Alphadogs zusammengeschraubt wurden. Bisweilen erinnerte er sich sogar an die Zahlenkombinationen an den Zugangstoren. Nie hätte er gedacht, daß dies ein strategisch interessantes Wissen sein könnte. Provisorisch übernahm er die Führung und konnte auf viele lohnenswerte Ziele hinweisen. Allerdings hatten sich einige Firmenanschriften im Laufe der Zeit geändert, auch waren Aktivitäten an andere Orte verlagert worden. So drohten unliebsame Überraschungen.

Jeder Stratege konnte erkennen, daß die von First Fired, den Limbos und den Lumbagos gesteuerten Angriffe amateurhaft organisiert waren. Es fehlte jegliche Raumstaffelung, die Waffen wurden unspezifisch eingesetzt, die jeweiligen Gegebenheiten nicht berücksichtigt. Bei Angriffen rannte alles nach vorne und ballerte sinnlos auf die wenigen Ziele, die sich zeigten. Die Taktik war ineffizient, immerhin erwiesen sich die Waffen, die Scorpion geschickt hatte, als so wirksam gegen die Alphadogs, daß schon nach kurzer Zeit große Haufen Alphaschrott vor den Depots und an den Stellen lagen, an denen Gefechte stattgefunden hatten.

Pizzaman tat sich hervor, der mit mehreren Sorten von Schleuder- und Kampfpizza antrat. Er verfügte je nach Zutaten über zwei bis sechs verschiedene Pizzen, die von der unverdaulichen Margherita über die tödliche Napoletana bis hin zur erstickenden Capricciosa und zur fatalen Quattro stagioni reichten. Während er normalerweise wunderbare Pizzen backen konnte, waren seine Kampfpizzen ungenießbar und extrem gefährlich: Buk er sie unter Zugabe von KSK, wurden die Pizzen steinhart und waren, wenn er sie schleuderte, in ihrer verheerenden Wirkung vergleichbar nur mit den gefürchteten chinesischen Wurfsternen. Ihr Geheimnis war einzig KSK, Konrads Spezial Kleber. Einen ganzen Sack davon hatte Pizzaman am ersten Tag des Aufstands geopfert und in den Teig gemischt. Die Wirkung seiner Ninia-Pizzen war für die Alphadogs und ihre Begleitmannschaften fatal. Eine davon ging in Schulterhöhe durch die Außenwand eines Transporters, rasierte allen darin befindlichen Alphadogs die Köpfe ab und drang auf der anderen Seite des Transporters wieder heraus.

Am zweiten Tag des Aufstands konzentrierte sich der Angriff der Infras auf den Kopterport. Denn von dort aus wurden immer wieder Fluggeräte losgeschickt, die unter den Infras Angst und Schrecken verbreiteten. Cube Woman schloß sich Ada an. Sie war zwar nicht an Waffen geschult, aber sie war sich sicher, daß sie sich würde nützlich machen können.

Beim Kampf um den Kopterport war auch der Generalstab betroffen. Als wegen einer Beschädigung die Verbindung zum Generalstab abriß, schickte Aga Benny Lundberg, um ein neues 3D-Funkgerät dort hinzubringen.

Wenig später erreichte der völlig verdreckte Benny den Generalstab. Er hatte sich mutig durch die feindlichen Linie geschlagen. Doch am Tor wurde er nicht eingelassen. Er packte das Gerät aus und fummelte an ihm herum, während sich die Wachtposten mehrere Meter zurückzogen. Mitten in der Schlacht hielten sie den

Posten so, wie ihnen befohlen wurde: Sie sollten niemanden hereinlassen. Weder Freund noch Feind. Derweil tobte der Kampf um den Kopterport. Zwei Fluggeräte lagen verbrannt auf der Rollbahn. Ständig mußte der Generalstab Soldaten von den Drillübungen abziehen und an die Verteidigungslinie schicken.

Endlich funktionierte das Gerät, und ein wackliges Hologramm von Aga erschien. Benny strahlte. Wenn das keine ausreichende Legitimation war! Einer der Wachtposten eskortierte ihn hinein.

„Schnell die Fenster verdunkeln!“

Es dauerte einen Moment, bis die Vorhänge vor die Fenster gezogen waren. Praljak-Oberkampf legte größten Weg darauf, daß die Befehlskette eingehalten wurde. Die für die Verdunkelung der Fenster zuständige Ordonnanz wandte sich an ihren Vorgesetzten, dieser an den seinen und so fort. Endlich gab Praljak-Oberkampf den Befehl, der flugs nach unten durchgereicht wurde. Rasch waren nun die Fenster verdunkelt, und der vor Ungeduld kochende 3D-Avatar Agas ratterte seinen Befehl herunter: „Alphadogs nur kontrolliert einsetzen. Direkte Konfrontation vermeiden. Gegner in kleine Gruppen aufsplitten und einzeln festsetzen. Gefängnisse gut bewachen. Alphadogs aufteilen, große Depots vermeiden, große Einheiten aufsplitten in kleine Gruppen. Auf Sieg!“

Praljak-Oberkampf sah es als unter seiner Würde an, die Kräfte aufzusplitten und Gegner in kleinen Gruppen in Hinterhalte zu locken. Als der Avatar seinen Befehl gab, stieß Praljak nach jedem Satzende mißbilligend die Luft durch die zusammengebissenen Zähne und gliederte Agas von technischen Wacklern durchzogenen Befehl durch wiederholte „pfft“-Laute. Zu seinem Glück gingen sie in den Störgeräuschen unter.

Er sehnte sich nach der offenen Feldschlacht. Es war ihm nur recht, im Zentrum des Kampfgeschehens zu stehen. Selbst wenn seine Leute reihenweise fielen. Lieber mobilisierte er die letzten Reserven und befahl denen, die zur Bewachung der Gefängnisse abkommandiert waren, ihre Posten dort zu verlassen und zum umkämpften Generalstab zu stoßen. Daß er damit entscheidend dazu beitrug, daß Agas Strategie der sukzessiven Festsetzung der Gegner nicht besonders wirksam war, nahm er in Kauf.

Er liebte die vorderste Linie. Seit frühester Jugend hatte sich Jaromir Praljak immer denen anschließen wollen, die die Macht in den Händen hielten. Als glühender Bewunderer war er über Jahre auf die Rocker-Gruppe der Limbos fixiert gewesen, lange bevor sie auf die Halde ausgebürgert wurden. Doch die Limbos hatten ihn nicht in ihre verschworene Gruppe aufnehmen wollen. Nach dieser Niederlage hatte er sich zum Militärdienst gemeldet und war stetig aufgestiegen. Seit Praljak-Oberkampf das Kommando der Multikopterstaffel übernommen hatte, behandelte er die Limbos, zu denen er damals immer aufgeschaut hatte und die nun auf der Halde seinen Angriffen ausgesetzt waren, mit sanftem Sadismus. Er liebte es, sie zu erschrecken, schonte sie aber im letzten Moment, wenn es hart auf hart kam. So konnte er die, die ihn einst abgelehnt hatten, langanhaltend seelisch quälen. Wann immer er eines seiner früheren Idole erblickte, reagierte er besonders „scharf".

Als er zum Kommandierenden der Alphadog-Einheiten ernannt wurde, steigerte sich sein sadistischer Zug vom Format einer Vortbimmelbahn zu dem eines Schnellzugs erster Klasse. Als glühender Anhänger Agas wollte er allen zeigen, was es hieß, unter einem großen Führer zu wirken. Nun, da er fast an die Spitze des Sicherheits-Teams gerückt war, wollte er zeigen, was er vermochte. Praljak-Oberkampf sah seine Zeit gekommen.

Zwar war in der aktuellen Auseinandersetzung alles anders, weil Aga äußerste Zurückhaltung befohlen hatte. Doch er fand einen Ausweg aus seiner Frustration. Die Bestrafung der Aufständischen war die Gelegenheit, sich an seinen Gegnern und der Orga schadlos halten und sein inneres Gleichgewicht wiederzufinden. Denjenigen, die ihm in die Hände fielen, bürdete er „ordentlich was an Leiden auf", wie er sich auszudrücken pflegte.

Wenn er einen der Limbos erkannte, ließ er ihn vor sich her hoppeln wie ein Karnickel. Doch dann ließ er ihn entkommen. Bei allen anderen vermied er es, sie in die öffentlichen Gefängnisse einzuliefern. Immerhin ließ er seine Gegner nach von ihm ersonnenen Sonderbehandlungen dort in Form geschundener Reste abkippen. Er lief zu monumentaler Größe auf. Nur Doggy gelang es auch dieses Mal, dem Schlimmsten zu entkommen. Weil er immer rare Waren hatte, konnte er sich freikaufen. Diesmal Nylonstrümpfe! Zähneknirschend ließ Praljak ihn laufen.

Seine Strategie schien aufzugehen. Er setzte darauf, daß der Gegner in ungeordneten Ballungen angriff, und viele der Infras taten ihm den Gefallen: Deren Angriffe waren haufenförmig ohne Berücksichtigung des Geländes, und sie schossen wild in der Gegend herum. Denen würde er bald eine entscheidende Niederlage beibringen. Danach sah es zwischenzeitlich aus: Einige der Infras hatten sich weit vorgewagt und waren eingekesselt worden. Um ein Haar wären mehrere von ihnen tragisch umgekommen.

In dem Kessel leisteten nur noch wenige Infras Widerstand. Eine versprengte Truppe um Ada, zu der auch Cube Woman zählte, lag in einem Winkel des Kessels versteckt, in dem die Kundschafter des Sicherheits-Teams einen größeren Truppenteil vermuteten. Es wurde eine kolossale Granate vorbereitet, um alle in diesem Winkel zu vernichten. Während anderswo noch wildes Kampfgetümmel herrschte, beging Ada, die ansonsten nichts aus der Ruhe bringen konnte, eine Verzweiflungstat.

In einem hellsichtigen Moment sah sie die Kugel voraus, die sie treffen würde. Sie verließ den sicheren Unterstand, um das Leben der anderen nicht durch weitere Kugeln zu gefährden. Ihre Kameraden riefen, schrien und gestikulierten, doch sie ging ohne Bedenken ihrem, wie sie meinte, vorausgesehenen Tod entgegen. Ihrem Schicksal konnte auch sie nicht entgehen, selbst wenn sie es versucht hätte. Vielleicht aber konnte sie den Gegner von dem Unterstand ablenken.

Als sie die Deckung verließ, spitzten die auf der anderen Seite wartenden Alphadogs die Ohren. Doch bevor sie in Aktion traten, wurde Ada, wie sie vorausgesehen hatte, von einer Kugel getroffen. Der Granatbeschuß jedoch wurde gestrichen. In dem Moment, als ihr die Kugel ins Bein drang, sah sie die Folgesekunden ihrer Zukunft. Nun erkannte sie, daß sie weiterleben würde. Also robbte sie in den Unterstand zurück. Cube Woman zog die stöhnende Verletzte in Deckung. Durch ihre selbstlose Ablenkung hatte sie die Feinde davon überzeugt, daß sie es nur noch mit einer einzelnen Verwundeten zu tun hatten. Damit hatte sie die Kameraden gerettet. Die Feinde ahnten ja nicht, wie viele weitere kampffähige Gegner sich hier noch verbargen. Als eine Einheit des Sicherheits-Teams vorging, um die Verwundete gefangen zu nehmen, konnte es zurückgeschlagen werden. Die eingekesselten Infras nutzten die Konfusion, um den Kessel zu durchbrechen und sich zu ihren Einheiten durchzuschlagen.

Nur Ada geriet in Gefangenschaft.

Praljak-Oberkampf ließ das Gefechtsfeld vor dem Kopterport absuchen. Dabei wurden einige der Waffen gefunden, die die Infras bei ihrem Rückzug zurückgelassen hatten. Er sah sich die Waffen an und war beeindruckt. „Wer baut denn so etwas? Habe ich noch nie gesehen. Woher haben sie solche Waffen? Warum haben wir nicht solche Waffen?“ Noch auf den Schlachtfeld befahl er, die Waffen einzusammeln, zu analysieren und später für seine eigenen Truppen nachzubauen.

Cube Woman saß der Schrecken tief in den Knochen, fast wäre es heute mit ihr aus gewesen. Eine solche Kampfhandlung hatte sie noch nie erlebt. Sie konnte den ganzen Abend das Zittern nicht unterdrücken. Sie hörte von sich überstürzenden unkoordinierten Angriffen, mit denen die Bewohner Infras planlos gegen das Governat losgeschlagen hatten. Angesichts des Mangels an Strategie traten Cube Woman die Tränen der Verzweiflung in die Augen. Doch ihre Resignation wandelte sich zu trotziger Revolte. Innerlich kochend entschied sie sich, den Kampf auf Seiten der Halde fortzusetzen. Ihr Wandel von einer Familienmutter, die aus Sorge um ihre Angehörigen und zur Abwehr von Gefahren mit klopfendem Herzen das Gesetz übertrat, zu einer aktiven Kämpferin gegen das Governat, in dessen Augen sie nun als Terroristin galt, vollzog sich in diesen wenigen Stunden. Sie hätte nicht erklären können, warum sie plötzlich „wußte“, daß dies der Weg war, um ihre Familie und die Stadt zu retten. Ganz tief in ihr aber war dieses Wissen und die Überzeugung, daß es nun um alles ging.

Seit Adas Verletzung war Retardo keine große Hilfe mehr bei dem Aufstand. Er trat und rempelte andauernd die eigenen Leute um, weil er nicht anders konnte, als immer zu spät zu reagieren. Meist stand er im Weg herum, doch diesmal teilte er aufgrund der kuriosen Zeitverzögerung, an der er litt, immer wieder harte Faustschläge an die Kameraden aus. Am meisten litt Agley Off-key unter diesen verspäteten Reaktionen, da er normalerweise gar nicht getroffen werden konnte. Da er immer neben sich stand, war er sehr empfindlich für Schläge, die ihn zufällig tatsächlich erreichten. Diesmal wurde er von Retardo fast ohnmächtig geschlagen. Als die Gegner angriffen, streckte ihn ein letzter Schlag Retardos zu Boden. Agley fiel in Ohnmacht. Auch Retardo erstarrte und warf sich verzögert über ihn. Der Soldat, der auf ihn zielte, sah ihn fallen, bevor er abgedrückt hatte. Er wunderte sich, doch als er ihn mit dem Fuß anstupste, stellte er fest, daß sich Slowman nicht mehr regte. Wie auch, reagierte der doch immer einige Sekunden verspätet. Sein für Agley schmerzhafter Schlag rettete beiden das Leben. Denn als die Gegner zur Kontrolle mit schußbereiten Waffen durch den Unterstand gingen, reagierten beide im richtigen Moment nicht und wurden für tot gehalten. Einer der Soldaten wollte schon in den Haufen der Leblosen hineinschießen. Ein anderer hielt ihn ab. „Vorsicht, spare deine Munition, außerdem verrätst du, wo wir sind. Jetzt lieber keinen Schuß auf Tote." Damit entgingen Agley und Retardo dem sicheren Tod. Beide gerieten bald darauf in Gefangenschaft, als sie sich schließlich bewegten und von der feindlichen Kolonne bemerkt wurde.

Praljak-Oberkampfs Entscheidung, die ihm unterstellten Truppen vollständig von der Bewachung der Gefängnisse abzuziehen, führte dazu, daß mehr Gefangene aus den Haftanstalten befreit werden konnten, als dort eingeliefert wurden. Nach dem Abzug der Sicherheitskräfte war außer ein paar veralteten Videokameras und vorsintflutlichen mechanischen Türwächtern keine Bewachung mehr in den Gefängnissen vorhanden. So kam es andauernd zu Ausbrüchen. Aber es kam auch zu unverhofften Begegnungen und Wiederbegegnungen. Retardo traf auf die verletzte Ada. Beide waren froh, sich wiedergefunden zu haben. Wie immer wurde Retardo von den Wachen gefoppt und ausgelacht. Mit Ada wurde er jedoch wieder zu dem gefährlichen Kämpfer, der die Wachen das Fürchten lehrte und dem auch bald der Ausbruch gelang.

Einige wenige konnten sich der Verhaftung entziehen und in den Untergrund oder auf die Halde retten. Manche mußten sich den Weg regelrecht erkämpfen. Gegen die Bewacher und gegen die eigene Abwehr, die nun deutlich besser arbeitete als vor dem Aufstand. Sogar die Leute von der Orga hatten sinnvolle Aufgaben als Wachtposten gefunden. Wegen der Kampfhandungen hatten nicht wenige New Venice verlassen. So manch einer ließ sich von Agas Leuten rekrutieren und wurden als Doppelagent auf die Halde geschickt. Aga nutzte diese Situation und installierte auf der Halde ein Spionagenetz, um rechtzeitig vor neuen Angriffen gewarnt zu werden.

Und sicherlich ging es ihm noch um etwas anderes: Seit es einem seiner Spione gelungen war, ein Photo von der Time Capsule zu machen, in der die Waffen gefunden worden waren, wußte er, was er bislang nur geahnt hatte. Dies war der Transportbehälter, mit dem er damals ins Jahr 2030 gelangt war!

Also war das alles kein Traum! Nicht seine Erinnerung an die beschaulichen Neuziger Jahren des 20. Jahrhunderts. Nicht seine Ankunft im unwirtlichen Jahr 2030! Nicht seine versuchte Notwehr, bei der sich schwer verletzt hatte. Nicht die Hilfe von Barry, der ihn ins Krankenhaus gebracht hatte, als er hilflos an der Straße zusammengebrochen war. Nicht sein erster Job im Rugbyverein von New Venice. Nein, seine Reise ins 21. Jahrhundert hatte wirklich stattgefunden. All das war kein Hirngespinst! Er befand sich in der wirklichen Wirklichkeit, so alptraumartig sie auch zu sein schien. Diese erschütternde Einsicht bestärkte ihn darin, nun alles zu tun, um den Attentäter von damals zu finden.

Und doch hatte er an ihn nur diese schemenhafte Erinnerung. Wie durch einen Dunst sah er die hagere Gestalt, die ihn im Morgengrauen bedroht hatte. Vielleicht aber spielte ihm seine Erinnerung einen Streich, und er hatte den Mann in der Erinnerung magerer gemacht, als er es in Wirklichkeit war. War er vielleicht eher untersetzt? War es überhaupt ein Mann? Aga wußte, daß er seine Anstrengungen würde verstärken müssen, um den Täter zu finden. Blieb dann aber nicht weiterhin zweifelhaft, ob er das Attentat damals nachträglich noch verhindern konnte? Ein paar Spione auf der Halde konnten nicht schaden.

Am zweiten Tag des Aufstands wählte Pizzaman ein anderes, aber ebenfalls wirkungsvolles Rezept. Diesmal mischte er amerikanischen Analogkäse AK 36 in den Pizzateig. Er hatte eine ganze Ladung davon aus einem havarierten Containerschiff geborgen. Der Analogkäse Jahrgang 2036 war längst verdorben und zu einer verheerenden Zutat herangereift. Einen Bissen davon im Verdauungstrakt und schon war derjenige, dem dies geschah, für die nächsten vierundzwanzig Stunden außer Gefecht gesetzt. Der Analogkäse verfügte zudem über eine ungeahnte Klebewirkung. Seine Elastizität hatte sich auf fatale Weise erhalten. Gab man dem Teig AK 36 zu, blieben die Wurf-Pizzen weich und elastisch und zerrissen auch bei schwindelerregender Rotation nicht. Traf man einen Gegner oder einen Alphadog mit einer solchen Pizza, legte sie sich wie eine Wickelfesselung um Kopf und Beine und verklebte jedes Gelenk und jeden optischen, akustischen oder olfaktorischen Sensor.

Aus reiner Freßsucht fing Esser an beiden Tagen einige dieser Pizzen ab und verspeiste sie. Das war weniger hilfreich im Kampf gegen die feindlichen Kräfte. Denn die Pizzen waren ja für den Feind bestimmt. Esser war allerdings weder durch den gesundheitsschädlichen Kleber noch den AK 36 kleinzukriegen, er verdaute einfach alles.

Pizzaman konnte auch am zweiten Tag mehrere Einheiten des Sicherheits-Teams aufhalten. Die von den Wickelpizzen getroffenen Kampfroboter verloren die Orientierung und bissen in elektronischer Panik wild um sich. Das brachte jedoch weder Praljak-Oberkampf noch Aga von dem Einsatz der Alphadogs ab. Es gab einfach zuviele davon. So gingen die beiden auch über die Leichen der eigenen Kampfmaschinen, um ihre Ziele zu erreichen.

Niemand in der Stadt war über die Verwüstungen begeistert, die im Zuge des Aufstands der Halde und die Abwehr des Governats entstanden. Die meisten Bewohner von New Venice haßten die Halde für die dauernde Bedrohung, die sie darstellte, und für die ständigen Überfälle auf die Lkw. Viele hatten allerdings seit zwei Jahren mit der Faust in der Tasche gelebt und empfanden kein Mitleid mit dem Governat. Doch auch sie hatten Angst um sich und die ihren. Die meisten aber hatten etwas zu verlieren, sollte Aga abgesetzt werden.

Während der Feinseligkeiten blieben die Schulen geschlossen, die Bewohner der Stadt begaben sich selten auf die Straße und wenn, dann nur für die nötigsten Besorgungen. Eine Hochsaison für die Lieferdienste, die sich raustrauten. Viele versuchten, auch an den Tagen des Aufstands zur Arbeit zu gehen und hofften, ungeschoren davonzukommen. Einige versteckten flüchtige Infras in ihren Häusern. Vor den Kontrollposten bilden sich Schlangen. Doch weil jeder genau kontrolliert werden sollte, wurden die Schlangen zu lang, daraufhin mußten die Kontrollen gelockert werden. Über der Stadt kreisten Kopter. Überall patrouillierten Mitglieder des Sicherheits-Teams mit ihren Alphadogs.

Constanze hatte die allgemeine Verwirrung genutzt, die der Aufstand auslöste, um endlich ihr lang gehegtes Vorhaben zu beginnen. Es gelang *nicht so brillant*, wie sie es sich ausgemalt hatte, aber sie schaffte sich ein finanzielles Polster, so daß sie ihren Beruf bald an den Nagel hängen konnte. Auch für ihre Freundin Lisa hatte sie einen ordentlichen Betrag beiseitegelegt, dank dessen Lisas Existenz auf der Halde abgesichert war. Constanze richtete diesen Fonds keineswegs aus uneigennützigen Motiven ein, denn sie hatte Lisas Konto in deren Abwesenheit für die Spekulation genutzt. Nun war sie endlich selbständig.

Karl arbeitete von zuhause aus. Helene wagte sich mit ihrem Compro nach draußen, um Bilder des Geschehens einzufangen. Sie filmte einige spektakuläre Aktionen. Ihr entging nicht, daß die Infras die Bevölkerung schonten, Praljak-Oberkampfs Alphadogs hingegen schonten niemandem. Sie waren auf rücksichtsloses Siegen hin programmiert und sprangen ebenso locker über die Leichen der Aufständischen wie die der eigenen Kräfte hinweg. Für sie hatte die unbeteiligte Bevölkerung keine Rechte.

Achtzehn

Zwei Tage schon wogte die Auseinandersetzung zwischen den Aufständischen und den Verteidigern in New Venice unentschieden hin- und her. Kämpfer der Halde wurden in großer Zahl verhaftet und in die Gefängnisse gebracht, konnten von dort aber wieder entkommen. Mittlerweile standen die Aufständischen, aber auch die Truppen das Govemats vor echten Versorgungsproblemen. Es fehlte an Lebensmitteln und an Munition. So kam es auf der Halde zu ersten Diskussionen über die Strategie: Einige der Aufständischen wollten umgehend Lebensmittelgeschäfte ausräumen, andere wieder wollten den Feind in Einzelangriffen zermürben, ihn stellen und zur direkten Auseinandersetzung zwingen. Wieder andere waren dafür, sich bei den Angriffen auf zentrale Institutionen zu konzentrieren. Unter Mühen einigte man sich darauf, sich auf ein Ziel zu konzentrieren. Da die Munition zur Neige ging, schlug First Fired, der nach einer vorangehenden Entlassung gerade wieder eingesetzt worden war, vor, am kommenden Morgen die Kräfte zu konzentrieren und den Omega-Tower anzugreifen. Sollte es gelingen, die Kommandozentrale Agas zu erobern, würde das den Sieg bedeuten. Nur einige Unentwegte wollten nicht vom Generalstab lassen.

In dieser zweiten Nacht des Aufstands wurde in aller Verschwiegenheit der Großangriff auf den Ω-Tower vorbereitet. Tunnelman war die ganze Nacht auf den Beinen, um mit seinen Leuten vor Agas Kommandozentrale Gefechtsstände und Verbindungstunnel auszuheben. Alle arbeiteten rasch und sorgfältig, denn sie wußten, daß von ihren Bemühungen möglicherweise die Entscheidung abhing.

Die Infras hatten sich im Schutze der Dunkelheit schon bis in unmittelbare Nähe der Kommandozentrale vorgearbeitet, als plötzlich alles schiefging. Diesmal lag es an Esser, dem die Kampfhandlungen ziemlich auf den Magen geschlagen waren, oder waren es die Kampfpizzen, die er an den letzten beiden Tagen verschlungen hatte? Er spielte wohl die entscheidende Rolle für das Scheitern des Überraschungsangriffs auf die Kommandozentrale. Während alle Bewohner der Halde versuchten, in der Nacht vor dem Angriff die Stellungen vorzubereiten oder eine Mütze Schlaf zu bekommen, quälte ihn ein plötzlicher Hunger. Er erinnerte sich an ein Restaurant, in dem man gut schlemmen konnte und das darüber hinaus in der Nähe seines morgendlichen Einsatzortes lag. Er bat Irrwinn, ihn morgens gegen sechs Uhr vor dem Restaurant zu erwarten, und ging essen. In dezenter Beleuchtung und leiser Klaviermusik speisten einige wohlhabende Angestellte, zwei, drei Milizen und einige Politiker in dem feinen Restaurant. Esser hatte Glück.

Ein Tisch war noch frei, so konnte er sich setzen und bestellte einen guten Wein und ein Hors d'oeuvre. Kurz vor Ladenschluß verbarg er sich auf der Toilette in einem Vorratsschrank. Als gegen Mitternacht alle gegangen waren, verbrachte Esser geschlagene vier Stunden damit, die für den nächsten Tag vorbereiteten Speisen zu vertilgen. Vielleicht waren es auch fünf. Er seufzte vor Behagen. Drei Bratgänse, mehrere Rebhuhnpasteten und ein Truthahn hatten seinen Hunger fürs erste gestillt. Eine stattliche Anzahl von Weinflaschen standen geleert vor ihm. Eine große Schale Nachtisch beschloß sein Mahl. Ein Blick auf die Uhr sagte ihm, daß er nach dieser Kaltschale wohl in die Schlacht ziehen müsse. Also machte er sich daran, aus einem der Fenster zu klettern. Daß er dabei den Alarm auslöste, war einfach Pech. Noch größeres Pech, daß er seiner Wut mit einem landesweit bekannten Fäkalausdruck lauthals Luft machte. Pech für ihn und Pech für seine Mitkämpfer, die im Morgengrauen still und vom Feind unbemerkt ihre Positionen eingenommen hatten. Nun weckte der Ausruf, vielleicht auch der Alarm nicht nur den zuständigen Wachdienst, sondern die Posten des Sicherheits-Teams, die nach durchwachter Nacht etwas verschlafen waren, dennoch aber sofort reagierten. Umgehend verriegelten sie die Eingangstüren der Zentrale und öffneten die Tore der Alpha-Depots. Sofort füllten sich die umliegenden Straßen mit metallischen Geräuschen.

Der Beschuß und die rund um die Kommandozentrale Agas herum angelegten Erdfallen schalteten zwar fast alle Roboter aus, die in Sicht kamen. Aber die Verteidiger waren nun alarmiert und zogen die übrigen Einheiten hinter das Hochhaus zurück, wo sie in Bereitschaft gehalten wurden. Als Aga erfuhr, daß Praljak-Oberkampf ein weiteres Drittel seiner Alphadogs verloren hatte, ging das Gejammer los: „Ach, meinen Phalangen. Gib mir meine Phalangen zurück, Praljak!“, klagte Aga und untersagte nun strikt den weiteren Einsatz der Kampfroboter. Praljak-Oberkampf, der sich vom Generalstab am Kopterport aus meldete, schäumte vor Wut, denn er fand es unannehmbar, daß Aga die Angriffe der Aufständischen hinnahm. Er wollte sofort zur Hilfe eilen. Er war überzeugt davon, daß sich die Aufständischen leicht durch Alphadogs eliminieren lassen würden. Er war bereit, sie eigenhändig aus ihren Depots zu holen und den Angriff zu wagen. Alles für ein Blutbad! Die Gelegenheit schien sich ihm zu bieten, als auch die Angriffe auf den Generalstab wieder einsetzten.

Der Angriff auf Agas Kommandozentrale hingegen stockte. Woran es lag, daß er an Schwung verlor, konnte niemand sagen. Etwas fahrig sicherten die Infras die Straßen vor der Zentrale. Sollte der Angriff jetzt schon scheitern, kaum daß er begonnen hatte? Doch dann gelang es unversehens einem Stoßtrupp, in das Gebäude einzudringen. Cube Woman öffnete den Zugang zur Kommandozentrale Agas im ersten Stock. Die anderen stürmten hinein. Doch der Angriff gelang irgendwie viel zu leicht.

Während die schlagkräftige Truppe die Räume der Kommandozentrale erstürmte, bahnte sich Cube Woman einen Weg zu einem der Außenfenster. Als sie durch das Fenster auf das Vordach stieg und die Flagge Agas mit dem dunklen Omega vom Fahnenmast zerrte, brandete Jubel von der Straße auf.

Drinnen hingegen erwartete die Kämpfer das Neueste des Neuesten in Sachen Verteidigung: ein Ganzfeld, in dem sie auf Gedeih und Verderb den Bildern ihrer Gegner ausgeliefert waren. Die 360°-Projektion konnte in unterschiedlichen Maßstäben die verschiedensten Orte, Situationen, Stimmungen in perfektem 3D-Rendering erzeugen, so daß demjenigen, der ihr ausgeliefert war, jede Orientierung genommen war. Es war für alle höchst verwirrend und schwindelerregend. Manchem wurde übel von dem Schwanken der Bilder.

Das Ganzfeld brachte den Angriff des Stoßtrupps zum Stillstand. Das Gebäude schnappte zu wie eine Falle, als die Kämpfer drinnen waren. Der Saal wirkte zunächst so, wie sich jeder eine Kommandozentrale vorstellt. Ein Großraumbüro mit Bildschirmen und große Karten an den Wänden, großen Tischen, an denen Mitarbeiter über den Stand des Geschehens berichten. Doch als sich die Türen schlossen, begann alles, sich auf eine heimtückische Weise zu verformen. Die Infras rieben sich die Augen: Vor ihnen schmolz die gesamte Innenausstattung zusammen, dann standen sie kurz auf einer unendlichen Wiese, und plötzlich war um sie herum ein Bild des Grauens zu sehen, zerstörte Büros, plündernde Soldaten, dahingestreckte Leichen, ein totes Pferd baumelte an dem Kronleuchter. Sie standen wie belämmert mitten in einer Szene des Grauens. Der Boden unter ihren Füßen schien zu beben. Einer der Infras schrie beherzt: „Schluß jetzt!" Doch die Schlächter setzten ihre Arbeit ungerührt fort. Tunnelman, der zur Not mit Klauen und Zähnen durch jeden Boden Tunnel verlegen konnte, war hier machtlos, da innerhalb des Ganzfeldes nur Projektionen erfolgten, aber keine Materie mehr vorhanden war, die er hätte ausheben können. Alles, was sie im Ganzfeld sahen, war nur virtuell vorhanden. Gegen elektronisch erzeugte virtuelle Wände und Untergründe war er machtlos. 3D-Man und Scaleman durchschauten, daß sie sich in einem projizierten Raum befanden und vielleicht nicht ganz verloren waren. Innerhalb kräftiger Jektionen konnten sie ihre Kräfte voll ausfahren und jede beliebige Größe annehmen. Doch auch ihre Kraft reichte nicht, um das Blatt zu wenden. Denn sosehr sie sich anstrengten, die Gegenstände auf eine kleine Dimension zu bringen: Immer wenn es ihnen gelang, das Feld zu leeren und damit die Wirkung zu zerstören, ließ die Kraft des Ganzfeldes nach und damit ihre Kräfte. Sie selbst waren von der Kraft des gegnerischen Feldes abhängig.

Schließlich brach ein Feuer aus mit mächtigem Qualm, der den Infras jede Sicht nahm. Wie aus heiterem Himmel flammte von überall her blendendes Licht auf, und sie fanden sich in einem immensen weißen Raum ohne verläßliche Konturen wieder. Ein bedrohlicher Ort ohne jeden Ausgang. Die Tür, durch die sie hereingekommen waren, war verschwunden. Blendendes Weiß umgab sie. Kein Weg hinaus.

Wedged One legte in die Richtung an, wo er die Wand vermutete, und feuerte. Doch es gab weder Einschläge noch Schußgeräusche. Waren Sie in einem Traum? So schien es. Nun öffnete sich über ihnen ein rasch sich vergrößerndes Rechteck, in dem ein blauer Himmel erschien, und unversehens fanden sie sich auf dem Dach eines hohen Gebäudes, von dem aus sich ihnen ein faszinierender Blick über New Venice bot. Dann begann dieses Dach zu schwanken. Auch wenn dies alles nur Projektion war, so stürzten die meisten zu Boden.

Über Projektionen auf die Außenfassade bekamen die Menschen draußen diese Bilder zu sehen. Bilder von Infras, die aus nichtigem Grunde wie Trunkene in die Knie gingen. Für Agas Propagandaabteilung war es ein Leichtes, sie als „Hochverräter ohne Standvermögen" lächerlich zu machen.

Harry saß mit seiner kleinen Truppe vor einer Datenwand und zeichnete auf, was im Ganzfeld geschah. Er jubelte: „Wunderbar, das Ganzfeld bringt die besten Bilder und gleich die originalen Protagonisten. Man kann Angreifern alle möglichen Szenarien vorspielen. Und man kann sie direkt als Protagonisten einsetzen und sie in jeden beliebigen Hintergrund einfügen."

Unbemerkt schlossen sich die Schleusen um die Infras. Ein Schwall sehr realen Wassers schoß herein. Es stieg schnell an. Als es ihnen bis zum Halse stand, gaben sie auf. Damit war der Angriff auf das Hauptquartier Agas abgewehrt. Nach der Verhaftung der Infras wurde das Ganzfeld abgeschaltet. 3D-Man und Scaleman konnten ebenfalls festgenommen werden.

Als die Leute vom Sicherheits-Team Cube Woman von dem Vordach holen wollten, wo sie von einem Suchscheinwerfer erfaßt stand, trat sie an den Rand des Daches, und verkündete:

„Ich bin nicht Eure Lisa Berger. Ich bin Cube Woman!“

Bei diesem Neo-Moment brach unter den Kämpfern vor dem Omega-Tower ein nicht endenwollender Jubel aus. Da zogen dunkle Schatten über die silbrige Fassade des gewölbten Gebäudes. Zugvögel? Was hatten Zugvögel hier zu suchen? Auf dem vordersten der Schwäne saß eine zusammengekauerte Gestalt. Nilla beugte sich hinrunter, ergriff Cube Womans Hand und warf sie mit einem Schwung auf den Rücken des neben ihr fliegenden schwarzen Schwans. Der verlor etwas an Höhe, konnte sich aber neben Nilla halten. Für einen Moment stockte allen der Atem, dann brandete ein Jubel unbekannter Stärke auf. Als das Geschrei erstarb, wurde das Zeichen zum schnellstmöglichen Rückzug gegeben. Das Resultat des Angriffs war eindeutig.

Als kurz darauf die Nachricht eintraf, der Generalstab sei überrannt worden, schöpften die überlebenden Kämpfer der Halde noch einmal Hoffnung. Das war einer der Momente des Aufstands, der sich in das Gedächtnis der Kämpfenden einbrannte. Der Sieg über den Generalstab war so überwältigend, daß es Praljak-Oberkampf wenig nützte, um Entsatz zu flehen. Nach den Worten „...brauchen Entsatz, Drillsoldaten, Alphadogs“, brach der Funkverkehr ab. Danach sah man die Überlebenden nach allen Seiten auseinanderrennen. Doch auf Seiten der Aufständischen wollte sich kein Jubel einstellen. Die Munition war aufgebraucht, sie reichte vielleicht noch für einige Stunden zur Verteidigung, nicht jedoch mehr für einen Angriff. Sie hatten sich erschöpft.

Während ihres Fluges erzählte Nilla Lisa in aller Kürze, daß Karl nun mit einem Bot zusammenlebe, der ihr in Aussehen und Tun derart ähnlich sei, daß Karl die Vertauschung wohl nicht einmal mitbekommen hatte. Minuten später landeten sie mitten in der Stadt in einem Hinterhof. Nilla führte Cube Woman in einen dunklen Ladenraum, wo sie fast über einen vorsintflutlichen Zahnarztstuhl gefallen wäre. Als sich ihre Augen an die Dunkelheit gewöhnt hatten, erblickte sie all die staubbedeckten Geräte mit Motoren, Treibriemen und Antriebswellen, die auf den Tischen standen und die Regale füllten.

Cube Woman: „Wo sind wir hier?“

Nilla: „Hier werden sie uns fürs erste nicht suchen.“

Sie befanden sich in dem von Tattoo-Tiger gegründeten Laden „Tatuaz elementarny“. Hier fanden sie für die nächsten Tage Unterschlupf. Und hier erfuhr Cube Woman während der nächsten Wochen von vielen Heldentaten, die sich bei dem Aufstand ereignet hatten. Sie hörte von Esser, Pizzaman, Plasterman und Agley. Und von manchem anderen. Für sie hieß es im Moment untertauchen und stillhalten.

Plötzlich herrschte Ruhe in New Venice. Es war so still, daß alle vom Flüstern ins Schweigen fielen. Viele stellten selbst das Atmen ein. Es war still, als wolle die Geschichte enden.

Dann zerriß das blecherne Gebell aus Hunderten von eisernen Kehlen die Ruhe. Der verlorene Generalstab war von einer bislang ungesehenen Masse von Alphadogs umstellt. Für die meisten Bewohner der Halde war dies das apokalyptische Signal, das die Niederlage besiegelte.

Der unkoordinierte Aufstand gegen das Governat Agas war gescheitert. Fast alle wehrtüchtigen Bewohner Infras waren verhaftet und inhaftiert worden. Praljak hatte recht, als er forderte: „Setzt die Berger auf die Terrorliste. Und tötet alle Schwäne.“ Doch Aga konnte ihm den Verlust von Hunderten von Alphdogs nicht verzeihen. Er ließ ihn pro forma noch auf seinem Posten, hatte sich aber schon entschlossen, ihn aus dem Sicherheits-Team zu entfernen. Cube Woman wurde, ganz wie es Praljak-Oberkampf gefordert hatte, oben auf die Liste gesuchter Terroristen gesetzt. So bald wie möglich sollte an ihr ein Exempel statuiert werden.

Die Bewohner der Stadt atmeten auf, als die Feindseligkeiten endeten. Aga holte im Triumph das Governat und die gesamte Verwaltung in den Ω-Tower. Obwohl es noch in Teilen ein Rohbau war, hatte das Gebäude seine Feuertaufe bestanden. Der Turm diente gleichzeitig als Regierungssitz, als Hauptquartier des Sicherheits-Teams und als Wohnstätte der höchsten Repräsentanten. Aga bewohnte die acht Dachgeschosse, durch die die zwei gekrümmten Baukörper erst zum Omega verbunden wurden. Den Generalstab am Kopterport hielt er für verzichtbar.

Aga hatte seit 2042 den Bau des Ω-Towers vorangetrieben und ihn mit besonderen Sicherheitsanlagen ausgestattet. Dazu gehörten das Ganzfeld und das Labyrinthsystem, das selbst uns irritierte, als wir noch vor dem Abschluß der Bauarbeiten in den Ω-Tower zogen und unsere Wege häufig unverhofft in Sackgassen endeten. Zwar waren alle Wege in dem Gebäude auf den Fluchtwegplänen klar überschaubar, die genaue Konfiguration jedoch, d.h. wie die Wege ineinanderführten und an welcher Stelle sie blockiert waren, legte ein verschlüsseltes Programm jeden Tag erneut fest. Das war nicht leicht zu durchschauen, doch wir nahmen das auf uns, da Aga ein weiteres Attentat fürchtete. Er mied es, in die Öffentlichkeit zu gehen, und zog es vor, Governatstreffen im Ω-Tower abzuhalten. Auswärtige Termine absolvierte er als Avatar.

Auf Anraten seiner Wirtschaftsberater entschied sich Aga, die Infras zu amnestieren und auf die Halde zurückzuschicken. Denn dort lief nur noch ein Notbetrieb. Ohne ihre Bewohner konnte die Arbeit nicht geleistet werden, selbst wenn die wenigen dort Verbliebenen doppelt so hart anpackten. Wozu sollte man die eigenen Kräfte darauf verschwenden, Gefangene zu bewachen, wenn die Bewohner der Halde das dort doch viel besser machten? Die meisten derer, die einsaßen, sollten bald freigelassen werden. Doch zuvor mußte ihnen vermittelt werden, daß jeder Aufstand gegen das Governat ein Akt der Selbstschädigung war.

Daher plante Aga die, die in die Freiheit entlassen werden sollten, zuvor einer „didactic necessity" zu unterziehen, einem notwendigen Lernschritt. Auf daß sie jeglichen Willen aufgaben, nochmals gegen ihn zu rebellieren. Sie sollten am 9. November auf dem Platz vor dem Omega-Tower antreten, um den Platz defilieren und sich aus bereitstehenden Gefäßen Asche auf den Kopf streuen. Dann sollte jeder einzelne vor der versammelten Zuschauerschaft geloben, nie wieder gegen dias Governat von New Venice aufzubegehren. In der Mitte des Bußplatzes wurde ein Duellparcours errichtet. Wer sich nicht fügte, sollte umgehend gegen einen Alphadog antreten.

Pünktlich zu Agas Sieg erreichte Scorpion am 5. November 2044 New Venice. Zu spät, um noch in die Kampfhandlungen einzugreifen. Er wurde von einer Delegation amerikanischer Superhelden begleitet, die Agas Ruhm noch heller erstrahlen lassen sollten. Nicht nur war der Aufstand der Halde gegen die Stadt niedergeschlagen und fast die gesamte Führung der Halde inhaftiert, jetzt konnte Aga den Sieg feiern und sich in aller Öffentlichkeit mit den Berühmtheiten aus Amerika zeigen. Aga führte seinen Gästen die geretteten Maschinen vor und bot ihnen an, sich zur Probe selbst einer Manipulation zu unterziehen, um zu testen, wie es sei, wenn man einem anderen als dem eigenen Programm folgen mußte. Doch die Superhelden lehnten ab.

Die Befürchtung der Infras, die amerikanischen Superhelden könnten sich Aga anschließen und ihn quasi unschlagbar machen, bestätigte sich nicht. Die Superhelden brachten sich vermittelnd ein. Etwas anderes verbot ihnen ihre Moral. Als die amerikanischen Superhelden verlangten, die Gefangenen mit Würde zu behandeln, machten sie sich sofort unbeliebt bei Aga, der nun darauf sann, wie er diese vorlauten Gesellen wieder loswerden könnte.

„Undank, Undank, Undank", murmelte er zwischen den Zähnen und setzte sein größtes Lächeln auf. Er war sich sicher, daß eine Demütigung auch die hartnäckigsten Gegner destabilisieren und jede Motivation zu einem neuen Aufstand ersticken würde. Daher ließ Aga *seine* Superhelden am 9. November in einen Warteraum bitten, wo sie für die Dauer des Demütigungszeremoniells eingeschlossen wurden. Später behauptete er: „Ein Irrtum, entschuldigt, ein Irrtum."

Daß der Aufstand gescheitert war, ebenso vorhersehbar, wie er unvorhersehbar ausgebrochen war, überraschte Karl nicht. Er stellte desillusioniert immer wieder die Überlegenheit des Governats fest. Daß seine Frau in Lebensgefahr schwebte, hatte er nicht mitbekommen. War sie nicht seit Tagen wieder im Haus? Wie viele andere bekam er nicht mit, daß der Wasserspiegel des Meeres in diesem Jahr 2044 wieder um einige Zentimeter gestiegen war.

Inhalt